Wasser

Bevor Felicitas Mayall sich ganz der Schriftstellerei widmete, arbeitete sie als Journalistin bei der «Süddeutschen Zeitung». Wenn sie nicht gerade in Italien für ihre Geschichten recherchiert oder mit ihrem Mann Paul durch dessen australische Heimat reist, ist sie in ihrem Haus in der Nähe von München anzutreffen.

«Zeit der Skorpione» ist der achte Band der erfolgreichen Serie um die Münchner Kommissarin Laura Gottberg. Im Rowohlt Taschenbuch Verlag sind bereits erschienen: «Nacht der Stachelschweine», «Wie Krähen im Nebel», «Die Löwin aus Cinque Terre», «Wolfstod», «Hundszeiten», «Die Stunde der Zikaden» und «Nachtgefieder».

Felicitas Mayall

ZEIT DER SKORPIONE

Laura Gottbergs achter Fall

ROWOHLT TASCHENBUCH VERLAG

Dieser Text ist rein fiktiv. Eventuelle Ähnlichkeiten mit tatsächlichen Personen, Orten oder Ereignissen beruhen auf Zufällen und sind nicht beabsichtigt.

3. Auflage Juli 2014

Veröffentlicht im Rowohlt Taschenbuch Verlag,
Reinbek bei Hamburg, Februar 2014

Redaktion Nicole Seifert
Umschlaggestaltung any.way, Barbara Hanke / Cordula Schmidt
(Abbildung: neuebildanstalt / Modi; mauritius images / CuboImages)
Satz Caslon 540, InDesign,
bei Pinkuin Satz und Datentechnik, Berlin
Druck und Bindung CPI books GmbH, Leck
Printed in Germany
ISBN 978 3 499 25735 3

FÜR JANNE

Endgültiges zur Frage der Gewißheit

Es gibt Aussagen.
Es gibt Aussagen, die wahr sind.
Es gibt Aussagen, die nicht wahr sind.
Es gibt Aussagen, bei denen sich nicht entscheiden lässt,
ob sie wahr sind oder nicht.
Es gibt Aussagen, bei denen sich nicht entscheiden lässt,
ob die Aussage, dass sich nicht entscheiden lässt,
ob sie wahr sind oder nicht,
wahr ist oder nicht,
usw.

Hans Magnus Enzensberger

Die Tatsache ist ein kleiner kompakter Glaube

Les Murray

ICH HÄTTE NICHT herkommen sollen, dachte Paolo Massimo, zog seine Schultern hoch und gleichzeitig den Jackenkragen. Er ging jetzt langsamer, setzte seine Schritte sorgsam. Der schmale Pfad unter den Steineichen und Esskastanien war glitschig nach dem Regen der letzten Tage. Noch immer fielen schwere Tropfen von den Ästen, einzeln meist, doch bei jedem Windstoß wie ein unerwarteter, prasselnder Schauer.

Kalte Schwaden stiegen, beinahe sichtbar, vom Waldboden auf und ließen den einsamen Wanderer frösteln. Die Sonne war bereits hinter dem Monte Amiata verschwunden, hatte zwischen den Bäumen grünliches Dämmerlicht zurückgelassen und die Wärme des Vorfrühlingstages mit sich genommen.

Paolo Massimo, völlig in Gedanken gefangen, nahm weder den Wald wahr noch die Landschaft, die sich hin und wieder zwischen den Bäumen auftat. Erst als er ausrutschte und der Länge nach hinschlug, kehrte er jäh in die Gegenwart zurück, als hätte ihm jemand einen Schlag ins Gesicht versetzt.

Ein paar Sekunden lang blieb er liegen, es fiel ihm schwer zu atmen, und er stellte verwirrt fest, dass er den Tränen nahe war.

Er hatte sich nicht verletzt, das war es nicht. Er empfand auch keine Schmerzen, nur den Schmerz des Schocks, die Erschütterung durch diesen unerwarteten Angriff. Ja, der Sturz hatte sich angefühlt wie ein Angriff, obwohl niemand ihn berührt oder gestoßen hatte.

Als er sich langsam wieder aufrichtete, mit einem Taschentuch die Erde von seinen Händen wischte, brannten seine Augen, und plötzlich erinnerte er sich an dieses Brennen. Als kleiner Junge hatte er es gespürt, wenn er vom Rad gefallen war, sich den Kopf gestoßen oder eine Ohrfeige bekommen hatte. Er hatte nie wirklich geweint, nur dieses Brennen gespürt und den salzigen Schleier wahrgenommen, der sich zwischen ihn und die Außenwelt legte.

Lächerlich, dachte er und schob den Erinnerungsfetzen beiseite, doch das Brennen blieb, wanderte von seinen Augen in seine Kehle hinab. Er schluckte ein paarmal, schüttelte den Kopf. Seine Hose war schlammbeschmiert, die Jacke ebenfalls, und dann stellte er fest, dass er viel zu weit gegangen war, mindestens eine Stunde würde er brauchen, um zum Haus zurückzukehren, wahrscheinlich länger.

Seine Schritte waren jetzt unsicher. Seine Knie fühlten sich anders an als vor dem Sturz. Weicher, zittrig. Normalerweise war er nicht so leicht aus dem Gleichgewicht zu bringen. Das konnte er sich nicht erlauben, nicht in seiner Stellung. Plötzlich wurde ihm bewusst, dass es gefährlich sein konnte, im Wald herumzulaufen. Was, wenn er auf den Kopf gefallen wäre, auf einen Stein, eine harte Wurzel. Niemand würde ihn hier draußen finden, wenn er sich ein Bein bräche.

Ich hätte nicht herkommen sollen, dachte er, ein zweites Mal. Drei Tage hatte er sich genommen, um in seinem Landhaus allein zu sein, ohne Familie, ohne Angestellte, ohne Personal. Erst gestern, am späten Nachmittag, war er angekommen. Seiner Sekretärin hatte er die Anweisung gegeben, nur in extrem wichtigen Fällen die Nummer des Mobiltelefons herauszugeben, das er sich speziell für solche Auszeiten angeschafft hatte. Sein rotes Telefon, hatte er es scherzhaft getauft.

Auf seine Wanderung hatte er es nicht mitgenommen, er wollte ungestört nachdenken. Jetzt empfand er diese Entscheidung als äußerst unklug. Nicht einmal Hilfe könnte er rufen, falls ihm etwas zustieß.

Vor Ablauf des dritten Tages würde man ihn nicht vermissen, nicht nach ihm suchen. Hatte er nicht deutlich gesagt, dass er keine Störung wünsche? Andererseits erschien es ihm sehr unwahrscheinlich, dass es in den nächsten zwei Tagen keinen einzigen extrem wichtigen Anruf geben würde. Und falls er einen solchen Anruf nicht entgegennähme, würde seine Sekretärin Antonella mit Sicherheit unruhig werden und nach ihm suchen lassen. Würde sie?

Er hatte keine Ahnung. Vielleicht auch nicht. Vielleicht respektierte sie seine Klausur, auf ihre bedingungslose Weise. Antonella war eine bedingungslose Assistentin, die Bezeichung Sekretärin war ihr nicht angemessen, denn sie besaß alle Qualitäten einer wirklichen Assistentin. Dafür bezahlte er sie auch verdammt gut, für Loyalität, Zuverlässigkeit, Verschwiegenheit, Organisationstalent und gutes Aussehen – für all das, was man als Vorstandsvorsitzender einer ziemlich großen Bank dringend brauchte.

Paolo Massimo fuhr zusammen, als rechts vom Weg etwas laut durchs Gebüsch brach, polternd, keuchend, unsichtbar.

Wildschweine, dachte er. Er wusste ja, dass es in

dieser Gegend jede Menge von ihnen gab. Wildschweine liebten Edelkastanienwälder, Steineichen und Buchen.

Jetzt war es wieder still.

Reglos lauschte Massimo. Wo waren sie hin? Wahrscheinlich beobachteten sie ihn, horchten ebenso angespannt wie er selbst. Falls sie schon Junge hatten, konnte es gefährlich werden.

Er begriff sein eigenes Verhalten nicht mehr. Weshalb nur war er einfach immer weitergelaufen? Er hasste es, wenn er Dinge tat, die ihm nicht bewusst waren, wenn ihn Gedanken so sehr in Anspruch nahmen, dass er seine Außenwelt nicht mehr wahrnahm. Andererseits konnte er sich beim Gehen besonders gut konzentrieren. Er schätzte die Vorwärtsbewegung, in jeder Beziehung – beruflich, privat, finanziell.

An diesem Nachmittag hatte er seine Wachsamkeit vergessen, obwohl er eigentlich ein sehr wachsamer Mensch war. Auch das gehörte zu seinem Beruf.

In diesen gefährlichen Zeiten erforderte das Bankgeschäft ständige Wachsamkeit. Paolo Massimo hatte es geschafft, griechische und irische Staatsanleihen rechtzeitig abzustoßen und auf diese Weise seine Bank aus größeren Schwierigkeiten herauszuhalten. Er hatte auch nicht in amerikanische Immobilienfonds investiert, sondern in australische Staatsanleihen und Bergbauaktien. Den Amerikanern hatte er ohnehin nie viel zugetraut, und ihre diversen Blasen und Krisen hatte er schon lange kommen sehen. Leuten, die auf einen lächerlichen italienischen Hochstapler hereinfielen, der sich als Repräsentant der Vatikanbank ausgab, wie es vor einigen

Jahren geschehen war, würde er nie auch nur einen Cent anvertrauen.

Obwohl er noch immer bewegungslos dastand und in den Wald horchte, stieß er bei der Erinnerung an diese Affäre ein leises Lachen aus. Sogar eine Hollywood-Schönheit war auf dieses Großmaul hereingefallen, ehe sie dann dabei half, ihn ins Gefängnis zu bringen.

Nein, die Amerikaner waren ihm zu naiv und auf zu direkte, ja schamlos gierige Weise profitorientiert. Sie hatten keinen Stil, keine Klasse. Manchmal waren sie nützlich, aber nur manchmal.

Massimo setzte stattdessen auf die Zusammenarbeit mit Deutschen und Schweizern. Die Entwicklung nach der großen Finanzkrise hatte ihm recht gegeben. Jetzt stand er kurz davor, eine deutsche Bank zu übernehmen, höflicherweise bezeichnete man das als Fusion. Gemeinsam mit seiner Banca libera eröffneten sich damit –

Schrill quiekend warfen sich die unsichtbaren Wildschweine erneut ins Unterholz, rasten, noch immer nicht zu sehen, knapp an Massimo vorbei talwärts, jedenfalls hörte es sich so an. Das Lärmen entfernte sich, aber jetzt fingen mehrere Vögel gleichzeitig zu singen an, als hätten die Schweine sie daran erinnert, dass sich der Tag neigte.

Paolo Massimo warf einen Blick auf seine Armbanduhr. Kurz nach fünf. Vor sieben Uhr würde es nicht dunkel werden, eher halb acht. Er hatte also Zeit genug, zu seinem Haus zurückzukehren. Trotzdem beschleunigte er seinen Schritt – vielleicht hatte Antonella doch auf dem roten Telefon angerufen. Oder jemand anders.

Die Unterzeichnung des Fusionsvertrags mit der deutschen Bank stand kurz bevor. Die Deutschen machten es ihm nicht leicht, und manchmal zweifelte er daran, ob sie diesen Zusammenschluss wirklich wollten. Besonders der Urenkel des Gründers der Hardenberg Bank wehrte sich mit Händen und Füßen. Verständlich, irgendwie. Aber gleichzeitig auch unverständlich, denn durch die Fusion konnte die Hardenberg Bank deutlich an Gewicht gewinnen.

Nach dem Streit gestern bei ihrem Geschäftsessen in Florenz hatte Massimo auf seinem Notizblock hinter den Namen Leo Hardenberg zwei Fragezeichen gemacht. Nun ja, Hardenberg war das eine. Aber da gab es noch mehr Fragezeichen: Einige der Manager bangten sichtlich um ihre Posten, das hatte er bei den Verhandlungen registriert. Möglicherweise fürchteten sie sich auch vor ganz anderen Dingen, die bei einer Fusion ans Licht kommen könnten.

Außerdem arbeitete die Hardenberg Bank mit einer Sicherheitsfirma zusammen, die Angestellte und Geschäftspartner ohne deren Wissen überprüfte … so etwas Ähnliches lief bei allen Banken, die Massimo kannte, auch bei seiner eigenen. Man musste vorsichtig sein, es ging schließlich um viel Geld, und das verführte mitunter auch die Besten zu unlauterem Verhalten. Im Grunde funktionierten die großen Banken und Konzerne inzwischen ähnlich wie Staaten, gaben viel Geld für ihre jeweils eigenen Geheimdienste aus, um ihre Profite abzusichern, an Insider-Informationen zu kommen und sich gegen Spionage und Betrüger zu wehren. Wer dabei nicht mitmachte, hatte das Nachsehen.

Wieder rutschte er aus und umklammerte im letzten Augenblick einen dünnen Baumstamm, der sich unter seinem Gewicht bog. Diesmal hatte er sich irgendeinen Muskel auf der Innenseite des rechten Oberschenkels gezerrt. Leise fluchend massierte er sein Bein.

Seltsamer Spaziergang, dachte er. Entspannung in der Natur. Noch so ein Irrtum dieser Zeit.

Jetzt humpelte er, humpelte schneller, hatte das Gefühl, dass irgendetwas geschehen war und er dringend sein rotes Telefon erreichen sollte. Weil er durch den schmerzenden Oberschenkel behindert war, nahm er den Weg jetzt deutlicher wahr: Felsbrocken, über die man stolpern konnte, verrottende Edelkastanienschalen, die weichfellig und trügerisch die glitschige Erde bedeckten, wie ein rutschender Teppich auf glattem Parkett. Er hielt inne und schaute nach oben, um zu prüfen, wie lange es noch hell bleiben würde. Der Himmel über den Baumwipfeln war durchsichtig blau, an manchen Stellen hellgrün, weit oben zogen ein paar zerfledderte Wolken nach Osten, weiß und noch sonnenbeschienen.

Unten bei Paolo Massimo war es dämmrig, unterwasserartig grün. Er mochte das nicht, verstand plötzlich nicht mehr, weshalb er sich hier, an diesen waldigen Hängen, bisher meistens wohl gefühlt hatte. Möglicherweise lag es daran, dass er immer nur im Hochsommer hergekommen war. Im Sommer waren die Wälder warm und luftig, und seine Frau und die Kinder liebten das Haus, das große Schwimmbecken, den riesigen Park, die Ausflüge, auf denen sie Pilze suchten und Brombeeren pflückten. Meistens verbrachte seine Familie die gesamten Sommerferien hier, gemeinsam mit vielen Freunden, und er besuchte sie an den Wochenenden. Wenn möglich. Sehr häufig war das nicht vorgekommen.

Seit gestern war er allein hier, zum ersten Mal, und er war sich plötzlich sicher, dass er einen Fehler gemacht hatte. Das Haus war noch winterkalt, obwohl der Bauer Rieti, sein direkter Nachbar, vor Massimos Ankunft die Heizung eingeschaltet und sogar Feuer im offenen Kamin gemacht hatte. Rieti arbeitete nebenher als eine Art Hausmeister und Gärtner für einige Anwesen der Gegend um Bagno Vignoni.

Rätschende Eichelhäher flogen vor Paolo Massimo auf. In seinem Oberschenkel verebbten allmählich die Schmerzen, und dann, endlich, nach beinahe einer Stunde, öffnete sich der Wald, ging in Olivenhaine, Weinberge und Felder über. Da war das Tor, sein Tor. Er war angekommen.

Doch in seiner Abwesenheit hatte sich etwas Entscheidendes verändert. Als er vor ein paar Stunden zu seiner Wanderung aufgebrochen war, hatte er den stillen, völlig einsamen Park als erschreckend verlassen empfunden.

Jetzt war der Park voller Menschen. Er erkannte Uniformierte, Carabinieri, aber auch Männer und Frauen in Zivil, Hunde, sogar Autos.

Der Blick auf seinen Park erschien Paolo Massimo wie ein Traumbild. Am Rand dieses Bildes blieb er stehen und versuchte zu begreifen.

Vielleicht hatte Antonella die Polizei alarmiert, weil er seit beinahe drei Stunden nicht erreichbar gewesen war. Möglicherweise durchsuchte die Polizei gerade den

Park, um ihn zu finden. Er hätte sich also keine Sorgen machen müssen. Auf Antonella war Verlass. Man hätte nach ihm gesucht. Trotzdem hielt etwas Unbestimmtes ihn davon ab, das Tor zu öffnen und hindurchzugehen.

Welche anderen Gründe konnte es für diese Invasion seines Privatgeländes geben? Was suchten die Polizisten, wonach schnüffelten diese deutschen Schäferhunde? Wonach scharrten sie unter seinen alten Olivenbäumen? Ihm gefiel der Anblick dieser Hunde nicht. Die Begegnung mit den unsichtbaren Wildschweinen erschien ihm wie ein böses Omen. Waren es wirklich Wildschweine gewesen?

Was sonst?

Diese Stürze ... seit seiner Kindheit war er nicht mehr hingefallen.

Paolo Massimo betrachtete seine verschmutzte Kleidung und überlegte, ob es nicht klüger wäre, ins Dorf hinaufzugehen und in der Bar abzuwarten, ob man tatsächlich nach ihm suchte. Wenn es so war, würde man ihn auch dort finden. Möglicherweise war es nicht günstig, schlammverschmiert vor den Carabinieri zu erscheinen. Schmutzige Menschen zogen immer Verdacht auf sich.

Seltsame Gedanken. Er versuchte sich zu konzentrieren, sich daran zu erinnern, ob er in letzter Zeit einen der Mächtigen verprellt hatte. Womöglich hatte einer von denen ihm die Finanzpolizei auf den Hals gehetzt, weil er fand, seine Banca libera sei zu erfolgreich, als dass es mit rechten Dingen zugehen konnte. Es musste ja nur irgendeiner *Mafia* und *Geldwäsche* oder *Steuerhinterziehung* schreien, dann gab es sofort Hausdurchsuchungen … jetzt, da alles anders werden sollte in Italien.

Er hätte nicht allein hierherkommen dürfen, ohne Haushälterin, ohne irgendeinen Zeugen, der für ihn bürgen konnte. Derzeit war alles möglich. Er hatte nur nicht geglaubt, dass auch in seinem Fall alles möglich sein könnte. Er hatte sich ziemlich sicher gefühlt. Außerhalb der üblichen Spiele.

Gerade, als er sich umdrehen und den steilen Pfad zum Dorf einschlagen wollte, hörte Paolo Massimo ein Räuspern, irgendwo rechts, hinter seinem Rücken. Er wollte nicht herumfahren, aber er fuhr herum. Sein Körper reagierte ganz ohne sein Zutun.

Rechts von ihm stand ein Mann in Regenjacke und Gummistiefeln. Ein großer, schlanker Mann mit dichten, dunklen Haaren und hellen Augen, die nicht zu seinem Haar passten. Er war vielleicht Mitte, Ende vierzig. Und nicht aus dem Dorf – vermutlich einer von den Schnüfflern. Jedenfalls sahen die Schnüffler im Fernsehen aus wie er, und die echten schienen sich diesen Vorbildern immer mehr anzupassen. Jetzt räusperte der Mann sich ein zweites Mal.

«Dottor Massimo, nehme ich an.» Die Stimme klang freundlich, dunkel und ein bisschen ironisch.

«No, sono Dottor Livingston», parierte Massimo leicht verächtlich. «Und das hier ist der Kongo.» Ironie konnte er auch.

Der Unbekannte lächelte und deutete eine Verbeugung an. «Angelo Guerrini, Commissario. Ich weiß Ihre Antwort zu schätzen, Dottor Massimo.»

«Das freut mich.» Offenbar hatte er die Anspielung

auf die berühmte Begegnung der britischen Entdecker in Afrika verstanden. «In Ihrer Funktion als Commissario können Sie mir sicher erklären, was in meinen Gärten vor sich geht?»

«Ja, das könnte ich.»

«Könnte?»

«Ja, könnte. Ich ziehe es aber vor, das etwas später zu tun, und möchte Sie bitten, mit mir ins Haus zu kommen.»

«In mein Haus, Commissario, das wollten Sie doch sagen, oder?»

Der Blick des Commissario glitt über Massimos schmutzige Jacke, seine Hose, die Stiefel.

«Ja, das wollte ich sagen.»

«Weshalb sollte ich das tun? Ich hatte gerade vor, ins Dorf zu gehen und einen heißen Caffè zu trinken. Es wird kühl am Abend. Sie können mich ja begleiten.»

«Danke für die Einladung, Dottor Massimo. Aber das wird nicht möglich sein. Im Haus wartet jemand auf Sie.»

«Wie können Sie es wagen, in mein Haus einzudringen? Haben Sie einen Durchsuchungsbefehl? Wer wartet denn auf mich? Ich erwarte niemanden! Ich befinde mich in Klausur, weil ich über schwierige geschäftliche und politische Entscheidungen nachdenken muss. Ich komme gerade von einer langen Wanderung zurück, bei der ich ausgerutscht bin, falls Sie das interessiert. Dabei habe ich mir den Oberschenkel gezerrt. Also, wer wartet auf mich?»

Guerrini zuckte die Achseln und verzog leicht das Gesicht. Er räusperte sich noch einmal und antwortete leise: «Der Staatsanwalt wartet auf Sie. Es handelt sich um eine eher unangenehme Geschichte, und es wäre auf jeden Fall besser, Sie kämen mit, denn ich würde Sie nur ungern von den Kollegen festnehmen lassen …»

Paolo Massimo folgte mit seinen Augen der leichten Kopfbewegung des Commissario und stellte fest, dass der Weinberg des Bauern Rieti, der an seinen Park grenzte, einen Polizisten nach dem andern ausspuckte. Polizisten in Jeansjacken, mit halblangen Haaren, auffällig unauffällig. Massimo konnte sich die Pistolen vorstellen, die sie in Schulterhalftern trugen oder einfach im Bund ihrer Jeans. Abwartend standen sie da, jeder am Ende einer Reihe von Weinstöcken.

Wieder begannen Paolo Massimos Augen zu brennen, obwohl er keineswegs den Tränen nahe war. Jedenfalls meinte er, den Tränen keineswegs nahe zu sein. Was er jetzt empfand, war eine tiefe Beunruhigung. Irgendetwas musste sehr schiefgelaufen sein, und obwohl er leise Furcht empfand, war er doch ein klein wenig neugierig darauf, was sich hinter diesem eindrucksvollen Aufmarsch der Ordnungshüter verbergen mochte.

SEIT STUNDEN warteten sie. Sergente Tommasini hatte bereits zum dritten Mal Caffè aus der schicken Maschine in der imposanten Küche im Rustikaldesign abgefüllt, und draußen war es stockdunkel. Angelo Guerrini war hungrig und müde, und er spürte schon seit dem Nachmittag diesen seltsam sternförmigen Schmerz in seiner Brust, sogar stärker als sonst. Es war drei Monate her, dass er angeschossen worden war, und sein Arzt hatte ihm vorausgesagt, dass ihn die Wunde lange begleiten würde. Guerrini hatte das mehr auf die Narbe bezogen, weniger auf Schmerzen. Inzwischen wusste er, was Dottor Fausto gemeint hatte. Diese Erkenntnis war nicht angenehm, und die Situation im Landhaus des Paolo Massimo strengte ihn an.

Kurz nachdem der Staatsanwalt dem Bankdirektor eröffnet hatte, dass er verdächtigt werde, eine Leiche, vermutlich die eines Mannes, in seinem Park vergraben zu haben, war das totale Schweigen ausgebrochen.

Zunächst hatte Paolo Massimo fassungslos reagiert, dann hatte er angefangen zu lachen, erst leise, dann immer lauter, und Guerrini war ziemlich sicher, dass dieses Lachen nach einer Weile in heiseres Schluchzen übergegangen war. Eine einzige Frage hatte Massimo gestellt: «Wer? Wer hat das getan?»

Als der Staatsanwalt ihm erklärte, dass er es derzeit nicht für angebracht halte, den Informanten zu nennen, fing er wieder an zu lachen.

Danach hatte Massimo sich zusammengenommen,

ruhig der Rechtsbelehrung zugehört, den Durchsuchungsbefehl studiert und anschließend mit seinem Anwalt in Turin telefoniert. Seither schwieg er, trank abwechselnd Espresso und Wasser, keinen Alkohol. Der Anwalt hatte sich auf den Weg zum Landhaus gemacht, doch vor Mitternacht war mit seinem Eintreffen nicht zu rechnen. Also schwiegen sie und warteten.

Paolo Massimo saß in einem geschwungenen dunkelbraunen Ledersessel, nah an der breiten Fensterfront, und starrte in die Finsternis hinaus. Das Kinn in eine Hand gestützt, rührte er sich nur dann, wenn er nach dem Wasserglas griff oder nach der Kaffeetasse. Die verschmutzte Kleidung hatte er unter Aufsicht eines Carabiniere gewechselt. Jetzt trug er einen dicken dunkelblauen Pullover mit Rollkragen und elegante Jeans. Sein graumeliertes Haar war äußerst gut geschnitten, und er strahlte eine respekteinflößende Distanziertheit aus, die man Würde nennen konnte, vielleicht auch Arroganz.

Guerrini war vom Schweigen des Bankdirektors beeindruckt, eigentlich von allen Facetten seines Verhaltens, dem Gelächter, der Ironie, dem überlegten Handeln. In seiner langen Erfahrung als Ermittler hatte Guerrini alle Arten von Reaktionen auf schwerwiegende Beschuldigungen oder drohende Festnahmen erlebt. Meistens versuchten die Leute sich herauszureden, die Polizisten davon zu überzeugen, dass sie unschuldig waren. Sie erfanden Geschichten, Alibis, beschuldigten andere, inszenierten Dramen. Vielleicht lag es an der ausgeprägten italienischen Lust am Theater, diesem Hang zum Extrovertierten. Doch vermutlich handelte es sich um eine Art Reflex, um nur allzu menschliches Verhalten.

Paolo Massimo war anders. Er gab keine Vorstellung, dachte ganz offensichtlich nach und zeigte keine Angst vor der Stille, die beinahe jeden anderen mürbe gemacht hätte. Im Gegenteil: Er war der Ausgangspunkt dieser Stille, er beherrschte sie.

Amüsiert beobachtete Guerrini, dass inzwischen der Staatsanwalt – ein neuer, vermutlich kaum dreißig, sehr blass und mit früher Glatze – Anzeichen von Nervosität zeigte. Er scharrte mit den Füßen, stand häufig auf, setzte sich wieder, seufzte ab und zu, las zerstreut in einer Zeitung, kramte in seinen Papieren.

Dagegen trugen die Gesichter der bewachenden Carabinieri diesen leeren, ergebenen Ausdruck, als hätten sie sogar die Hoffnung aufgegeben, dass ihr Mobiltelefon klingeln könnte. Diskret lehnten sie an der Wand oder saßen etwas unglücklich auf Designerstühlen herum. Ab und zu löste sich einer von ihnen aus seiner Starre und legte im Kamin Holz nach. Alle tranken Caffè oder Wasser, und Guerrini konnte ihnen ansehen, dass sie das ewige Warten, das zum Leben eines Polizisten gehörte, ebenso satthatten wie er selbst.

Draußen im Park suchten die Kollegen noch immer mit starken Taschenlampen und Scheinwerfern jeden Zentimeter Boden ab. Eine Heerschar großer Glühwürmchen unter uralten Olivenbäumen. Ab und zu bellte einer der Spürhunde, rief jemand irgendetwas. Die Leiche hatten sie noch nicht gefunden.

Guerrini nickte den schweigenden Carabinieri zu. «Ich geh mal raus und seh nach, wie weit die sind.»

Keiner nickte zurück. Sergente Tommasini, der engste Mitarbeiter des Commissario, tauchte im Durchgang zur Küche auf, stellte ein Tablett mit Espressotassen ab und durchquerte mit schnellen Schritten den großen Wohnraum.

«Ich komme mit, Commissario. Vengo anch'io.»

Tommasini schob die große Glastür auf und ließ dem Commissario den Vortritt.

Es ist immer noch zu kalt für die Jahreszeit, dachte Guerrini. Und es regnet zu viel. Das Klima in Italien ähnelte immer mehr dem von Irland. Ein Stiefel voller Wasser, Dreck und Schulden. Vielleicht lag es daran, dass er älter wurde und in die Phase eintrat, in der früher alles besser gewesen war: das Wetter sowieso, das Leben im Allgemeinen, die Politik. Nein, das behaupteten nicht einmal die ganz Alten, die angeblich nie Mussolini zugejubelt hatten. Die Politik hatte in etwa ihr niedriges Niveau gehalten. Guerrini seufzte und wandte sich zu Tommasini um.

«Mühsam, was?»

«Sì, Commissario. Glauben Sie, dass es noch lange dauern wird?»

«Keine Ahnung.»

«Glauben Sie, dass er's war? Ich meine, dass er einen umgebracht und hier vergraben hat?»

«Ich glaube gar nichts. Ich warte auf Tatsachen.» Langsam ging Guerrini auf die hellsten Scheinwerfer zu.

«Aber irgendwas denken Sie doch, Commissario.»

«Nichts Besonderes. Ein merkwürdiges Theater ist das hier … mehr nicht. Außerdem bin ich müde und habe Hunger. Was denkst du denn, Tommasini?»

«Niente, absolut nichts. Ich hab keine Ahnung.»

«Weshalb sollte ich dann etwas wissen, eh? Du hast mindestens so viel Erfahrung wie ich!»

«Was passiert, wenn wir keine Leiche finden?»

«Dann ziehen wir wieder ab wie die Idioten und sind auf einen anonymen Anruf reingefallen. Der Herr Bankdirektor wird sich einen edlen Drink genehmigen und beten, dass die Medien keinen Wind von der Geschichte bekommen. Aber das werden sie natürlich, und dann … ach, du weißt schon. Der Staatsanwalt kriegt einen Rüffel, der Richter auch. Irgendwer verliert seinen Posten oder auch nicht. Vielleicht lässt sich seine Frau scheiden oder er sich von ihr, weil sich herausstellt, das sie ihn hingehängt hat, um sich für irgendwas zu rächen. Was weiß ich!»

Tommasini grinste in der Dunkelheit und folgte dem Commissario als stiller Schatten. Nach einer Weile hustete er leise.

«Haben Sie eigentlich noch Schmerzen, Commissario? Von der Schusswunde, meine ich. Entschuldigen Sie die Frage.»

«Ja, leider habe ich noch Schmerzen, aber keine besonders starken. Nur ab und zu so ein unangenehmes Ziehen, das mich an meine Sterblichkeit erinnert.»

Tommasini seufzte. «Ich bin sehr froh, dass Sie wieder arbeiten können, Commissario. Es war nicht gut in der Questura ohne Sie. Das wollte ich nur mal sagen.»

«Ohne dich ist es auch nicht gut in der Questura, Tommasini. Aber ich danke dir auch dafür, dass du dich um Laura gekümmert hast, als ich im Krankenhaus lag.»

«Das hab ich gern getan. Ich mag Signora Laura.»

Ich auch, dachte Guerrini und wollte gerade sagen, dass sie jetzt beide Gefahr liefen, vor Rührung in Tränen auszubrechen, als ein Ruf aus der Ferne erklang, der von anderen aufgenommen wurde und endlich bei Guerrini und Tommasini ankam: «Hanno trovato il corpo!»

«Sie haben ihn gefunden», murmelte Tommasini mit belegter Stimme. «Was glauben Sie jetzt, Commissario?»

«Niente, Tommasini.»

Sie schlossen sich der Prozession von Glühwürmchen an, die sich in Richtung der Fundstelle in Bewegung setzte. Guerrini fühlte sich an die vielen nächtlichen Prozessionen erinnert, die er in seiner Kindheit mitgemacht hatte – auf Berge, durch Felder, enge Dorfstraßen. Mit Kerzen in den Händen, deren heißes Wachs auf seine Finger tropfte. Und vor ihm stets eine schwankende Marienstatue oder die irgendeines Heiligen, getragen von schwitzenden Männern, dahinter murmelnde alte Frauen in schwarzen Gewändern. Er hatte sich oft gefürchtet, damals, und in seiner Phantasie wurden die Gebete, deren Sinn er nicht verstand, zu Geisterbeschwörungen.

Das hier hatte ebenfalls etwas von einer Geisterbeschwörung. Außerdem verspürte Guerrini keinerlei Bedürfnis, eine Leiche zu begutachten, die gerade aus der nassen Erde gezogen worden war. Er versuchte nicht weiterzudenken, nicht an die mögliche Verbindung von Dottor Paolo Massimo zu dieser Leiche, auch nicht an andere Verbindungen. Denn natürlich hatte er Tommasini nicht die Wahrheit gesagt, natürlich hatte er längst in alle möglichen Richtungen gedacht: an eine Verschwörung zum Beispiel. In Italien dachte man stets an Verschwörungen, wenn jemand von anonymen Anrufern beschuldigt wurde.

Im Licht der Handscheinwerfer und großen Taschenlampen leuchteten unter den Olivenbäumen Beete von rosa und blauen Frühlingsanemonen auf. Knapp darüber zitterte das Spinnennetz der rot-weißen Plastikbänder im Wind, das von den forensischen Technikern kreuz und quer durch den Park gespannt worden war.

Es wurde ein langer Prozessionsweg, talwärts. Ab und zu streiften Zweige ihre Gesichter. Endlich mussten sie über eine Trockenmauer aus Feldsteinen klettern, die den Park von den Feldern abgrenzte. Dann stauten sich die Polizisten, und Guerrini bahnte sich seinen Weg nach vorn. Plötzlich war es sehr hell, man hatte Lampen aufgestellt, die alle auf dieses eine dunkle Etwas gerichtet waren, das neben einem Erdhügel und einer flachen Kuhle lag. Das Etwas bestand aus einem länglichen schwarzen Müllsack. Offensichtlich hatten die Kollegen auf Guerrini gewartet, denn der Sack war noch verschlossen und unversehrt.

«Wo ist Dottor Salvia?», fragte Guerrini und schaute sich suchend nach dem Gerichtsmediziner um. «Salvia sollte dabei sein, wenn wir den Sack aufmachen.»

«Er ist verhindert. Wir müssen das hier ohne Polizeiärzte machen. Sie sind alle verhindert. Mi dispiace, Commissario.»

Guerrini glaubte den Kollegen nicht zu kennen, der hinter einem der Scheinwerfer stand. Schützend hob er eine Hand vor die Augen, erkennen konnte er trotzdem nichts.

«Alle verhindert?»

«Alle.»

«Wird ja immer besser.»

«Was machen wir jetzt?», fragte der Unsichtbare.

«Wir schauen nach, ob wirklich eine Leiche in diesem Sack ist, was sonst.»

«Wie Sie meinen, Commissario.»

Guerrini drehte sich zu Tommasini um, der direkt hinter ihm stand. «Wer, zum Teufel, ist das?», flüsterte er.

«Das ist Ingegnere Mauretano, Raul. Der ist neu bei den Technikern. Ich wollte Ihnen das schon längst sagen, Commissario. Ich hab's vergessen. Mi dispiace.»

«Schon gut», murmelte Guerrini. Seit seiner Rückkehr aus dem Krankenstand hatte er das Gefühl, als entgleite ihm die Kontrolle viel leichter als jemals zuvor. Erstaunlich, wie schnell die Welt sich veränderte, wenn man für ein paar Wochen oder Monate den Anschluss verpasste. Er war ziemlich sicher, dass sein Stellvertreter Lana bereits mehrfach auf seinem Sessel in der Questura Probe gesessen hatte. Die Enttäuschung über Guerrinis Rückkehr war ihm überdeutlich anzusehen gewesen.

Es spielte keine Rolle. Jetzt war er wieder da, im Zentrum des Geschehens, und sah zu, wie zwei Kollegen in Schutzanzügen vorsichtig den schwarzen Müllsack aufschlitzten. Guerrini wünschte von Herzen, dass einfach nur Müll zum Vorschein kommen würde, was in diesem Land mit seinen permanenten Abfallproblemen keine Überraschung wäre.

Sein Wunsch ging nicht in Erfüllung.

Die Kollegen schälten einen menschlichen Körper aus dem Plastiksack – männlich, bekleidet und ziemlich frisch.

«Der liegt noch nicht lange da», sagte einer der beiden Männer in Schutzanzügen. «Höchstens ein paar Stunden, würde ich schätzen. Außerdem ist er noch nicht lange tot.»

Guerrini ging in die Hocke und betrachtete den Toten. Er lag auf dem Rücken, die Arme steif am Körper, als würde er strammstehen. Die Füße waren zusammengebunden, vermutlich war es so leichter gewesen, ihn zu verpacken. Das Gesicht zeigte leichte Verfärbungen. Leichenflecken, wahrscheinlich hatte er eine Weile auf dem Gesicht gelegen. Irgendwer, vielleicht sein Mörder, hatte seine Augenlider zugedrückt. Der Mann war mittleren Alters, vermutlich zwischen fünfzig und sechzig, ein Typ wie Paolo Massimo. Guter Haarschnitt, allerdings brünett, kaum grau. Vielleicht gefärbt. Grauer Pullover, möglicherweise Kaschmir, schwarze Jeans, feine Lederstiefel. Aber mit dem Pullover war irgendetwas passiert, er zeigte dunkle Flecken, und auch die Jeans waren nicht besonders sauber.

Der Edle im Müllsack! Guter Titel für ein modernes Theaterstück, irgendwas von Dario Fo, dachte Guerrini.

Er zog Schutzhandschuhe aus seiner Jackentasche, streifte sie über und untersuchte die Hosentaschen des Toten. Sie waren leer. Er hatte nichts anderes erwartet.

«Sorg du für den Abtransport der Leiche, wenn die Spurensicherung fertig ist.» Guerrini sah zu Tommasini auf, der neben ihm stand. «Und bring Salvia auf Trab.

Nehmt auch den Wagen von Massimo mit. Die Techniker sollen ihn sich ganz genau ansehen. Aber wartet noch ein bisschen. Wollen doch mal hören, was der Bankdirektor zu dieser Leiche sagen wird.»

Tommasini nickte, presste die Lippen zusammen und betastete den schütteren Haarwuchs über seiner Stirn.

«Hätte nicht gedacht, dass wir tatsächlich eine Leiche finden, Commissario», sagte er leise.

«Ich auch nicht», erwiderte Guerrini und legte kurz eine Hand auf Tommasinis Schulter.

Vor der gläsernen Schiebetür blieb Guerrini stehen, drehte sich um und schaute über den dunklen Park bis hinunter ins Tal der Orcia. Milchiges Mondlicht beleuchtete die wellige Landschaft. Ab und zu krochen Autoscheinwerfer über einen Hügel und verschwanden in einem Tal. Ein Käuzchen rief, ein zweites und ein drittes antworteten aus der Ferne.

Es fiel dem Commissario schwer, diese Tür zu öffnen und Paolo Massimo mit dem Fund der Leiche zu konfrontieren. Weshalb eigentlich? Hatten die Abstürze gesellschaftlicher Größen in letzter Zeit nicht gezeigt, wie die Sitten verwildert waren?

Wenn es tatsächlich so war, wie es aussah, dann hätte er sich diesmal in seiner Einschätzung gründlich getäuscht. Wieder empfand Guerrini dieses beunruhigende Gefühl von Kontrollverlust – als fließe seine Kraft aus ihm heraus, irgendwohin, vielleicht in die Dunkelheit oder in den Boden, jedenfalls spürte er diesen Verlust sehr deutlich.

Es ist wie Verbluten, dachte er, als würde mein Körper sich daran erinnern, dass er beinahe verblutet wäre. Vor drei Monaten.

Trotzdem würde er jetzt in dieses Haus gehen und Paolo Massimo vorläufig festnehmen, nach Siena bringen und dem Haftrichter vorführen, der auch den Durchsuchungsbefehl ausgestellt hatte. Guerrinis Armbanduhr zeigte zehn vor elf – bis diese Prozedur abgeschlossen sein würde, konnte es noch Stunden dauern.

Langsam drehte er sich um, schob die Tür auf, gab sich einen Ruck und betrat den großen Raum. Es duftete immer noch nach Caffè. Massimo sah nur kurz auf, aber der junge Staatsanwalt sprang auf und eilte Guerrini entgegen, und auch die Carabinieri hoben die Köpfe und sahen sie an, Hoffnung im Blick.

«Also, was gibt's?» Der Staatsanwalt, dessen Namen Guerrini sich nicht hatte merken können, wippte auf den Zehenspitzen.

«Eine Leiche.»

«Also doch!»

«Ja, also doch.»

Erstaunlich schnell machte der Staatsanwalt drei, vier geschäftige Schritte, baute sich neben dem geschwungenen Ledersessel von Paolo Massimo auf und sagte, eindeutig zu laut: «Was haben Sie zu diesem Leichenfund zu sagen, Dottor Massimo?»

Massimo starrte weiterhin in die Nacht hinaus, kniff nur leicht die Augen zusammen und verzog kaum merklich den Mund, als empfinde er Ekel.

«Niente», erwiderte er leise.

Guerrini betrachtete nachdenklich den Rücken des

Bankdirektors und fragte sich, wie lange der Mann seine Verweigerung noch durchhalten würde.

«Ich möchte, dass Sie sich den Toten ansehen, Dottor Massimo. Wir haben keine Ahnung, um wen es sich handelt. Vielleicht können Sie ihn identifizieren.»

Auch jetzt verharrte Massimo lange in seiner Reglosigkeit. Endlich wandte er den Kopf und warf dem Commissario einen forschenden Blick zu.

«Weshalb glauben Sie, dass ich den Toten identifizieren könnte?»

«Es liegt nahe, finden Sie nicht?»

«Mir liegt diese Annahme sehr fern.»

«Trotzdem sollten Sie jetzt mitkommen und sich den Mann ansehen.»

«Und wenn ich mich weigere?»

«Falls Sie sich weigern mitzukommen, werden wir die Leiche hierherbringen, in Ihr Wohnzimmer. Ganz nebenbei möchte ich erwähnen, dass wir Sie vorläufig festnehmen müssen, Dottor Massimo.»

Massimo drehte dem Commissario wieder den Rücken zu und starrte in die Nacht hinaus. Dann stand er sehr langsam auf und bewegte mit geschlossenen Augen den Kopf von einer Seite zur anderen, offensichtlich, um seinen Nacken zu lockern. Danach betrachtete er seine Hände, steckte sie plötzlich in die Hosentaschen und zuckte die Achseln.

«Es geht wohl nicht anders ... bei dieser erdrückenden Beweislage ... nicht wahr?» Der Banker hatte seinen ironischen Tonfall wiedergefunden. Während er sprach, sah er nur Guerrini an, den jungen Staatsanwalt würdigte er keines Blickes.

Paolo Massimo schaute sich selbst dabei zu, wie er, flankiert von zwei Carabinieri und gefolgt von zwei weiteren, hinter dem Commissario und dem Staatsanwalt über die Terrasse seines Landhauses ging. Er hatte das seltsame Gefühl, als könne er sich von oben sehen, inmitten der kleinen Gruppe, wie Menschen es nach einem Nahtoderlebnis beschreiben.

Realitätsverlust, dachte er. Ich leide unter Realitätsverlust. Das geht vorbei, ich muss mich nur konzentrieren.

Paolo Massimos Vater war Psychiater gewesen. Der Wirklichkeitsverlust der Patienten seines Vaters war deshalb ein ständiger Begleiter von Paolos Kindheit und Jugend gewesen. Ihre Psychosen lieferten den Gesprächsstoff bei nahezu jeder Familienmahlzeit, zumal auch seine Mutter in der Praxis arbeitete und die Krankengeschichten nach den Notizen des Vaters aufschrieb.

Unter anderem deshalb war Massimo Banker geworden, hatte einen Beruf ergriffen, der sich mit konkreten Zahlen, Tatsachen, etwas Fassbarem auseinandersetzte. Nur hatte sich auch das inzwischen als Illusion herausgestellt. Der Umgang mit Geld und Wertpapieren hatte mit Realitätsverlust schon lange mehr zu tun als mit etwas Fassbarem, war virtuell geworden. Niemand konnte sich die Milliarden und Billionen vorstellen, die unablässig über den Globus verschoben wurden. Eine wabernde Masse von Krediten, Anleihen, Aktiengewinnen, Garantien, Schulden, Leerverkäufen, Geldwäschen, die häufig von den Rechnern ganz ohne menschliches Zutun in Bewegung gesetzt wurden.

Mehr als einmal hatte Massimo erlebt, dass Kollegen, die glaubten, Kontrolle über solches Geschehen ausüben zu können, regelrecht wahnhaft reagierten, wenn sie den Überblick verloren und ihre vermeintlich sicher eingefädelten Geschäfte über ihnen zusammenschlugen wie eine Sturmflut.

Paolo Massimo wusste, dass manche Menschen eine Situation wie die, in der er gerade war, in ihrer Phantasie erlebten. Sie sahen Polizisten, Ärzte, Freunde oder Fremde, obwohl diese gar nicht existierten. Sie hörten Phantome sprechen, wurden von ihnen berührt, manchmal auch angegriffen oder verfolgt. Paranoia nannte man das.

Er war sich indes darüber im Klaren, dass dieser Begriff nicht auf ihn selbst zutraf, dass er tatsächlich gerade mit Polizisten durch seinen Park ging. Diese Polizisten beleuchteten den Weg vor ihm mit großen Taschenlampen. Als Massimo einmal stolperte, stützte ihn der Carabiniere zu seiner Rechten.

«Grazie», sagte Massimo.

Man hatte ihm keine Handschellen angelegt, obwohl ihm das vielleicht dabei geholfen hätte, die Wirklichkeit als solche wahrzunehmen. Vielleicht auch nicht. Er wusste eigentlich gar nichts mehr, nur, dass er vor dem Eintreffen seines Anwalts keinerlei Aussagen machen würde.

Realitätsverlust konnte auch dazu führen, dass Menschen sich nicht mehr an ihre eigenen Handlungen erinnerten. Seltsam, wie selbst Einzelheiten der Tischgespräche seiner Eltern in seinem Gedächtnis haften geblieben waren. Bisher hatte er nur selten darüber nachgedacht, jetzt machte ihm dieses unbewusste Wissen Angst, das auf einmal an die Oberfläche drängte.

Wieder stolperte er, wieder griff der junge Carabiniere nach seinem Arm, und Massimo murmelte erneut einen Dank.

Sie schienen angekommen zu sein, denn Commissario und Staatsanwalt blieben stehen.

«Bringt ihn her!», rief der Commissario über die rotweißen Plastikbänder zu den Polizisten hinüber, die unter den Olivenbäumen mit etwas beschäftigt waren, das Massimo nicht erkennen konnte. Der Commissario hatte von *dem Toten* gesprochen. Es musste sich also um einen Mann handeln. Massimo versuchte sich zu erinnern, sich vorzustellen, ob es derzeit in seinem Leben einen Mann geben könnte, den er aus dem Weg schaffen wollte.

In der Vergangenheit hatte es einige solcher Momente gegeben, in denen er sich das Verschwinden eines Widersachers gewünscht hatte, auch dessen Tod. Er hatte sich sogar Methoden ausgedacht für einen perfekten, unnachweisbaren Mord. Zum Beispiel konnte man einen anderen betrunken machen und in einer kalten Nacht draußen schlafen lassen, dazu reichten Temperaturen um null Grad. Es war ein sanfter Tod, wenn man an Unterkühlung starb, ein Unglücksfall, ein perfekter Mord.

Bisher hatte er seine Konkurrenten ohne solch endgültige Lösungen aus dem Feld schlagen können. Es gab andere Möglichkeiten: die Durchleuchtung ihres Privatlebens, ihrer geheimen Konten, die Aufdeckung ihrer Steuerfluchten, ihrer riskanten Geschäfte oder ihrer Verbindungen zur Mafia.

Vier Gestalten in weißen Schutzanzügen kamen jetzt langsam auf Massimo zu. Sie trugen eine Bahre und glichen im Schein der Lampen mittelalterlichen Kapuzenmännern, die einst die Verstorbenen zum Friedhof schleppten. Massimo wich einen Schritt zurück, doch da war wieder die Hand des Carabiniere, die ihn diesmal nicht stützte, sondern festhielt.

Die Kapuzenmänner blieben hinter der Absperrung stehen und setzten die Bahre ab. Ein Windstoß fuhr durch die Zweige der Olivenbäume und beugte die Reihe der dünnen Zypressen, die der Bauer Rieti vor zwei Jahren gepflanzt hatte.

Es riecht nach Regen, dachte Massimo und hätte es beinahe laut gesagt. Abwegige Gedanken zu haben und sie auch zu äußern war ein typisches Symptom für Realitätsverlust. War es nicht abwegig, angesichts eines Toten, den er identifizieren sollte, zu denken, dass es nach Regen roch?

Neben ihm hüstelte der Staatsanwalt, dessen Namen er vergessen hatte. Normalerweise vergaß er niemals Namen von Personen, die wichtig waren.

«Würden Sie sich jetzt bitte den Toten ansehen», sagte der Commissario.

Paolo Massimo nahm sich zusammen und ging näher an die Bahre heran. Betrachtete erst die Füße des Toten, nahm die Schmutzflecke auf seiner Kleidung wahr, arbeitete sich langsam zum Gesicht vor, ahnte es schon auf halbem Weg und zuckte so heftig zusammen, dass dieses Mal beide Carabinieri ihn festhielten.

Hardenberg, dachte er. Es ist Leo Hardenberg. Warum Hardenberg? Warum liegt er hier?

Ihm wurde übel.

Hardenberg war der Besitzer genau jener deutschen Bank, die Massimo übernehmen wollte, und ein strikter Gegner der Fusion. Schon deshalb, weil sein Urgroßvater diese Bank gegründet hatte. Gestern hatten sie sich in Florenz heftig gestritten. Gestern? Massimo versuchte, seine Fassung wiederzugewinnen und sich zu konzentrieren.

Gestern.

Er konnte, verdammt noch mal, nicht genau sagen, ob es gestern oder vorgestern gewesen war. Jetzt, da Hardenberg tot vor ihm lag, entglitt ihm wieder die Wirklichkeit, und er befand sich in einem seltsamen Zwischenreich, war sich nicht einmal mehr sicher, ob er etwas mit dem Tod Hardenbergs zu tun hatte oder nicht. Hardenberg war bei der Fusion ein Hindernis gewesen, und er hatte ihn nicht gemocht. Mit ihm zu arbeiten wäre schwierig geworden.

Als der Commissario etwas sagte, verstand Massimo den Sinn der Worte nicht, hörte nur sein eigenes Ohrensausen und eigenartig hallende Laute, als redete der andere in einem leeren, riesigen Raum. Doch er wusste instinktiv, was der Commissario fragte, und gab deshalb die Antwort, die erwartet wurde: «Es ist Leo Hardenberg, Deutscher. Im Vorstand der Hardenberg Bank.»

Unerwartet fühlte er sich wieder klarer im Kopf, erinnerte sich jetzt sogar an den Namen des unangenehmen Staatsanwalts: Cichetto hieß er, Dottor Angelino Cichetto. Es wimmelte ja nur so von Doktoren hier. Wahrscheinlich hatten auch die Kapuzenmänner alle Doktortitel. Der Tote besaß ebenfalls einen. Unangemessene Gedanken, schon wieder. Aber diesmal waren sie hilfreich, führten ihn näher an das Geschehen heran.

«Sie kennen ihn also, Dottor Massimo? Ein Kollege?»

Das war jetzt der dünne Dottor Angelino Cichetto. Wahrlich ein Verbrechen, wenn Eltern ihren Sohn Angelino nennen, Engelchen. Trug nicht der einst hoffnungsvolle Thronfolger des gestürzten Ministerpräsidenten diesen Vornamen? Natürlich, noch ein Engelchen.

«Ja, ich kenne ihn.»

«Wie erklären Sie sich, dass dieser deutsche Kollege tot an der Außenmauer Ihres Parks liegt? Verpackt in einen schwarzen Müllsack? Vergraben in einer ziemlich flachen Kuhle, die wirkt, als hätte der Totengräber nicht genügend Zeit oder Kraft gehabt, sie tiefer auszuheben?»

Oho, das Engelchen hatte bereits Schlüsse gezogen.

«Davon abgesehen, dass ich es mir nicht erklären kann, werde ich weitere Fragen nur in Anwesenheit meines Anwalts beantworten. Können wir jetzt gehen?» Massimo fühlte sich besser, einen Schritt näher bei sich selbst.

«Andiamo», sagte der Commissario.

Als sie sich umdrehten, um zum Haus zurückzukehren, fing Massimo im Licht eines Scheinwerfers den Blick des Commissario auf. Nur für den Bruchteil einer Sekunde, aber wieder erschrak er. Nicht so spürbar diesmal, dass seine Bewacher ihn festhalten mussten, aber umso tiefer. Der Commissario erschien ihm wesentlich gefährlicher als der lächerliche Staatsanwalt.

Er musste unbedingt seine Assistentin Antonella erreichen. Sie und der Sicherheitsdienst der Banca libera würden sehr schnell alle wichtigen Informationen über diesen Guerrini herausfinden. Vielleicht konnte man irgendwo ansetzen, falls der Commissario Schwierigkeiten machte. Nach Paolo Massimos Erfahrung war es bei nahezu jedem Menschen möglich, irgendwo anzusetzen. Auch bei den meisten Polizisten.

ES WAR HALB VIER UHR morgens, als Angelo Guerrini sich auf seinem Bett ausstreckte. Er hatte sich nicht fallen lassen, wie es eigentlich seine Art war. In seiner Erschöpfung war er eher hineingekrochen, schon um Schmerzen in seiner Brust zu vermeiden. Jetzt lag er auf dem Rücken, starrte an die Decke und fühlte sich, als könnte er nie wieder aufstehen. Wie vor ein paar Monaten auf der Intensivstation, als er allmählich aus dem künstlichen Koma erwacht war.

Er war es nicht gewöhnt, über einen langen Zeitraum körperliche Schwäche zu fühlen, seine Gesundheit hatte ihn bisher selten im Stich gelassen. Einmal hatte er sich ein Bein gebrochen, weil eine junge Frau ihn einen steilen Abhang hinabgestoßen hatte – bei inoffiziellen Ermittlungen mit Laura in den Cinque Terre. Aber diesen Beinbruch hatte er nie bedauert, angesichts der intensiven Zeit, die er damals mit Laura verbracht hatte.

Das hier war anders. Er war noch nie angeschossen worden und hatte nicht einmal für möglich gehalten, dass ihm so etwas jemals zustoßen würde. Keiner seiner Sieneser Kollegen war in all den Jahren, die sie miteinander Dienst taten, ernsthaft verletzt worden. Galleo hatte in Siena einmal einen Streifschuss abgekommen und Laura Gottberg eine Schramme von einem Querschläger. Schwere Zwischenfälle gab es vor allem in den großen Städten, in Rom, Neapel, Palermo, seltener in Mailand oder Turin, noch seltener in Florenz, wo er viele Jahre lang gearbeitet hatte.

Außerdem träumte er noch immer von dem verdammten fliegenden Hund, der ihn bis in seine Komaträume und auch danach noch verfolgt hatte. Ein zähnebleckender, fliegender Hund mit wehenden Ohren und wild rudernden Beinen, der durch die Luft auf ihn zuraste und nach ihm schnappte. Natürlich wusste er inzwischen, dass es sich um den Hund des Bauern Piselli handelte, der ihm nie besonders freundlich begegnet war. Aber dieses Monster, das regelmäßig in seinen Träumen auftauchte, war für Guerrini inzwischen zum Symbol für den unerwarteten Schuss geworden, der ihn beinahe das Leben gekostet hätte. Auf die Treue dieses Hundes konnte er gut verzichten, doch er ging nicht weg, der Hund.

Vielleicht sollte er mit seinem Freund Salvia darüber sprechen. Aber Guerrini wusste schon, was der Gerichtsmediziner sagen würde: Du bist traumatisiert, mein Lieber. Ist ja auch kein Wunder. Geh zu einem Spezialisten und rede darüber. Du kannst auch mit mir reden, aber ich bin kein Psychologe.

Guerrinis Körper erschauderte, als er an Salvias Arbeit dachte. Das Aufbrechen Toter, dieses Eindringen in Körper, um die Ursache ihres Ablebens herauszufinden, erfüllte ihn plötzlich mit Grauen. Einer der beiden Gerichtsmediziner, Salvia oder Granelli, hätte auch ihn aufgebrochen, wenn er nicht durchgekommen wäre.

Guerrini kroch wieder aus seinem Bett und ging in die Küche, ohne zu wissen, warum. Dann fiel ihm ein, dass er noch immer nichts gegessen hatte, seit er zu diesem seltsamen Einsatz nach Bagno Vignoni aufgebrochen war. Kein Wunder, dass er sich schwach fühlte.

Das halbe Ciabatta, das er am Morgen gekauft hatte, war noch ziemlich frisch, und im Kühlschrank fand er cremigen Cervetta-Käse und Wildschweinsalami. Auf die halbe Flasche Rotwein, die auf der Anrichte stand, warf er nur einen kurzen Blick, dann füllte er ein Glas mit Mineralwasser. Er setzte sich nicht, um zu essen, brach nur ein Stück Brot ab, schmierte Käse darauf und ging ans Küchenfenster.

Der Innenhof war ein schwarzer Abgrund, aber ein Stockwerk tiefer, im Haus gegenüber, brannte in einer Küche ebenfalls Licht. Ein alter Mann im blauen Unterhemd saß am Tisch, den Kopf in die Hände gestützt. Guerrini konnte eine hagere Schulter sehen und die Flasche und das Glas, die vor dem Alten standen.

Vier Uhr morgens. Warum der Alte, drüben im dritten Stock, wohl nachts trank? Weil er nicht schlafen konnte? Oder weil seine Frau gestorben war? Weil er sich vor dem Tod fürchtete oder Schmerzen hatte?

Als der Alte das Glas in einem Zug austrank, wandte sich Guerrini ab. Indiskret, nachts in fremde Fenster zu schauen. Plötzlich war er froh, keinen Wein getrunken zu haben. Wein um vier Uhr morgens war keine Lösung. Für gar nichts. Er dachte an seinen Vater und fragte sich zum ersten Mal, ob der alte Fernando auch manchmal nachts am Küchentisch saß, weil er nicht schlafen konnte oder weil ihn alle möglichen Dämonen seines langen Lebens bedrängten.

Ob er dann Wein trank oder Grappa oder nichts? Einmal, im heißen Sommer vor zwei Jahren, hatte Guerrini ihn dabei ertappt, wie er nachts Käse aß und ihn mit seinem Hund Tonino teilte.

Ob Fernando darunter litt, dass sein Sohn ihm die Zusammenarbeit mit dem undurchsichtigen Conte Colalto vorwarf und fahrlässigen Umgang mit der Camorra? Ob er darunter litt, dass der Commissario ihn seitdem nur noch selten besuchte? Obwohl Fernando Guerrini nächtelang an Angelos Bett gesessen hatte, als sein Sohn im Koma lag?

Ich sollte ihn danach fragen, dachte Guerrini. Ich sollte ihm überhaupt eine Menge Fragen stellen. Ich sollte es mit ihm austragen, und wenn wir uns prügeln. Wir lassen uns alle gegenseitig viel zu viel durchgehen, ersticken lieber am Schweigen über die wichtigen Dinge, drängen sie weg, obwohl sie uns unterschwellig doch Tag und Nacht beschäftigen. Reden übers Wetter oder die permanente Krise, über die Regierung – über die Politiker kann man sich ja ständig aufregen. Und dann sitzen wir nachts einsam an einem Küchentisch und trinken oder schauen aus dem Fenster und sehen jemandem beim Trinken zu, wie ich es gerade mache.

Morgen werde ich mich bei meinem Vater zum Essen einladen, er kocht so gern. Ich war lange nicht mehr bei ihm zum Abendessen. Dann essen und trinken wir, und danach schaffen wir vielleicht den nächsten Schritt. Vielleicht.

Guerrini aß den Rest seines Käsebrots, leerte das Glas Mineralwasser und ging wieder ins Bett. Auf seinem Nachttisch lag das Buch von Roberto Benigni über Dantes *Göttliche Komödie.* Laura hatte es ihm geschenkt. Zur Aufmunterung.

Es hatte ihn wirklich aufgemuntert, es hatte ihn sogar zum Lachen gebracht und jede Menge Erinnerungen geweckt. Ihm war es ganz ähnlich ergangen wie dem Komiker Benigni – auch seine Mutter hatte ihn ständig ermahnt, die Verse der *Göttlichen Komödie* auswendig zu lernen, genau wie seine Lehrer. Dante und die Toskana gehörten einfach zusammen; wer nicht in der Lage war, Dante zu zitieren, der war kein Toskaner. Guerrini erinnerte sich daran, dass er Laura einst die ersten Verse der «Hölle» zitiert hatte, damals kannten sie sich kaum, und er hatte ein bisschen mit seiner Bildung geglänzt. Jetzt versuchte er es wieder, für sich allein, im Dunkeln. Er räusperte sich und hörte sich selbst zu:

Als ich auf halbem Weg stand unsres Lebens,
Fand ich mich einst in einem dunklen Wald,
Weil ich vom rechten Weg verirrt mich hatte;

Gar hart zu sagen ist's, wie er gewesen,
Der wilde Wald, so rau und dicht gewachsen,
Dass beim Gedanken sich die Furcht erneuet;

So herb, dass herber kaum der Tod mir schiene:
Doch eh vom Heil, das drin mir ward, ich handle,
Meld ich erst andres, was ich dort gewahrte …

Weiter kam er nicht. Aber immerhin hatte er die ersten Verse noch halbwegs im Kopf. Und er erinnerte sich auch an einen Satz von Benigni: *Dante ging es schlecht, wie uns allen …* Guerrini lachte auf. Wahrscheinlich waren auch Dante in seinen Träumen fliegende Hunde erschienen, Grund dazu hätte er in jedem Fall gehabt, nachdem er aus Florenz verbannt und zum Tod durch

Verbrennen verurteilt worden war. Deshalb wanderte er jahrelang durch den dunklen Wald, machte aus den fliegenden Hunden Wölfe und Leoparden und rächte sich mit Worten an seinen Verfolgern, indem er sie in die Hölle schickte und grausig folterte.

Der Gedanke erheiterte Guerrini, außerdem hatte er den Eindruck, dass seine Narbe weniger schmerzte, seit er an Dante dachte. Er selbst war ja auch aus Florenz verbannt worden, weil er einigen Mächtigen zu genau auf die Finger geschaut hatte. Und es gab eine ganze Reihe von Leuten, die er gern in einer der Dante'schen Höllen wüsste.

Er wünschte, Laura läge neben ihm und er könnte mit ihr sprechen. Über Dante und auch darüber, dass diesmal er sich verirrt hatte im dunklen Wald, sogar in die Arme seiner Exfrau Carlotta. Aber vermutlich würde er das niemals aussprechen, er würde es allerhöchstens in Verse fassen, die nur für ihn selbst bestimmt waren.

Noch immer war er weit davon entfernt zu schlafen, und schließlich begann er, über den Fall des Bankiers Massimo nachzudenken, was er unbedingt hatte vermeiden wollen. Sah aus, als hätte auch der sich im dunklen Wald verirrt, und zwar gründlich. Wieder fielen ihm ein paar Zeilen der Höllengesänge ein, als kämen sie aus der Dunkelheit:

Doch werfe nun zu Tal den Blick, es naht
der blutge Strom, wo jeglicher muss sieden,
der durch Gewalttat andern Schaden zufügt.

O blinde Gier! O unverständig Wüten,
das uns so mächtig spornt im kurzen Leben
und dann im Ewgen so schnöd uns einweicht.

Hieß es wirklich einweicht? Vielleicht täuschte er sich, aber es klang lustig, und es passte auch. Das «Einweichen» ereilt sie nicht nur im Ewigen, dachte Guerrini. Viele weicht es schon im kurzen Leben ein. Er lächelte über die antiquierten Sätze, die so ungeniert zeitlose Wahrheiten verkündeten. Kein Wunder, dass der Dichter aus Florenz verschwinden musste, denn die Mächtigen ließen sich auch damals nicht gern ihre «blinde Gier» und ihr «unverständig Wüten» um die Ohren hauen. Kein Wunder auch, dass Dante Alighieri noch immer so beliebt war in seiner Heimat, war er doch nach Jahrhunderten noch äußerst aktuell.

Er war einer wie Roberto Saviano. Zwar war der kein Dante, aber er sprach genauso unerschrocken Klartext, ein Flüchtling vor der Rache der Mächtigen auch er. Eine der vielen Wiederholungen der Geschichte.

Draußen, über den Dächern von Siena, begannen die Vögel zu singen, das erste graue Morgenlicht drang in Guerrinis Schlafzimmer. Wieder einmal war die schwarzweiße Stunde angebrochen, in der es keine Farben gab.

Noch immer konnte er nicht einschlafen, obwohl sein Körper sich nach Ruhe sehnte. Sein Kopf schien unabhängig vom Körper, ja gegen ihn zu arbeiten. Ein klarer Kopf, der sich nicht ausschalten ließ und einfach weiterdachte, obwohl Guerrini das nicht wollte. Unkonzentrierte Gedanken, wirr, von einem Einfall zum anderen springend.

Ob Paolo Massimo schlafen konnte? In seiner Einzelzelle? Vermutlich nicht. Ob Staatsanwalt Cichetto schlief? Ziemlich sicher, er hatte so zufrieden ausgesehen, als der Haftrichter der vorläufigen Festnahme Massimos zustimmte.

Zuvor hatten sie noch den Auftritt des Rechtsanwalts aus Turin über sich ergehen lassen müssen. Er war nicht um Mitternacht, sondern erst um zehn nach zwei Uhr morgens angekommen. Angeblich hatte er wegen eines Unfalls in der Nähe von Bologna Stunden im Stau gestanden. Zum Glück war er offensichtlich ebenso müde gewesen wie alle anderen Beteiligten, denn nach einer kurzen und heftigen Verteidigungsrede über seinen Mandanten und einem üppigen Kautionsangebot, das vom Haftrichter abgelehnt wurde, wollte er offensichtlich ins Bett und sich erst am folgenden Tag mit allen Einzelheiten befassen.

«Vernünftiger Mensch!», hatte Tommasini gesagt und war erleichtert nach Hause gegangen. Jetzt schlief vermutlich auch er. Neben seiner Frau. Ob Tommasini schnarchte? Oder sie? Es war Guerrini, als müsste er diesen Unsinn denken, damit er selbst nicht schlafen konnte.

Draußen begannen sich die ersten Tauben zu rühren, und ein paar Spatzen waren aufgewacht und tschilpten vor sich hin, als hätten sie ein Programm zu erledigen … hundertfünfzigmal Tschilpen als Morgenübung.

Laura. Wenn sie neben ihm läge, dann könnte er sicher schlafen. Sie würde ein Bein über seine Hüfte legen, eine Hand auf seine Brust, würde im Halbschlaf lächeln. Ihre Wärme würde auf ihn übergehen und ihn beruhigen. Er stellte sich Lauras Schlafzimmer in ihrer Münchner Wohnung vor und dachte an die Zeit, die sie in den letzten Monaten gemeinsam verbracht hatten.

Beinahe vier Wochen, die er nach seiner Rehabilitationskur freigehabt hatte. Es war merkwürdig gewesen, zu Hause zu bleiben, während sie arbeitete. Ein schönes Essen vorzubereiten und dann mit Sofia, Lauras Tochter, allein zu Abend zu essen, weil sie einen dringenden Fall bearbeiten musste. Unvermutet war er zum Hausmann geworden und konnte das nur sehr begrenzt genießen. Aber ein bisschen, immerhin.

Allein hatte er München durchstreift, Museen, Kirchen, Ausstellungen, Straßen im Regen, Straßen im Sonnenschein, Straßen voll Schneematsch, voll Eis. Auch viele Münchner Cafés hatte er kennengelernt, ausführlich Zeitung gelesen, ein bisschen Deutsch gelernt.

Und er hatte sich immer wieder mit Lauras Vater Emilio getroffen. Den alten Herrn mochte er sehr. Mit seiner beinahe rührenden Ernsthaftigkeit erinnerte er Guerrini an den derzeitigen Präsidenten Italiens. Genau wie dieser, regte er sich über die Verrücktheit der Welt auf, ganz verzweifelt, weil er nichts dagegen tun konnte. Es war eine gute Zeit gewesen in München – und auch wieder nicht.

Weihnachten hatte er allein mit Laura verbracht, weil ihre Kinder in England feierten. Sie hatten es genossen, und trotzdem schien Laura auch gelitten zu haben. In der Mitternachtsmette der Maria-Hilf-Kirche hatte sie plötzlich geweint. Es war ihr erstes Weihnachtsfest ohne Sofia und Luca gewesen.

«Ich weine immer in Mitternachtsmetten», hatte sie schluchzend erklärt. «Ich sollte nicht hingehen!»

Er hatte mehr über Lauras Leben erfahren und gleichzeitig begriffen, dass sie unter den gegebenen Umständen nicht zusammenleben konnten. Jedenfalls nicht in München. Auch nicht in Siena. Denn Laura würde in Siena ihrerseits in eine Warteschleife geraten, und das passte nicht zu ihr. Nicht mal seine Exfrau Carlotta hatte das ausgehalten, obwohl sie durchaus eine Neigung zur Hausfrau gezeigt hatte, zumindest in den frühen Jahren ihrer Ehe.

Jetzt knatterten die ersten Apes und Vespas durch die Gassen, der Gestank ihrer Auspuffgase drang bis in Guerrinis Schlafzimmer herauf. Rollos wurden hochgezogen, Hunderte, wie es schien. Halb sechs. Guerrini drehte sich auf die Seite, presste ein Ohr ins Kissen und steckte einen Finger in das andere.

Die Hände im Nacken verschränkt, lag Dottor Paolo Massimo auf dem schmalen Bett in der Einzelzelle für Untersuchungshäftlinge der Questura von Siena. Erstes Licht drang durch das vergitterte Fenster, beleuchtete matt die verschlossene Tür, auf die Massimo starrte, seit er hier einquartiert worden war. Im Abstand von ungefähr zehn Minuten wurde das kleine Guckloch aufgemacht und kurz darauf wieder geschlossen. Das Auge, das vermutlich in diesem Guckloch erschien, konnte Massimo nicht erkennen. Aber er wusste, dass es da war. Wahrscheinlich unterstellte man ihm Selbstmordabsichten.

Er fragte sich, ob es nicht möglich sein müsste, sich

in den knapp zehn Minuten zwischen den Öffnungen des Gucklochs umzubringen. Natürlich war es möglich. Die Überwachung war also ziemlich sinnlos und diente nur einer rein theoretischen Absicherung der Polizei nach außen. Es brachten sich ja genügend Inhaftierte um. Vermutlich in genau jenen zehn Minuten einer Art Freiheit.

Noch immer hatte er Schwierigkeiten, die Ereignisse der vergangenen Stunden als real einzuordnen. Wer hatte die Polizei dazu aufgefordert, auf seinem Grundstück nach einem Toten zu suchen? Wer hatte Leo Hardenberg dort vergraben, wer hatte ihn umgebracht? Hardenberg stand im Weg, das schon. Aber als Massimo sich in Florenz von ihm verabschiedet hatte, da war Hardenberg noch sehr lebendig gewesen.

«Ciao, Paolo!», hatte er gesagt. «Tut mir leid, aber auch du bekommst nicht alles, was du willst!»

Was hatte Hardenberg vorgehabt? Er wollte ein paar Tage nach Lucca fahren. Seine Freundin wartete im Hotel auf ihn. Das hatte der Sicherheitsdienst der Banca libera gemeldet, den Massimo auf Hardenberg angesetzt hatte. Hardenberg war verheiratet. Massimo hatte längst herausfinden lassen, dass Hardenberg seine Frau betrog. Ein mögliches Druckmittel, um ihn doch noch für die Fusion zu gewinnen. Es wäre sein nächster Schritt gewesen, diese Option auszuloten. Doch war es durchaus wahrscheinlich, dass Hardenberg zu der Sorte gehörte, die sich eher von ihren Frauen als von ihrem Besitz trennten. Außerdem gab es auch Frauen, denen die Affären ihrer Männer egal waren, zumindest solange die eine Bank besaßen.

Zu welcher Sorte gehörte seine eigene Frau? Er wusste es nicht. Bis jetzt war Caterina noch nie ernsthaft auf die Probe gestellt worden. Affären interessierten ihn nicht. Jedenfalls bisher. Er hatte Caterina für die Familie und Antonella für seine Arbeit.

Ältere Männer, die sich unbedingt mit jüngeren Frauen etwas beweisen mussten, fand er peinlich und lächerlich. Auf internationalen Kongressen hatte er immer wieder dieses augenzwinkernde Einvernehmen zwischen den männliche Teilnehmern erfahren: dass man sich etwas gönnen sollte, dass man es verdient hätte, bei all der Verantwortung und Wichtigkeit. Es hatte ihn angewidert.

Das kleine Schiebefenster in der Tür öffnete sich, und diesmal fiel so viel Licht in Massimos Zelle, dass er ein schimmerndes Auge zu sehen glaubte. Er schaute auf dieses Auge, das Auge schaute auf ihn, länger als zuvor. So lange, dass Massimo unruhig wurde und den Impuls unterdrücken musste, aufzuspringen und das Guckloch zu verschließen oder irgendwas davorzuhalten. Doch genau in dem Augenblick, da er es nicht mehr auszuhalten glaubte, klappte das Fensterchen zu.

Natürlich. Sie wollten ihn nervös machen. In Vorbereitung der Verhöre, die am Morgen beginnen sollten. Er selbst würde diese Behandlung nicht anders anordnen, wenn er der Commissario wäre.

Der schlief wahrscheinlich tief.

Ich sollte auch schlafen, dachte Massimo. Weshalb starre ich auf dieses verdammte Guckloch und denke über Frauen und Männer nach, statt zu schlafen? Wenn ich schon nachdenke, dann sollte ich darüber nachdenken, wie ich in diese Situation geraten sein könnte und wie ich schnell wieder herauskomme!

Er hatte alles getan, was möglich war. Sein Anwalt hatte Antonella auf Commissario Guerrini und die Freundin von Hardenberg angesetzt, seine Familie war noch immer der Meinung, dass er sich eine Auszeit im Landhaus nahm. Noch wusste niemand da draußen, was geschehen war. Wie lange noch?

Was ihn aber am meisten beunruhigte, war der Verlust seines «roten Telefons» und seines Tablets. Die Polizisten hatten beides konfisziert. Sein Handy hatte geblinkt, und das bedeutete, dass Antonella angerufen hatte. Es musste also etwas Wichtiges geschehen sein, sonst hätte sie nicht versucht, ihn zu erreichen. Wusste Sie etwas von Hardenberg? Von seiner Freundin? Was immer Antonella ihm hatte mitteilen wollen – jetzt wussten es die Polizisten. Für ihre Techniker war es vermutlich ein Leichtes, seinen Sicherheitscode zu knacken. Nur er selbst wusste nicht, was Antonella ihm mitgeteilt hatte.

Wie verletzlich wir sind, dachte Massimo.

Die Tatsache als solche war ihm immer bewusst gewesen, denn sein eigener Sicherheitsdienst hörte ebenfalls die Telefonate von Konkurrenten ab, beschattete sie oder verwanzte Büros und Konferenzräume.

Trotzdem war er selbst sich irgendwie unverletzbar vorgekommen. Weshalb eigentlich? Diese Zelle war entsetzlich überheizt. Er schwitzte und bekam kaum Luft. Wahrscheinlich war auch das ein Teil der Vorbereitung auf die Verhöre am Morgen. Sanfte Folter. Er könnte sich beschweren, doch ihm fehlte die Kraft dazu.

Vermutlich konnte man die Heizung ohnehin nicht regulieren. In den meisten alten Gebäuden des Landes liefen die Heizungen auf Volldampf, und die massiven eisernen Heizkörper waren so heiß, dass man sich an ihnen verbrennen konnte.

Massimo ließ seinen Blick über die kahle Wand gleiten. In dicken Placken schälte sich der Putz, und dunkle Flecke deuteten auf Schimmel und Feuchtigkeit hin. Es roch nach Schweiß. War es sein eigener oder der seiner Vorgänger in dieser Zelle? Angstschweiß? Roch Angstschweiß anders als Schweiß, der von Hitze oder körperlicher Anstrengung herrührte? Er wusste es nicht.

Da war noch ein zweiter Geruch, der ab und zu den Schweiß überlagerte. Ein scharfer, chemischer Geruch, der von der dünnen Decke aufstieg, die man Massimo zugeteilt hatte. Es war eine Mischung aus Mottenpulver, Desinfektionsmittel und feuchter Wolle. Massimo erinnerte sich an Fernsehberichte über die menschenunwürdigen Zustände in den italienischen Gefängnissen, an überfüllte Zellen, verdreckte Toiletten, schlechtes Essen, Selbstmorde. Es hatte ihn nicht sonderlich interessiert, es war eben einer der vielen Missstände. Wenn er ehrlich war, dann interessierte es ihn noch immer nicht, denn er war sicher, dass sein Anwalt ihn im Laufe des nächsten Tages freibekommen würde.

Als das Guckloch wieder aufgeschoben wurde, schloss Massimo die Augen und stellte sich schlafend.

«Sieht aus, als wäre er vergiftet worden.» Stirnrunzelnd betrachtete Dottor Salvia den bläulich-bleichen Körper von Leo Hardenberg. «Außerdem hat er Hämatome am ganzen Körper. Er muss ziemlich unsanft herumgestoßen worden sein. Möglicherweise nach seinem Ableben.»

«Vergiftet womit?» Commissario Guerrini lehnte an der Wand des gekachelten Raums und vermied es, auf den Seziertisch zu schauen, vermied es auch, tief einzuatmen. Er hasste diesen mit Chemikalien vermischten Geruch des Todes. Ganz besonders nach den Phantasien der vergangenen Nacht, in der er sich selbst auf diesem Tisch hatte liegen sehen.

«Ich weiß es noch nicht hundertprozentig, Angelo. Die ganzen Tests laufen noch. Aber ich nehme an, dass es hochdosierte Blausäure war. Deshalb auch diese bläuliche Verfärbung. Der Tod ist vor ungefähr sechsunddreißig Stunden eingetreten.»

«Wie lange wird es dauern, bis wir die Ergebnisse haben?»

«Was weiß ich – eine Woche, einen Monat. Toxikologische Untersuchungen brauchen ihre Zeit, Angelo.»

«Weißt du eigentlich, dass Polizeiarbeit unendlich frustrierend ist? Wir warten die ganze Zeit – auf toxikologische Untersuchungen, auf DNA-Tests, auf die Erkenntnisse der Spurensicherung, auf die Auswertung von Handys, Navis, Computern. Manchmal frage ich mich, wie die früher Verbrechen aufgeklärt haben und ob die auch dauernd gewartet haben.» Guerrini ließ seinen Blick angewidert über den leblosen Körper des Bankers gleiten.

«Könntest du ihn wieder zudecken, bitte?»

Der Gerichtsmediziner grinste und breitete sorgsam ein dünnes grünes Tuch über Hardenberg.

«Non stai bene, eh?», murmelte er. «Geht dir nicht besonders gut, was? Liegt es an Schlafmangel oder an etwas anderem?»

«An beidem», erwiderte Guerrini. «Lass uns heute Abend ins *Aglio e Olio* gehen, dann bin ich vielleicht in der Stimmung, darüber zu reden. Hast du Zeit?»

«Jaja, ich habe Zeit. Elisabetta bereist mal wieder die Welt, um irgendwo Menschen zu retten. Mich rettet niemand, und deshalb freue ich mich auf ein gutes Essen mit dir … und auf ein gutes Gespräch.»

«Hoffentlich enttäusche ich dich nicht.»

«So schlimm?»

«Ah, niente. Es ist nichts. Ich spiel nur Theater.»

Salvia warf dem Commissario einen forschenden Blick zu, erwiderte aber nichts.

«Warum warst du eigentlich gestern Abend nicht da?», fragte Guerrini.

«Ich hatte keinen Dienst, da habe ich Freunde in Florenz besucht.»

«Es war auch keiner deiner Stellvertreter da! Was ist denn da los? Ist doch totale Schlamperei.»

«Beh, du hast wirklich schlechte Laune, Angelo. Ich bin nicht für den Dienstplan verantwortlich. Deshalb habe ich auch keine Ahnung, was da schiefgelaufen ist. Aber ich werde mich darum kümmern, wenn dich das beruhigt.»

Mit einer weit ausholenden Armbewegung wischte Guerrini die Antwort seines Freundes Salvia beiseite.

«Weshalb sollte mich das beruhigen? Es beruhigt mich überhaupt nicht! Wahrscheinlich werde ich demnächst eine Spezialausbildung als Leichenbeschauer machen, dann werde ich total unabhängig von Polizeiärzten!»

«Mach das!» Salvia streifte seine Gummihandschuhe ab und warf sie in einen Eimer.

«Ah, es ist so sinnlos! Mit dir kann man nicht einmal streiten!» Abwehrend hob Guerrini beide Hände.

«Hast du noch Zeit für einen Caffè, oder musst du sofort zu deinem Verdächtigen?», fragte Salvia.

Guerrini warf einen Blick auf seine Armbanduhr. «Für einen Caffè reicht es noch. Vielleicht kannst du mir doch noch ein paar Tipps geben.»

Salvia zog seinen Kittel aus und verließ vor Guerrini den Raum des Todes. Draußen schlüpfte er in eine Jacke aus feinem, dunkelbraunem Leder und besprühte sich mit einem Hauch Herrenparfüm, um die morbiden Gerüche zu übertönen, denen er ständig ausgesetzt war. Guerrini hustete diskret.

Salvia lächelte der jungen Assistentin zu, die im Vorzimmer saß. «Bin in zwanzig Minuten wieder da! Dringender Termin in der Questura!»

Sie nickte und lächelte zurück. Dieses Lächeln war mit einem so warmen und tiefen Blick verbunden, dass Guerrini kurz die Augenbrauen hochzog. Der junge Arzt dagegen hob die Hand und winkte fröhlich.

Na ja, er ist eine gute Partie und hat jede Menge Charme, dachte Guerrini, während er Salvia folgte. Und er ist erst sechsunddreißig. Da war ich schon ein paar Jahre verheiratet.

Draußen wirbelte ein warmer Wind um die Ecken der alten Häuser, trug fröhlich Papierfetzen hoch hinauf und schleuderte über den Dächern Tauben und Dohlen durch die Luft. Wie Geschosse jagten sie dahin, mit angelegten Flügeln, steuerlos.

«Es soll ein warmes und trockenes Frühjahr geben», sagte Salvia. «Wär nicht schlecht, nach diesem verregneten Winter.»

«Ja, wär nicht schlecht», murmelte Guerrini.

«Das Wetter ist auch nicht dein Thema, oder?» Salvia versuchte, sein lockiges dunkles Haar zu bändigen, das der Wind ihm in die Augen geweht hatte. «Was also dann?»

«Non só! Weißt du immer, was gerade dein Thema ist?»

«Nein, natürlich nicht. Aber normalerweise ist das Wetter ein gutes Thema, wenn man nicht genau weiß, wo man anfangen soll.» Er gab den Kampf um seine Frisur auf und schob Guerrini in den Eingang einer kleinen Bar.

Sie bestellten zwei Cappuccini und Hörnchen mit einer Füllung aus Vanillecreme. Es gab nur drei Tische in der Bar, und alle waren von zeitunglesenden Alten besetzt. Am Tresen standen ebenfalls vorwiegend ältere Männer, die ihren Caffè schlürften, süßes Gebäck kauten und darüber sprachen, dass Inter Milan schon wieder verloren hatte, gegen Florenz – ein Anlass zur Freude. Ab und zu hob einer der Zeitunglesenden den Kopf und warf einen Satz dazwischen.

Es war keine besonders gemütliche Bar. Das Neonlicht war kalt, die Tische aus grünem Kunststoff, die Stühle aus Metallgittern zusammengefügt, die Wände hellgrau getüncht. Und dennoch …

Es sind die Menschen, dachte Guerrini, während er vorsichtig einen Schluck heißen Cappuccino trank. Ohne diese alten Männer mit ihren warmen Ausdünstungen und ihrem Gebrabbel wäre das hier nicht auszuhalten.

«Und jetzt?», fragte Salvia, der neben Guerrini am Tresen lehnte. «Worüber reden wir? Welche Tipps brauchst du von mir?»

«Ich habe gerade darüber nachgedacht, dass die Bars in unserem Land immer kälter und unbewohnbarer werden», erwiderte Guerrini.

«Großartige Erkenntnis!»

«Entschuldige, ich bin vielleicht zur Zeit nicht besonders originell.»

«Ist dir wirklich noch nie aufgefallen, dass wir uns seit Jahren im Würgegriff der Designer befinden? Und das hat einen Grund: Design ist so ziemlich das Einzige, was wir erfolgreich exportieren!»

«Hältst du mich für blöd oder was? Natürlich ist mir das klar. Trotzdem nehme ich es nicht einfach hin, dass mir beim Trinken eines Caffè innerlich kalt wird. Gott segne diese alten Männer.»

Salvia lachte und biss so kräftig in sein Hörnchen, dass die Vanillecreme auf sein Kinn tropfte. Mit einer Papierserviette säuberte er sich, leckte seine Lippen und sah Guerrini ernst an.

«Abgesehen von deinen philosophischen Gedanken zur italienischen Barkultur … gibt es sonst noch was? Ich muss nämlich zurück. Da warten noch ein paar Leichen auf mich.»

«Entschuldige, Eliseo. Nur eine Frage: Hältst du es für möglich, dass ein angesehener Bankdirektor einen deutschen Kollegen vergiftet, anschließend verprügelt und in seinem Park vergräbt?»

Eliseo Salvia legte den Kopf in den Nacken, sandte einen ratlosen Blick zur Decke und möglicherweise durch sie hindurch zum Himmel.

«Willst du wirklich eine ernsthafte Antwort auf diese Frage, Angelo?»

«Nein. Aber irgendeine.»

«Bene, die kannst du haben. Möglich ist alles. Aber die Wahrscheinlichkeit ist gering. Es wird dir nichts anderes übrigbleiben, als geduldig die Untersuchungsergebnisse abzuwarten. Andernfalls musst du eben herausfinden, was den Herrn dazu gebracht haben könnte, so eine blödsinnige Tat zu begehen.»

«Grazie. Das hilft mir wirklich weiter.»

Dottor Eliseo Salvia lachte so laut, dass die alten Männer zu ihnen herübersahen, dann leerte er seine Tasse, klopfte Guerrini auf die Schulter und ging.

Die erste Befragung des Paolo Massimo erbrachte ein höchst mageres Ergebnis. Dabei war der Direktor der Banca libera durchaus kooperativ gewesen, hatte von den Fusionsplänen mit der deutschen Hardenberg Bank erzählt, davon, dass er Leo Hardenberg vor zwei Tagen in Florenz bei einem Mittagessen getroffen hätte und dieser auf dem Weg zu einem Kurzurlaub in Lucca gewesen sei. Nach dem Essen hätte man sich getrennt.

«Im Frieden?», hatte Guerrini gefragt.

«Nicht ganz, aber auch nicht im Krieg», war Massimos Antwort gewesen, und bereitwillig hatte er von seinem Konflikt mit Hardenberg berichtet.

Was Hardenberg allerdings nach dem Treffen zugestoßen sein könnte und wer ihn am Rand von Massimos Anwesen vergraben haben könnte, dazu fiel dem Banker gar nichts ein, nur, dass er sehr betroffen über den Tod des deutschen Kollegen sei.

Der Anwalt aus Turin, ein magerer Mittfünfziger mit unruhigen Augen unter buschigen weißen Brauen und dichten schneeweißen Haaren, hatte erneut eine hohe Kaution ins Spiel gebracht und mit Nachdruck die Unschuld, ja, das völlige Unwissen seines Mandanten betont. Es handle sich mit Sicherheit um eine besonders perfide Verschwörung oder um die Vertuschung eines Unfalls, mit dem sein Mandant nichts zu tun hätte.

«Hat die Polizei schon mit der Freundin des Toten gesprochen? Mit dieser Geliebten, mit der Hardenberg nach Lucca wollte?»

«Sie hat Hardenbergs Verschwinden gemeldet und steht in Kontakt mit den Carabinieri in Florenz.»

«Was heißt Kontakt?» Die Stimme des Anwalts wurde scharf. «Die Frau steckt möglicherweise hinter diesem Mord. Eifersucht war schon immer ein bedeutendes Motiv. Die Geliebte oder die Ehefrau! Haben Sie schon mit der Ehefrau geredet?»

«Natürlich nicht! Sollen wir sie von den Carabinieri in München abholen lassen? Wie stellen Sie sich das vor?»

«Ich stelle mir vor, dass Sie schnellstens Ihre Arbeit erledigen und meinen Mandanten hier nicht länger festhalten. Oder können Sie sich vorstellen, dass ein Mann wie Dottor Massimo einen Kollegen in einen Müllsack steckt und in seinem Garten vergräbt? Er würde sicher eine elegantere Lösung für die Beseitigung eines Gegners finden, da bin ich sehr sicher!»

Aufgrund dieser wolkigen Aussagen und Vermutungen lehnte der Haftrichter die Freilassung Massimos und die Kaution erneut ab. Der Anwalt – er war ziemlich prominent und hieß Dottor Adriano Fattori – erhöhte auf zwei Millionen Euro, Richter Passalaqua forderte genervt zweieinhalb Millionen. Er bekam sie, und Massimo durfte gehen, allerdings mit der Auflage, in sein Landhaus zurückzukehren und es nicht zu verlassen. Man werde zwei Polizisten zur Bewachung abstellen.

Daraufhin forderte Paolo Massimo sein Mobiltelefon zurück, doch es wurde ihm erneut verweigert, was ihn offensichtlich in große Erregung versetzte, die er nur mühsam unterdrückte.

«Ich brauche mein Telefon. Wir stecken mitten in einer Weltwirtschaftskrise! Ich muss erreichbar sein! Auf genau diesem Telefon! Meine Assistentin Antonella leitet alle wichtigen Anrufe auf dieses Telefon um.»

«Sobald wir mit der Analyse der Anrufe fertig sind, bekommen Sie es zurück», erwiderte der Richter. «Bis dahin müssen Sie leider ein anderes Telefon benutzen.»

«Sie würden also unten ähnlichen Umständen auch das rote Telefon des … sagen wir … des amerikanischen Präsidenten, beschlagnahmen?»

«Ich glaube, dass Sie sich in der Verhältnismäßigkeit ein wenig täuschen, Dottor Massimo», entgegnete der Richter.

Paolo Massimos Backenknochen schienen plötzlich hervorzutreten, doch es lag wohl daran, dass er seine Wangen nach innen zog, als würde er auf ihnen herumkauen. Beruhigend legte der Anwalt eine Hand auf den Arm seines Mandanten. All das beobachtete Commissario Guerrini und äußerte erneut Bedenken gegen die Freilassung des Bankdirektors. Trotzdem durfte Massimo kurz darauf mit seinem Anwalt die Questura verlassen.

«Zweieinhalb Millionen», murmelte Guerrini noch in Hörweite von Richter Passalaqua. «Ein armer Schlucker in seiner Situation hätte keine Chance.»

«Danke, dass Sie mich daran erinnern, Commissario!» Passalaqua gab nicht einmal vor, Guerrinis Bemerkung überhört zu haben.

«Genau das war meine Absicht», knurrte Guerrini, doch der Richter war bereits an der Tür, und Tommasini, der neben dem Commissario stand, hob einen Finger an seine Lippen und machte kaum hörbar: Schsch …

«WIR FAHREN SOFORT nach Florenz! Ich will mit dieser Freundin von Hardenberg reden. Außerdem möchte ich mir die Zentrale der Banca libera ansehen und diese Assistentin, von der Massimo gesprochen hat. Schau, dass du einen Dienstwagen organisierst, Tommasini.»

«Was ist mit einer Presseerklärung?» Tommasini öffnete zwei Knöpfe seiner Uniformjacke. Er hatte ein bisschen zugenommen, und sie saß über seinem Bauch zu eng.

«Zieh sie aus», knurrte Guerrini. «Wir fahren in Zivil. Beide. Und: keine Presseerklärung. Ich werde das später selbst in die Hand nehmen, sonst können die doch den Mund nicht halten. Ich will nicht, dass irgendwas an die Medien geht, ehe wir eine ungefähre Ahnung haben, was da passiert sein könnte.»

«Santa Caterina sei mit Ihnen, Commissario», entgegnete Tommasini und öffnete die restlichen Knöpfe seiner Jacke.

«Die Nachricht ist schon draußen?»

«Vielleicht, vielleicht auch nicht. Es waren eine Menge Leute dabei, nicht wahr? Und es gibt viele Journalisten, die ganz wild auf gute Geschichten sind. Sie zahlen sogar dafür, dass sie gute Geschichten bekommen, weil sie davon leben müssen. Und es gibt viele Leute, die sich gern ein bisschen was dazuverdienen. Sogar bei der Polizei. Aber das wissen Sie ja selbst, Commissario.» Tommasini ordnete wieder einmal die wenigen Haare auf seiner hohen Stirn und schaute so sorgenvoll auf den Boden, dass auch Guerrini nachsah, ob sich eventuell ein Riss in den alten Fliesen aufgetan hatte.

«Es gibt auch Journalisten, die gar keine sind. Sie sehen doch auch das Telegiornale, Commissario. Ist Ihnen dieser Typ aufgefallen, der immer ganz nah bei den Politikern steht, wenn die irgendwas in der Öffentlichkeit sagen? Da ist immer dieser eine Mann – mal hält er einen billigen Rekorder hin, der aussieht, als hätte er ihn vom Sperrmüll, mal hat er einen kleinen Block in der Hand und einen Stift im Mund. Letztes Mal hat er sogar seinen Arm um Bersanis Kopf herumgestreckt und das Mikrophon eines anderen Reporters näher an Bersanis Mund geschoben. Der war ganz schockiert, wirklich schockiert, Commissario. Ich hab es genau gesehen. Es ist immer derselbe Mann, und wenn Sie mich fragen, Commissario, dann stimmt mit dem etwas nicht. Entweder ist er verrückt, oder er ist einer von denen, die frei arbeiten und die für eine gute Geschichte alles tun.»

«Schschsch ...», machte Guerrini. «Bring nicht die gesamte italienische Presse in Misskredit. Besorg lieber ein Auto und zieh dich um!»

Tommasini zuckte die Achseln und verschwand in den Gängen der Questura. Aber Guerrini gab ihm recht. Auch ihm war der seltsame Reporter bereits mehrfach aufgefallen. Einer mit stets angestrengter Miene, einer, der seinen Auftraggebern offensichtlich beweisen musste, dass er ganz nah dran war. So nah dran, dass er auch ein Bodyguard sein konnte oder einer von den aufdringlichen Zuschauern, die ihr Gesicht unbedingt in die Kamera halten müssen, um von Freunden und Familie gesehen zu werden. Vielleicht wollte dieser Mann mit dem angestrengten Gesicht aber nur seiner Freundin beweisen, dass er auf Tuchfühlung mit den Mächtigen war, ein berühmter Reporter, obwohl er in Wirklichkeit arbeitslos war und von der Pension seiner Mutter lebte. Vielleicht spielte er nur Reporter, ganz für sich selbst. Weil er sonst nichts hatte. Dann konnte er sich abends im Telegiornale bewundern, Seite an Seite mit den Politikern. Die perfekte Illusion.

Wieso denke ich eigentlich über so einen Unsinn nach? Tommasini hat manchmal die Fähigkeit, die Aufmerksamkeit so geschickt auf etwas anderes zu lenken, dass man völlig den Faden verliert.

Aber eigentlich mochte Guerrini das. Sein Kollege dachte sehr assoziativ, seine Gedankengänge waren voller Seitentriebe und Knospen, und auf diese Weise machte er immer wieder erstaunliche Entdeckungen. So hatte Tommasini zum Beispiel dafür gesorgt, dass Guerrinis Wohnung in perfekten Zustand versetzt wurde, nachdem er angeschossen worden war und im Koma lag. Offensichtlich hatte er sein assoziatives Denken eingesetzt, Schlüsse aus der Anwesenheit von Guerrinis Exfrau Carlotta gezogen und damit Laura vor einem Schock und ihn selbst vor einem Riesenproblem bewahrt.

Wie hatte es nur passieren können, dass er ausgerechnet mit Carlotta ins Bett gegangen war? Nicht mit einer der jungen Kolleginnen … nein, mit Carlotta!

Voll Dankbarkeit gegenüber Tommasini kehrte der Commissario in sein Büro zurück, wusch sich im kleinen Waschbecken neben der Tür die Hände und betrachtete sich prüfend im Spiegel. Er registrierte vermehrt weiße

Haare an den Schläfen und dunkle Schatten unter den Augen. Als er tief Luft holte, spürte er wieder den ziehenden Schmerz in der Brust und atmete flacher weiter. Mit feuchten Händen strich er sein Haar halbwegs glatt und schaute sich selbst in die Augen.

Wenn er sich auf den Schmerz einließ, dann hatte er das dringende Bedürfnis nach einer neuen Auszeit. Danach, etwas ganz anderes zu tun. Mit seinem Vater Trüffel zu suchen, zu lernen, wie man Schafskäse machte oder Oliven und Wein anbaute. Nicht besonders originell, aber naheliegend und verlockend. Und wieder kam von irgendwo aus der Vergangenheit die Erinnerung an auswendig gelernte Verse des großen Dante:

Der Tag entwich schon und der düstre Himmel
Entlud die Wesen, die auf Erden wohnen,
All ihrer Mühen, aber ich allein nur
Hielt mich bereit, den Kampf zu überstehen …

Nahm sich ganz schön wichtig, der verehrte Dante, dachte Guerrini. Wenn dieser miese kleine Ganove mich erschossen hätte, dann wäre ich jetzt nicht mehr da. Dann müsste der ebenfalls nicht ganz ehrenvolle Vicecommissario Lana den Fall Massimo bearbeiten. Ihm würden diese Verse mit Sicherheit Freude machen … *aber ich allein nur hielt mich bereit, den Kampf zu überstehen* … das entspricht genau dem Weltbild von Lana. Dabei ist er ein verdammter Feigling und Arschkriecher. Für mich müsste es anders klingen … vielleicht: *Aber ich allein hab lang genug den Kampf bestanden, möcht über grüne Hügel, ganz ohn Lasten wandern.*

Nicht schlecht, murmelte er und grinste in den Spiegel. Vielleicht hat das Auswendiglernen der Dante'schen Verse doch etwas geholfen, trotz all der Leiden, damals.

Beinahe zufrieden, setzte er sich an seinen Schreibtisch und rief Capitano Maltempo an, bei dem die Freundin des toten Hardenberg diesen als vermisst gemeldet hatte. Sie kannten sich noch aus alten Zeiten, er und Maltempo, und im Gegensatz zu anderen hatte Guerrini nie einen blöden Witz über den Namen des Kollegen gemacht. Wer Maltempo hieß, Schlechtwetter, war schon geschlagen genug.

«Sono Guerrini. Come stai, Umberto?»

«Angelo, che sorpresa! Sto abbastanza bene. E tu?»

«Sto bene, grazie. Anche la famiglia sta bene?»

«Sì, tutti stanno bene.»

«Du weißt schon, warum ich anrufe, nicht wahr?»

«Natürlich, ich habe schon auf deinen Anruf gewartet.»

«Also, die Freundin des deutschen Bankers ist hoffentlich noch in Florenz.»

«Klar, ich hab ihr gesagt, dass sie auf keinen Fall abreisen darf, weil wir ihre Hilfe bei der Suche nach Hardenberg brauchen.»

«Bene. Weiß sie's schon?»

«Dass er tot ist? Nein, wir haben es ihr noch nicht gesagt, weil wir verhindern wollten, dass sie abhaut.»

«Sieht sie aus wie jemand, der abhaut?»

«Man kann nie wissen. Ich wollte sichergehen, dass sie uns noch eine Weile zur Verfügung steht.»

«Wie wirkt sie auf dich, Umberto?»

«Sie ist blond, jung, ziemlich hübsch und scheint

sehr besorgt zu sein. Immerhin wollte sie mit Hardenberg für drei Tage nach Lucca fahren, und nun ist er plötzlich weg. Ich kann sie verstehen.»

«Ist sie wirklich besorgt, oder spielt sie es nur?»

«Wenn sie es spielt, dann ziemlich gut. Ich glaube, sie ist wirklich besorgt.»

«Pass mal auf, Umberto. Ich fahre in ein paar Minuten mit Tommasini zu euch nach Florenz. In welchem Hotel finde ich die Frau, und wie heißt sie? Könntest du sicherstellen, dass ich sie im Hotel auch antreffe? Hast du ihre Mobilnummer?»

«Jaja, wird alles gemacht. Bist du unter Druck oder was?»

«Der Anwalt von Paolo Massimo hat sich ziemlich aufgeplustert. Massimo wurde für eine Kaution von zweieinhalb Millionen in sein Landhaus entlassen. Wir müssen deshalb schnell etwas gegen ihn in die Hand bekommen, damit er nicht ganz entschwindet.»

«Ganz schön dicker Brocken. Der Chef der Banca libera. Hoffentlich verschluckt ihr euch an dem nicht.»

«Es wird dir nicht gelingen, die Sache nach Siena auszulagern, Umberto! Massimo wohnt in Florenz, seine Bank ist in Florenz, und möglicherweise wurde sogar der Mord in Florenz ausgeführt.»

«Aber ihr habt ihn festgenommen.» Maltempo sagte es so, dass Guerrini sein Grinsen geradezu vor sich sah.

«Soll ich ihn an euch überstellen?»

«Um Himmels willen, behalt ihn bloß. Sag mir lieber, was ich sonst noch für dich tun kann, Angelo.»

«Die Assistentin von Massimo in der Banca libera – mit der müssen wir unbedingt sprechen.»

«Mit wem noch?»

«Mit dem Chef des Sicherheitsdienstes der Bank.»

«Noch was?»

«Das wär's.»

«Bene, dann fahrt gleich zum Hotel von Hardenbergs Freundin. Es ist das ‹Palladio›, liegt direkt im Zentrum. Sie heißt Susanne Ullmann.»

«Danke für deine Hilfe. Sehen wir uns?»

«Ich warte auf dich. Ich werde meine Frau anrufen und ihr sagen, dass ich später nach Hause komme. Ich würde übrigens gern mit zur Banca libera kommen. Was dagegen?»

«Nein, wir sagen dir Bescheid, wenn wir mit der Befragung der Deutschen fertig sind. Wenn du in der Bank dabei bist, verleiht das unserem Auftritt noch mehr Gewicht. Ci vediamo più tardi.»

Susanne Ullmann, dachte Guerrini und strich mit der flachen Hand über das dunkle Holz seines Schreibtischs. Wahrscheinlich wohnt sie in München, genau wie Hardenberg. Die Hardenberg Bank ist auch in München, also haben wir wieder den perfekten Fall für zwei – für Laura und mich. Aber ich will das gar nicht. Ich will nicht mit Laura arbeiten, ich will mit ihr auswandern oder Schafskäse machen. Auf Trüffel-Auktionen gehen und Mitglied der Slow-food-Bewegung werden, eine winzige Trattoria eröffnen und mit ihr nachts in den heißen Quellen am Monte Amiata baden, durch die Hohlwege der Etrusker wandern, sie an unmöglichen Orten lieben und ihren Kindern Dante beibringen. Dann würde vielleicht der fliegende Hund aus meinen Nächten verschwinden und mit ihm der sternförmige Schmerz.

«NOCH DREI WOCHEN, dann kommt Patrick!» Sofia seufzte tief, stocherte in den Tortellini herum, schob sie von einer Seite des Tellers auf die andere, steckte endlich ein Salbeiblatt in den Mund und kaute gedankenverloren darauf herum.

Laura Gottberg erwiderte nichts, ertappte sich aber dabei, dass sie ebenfalls Tortellini auf ihrem Teller herumschob, und legte die Gabel weg.

Noch nie hatte sie so direkt miterlebt, dass erste Liebe eine Art Besessenheit sein konnte.

Seit Sofias Rückkehr aus den Weihnachtsferien bei Patricks Familie in London war der junge Mann, den Laura noch nicht kennengelernt hatte, zum ständigen Familienmitglied geworden. Unsichtbar, aber stets anwesend. Ursache tiefer Seufzer, stundenlanger Telefongespräche, Chats und Hunderter oder Tausender SMS. Patrick schien neben Sofia zu gehen, neben ihr zu sitzen, vermutlich auch neben ihr zu schlafen.

Mein Freund Patrick, hatte Laura ihn im Stillen getauft, in Anlehnung an «Mein Freund Harvey», den imaginären Hasen. Immerhin war Patrick kein imaginärer Hase, sondern ein offensichtlich sehr lebendiger junger Ire.

Trotz Lauras Gegenwehr schien ihre Tochter nur noch zu höchstens vierzig Prozent anwesend zu sein, der Rest bewegte sich im virtuellen Raum zwischen London und München.

«Ja, in drei Wochen lerne ich ihn endlich kennen»,

murmelte Laura, griff wieder nach ihrer Gabel, spießte einen Tortellino auf und steckte ihn in den Mund.

«Ich bin sicher, dass du ihn total magst, Mama. Sogar Luca mag ihn, und der ist wirklich schwierig!»

Laura nickte und kaute, spürte dem Geschmack von Ricotta, Spinat, geriebenem Pecorino und Salbei in Buttersauce nach. Wie oft hatte sie diese und ähnliche Sätze in den letzten Wochen gehört? Dutzende, eher Hunderte Male. Die erste Liebe schien bei ihrer Tochter ähnliche Symptome auszulösen wie eine beginnende Demenz bei alten Menschen: die Wiederholung immer gleicher Sätze.

«Wie war's in der Schule?», fragte sie, um vom Thema Patrick abzulenken.

«Normal.»

«Was heißt normal?»

«Dasselbe wie bei dir, wenn ich dich frage, wie es bei der Arbeit war.»

«Ich verwende das Wort *normal* höchst selten, weil das leider oder zum Glück bei meiner Arbeit auch selten vorkommt. Hast du nicht eine Englischarbeit zurückbekommen?»

«Nö, die gibt's erst morgen.»

«Wie geht es deiner Freundin Sara?»

«Gut.»

«Hat sie eigentlich einen Freund?», Laura versuchte die Einsilbigkeit ihrer Tochter zu überhören.

«Hat Schluss gemacht.»

«Wer?»

«Sie.»

«Ah.»

«Sie hat sich was anderes unter einer Beziehung vorgestellt.»

«Ach so? Was denn?»

Sofia strich mit einem Finger über die allmählich fest werdende Buttersauce und leckte ihn ab. Dann warf sie mit einer schnellen Kopfbewegung ihr langes Haar zurück und zog die Nase kraus.

«Kann ich nicht sagen.»

«Weißt du's nicht, oder willst du's nicht sagen?»

«Ich weiß es nicht genau. Aber ich glaube, dass er total langweilig war. Jedenfalls finde ich ihn total langweilig. Außerdem geht er in unsere Klasse. Ich würde nie mit einem Jungen aus unserer Klasse gehen.» Sie tauchte ihren Finger ein zweites Mal in die Sauce, betrachtete ihn nachdenklich und sagte schließlich: «Patrick ist überhaupt nicht langweilig. Dem fällt dauernd was Neues ein, und er bringt mich ständig zum Lachen.»

Damit sind wir also wieder bei Patrick, dachte Laura. Schön, dass er nicht langweilig ist.

«Fein», sagte sie laut. «Wir werden ihn im Zimmer deines Bruders unterbringen. Wenn Luca in dieser Zeit hier übernachten will, dann kann er auf dem Sofa im Wohnzimmer schlafen.»

Sofia nickte heftig und leckte weiter die Butter vom Finger. Dann sah sie Laura zweifelnd an.

«Meinst du, dass Luca damit einverstanden sein wird? Es ist immer noch sein Zimmer.»

«Er ist ausgezogen, Sofia. Es war seine Entscheidung. Theoretisch ist es noch sein Zimmer, aber es ist unsere Wohnung. Wir haben kein Gästezimmer, deshalb nutzen wir ab jetzt seines. Ich finde, das ist fair.»

«Ja, vielleicht.»

«Wo würdest du Patrick denn sonst unterbringen, Sofi?»

Sofias Wangen liefen rosig an, und sie biss sich auf die Unterlippe. Am liebsten hätte Laura ihre Tochter in den Arm genommen, denn sie wusste genau, was Sofia sich gerade wünschte und nicht zu sagen wagte. In zwei Monaten war ihr sechzehnter Geburtstag. Hatte sie mit Patrick geschlafen? Möglich. Vermutlich. Seit Weihnachten hatte sie sich verändert, dem ersten Weihnachten, das sie und Luca nicht mit ihren Eltern verbracht hatten, sondern bei Ersatzeltern in England und bei Patrick.

Laura konnte diese Veränderung schwer benennen. Es war mehr eine Ahnung, als hätte die Aura ihrer Tochter sich verändert. Sie wirkte geerdeter und schien gleichzeitig zu schweben. Patrick war so etwas wie ein Leitstern geworden, der sie hinaus ins Leben führte. Sofia träumte sich hinaus und hatte dabei einen realen Bezugspunkt.

Hoffentlich leuchtet er lange, dieser Leitstern, dachte Laura. Wenigstens während der sechs Wochen des Schüleraustauschs.

Sofia stand auf und räumte die Teller in die Spülmaschine. «Ich muss noch Mathe machen. Stell dir vor, Mama, ich hab es echt kapiert.»

«Bravo!»

«Ist es okay, wenn ich in mein Zimmer gehe?»

«Natürlich.»

Sofia war schon an der Tür, zögerte, wandte sich um und kehrte zu Laura zurück.

«Patrick und ich wollen nachher noch skypen. Vielleicht bist du dann schon im Bett. Deshalb sag ich gleich gute Nacht.»

«Gute Nacht, Sofi.»

«Warum skypst du eigentlich nie mit Angelo?»

«Weil wir beide das nicht mögen, Sofi. Wir telefonieren lieber.»

«Aber dabei könnt ihr euch nicht sehen!»

«Wir sehen uns trotzdem.»

«Wie denn?»

«In unserer Vorstellung.»

«Aber es ist doch viel besser, wenn man sich richtig sieht!»»

«Für mich ist das nicht richtig, Sofi. Ich mag Angelo nicht als verwackeltes Computerbild sehen. Dann schon lieber als verwackelte Erinnerung in meinem Kopf.»

«Ach, Mama ...» Sofia schlang ihre Arme um Laura und schmiegte sich an sie. «Ich finde es so schön, wenn ich Patrick sehen kann. Ganz egal, ob es nur ein verwackeltes Bild ist.»

Laura hielt Sofia ebenfalls sehr fest und drückte einen Kuss auf ihr Haar.

«Das ist völlig in Ordnung, Sofi. Du machst es so, und ich mach's anders.»

Schließlich löste sich Sofia von ihrer Mutter, aber an der Tür drehte sie sich noch einmal um. «Eigentlich schade, dass Angelo nicht mehr da ist. Mir fehlt er richtig. Dir auch?»

«Ja, er fehlt mir auch, und trotzdem ist es gut, dass er wieder in Siena ist. Ich hatte dauernd ein schlechtes Gewissen, wenn ich Überstunden machen musste.»

«Schlimmer als bei mir und Luca?»

«Genauso schlimm.»

«Aber Angelo kam ganz gut ohne dich zurecht. Und außerdem hatte er ja auch mich und Opa und manchmal Luca.»

«Ja, natürlich.» Laura unterdrückte ein Lächeln.

«Ich hab mich prima mit Angelo unterhalten, es hat richtig Spaß gemacht, mit ihm zu kochen. Wir haben sogar zusammen mit Patrick geskypt. Patrick kennt Angelo besser als dich, Mama. Du könntest ja wenigstens mal hallo zu ihm sagen.»

«Gut, dann arrangiere das. Ich bin gern bereit, mit Patrick zu reden. Bisher schien aber niemand das Bedürfnis zu haben.»

«Mama! Sei jetzt bloß nicht beleidigt. Du hast immer so deutlich gesagt, dass du Skypen nicht magst, deshalb bin ich nie auf die Idee gekommen, dich zu fragen.»

Laura begann die Teller wegzuräumen. Ich bin verletzt, dachte sie. Ich bin richtig eifersüchtig auf Angelo. Wieso eigentlich? Ich könnte mich doch darüber freuen, dass er sich so nett um Sofi gekümmert hat. Wieso freue ich mich nicht?

«Und weshalb fragst du mich jetzt?»

«Es war Patricks Idee. Er hat gesagt, dass er meine *unsichtbare* Mutter ganz gern mal sehen würde.»

«Hat er das wirklich gesagt? Deine *unsichtbare* Mutter?»

«Ja, hat er.»

«Dann werden wir das ändern, oder?»

«Kein Problem. Ich ruf dich nachher, wenn es heut Abend passt.»

«Wie meinst du das: wenn es passt?»

«Ach Mama!», Sofias Stimme klang ungeduldig, und sie drehte eine ihrer dicken Haarsträhnen um den Finger, wie sie das stets tat, wenn sie nervös oder ärgerlich wurde. «Wir haben viel zu besprechen, weil wir nicht jeden Tag miteinander reden können!»

«Ich verstehe.»

«Wirklich?»

«Ich glaube schon.»

«Ich glaub nicht! Du willst eigentlich gar nicht, dass Patrick kommt! Dich nervt das. Du nimmst ihn nicht ernst und mich auch nicht!» Damit drehte Sofia sich um, verließ schnell die Küche und schloss die Tür sehr laut. So laut, dass es beinahe klang, als hätte sie die Tür hinter sich zugeknallt.

Hat sie auch, dachte Laura. Nur nicht so heftig, wie Luca das manchmal getan hat, als er noch jünger war. Sie ließ heißes Wasser über die fettigen Teller laufen und stellte sie dann in die Spülmaschine. Die restlichen Tortellini füllte sie in eine kleine Schüssel, wischte den Küchentisch ab, schenkte sich ein Glas Mineralwasser ein und betrachtete den bunten Tulpenstrauß, den sie sich selbst geschenkt hatte, ehe sie an diesem Abend nach Hause gegangen war. Lila, rote und rosa Tulpen. Endlich hatte der Frühling angefangen.

Luca wohnte seit beinahe fünf Monaten bei ihrem Exmann Ronald. Vier Wochen hatte sie dieser Wohngemeinschaft gegeben, welch ein Irrtum! Luca wohnte gern bei seinem Vater, und er veränderte sich von Monat zu Monat. Er war freundlich und erzählte viel, aber er war unabhängig geworden, erwachsen. Schneller als Laura erwartet hatte.

Seine Besuche wurden seltener. In der ersten Zeit erschien er noch zweimal die Woche zum Abendessen und blieb auch über Nacht. Jetzt kam er höchstens einmal in der Woche, ging meistens nach dem gemeinsamen Mahl, und manchmal blieb er ganz weg. Dafür verbrachte inzwischen Sofia jede Woche mindestens zwei Abende mit Luca und ihrem Vater.

Wenn sie es rational betrachtete, fand sie das gut und war stolz auf ihren Sohn und ihre Tochter. Aber ihr Bauchgefühl war weniger gut. Sie fühlte sich verletzt und seltsam unsicher. Ihr war, als nähme Ronald ihr den Sohn weg und ganz allmählich auch Sofia. Da half es gar nicht, wenn sie sich tausendmal sagte, dass Jungs einen Vater brauchten und dass Mütter loslassen mussten, damit … damit was? Damit sie keine Muttersöhnchen erzeugten? Damit sie richtige Männer wurden? Was für Männer?

Trotzdem: Sie hatte ihre Lektion gelernt. Langsam trank Laura das Glas Mineralwasser aus. Jetzt also Sofia. Jetzt standen Gespräche über Empfängnisverhütung und Verantwortung an. Und auch darüber, dass es für Laura nicht leicht sein würde, einen jungen Mann in ihrer Wohnung aufzunehmen, der offensichtlich sehr in ihre sehr junge Tochter verliebt war. Warum hatte sie das nur erlaubt? Spontan, ohne lange nachzudenken. Eine bescheuert liberale Mutter.

Im Augenblick fühlte sie sich erheblich weniger liberal. Eher unsichtbar. Kriminalhauptkommissarin Gottberg, unsichtbar. Die Dinge laufen lassend. Nicht im Beruf, nur zu Hause. Vielleicht sogar in ihrer Beziehung zu Angelo Guerrini.

Laura sah sich in ihrer Küche um. Warm und vertraut war sie, ein bisschen verwohnt in den Ecken. Wie lange lebten sie hier schon? Beinahe zwanzig Jahre. Noch nie hatte sie so viele Jahre in einer Wohnung verbracht. Nicht einmal in ihrer Kindheit.

Die vier Wochen mit Angelo hatten das gewohnte Leben total verändert. Anstelle von Luca war Angelo eingezogen. Nur für etwas länger als einen Monat, aber immerhin. Ihr erster Versuch, so etwas wie ein gemeinsames Leben zu erproben, das nicht aus Urlaub oder Ermittlungsarbeit bestand.

Das Ergebnis war irgendwie mittelmäßig gewesen. Ausgerechnet in diesen viereinhalb Wochen hatten sich Lauras Überstunden gehäuft und komplizierte Ermittlungen ihre ganze Aufmerksamkeit erfordert. Jetzt, in ihrer blaulackierten Küche, fühlte sie sich plötzlich wie eine Versagerin. Diese kostbaren Wochen hätten nicht so ablaufen dürfen. Nicht nach allem, was sie gemeinsam durchgestanden hatten, als Angelo angeschossen worden war.

Augenblicke großer Nähe hatte es gegeben, richtig gute Stunden, aber sie war das Gefühl nicht losgeworden, dass er auf sie wartete, dass sie mehr Zeit mit ihm verbringen sollte. Es hatte sie belastet, nervös gemacht. Aber vielleicht hatte er gar nicht gewartet. Warum hatte sie nicht richtig mit ihm darüber geredet? Nur ansatzweise hatte sie mit ihm gesprochen, und er hatte stets abgewehrt und gesagt, dass alles in Ordnung sei.

«Du musst mir nicht erklären, wie Polizeiarbeit aussieht, Laura. Sie ist nicht besonders gut fürs Zusammenleben. So ist es eben.»

Aber es ist ein verdammter Mist, dachte Laura. Ein verfluchter, verdammter Scheißmist!

Plötzlich erfasste sie eine Art Panik. Was, wenn Angelo bestimmte Schlüsse aus diesen vier Wochen in München gezogen hatte und ihre Beziehung auslaufen ließe?

Sie hatte in den vergangenen Jahren immer wieder Zweifel gehabt, und warum sollte es ihm anders gehen? Und sie selbst? Hatte sie noch oder wieder Zweifel? Nein, verdammt noch mal! Gerade jetzt hatte sie keinerlei Zweifel.

Was hatte sie zu Sofia gesagt? Es sei gut, dass Angelo wieder in Siena arbeite, es entlaste ihr schlechtes Gewissen wegen der Überstunden. Völliger Quatsch. Als er wieder in den Zug nach Florenz stieg, war sie völlig zerrissen zurückgeblieben – mit einem Gefühl, als hätte sie eine große Chance verpasst, als wäre er ihr entglitten und sie hätte ihn nicht festgehalten.

Sie erinnerte sich noch an die Muster verschütteter Getränke und plattgetretener Kaugummis auf dem grauen Boden des Bahnsteigs, an den schalen Geruch und daran, dass sie dem abfahrenden Zug nachgeschaut hatte, als würde ihr Leben davonfahren, ohne dass sie noch hätte aufspringen können.

Du bist melodramatisch, dachte sie. Das ist deine italienische Abstammung. Ihr Vater lachte sie deshalb manchmal aus.

«Wie deine Mutter!», sagte der alte Gottberg dann. «Sie war eine große Freundin des Dramas. Ich liebte das. Wir spielten Drama und danach Commedia. Es wurde nie langweilig mit deiner Mutter.»

Aber ich spiele das Drama als Ein-Personen-Stück, dachte Laura. Mir fehlt das Publikum.

Später sah sich Laura einen Krimi im Fernsehen an, der langweilig war, aber sie brachte nicht die Kraft auf, ihn abzuschalten. Unbewusst wartete sie darauf, zu Sofias Skype-Telefonat mit Patrick gerufen zu werden. Aber Sofia rief nicht.

Als der Krimi endlich zu Ende war, dachte Laura daran, Angelo anzurufen. Doch es war schon spät, und sie ließ es bleiben. In Sofias Zimmer brannte noch Licht, auch noch, als Laura aus dem Badezimmer kam.

«Gute Nacht!», rief sie laut.

«Gute Nacht!», kam die Antwort zurück, doch Sofias Tür blieb geschlossen.

Auch gut, dachte Laura und legte sich ins Bett. Vom Buch, das sie zu lesen versuchte, verstand sie kein Wort, weil ihre Gedanken eigene Wege gingen. Überallhin. Vor allem aber nach Siena.

Am nächsten Morgen fühlte sie sich klarer. Sie hatte zwar schlecht geschlafen und wäre lieber in Siena aufgewacht, doch sie funktionierte immerhin. Sie machte Frühstück und fragte Sofia, ob das Gespräch mit Patrick schön gewesen sei. Laura hätte nicht fragen müssen – Sofia strahlte, gab ihr bereits vor dem Frühstück drei Küsse und schien die Verstimmung vom Vorabend vergessen zu haben. Danach war sie schnell fort, hinaus in ihr anderes Leben, und Laura machte sich auf den Weg in ihres.

Während der Fahrt ins Präsidium klingelte ihr Mobiltelefon.

«Pronto, Claudia!», sagte Laura nach einem Blick aufs Display.

«Ah, Laura, gut, dass ich dich gleich erwische!» Die Stimme der Dezernatssekretärin klang nervös.

«Was ist los?»

«Ich hab gerade erfahren, dass Peter im Krankenhaus liegt. Du fährst besser gleich hin!»

«Unser Peter? Kommissar Baumann? Bist du sicher, Claudia?»

«Ja, ich bin sicher. Er liegt im Rechts der Isar.»

«Was ist denn passiert?»

«Ich weiß es nicht genau. Er scheint letzte Nacht in eine üble Schlägerei geraten zu sein. In einem Fast-Food-Restaurant in der Innenstadt. Mehr weiß ich auch nicht. Fährst du hin?»

«Natürlich. Was ist denn mit ihm?»

«Keine Ahnung. Aber wenn er im Krankenhaus liegt, dann muss er wohl verletzt sein. Grüß ihn von mir, bitte. Und sag ihm, dass ich ihn später besuchen werde.»

«Mach ich.»

«Du bist nicht gut drauf, oder?»

«Na, jetzt bestimmt nicht mehr.»

«Ich sag dem Chef, dass du zu Peter gefahren bist. Hoffentlich ist es nicht so schlimm!»

Laura hatte mit ihrem alten Mercedes bereits die Isarbrücke am Volksbad überquert und bog in letzter Sekunde rechts ab. Doch obwohl ihr Abstand zu einem rasenden Radfahrer groß genug war, schickte der ihr eine wüste Beschimpfung hinterher und schwenkte eine Faust. Irgendwann nehme ich mir einen von denen vor, dachte Laura und gab Gas.

Feiner Dampf stieg vom Fluss auf, als wäre das Wasser über Nacht aufgeheizt worden, und über den Bäumen am Straßenrand lag ein Hauch von Grün, eine Ahnung nur von aufplatzenden Knospen und winzigen, sich entfaltenden Blättern. Es war ein unentschiedener Morgen, hoch am Himmel hingen Wolkenschleier, und die Sonne schien milchig auf die Stadt. Sie stand noch tief, und ihr Licht war kraftlos.

Laura mochte dieses gelbliche Licht nicht und die Unentschiedenheit. Das Wetter schien ihre innere Verfassung zu spiegeln. Außerdem war sie ernsthaft beunruhigt über ihren Kollegen. Warum hatte man sie nicht früher benachrichtigt? Es passte überhaupt nicht zu Peter, dass er in eine Schlägerei geriet. Aus solchen Dingen hielt er sich meistens heraus, erst recht, wenn er nicht im Dienst war.

Prügelei in einem Fast-Food-Restaurant, dachte sie. Er hatte sich doch vorgenommen, das Zeug nicht mehr zu essen.

«MADRE MIA», murmelte Laura Gottberg und blieb erschrocken am Fußende des Bettes stehen. Von Kommissar Baumann waren vor allem weiße Verbände und zwei geschwollene Augen zu sehen. Er war wach und versuchte die Augen ein bisschen weiter aufzureißen, als er Laura sah.

«Hallo», flüsterte er. «Gut, dich wiederzusehen. Wär beinahe schiefgegangen.»

«Wie viele waren es?»

«Drei.» Peter Baumanns Stimme klang undeutlich und heiser. Offensichtlich hatten die Ärzte seinen Unterkiefer fixiert. Laura zog einen Stuhl neben das Bett, setzte sich und griff vorsichtig nach seiner rechten Hand, die nicht bandagiert war. Auch der rechte Arm schien unverletzt zu sein.

«Haben sie die Kerle erwischt?»

Er nickte kaum merklich und verzog dabei das Gesicht, hatte offensichtlich Schmerzen.

«Alle drei?»

«Ich weiß nicht genau.»

«Kannst du erzählen, was passiert ist?»

Als Baumann die Augen schloss, wurden sie zu tiefen Schlitzen in blaurotem Gewebe. Laura ertrug den Anblick nicht und schaute auf seine unversehrte Hand, streichelte sie vorsichtig.

«Nicht richtig», flüsterte er. «Ich kann mich nicht genau erinnern. Aber ich glaube, sie haben einen umgebracht.»

«Wen?»

«Ich weiß es nicht, Laura. Ich weiß nur, dass sie mich auch umbringen wollten … ich hab es in ihren Augen gesehen.»

«Warum dich?»

Der junge Kommissar hustete, stöhnte und rang nach Luft. Als der Hustenanfall endlich vorüber war, dauerte es ein Weile, bis er wieder sprechen konnte.

«Rippenprellungen und drei sind gebrochen … tut verdammt weh, wenn ich husten muss. Brutal, das sag ich dir.»

«Ich glaube, du solltest nicht reden, Peter.» Wieder streichelte Laura seine Hand.

«Ich will aber», murmelte er. «Die wollten mich umbringen, weil ich dem andern geholfen habe. Deshalb.»

«Streng dich nicht an. Ich lass mir das von den Kollegen erzählen, die am Tatort waren. Ich hatte gestern Abend frei, verdammt noch mal. Du hattest Dienst. Hinterher wolltest du offensichtlich noch einen Hamburger einwerfen, oder waren es Pommes?»

Peter Baumann versuchte ein Lächeln, aber es wurde nur eine seltsame Grimasse daraus.

«Beides», flüsterte er.

«Mit Majo, was?»

Er hustete wieder.

«Ich glaub, ich gehe besser. Es nicht gut, wenn ich dich dauernd zum Husten bringe.»

«Ist aber schön, dass du hier bist.»

«Claudia lässt dich grüßen. Sie wird dich heute auch noch besuchen.»

«Okay.»

«Ich halte dich auf dem Laufenden, was diese Geschichte angeht.»

Wieder schloss er die Augen. Laura drückte seine Hand und stand auf. An der Tür wandte sie sich um. «Lass dir Zeit und kurier dich richtig aus. Denk an Guerrini, der war fast vier Monate außer Gefecht.»

«Ich will aber hier nicht liegen. Ich möchte mit dir rausgehen und weitermachen. Mit Pommes und Majo. Ich fühl mich so ... ausgeliefert hier. Im Augenblick kann ich nicht mal aufstehen.»

«Ist was mit deinen Beinen?»

«Der Typ hat mir eine Kniescheibe zertrümmert. Wird morgen operiert.»

«Mist.»

«Das kannst du laut sagen.»

«Die Ärzte kriegen das wieder hin, Peter.»

«Und wenn mein Bein steif bleibt? Was dann?»

«Dann bist du eben ein Kommissar mit einem steifen Bein. Du brauchst vor allem deinen Verstand, und der scheint zu funktionieren.»

«Meinst du nicht, dass die mich auf einen Büroposten abschieben, auf dem ich dann verschimmeln kann?»

«Ich finde, dass du nicht darüber nachdenken solltest, Peter. Außerdem bin ich sicher, dass du nicht verschimmeln wirst. Ganz sicher!»

Laura kehrte zu seinem Bett zurück und nickte ihm ermutigend zu. Doch Kommissar Baumann sah es nicht, denn er hielt noch immer seine Augen geschlossen.

«Geh», sagte er leise. «Es ist nur so, dass ich dauernd Angst habe. Seit gestern Nacht. Aber damit muss ich selber fertig werden.»

«Angst, wovor?»

«Vor nichts Bestimmtem. Einfach nur Angst.»

«Findest du das nicht normal? Immerhin haben die versucht, dich umzubringen.»

«Ich weiß nicht. Aber ich werd schon allein damit fertig.»

«Warum denn allein? Ich hätte auch Angst. Was du erlebt hast, das vergisst man nicht so schnell.»

Kurz presste er seine aufgeplatzten Lippen zusammen. «In unserem Beruf sollte man das aber verkraften.»

«Wer sagt das?»

«Ich sage mir das, Laura. Meine Vorgesetzten sagen mir das. Meine Kollegen. Ich weiß doch, wie es läuft.»

«Ich sage es nicht, Peter. Und derzeit bin ich deine direkte Vorgesetzte.»

«Okay, geh jetzt, bitte.»

«Ich gehe, aber ich komme morgen wieder. Dann reden wir weiter.»

«Morgen werde ich operiert.»

«Aber du wirst aus der Narkose aufwachen, und dann können wir ein bisschen reden. Wenn du zu müde bist, dann eben übermorgen.»

«Hartnäckig wie immer.»

«Ja. Und jetzt gehe ich wirklich. Ciao.»

Baumann antwortete nicht, und Laura schloss leise die Tür, blieb dann aber stehen und lehnte sich an die Wand.

Es hat ihn richtig erwischt, dachte sie. Ich hab wirklich genug von Krankenhäusern. Erst Angelo und jetzt Baumann. Vielleicht bin ich als Nächste dran.

Langsam stieß sie sich von der Wand ab, folgte dem langen Flur, dessen Boden so sehr glänzte, dass sie fürchtete auszurutschen. Als sie das Ärztezimmer erreicht hatte, klopfte sie. Da niemand öffnete, klopfte sie ein zweites Mal. Diesen spezifischen Geruch von Krankenhäusern würde jeder mit verbundenen Augen überall auf der Welt erkennen. Gab es auch einen spezifischen Geruch von Polizeipräsidien? Sie nahm sich vor, später darauf zu achten.

Endlich wurde die Tür geöffnet, und ein erstaunlich junger Mann im weißen Kittel erschien, nur zur Hälfte allerdings. Seine zweite Hälfte blieb hinter der Tür verborgen.

«Bitte? Was kann ich für Sie tun?»

Obwohl Laura ihn sicher bei irgendetwas unterbrochen hatte, vermutlich beim Abfassen von Patientenberichten, wirkte er sehr freundlich.

«Kann ich Sie einen Augenblick sprechen? Ich bin eine Kollegin des verletzten Polizeibeamten.»

«Ja, natürlich. Worum geht es denn?»

«Könnte es sein, dass Kommissar Baumann ein seelisches Trauma erlitten hat? Haben Sie irgendwelche Anzeichen dafür wahrgenommen?»

Der junge Arzt zog besorgt die Augenbrauen hoch, öffnete dann die Tür ein bisschen weiter.

«Hören Sie, darüber darf ich mit Ihnen nicht sprechen …»

«Jaja, ich weiß schon. Ich bin die direkte Vorgesetzte des Kommissars. Und Sie müssen auch gar nichts sagen. Ich mache Sie nur auf etwas aufmerksam, das mich beunruhigt. Es mag der Schock sein, unter dem er vermutlich noch steht. Aber es kann auch mehr sein. Es wäre vielleicht gut, wenn Sie einen Psychologen mit ihm sprechen lassen würden. Es gibt doch einen Spezialisten hier in der Klinik.»

Der Arzt nickte. «Ich habe auch schon daran gedacht.»

«Ich danke Ihnen. Passen Sie gut auf den Kommissar auf. Ich brauche ihn noch.»

Laura hob grüßend die Hand und machte sich auf den Weg ins Präsidium. Er ist nett, dachte sie. Wie angenehm, wenn man freundlichen Menschen begegnet.

«Leider passieren solche Sachen immer öfter!» Der drahtige Kriminalhauptmeister ging unruhig im Dezernatsbüro auf und ab. Claudia hatte ihm Kaffee oder Tee angeboten, doch er wollte nichts. «Es gibt immer mehr Typen, die keine Hemmschwelle haben. Die hauen und treten einfach zu, bis der andere zu Brei ist. Aber das wissen Sie selbst, Frau Gottberg ... das muss ich Ihnen nicht erklären. Hinterher heulen sie dann und jammern, dass sie sich selbst nicht verstehen könnten.»

Laura kannte den Kollegen nur flüchtig und beobachtete aufmerksam, wie er sich selbst in Rage redete. «Die schrecken auch nicht davor zurück, einen Polizisten umzubringen. Ich hab das ein paarmal erlebt, und das reicht mir. Aber Baumann hat es voll erwischt. War kein schöner Anblick, das kann ich Ihnen sagen, Frau Gottberg.»

«Was ist also genau passiert?» Laura saß auf Baumanns Schreibtisch und wippte ungeduldig mit dem rechten Fuß, weil ihr die Einführung zu lange dauerte.

Kriminalhauptmeister Nowak räusperte sich und strich mit Daumen und Zeigefinger über den schmalen dunklen Bart, der die untere Hälfte seines Gesichts einrahmte und es markanter erscheinen ließ, als es eigentlich war.

«Wir wurden kurz nach zwölf zu diesem McDonald's in der Innenstadt gerufen. Es sah ziemlich wüst aus, als wir kamen. Zertrümmertes Mobiliar, Blutspuren, und zwei Männer lagen am Boden. Ein Mann wurde von drei Angestellten festgehalten und eine Frau saß heulend auf einem Stuhl. Gleichzeitig mit uns trafen zwei Notarzt-Teams ein. Sie konnten nur noch den Tod des einen Mannes feststellen. Der zweite, Kollege Baumann, war zwar schwer verletzt, erlangte aber schnell das Bewusstsein wieder und wurde ins Krankenhaus gebracht. Die Frau hatte einen Schock erlitten und wurde ebenfalls behandelt. Den mutmaßlichen Täter haben wir festgenommen. Erst dann haben die Angestellten erzählt, dass zwei Männer geflüchtet waren.

Nach Darstellung der Angestellten des Restaurants hatte der Tote, ein italienischer Staatsangehöriger, mit der Frau geflirtet, obwohl die mit dem Täter ... dem mutmaßlichen Täter ... zusammen war. Darüber war der mut...»

«Sagen Sie doch einfach Täter. Wir sind ja nicht vor Gericht!», unterbrach Laura den überkorrekten Kollegen.

Nowak nickte erleichtert. «Okay, also der Täter war darüber offensichtlich so wütend, dass er ohne Vorwarnung auf den Mann einschlug. Er ist übrigens Österreicher, aus Tirol. Dann muss wohl alles ziemlich schnell gegangen sein. Die beiden Begleiter des Österreichers schlugen ebenfalls zu. Der Italiener ging zu Boden, und der Täter trat auf seinen Kopf ein. Dann hat Kommissar Baumann eingegriffen und sich als Polizist zu erkennen gegeben. Das bestätigen die Angestellten, die übrigens ebenfalls einen Schock erlitten haben. Daraufhin haben die Täter auf Baumann eingeprügelt und auch ihn schwer verletzt.»

«Wo sind die Typen jetzt?»

«Sitzen in Untersuchungshaft. Wir konnten die Flüchtigen aufgrund von Angaben der Frau und des Haupttäters schnell fassen.»

«Und die Frau?»

«Wir haben ihre Personalien. Sie wohnt in München.»

«Wisst ihr schon, wer der Tote ist?»

Nowak zog einen Zettel aus seiner Jackentasche. «Ein gewisser Cesare Trappi, derzeit wohnhaft in Dachau, einundvierzig Jahre alt, Installateur.»

«Alleinstehend?»

«Wird gerade überprüft. Es ist ja erst letzte Nacht passiert.» Nowaks Stimme klang leicht gereizt.

«Schon gut.» Laura seufzte. «Was für einen Eindruck machte der Österreicher auf Sie, Kollege?»

Nowak zuckte die Achseln. «Was soll ich da sagen? Er hat nicht viel gesagt, und Baumann hatte ihm ein schönes Veilchen und eine Platzwunde verpasst. Er ist schmal, durchtrainiert und hat dunkles Haar, dreißig Jahre alt. Mir war er nicht besonders sympathisch, und wenn der sich noch mal aufgeführt hätte, dann …»

«Sagen Sie es lieber nicht, Nowak.»

«Na ja, wir sind ja nicht vor Gericht, oder?» Er grinste ein bisschen.

«Trotzdem. Waren die beiden Flüchtigen ebenfalls Österreicher?»

Nowak schüttelte den Kopf. «Nein, die sind Deutsche. Einer aus dem Osten, der andere Münchner. Beide arbeitslos.»

«War Alkohol im Spiel?»

«Möglich.»

«Ich danke Ihnen für Ihren Bericht. Es macht die Dinge ein bisschen klarer.»

«Wie geht es dem Kommissar?»

«Nicht besonders gut. Ich hatte Probleme, ihn zu erkennen. Immerhin ist sein Zustand stabil, und morgen wird seine zertrümmerte Kniescheibe operiert.»

«Das tut mir sehr leid.»

«Mir auch. Das wäre für heute alles, oder? Könnten Sie mich über neue Entwicklungen informieren?»

«Natürlich, Frau Gottberg.» Noch immer stand er mitten im Großraumbüro, als warte er auf etwas.

«Dann … bis zum nächsten Mal.»

«Ja, bis zum nächsten Mal.» Er hob grüßend die rechte Hand, nickte Laura zu und lächelte Claudia an. «Bis zum nächsten Mal», wiederholte er, und das schien ausschließlich für die rothaarige Sekretärin bestimmt.

Als er endlich und sehr langsam das Dezernatsbüro verlassen hatte, verdrehte Claudia die Augen und atmete sichtlich auf.

«Kennst du ihn?», fragte Laura.

«Nein, aber er mich. In der Kantine grüßt er mich jedes Mal, als wären wir gute Bekannte, und er versucht immer, einen Sitzplatz in meiner Nähe zu bekommen. Mir ist das unangenehm.»

«Sag es ihm doch.»

«Hab ich schon zweimal gemacht.»

«Und?»

«Er hat geantwortet, dass es ja wohl nicht verboten sein könne, einen Menschen nett zu finden.»

«Oje», seufzte Laura. «Soll ich mit ihm reden?»

«Ach, Quatsch. Ich ignoriere ihn einfach. Soll ich gleich zu Peter fahren?»

«Keine schlechte Idee. Hast du noch einen Kaffee für mich?»

«Klar.»

«Ich glaube, Peter braucht Unterstützung. Diese Geschichte hat unseren coolen Kommissar ziemlich aus dem Gleis geworfen. Ich fürchte, er hat ein Trauma.»

«Und was kann ich da machen?»

«Gar nichts, Claudia. Setz dich einfach zu ihm. Etwas machen ist nicht gut. Es ist immer künstlich. Wenn du gern zu ihm fährst und ihm das Gefühl gibst, dass er für dich wichtig ist, dann reicht das schon. Wenn es echt ist, verstehst du?»

Claudia warf Laura einen durchdringenden Blick zu. «Du klingst, als hättest du gerade einen Kurs in Seelsorge absolviert.»

«Ach, verdammt noch mal, dann fahr hin und schau ihn dir an! Dann weißt du, warum ich das sage.»

«Entschuldigung.»

«Wenn du nur hinfährst, weil du meinst, ihn besuchen zu müssen, dann lass es lieber. Das braucht er im Augenblick nicht.»

Claudia biss sich auf die Unterlippe und stand auf. «Du bist wieder mal krass drauf, was, Laura? Aber wahrscheinlich hast du recht. Ich fahr jetzt zu Peter, und ich fahr hin, weil ich ihn mag. Zufrieden?»

«Ja, natürlich. Entschuldige, wenn ich zu heftig war. Ich hab einfach genug von Krankenhäusern und davon, dass Menschen, die mir wichtig sind, von irgendwelchen Idioten verletzt werden.»

Claudia füllte einen Becher mit Kaffee und Milch, drückte ihn Laura in die Hand und blieb vor ihr stehen.

«Der Peter schafft das schon!», sagte sie mit Nachdruck. «Mach dir nicht so viele Gedanken. Es ist doch erst heut Nacht passiert.» Sie gab Laura einen ermutigenden Knuff, der so kräftig ausfiel, dass der Kaffee überschwappte, dann griff sie nach ihrer Jacke und ging.

Kriminaloberrat Becker betrat das Dezernatsbüro knapp zwei Minuten, nachdem Claudia es verlassen hatte. Er schien relativ gut gelaunt und ausgeruht, und Laura fiel ein, dass er in den letzten Tagen ein Treffen von Dezernatsleitern beim Bundeskriminalamt besucht hatte. Becker trug einen – offensichtlich neuen – dunkelblauen Anzug, ein mittelblaues Hemd und eine schimmernde hellblaue Seidenkrawatte. Noch nie hatte Laura ihn so elegant gesehen. Wegen seines stets leicht geröteten, vollen Gesichts wirkte er zwar trotzdem ein bisschen wie ein niederbayerischer Viehhändler, aber heute immerhin wie ein gut angezogener. Offensichtlich hatte er seinen leutseligen Tag, denn er wedelte fröhlich mit einem Aktenordner.

«Wie schön, Sie zu sehen, Laura. Gibt's auch noch einen Kaffee für mich?» Suchend schaute er sich um, sein Blick wanderte vom leeren Schreibtisch der Sekretärin zum leeren Schreibtisch von Kommissar Baumann, auf dem Laura noch immer saß.

«Guten Morgen. Schaun wir einmal nach, ob es noch einen Kaffee gibt.» Laura rutschte vom Tisch und ging zur Espressomaschine.

«Wo sind denn die andern?» Becker schaute demonstrativ auf seine Armbanduhr, steckte den Aktenordner unter seinen linken Arm, seine rechte Hand in die Hosentasche und schlenderte quer durch den Raum auf Laura zu.

«Größere Katastrophen», murmelte sie, während sie den restlichen Kaffee einschenkte. Sie schilderte in knappen Worten die Situation.

Becker schüttelte den Kopf und presste die Lippen zusammen. «Bitter. Die Kerle sitzen in Untersuchungshaft?»

«Sie sitzen.»

«Immerhin etwas. Aber übel für Baumann und auch für uns. Bei dem Personalmangel. Ich habe vom BKA Arbeit mitgebracht. Einer der Mitbesitzer der Hardenberg Bank ist in Italien umgebracht worden. Der Urenkel des Gründers, Leo Hardenberg. Der italienische Staatsanwalt, der mit der Sache befasst ist, hat darum gebeten, die Bank und ihr Umfeld ein bisschen unter die Lupe zu nehmen. Er hat jede Menge Fragen, und die sind hier drin.» Schwungvoll warf er den Ordner auf Baumanns Schreibtisch, wo er über die glatte Fläche schlitterte und aufgeschlagen auf dem Boden landete.

«Bravo», sagte Laura und reichte ihrem Vorgesetzten

den Kaffeebecher. Er nahm ihn, zögerte, doch sie machte keinerlei Anstalten, den Ordner aufzuheben. Auch er ließ es bleiben.

«Wo ist Hardenberg denn umgebracht worden?», fragte sie stattdessen und setzte sich wieder auf Baumanns Schreibtisch. Ich heb ihn nicht auf, dachte sie und schlug die Beine übereinander.

«Irgendwo in der Toskana. Steht alles in der Anfrage um Ermittlungshilfe.»

«Wann ist das passiert?»

«Vor zwei oder drei Tagen.»

«Ist seine Familie benachrichtigt worden?»

«Ich weiß es nicht. Ich weiß nur, dass die Vorstände der Hardenberg Bank benachrichtigt wurden, deshalb nehme ich an, dass auch seine Familie …»

«Ja, wahrscheinlich. Ist der Staatsanwalt aus Florenz?»

«Nein, ich glaube, er hat seinen Sitz in Siena. Eigenartiger Zufall, nicht wahr, Laura? Aber glauben Sie nur nicht, dass Sie schon wieder auf Staatskosten in die Toskana reisen dürfen. Es geht ausschließlich um Informationen über die Münchner Hardenberg Bank.»

«Müssen Sie eigentlich immer so direkt werden, Herr Becker? Ich kann nichts dafür, dass Leo Hardenberg in der Toskana ums Leben gekommen ist. Ich kann auch nichts dafür, dass der Staatsanwalt aus Siena um Ermittlungshilfe bittet. Mir geht es im Augenblick darum, dass Kommissar Baumann wieder gesund wird.»

«Natürlich, natürlich. Trotzdem werden Sie vermutlich das Vergnügen haben, mit einem gewissen Kollegen aus Siena zusammenzuarbeiten. Er ist nämlich ebenfalls mit diesem Fall befasst.» Kriminaloberrat Becker nippte an seinem Kaffee, stellte ihn auf Claudias Schreibtisch ab und wandte sich zum Gehen. «Das wäre alles. Halten Sie mich auf dem Laufenden und grüßen Sie Baumann von mir. Ich werde in den nächsten Tagen bei ihm vorbeischauen.» An der Tür wandte er sich noch einmal um und sagte: «Der Kaffee war übrigens scheußlich.»

Laura stand da und stellte sich vor, wie sie ihm den halbvollen Kaffeebecher nachwarf. Der Becher würde gegen die Tür knallen und der Kaffee nach allen Seiten spritzen. Damit war die Angelegenheit erledigt, und sie konnte sich das Aufwischen sparen. Entlastende Visualisierung nannte Laura Phantasien dieser Art.

Natürlich wusste Becker längst von ihrer Beziehung zu Guerrini. Alle wussten es. Seufzend betrachtete sie den zerfledderten Ordner, hob ihn endlich auf und glättete die zerknickten Blätter. Vor zwei Tagen war also dieser Leo Hardenberg irgendwie zu Tode gekommen. Warum hatte Angelo nicht angerufen? Und warum stand noch nichts in den Zeitungen? Laura setzte sich an Baumanns Schreibtisch, schlug den Ordner auf und begann zu lesen.

ALS CLAUDIA aus dem Krankenhaus zurückkam, saß Laura Gottberg noch immer an Baumanns Schreibtisch, völlig vertieft in die Aufzeichnungen des Staatsanwalts Cichetto. Seine Fragen waren voller Details und so umständlich formuliert, dass sie viele Sätze mehrmals lesen musste, um ihren Inhalt wirklich zu verstehen.

«Sag nicht, dass du die ganze Zeit hier auf mich gewartet hast.»

«Nein, hab ich nicht.» Zerstreut schaute Laura auf und gleich wieder in den Ordner.

«Es geht ihm wirklich nicht gut!» Claudia stellte sich vor Laura hin. «Er hat Angst. Hat er dir das auch gesagt?»

«Was?»

«Ich rede mit dir, Laura Gottberg! Peter hat Angst, richtig Angst, und das finde ich sehr beunruhigend.»

«Entschuldige. Ich lese gerade sehr beunruhigende Unterlagen … Peter hat Angst, das hat er mir auch gesagt. Im Augenblick könnte das möglicherweise normal sein, aber es könnte auch bedeuten, dass er ein Trauma erlitten hat.»

Langsam zog Claudia ihre Jacke aus, hängte sie in den Schrank, ging wieder zu Laura und sah sie fragend an. «Was bedeutet das?»

«Ich weiß es nicht, Claudia. Kann sein, dass es sich von selbst auflöst, aber es kann auch sein, dass es für eine Weile bleibt. Im Krankenhaus haben sie ein Auge drauf.»

«Was macht man, wenn es bleibt?»

«Therapie vermutlich.»

«Und wie geht's dann für ihn weiter? Ich meine, mit Arbeit und allem …» In Claudias Augen lag eine seltsame Unruhe, sie schluckte schwer, fasste sich mit der Hand an die Kehle.

«Es ist ja noch gar nicht erwiesen, dass er traumatisiert ist, Claudia. Vielleicht träumt er in zwei Tagen, dass er die drei Typen durch die Fensterscheiben von McDonald's schmeißt, und dann geht es ihm wieder gut.»

Claudia drehte sich um und ging zu ihrem Schreibtisch.

«Glaub ich nicht», sagte sie so leise, dass Laura es kaum verstehen konnte.

Ich auch nicht, dachte Laura und hatte plötzlich den Eindruck, dass Claudia nicht nur als Kollegin an Baumanns äußeren und inneren Verletzungen Anteil nahm. Aber vielleicht täuschte sie sich auch. Sie konzentrierte sich wieder auf die Informationen in ihrem Aktenordner.

«Was liest du da eigentlich? Du arbeitest doch sonst nie in unserem Büro.» Claudias Stimme klang angriffslustig.

«Na, heute hatte ich euer Büro für mich allein. Becker hat mir diesen Aktenordner vor die Füße geknallt, deshalb bin ich gleich hiergeblieben.» Laura versuchte einen leichteren Tonfall anzuschlagen.

«Vor die Füße geknallt?»

«Ja, und er hat ihn nicht aufgehoben.»

«Und du? Was hast du gemacht?»

«Ich hab ihn auch nicht aufgehoben. Erst nachdem der Chef das Zimmer verlassen hatte. Er hat übrigens gesagt, dass der Kaffee scheußlich sei.»

«Das sagt er immer, weil er nur deutschen Filterkaffee mag.»

«Ich hatte daraufhin den Impuls, ihm meinen Kaffeebecher nachzuwerfen. Hab es aber gelassen, weil ich sonst hätte putzen müssen. Aber der Impuls war sehr erleichternd.»

Claudia lachte.

Gott sei Dank, sie lacht, dachte Laura. Laut fragte sie: «Wie geht es deiner Kleinen?»

«Ach, der geht's gut. Sie liebt ihre Kita und ihre vielen Freundinnen. Es geht so viel leichter, Laura. Sie ist auch nicht mehr so oft krank. Und dieses Jahr sieht es so aus, als könnte ich endlich eine Woche allein Urlaub machen, weil meine Eltern sich um ihre Enkelin kümmern wollen. Jetzt, wo sie endlich so groß ist, dass man etwas mit ihr anfangen kann … wie mein Vater sagt.»

«Freut mich für dich. Ich hatte manchmal den Eindruck, dass du kurz davor stehst aufzugeben.»

«Der war nicht falsch, dein Eindruck.»

«Was willst du mit deiner kostbaren Woche anfangen?»

«Keine Ahnung. Was steht denn nun eigentlich in dem Aktenordner, den Becker dir vor die Füße geknallt hat? Haben wir irgendwas falsch gemacht?»

«Nein. Es geht um Ermittlungshilfe für den Mord an einem deutschen Banker in Italien. Aber es ist eine ziemlich verwirrende Geschichte. Vorn im Ordner stehen die Fragen des italienischen Staatsanwalts, und dann folgen Ermittlungsakten über die Hardenberg Bank, die vom Dezernat für Wirtschaftskriminalität im LKA Bayern stammen. Aber diese Ermittlungen sind offensichtlich schon vor einem Jahr eingestellt worden … auf Anweisung der Staatsanwaltschaft. Wie das alles zusammenhängt, ist mir völlig unklar.»

«Hat der Chef nichts gesagt?»

«Nein, er hat nur gesagt, dass der italienische Staatsanwalt um die Beantwortung seiner Fragen bittet. Die LKA-Ermittlungen hat er mit keinem Wort erwähnt.»

«Vielleicht hat er den Ordner nicht gelesen, Laura. Ist dir noch nie aufgefallen, dass der werte Herr Kriminaloberrat gern delegiert und ziemlich oft nicht besonders gut informiert ist?»

«Klar ist mir das aufgefallen. Aber in so einem speziellen Fall … Banken, das ist doch im Moment Panikthema Nummer eins!»

Claudia lachte kurz auf. «Vielleicht hat er es gerade deshalb nicht gelesen. Es ist eine Geschichte, die Ärger bringen könnte. Du setzt dich wohl am besten mit dem LKA in Verbindung, oder soll ich das erledigen?»

«Ich mach das schon selbst, aber zuerst rufe ich den Staatsanwalt in Siena an», murmelte Laura.

«Siena?»

«Ja, Siena.»

«Dann ist es ja der ideale Fall für dich!»

Laura antwortete nicht und griff nach Ordner, Jacke und Rucksack.

«Ich bin in meinem Büro, falls du mich brauchst», sagte sie an der Tür.

«Entschuldige. Hab ich was Falsches gesagt?»

«Nein. Ich möchte nur in Ruhe diese Akten lesen und dann mit dem LKA sprechen und mit dem Staatsanwalt.» Laura zögerte einen Augenblick und fügte langsam hinzu: «Becker hat es ganz ähnlich formuliert wie du, Claudia. Manchmal nervt es mich.»

«Es tut mir wirklich leid, ich wollte dir nicht zu nahe treten … aber weil heute alles so traurig ist, wollte ich einen Witz machen. War wohl kein guter, was?»

«War aber auch nicht schlecht. Ist schon in Ordnung, Claudia. Jetzt brauch ich nur eine Weile meine Ruhe, dann geht's wieder.»

Laura riss die Fenster ihres kleinen Büros weit auf, um die Frühlingsluft hereinzulassen. Während sie den Flur entlangging, hatte sie versucht herauszufinden, wie sich der spezifische Geruch des Polizeipräsidiums zusammensetzte. Ein bisschen abgestanden roch es, nach Lampen mit Kunststofffassungen, die heiß wurden, nicht nach Staub oder Akten. Irgendwie auch nach Schweiß, obwohl Laura sich nicht erklären konnte, weshalb. Jedenfalls war es kein besonders angenehmer Geruch. Sie schaute zu den Türmen der Frauenkirche hinüber, bemerkte, dass der Himmel noch immer milchig unentschieden über der Stadt hing.

Warum hat Angelo noch nicht angerufen? Aus dem Bericht von Staatsanwalt Cichetto ging eindeutig hervor, dass er im Fall Hardenberg ermittelte. Wann hatten sie zum letzten Mal miteinander gesprochen? Vor vier Tagen. Inzwischen war Hardenberg ermordet worden, und Angelo wusste, dass der Stammsitz der Hardenberg Bank in München lag. Aber Angelo hatte nicht angerufen.

Sie selbst auch nicht. Warum eigentlich? Sie sehnte sich nach ihm.

Langsam wandte sich Laura vom Fenster ab und ging zu ihrem Schreibtisch. Sie legte eine Hand auf den Aktenordner und schob ihn dann von sich weg.

Ich habe Angst, dachte sie. Ich fürchte mich davor, dass Angelo sich allmählich von mir zurückzieht. Deshalb rufe ich nicht an.

Nach seiner schweren Verletzung hatte er sich verändert. Sie hatten viel darüber gesprochen, auch über seine Träume vom fliegenden Hund, über die Beunruhigung, die sie auslösten. Sie hatten versucht, über sein «mildes Trauma» zu lachen, aber der Hund ging nicht weg. Nicht in München und nicht in Siena.

«Wie geht's dem Hund?», hatte Laura beim letzten Telefongespräch gefragt.

«Es geht ihm gut. Er fliegt immer besser.»

«Besuch ihn doch mal bei den Pisellis und bring ihm was zu fressen mit. Vielleicht beruhigt er sich dann.»

«Ich glaube nicht, Laura. Aber ich könnte es versuchen.»

«Vielleicht wäre es gut, wenn du mit einem Psychologen darüber sprechen würdest.»

«Möglicherweise.»

Dann hatte Angelo das Thema gewechselt. Vielleicht hätte sie das mit dem Psychologen nicht sagen sollen, obwohl sie danach über alles Mögliche geplaudert hatten, über Sofia, Angelos Vater, darüber, dass der Frühling auf sich warten ließ. Nach dem Gespräch hatte Laura sich merkwürdig ratlos gefühlt und sich gefragt, wie es weitergehen solle, dieses Leben auf Distanz. Immer wieder wurden Entwicklungen unterbrochen, fehlte plötzlich Nähe, gab es Missverständnisse.

Ihr selbst fiel es ja inzwischen auch schwer, so weiterzumachen wie bisher, ganz besonders in den letzten Wochen. Sie fühlte sich total eingeengt, und die Vorstellung, dass es noch viele Jahre so weitergehen könnte, löste an manchen Tagen geradezu Verzweiflung in ihr aus. Aber Luca und Sofia waren noch lange nicht selbständig, vermutlich würden beide ein Studium anfangen, und dann würde sie noch immer jahrelang ein sicheres Einkommen benötigen, um ihre Kinder zu unterstützen. Auf ihren Ex konnte sie dabei nur sehr begrenzt zählen.

Langsam ließ sie sich in ihren Schreibtischsessel sinken und starrte den Aktenordner an, als wäre er ein persönlicher Feind. Es verwirrte sie, dass dieser unbekannte Staatsanwalt Angelino Cichetto aus Siena Informationen von ihr wollte, und es machte sie plötzlich auch wütend. Warum, verdammt noch mal, kamen diese Fragen nicht von Guerrini?

Cichetto hatte eine Menge Fragen, die eher wie Anweisungen klangen. Persönlichkeitsprofil von Leo Hardenberg, Befragung von Hardenbergs Familie, Befragung der Vorstandsmitglieder der Bank, von Angestellten, seiner Sekretärin. Befragung des Sicherheitsdienstes der Bank und so weiter und so weiter.

Ich brauche dringend Ersatz für Baumann, dachte Laura, und außerdem ein paar erfahrene Ermittler, die ich allein losschicken kann. Vielleicht könnte sie Nowak ausleihen, obwohl es mit ihm sicher nicht leicht werden würde. Er schien so ganz anders zu sein als Peter Baumann. Sie litten derzeit unter extremem Mangel an qualifizierten Beamten.

Doch ehe sie irgendetwas unternahm, war es notwendig, sämtliche Akten ein zweites Mal sorgfältig zu lesen. Laura stand auf, verriegelte die Tür ihres Zimmers und seufzte zufrieden. Niemand konnte einfach so zu ihr hereinplatzen, wie es in all den anderen Büros ständig geschah. Wer zu ihr wollte, musste anklopfen und seinen Namen nennen. Das war ihr ganz persönliches Privileg, und es war ihr wichtig.

Baumann presste den Rücken an die Wand, versuchte die anderen mit Tritten abzuwehren, stemmte beide Beine gegen sie. Die anderen lachten nur höhnisch, verwandelten sich plötzlich in ein einziges, gesichtsloses, vielarmiges Monster mit riesigen blutigen Händen, in denen es scharfe dreieckige Glasscherben hielt. Baumann wusste, dass diese Scherben seinen Körper durchbohren würden. Dass er sterben würde. Jetzt. Er konnte nichts dagegen tun, nur um sich schlagen und schreien. Er schlug und trat, wand sich.

Er schrie noch lauter, als sich verschwommene Gestalten in weißen Kitteln über ihn beugten, hörte erst damit auf, als sein Blick klarer wurde und er zu ahnen begann, dass er in einem Bett lag und die Gestalten Krankenschwestern und Ärzte waren.

Schweiß lief in seine geschwollenen Augen und brannte wie Feuer.

«Entschuldigung», murmelte er. Sein Atem ging schwer, und er war völlig erschöpft.

«Ist schon gut. Sie müssen sich nicht für Ihre Albträume entschuldigen, Kommissar Baumann.»

Er kannte die Stimme, sie gehörte dem jungen Arzt,

der sich schon ein paarmal an sein Bett gesetzt hatte, einfach, um mit ihm zu reden, wie er behauptete. Aber das stimmte nicht. Baumann wusste genau, dass der Arzt ihn beobachten wollte. Dass er herausfinden wollte, ob Baumann traumatisiert war.

Etwas fiel mit lautem Knall zu Boden, Baumann zuckte zusammen und riss die Augen auf.

«Entschuldigung», sagte die Krankenschwester auf der linken Seite seines Bettes. «Mir ist Ihre Schnabeltasse aus der Hand gefallen. Ich wollte Sie nicht erschrecken.»

Wieder liefen Schweißtropfen in Baumanns Augen. Mit der unverletzten Hand wischte er über seine geschwollenen Lider. Sein Mund war trocken, und er fühlte sich vollkommen orientierungslos, hatte keine Ahnung, wie spät es sein könnte, ob es Morgen oder Abend war, ob Montag oder Freitag.

«Warum steht ihr eigentlich alle um mein Bett herum?», fragte er leise. «Ist irgendwas passiert?»

«Nichts Dramatisches, Sie haben nur sehr laut geschrien und einiges in Ihrer Umgebung demoliert. Deshalb sind wir alle zu Ihrer Hilfe gekommen.»

Baumann schluckte schwer, wollte sich bedanken, aber es ging nicht. Er bekam keinen Ton heraus, versuchte ein Lächeln, aber auch das ging nicht. Sein mit Drähten fixierter Unterkiefer schmerzte zu sehr.

«Ich werde Ihnen jetzt eine neue Infusion legen», sagte der Arzt. «Danach werden die Schwestern das Bett frisch beziehen, und vielleicht finden wir eine Möglichkeit, dass Sie eine ruhige Nacht verbringen können.»

Das Bett frisch beziehen. Der Satz des Arztes setzte

sich in Baumanns Kopf fest, und er versuchte, sich ein bisschen aufzurichten, öffnete die Augen, sah große rote Flecke auf seiner weißen Bettdecke, machte die Augen wieder zu, begriff nichts.

«Sie haben sich die Infusionsnadel herausgerissen, und dann spritzt natürlich ein bisschen Blut durch die Gegend.» Das war wieder die ruhige, freundliche Stimme des Arztes.

«Es tut mir leid …»

«Machen Sie sich keine Gedanken darüber. Bettwäsche kann man reinigen. Sie haben Schlimmes erlebt, und das bricht jetzt aus Ihnen heraus. Es wird vorübergehen.»

Baumann antwortete nicht, wartete mit geschlossenen Augen auf den Stich der Infusionsnadel und zuckte wieder zusammen, als er kam, obwohl er sich darauf konzentriert hatte, nicht zusammenzuzucken. Jede Berührung erschien ihm wie ein Angriff, jedes Öffnen oder Schließen einer Tür. Das Herumgewerkle der Schwestern oder Putzfrauen war zu laut, schnürte ihm die Luft ab. Er wäre gern weggelaufen.

Jetzt zog jemand seine Bettdecke weg. Auch das erschreckte ihn, obwohl er darauf vorbereitet war. Natürlich brauchte er eine frische Bettdecke, oder jedenfalls eine ohne rote Flecke. Aber ohne Bettdecke fühlte er sich ausgeliefert. Er versuchte, an etwas anderes zu denken.

Laura fiel ihm ein. Selbst ihr Besuch hatte ihn total angestrengt, und sie war meilenweit von ihm entfernt gewesen. Eine Fremde, die nichts von ihm wusste. Warum dachte er das? Wenn er das dachte, dann kam diese nagende Angst in ihm hoch, und er meinte zu erstarren, seine Muskeln schienen sich zu verknoten, und er schnappte plötzlich nach Luft wie ein Ertrinkender, atmete immer schneller, sein Herz raste, das Blut rauschte in seinen Ohren.

«Er hyperventiliert», sagte der Arzt. «Gebt mir eine Plastiktüte, schnell!»

Peter Baumann sah die Hände des Arztes, die hellblaue Tüte, die sich über sein Gesicht senkte. Wieder wollte er sich aufbäumen, doch rasende Schmerzen in der Brust machten ihn kraftlos. Seine Arme wurden festgehalten, obwohl er sich nicht mehr rührte.

«Atmen Sie ganz ruhig in diese Tüte», befahl der Arzt. «Dann wird es Ihnen gleich bessergehen.»

Baumann atmete, dachte: Sie wollen mich ersticken. Dachte: Ich leide unter Verfolgungswahn. Ich bin verrückt geworden! Wieder stieg Panik in ihm auf.

«Valium», sagte der Arzt.

Valium, dachte Baumann, ohne zu begreifen, was das Wort bedeutete. Den Einstich spürte er diesmal kaum. Er spürte nur, dass sein Herzschlag ruhiger wurde und die Angst verebbte, wie rotglühendes Magma, das nach einem Vulkanausbruch ins Erdinnere zurücksinkt. Die rote Angst verkroch sich in sein Innerstes. Baumann wusste, dass er einschlafen würde, doch er wusste auch, dass die rote Angst noch da sein würde, wenn er wieder aufwachte.

Er nahm nicht mehr wahr, dass der Arzt seinen Blutdruck maß und ihn ein paar Minuten lang besorgt beobachtete.

Er konnte auch nicht hören, dass der junge Mediziner draußen vor seinem Krankenzimmer ziemlich laut

«Scheiße!» sagte und die Anweisung gab, den Patienten besonders intensiv zu überwachen. Baumann schlief.

Seltsam, dachte Laura Gottberg. Irgendwer im BKA oder sonst wo muss die Anfrage des Staatsanwalts Cichetto mit den alten Ermittlungsakten über die Hardenberg Bank und ihre Sicherheitsfirma in einen Ordner gepackt und ihn Becker in die Hand gedrückt haben. Es kann Zufall sein, aber es kann auch Absicht dahinterstecken. Außerdem fehlt die letzte Seite des Berichts und damit auch der Name des Ermittlers. Ich muss also herausfinden, wer Becker diesen Aktenordner gegeben hat. Wenn er es nicht genau weiß, dann wird es spannend.

ER VERSUCHTE RUHIG DAZUSITZEN und in den Park zu schauen. Einfach zu schauen. Früher Nachmittag, und draußen war es ganz plötzlich warm geworden. Man spürte die Wärme sogar im Haus. Die rosa Anemonen und Zyklamen unter den Olivenbäumen hatten sich über Nacht vermehrt. Alle Blüten waren auf einmal aufgegangen. Wie kleine Sterne wogten sie im sanften Wind, der die Zweige der alten Bäume bewegte und die silbrige Unterseite der Blätter entblößte.

Durch Paolo Massimos große Fenster sah man silbergrünes Fluten, das in die grünblauen Hügel jenseits des Orcia-Tals überging und von dort in die Wolkenwirbel am östlichen Himmel.

Es sieht aus wie ein Gemälde von van Gogh, dachte Paolo Massimo. So lebendig, dass es gefährlich sein könnte. Es hat etwas Verschlingendes, Züngelndes. Beinahe sehnte er sich nach der Begrenztheit seiner Zelle in Siena. Der Zelle mit dem Auge und den Schimmelflecken an der Wand. Er schüttelte den Kopf über sich selbst. Realitätsverlust führt zu Gefühlstaubheit, hatte sein Vater behauptet.

Leo Hardenberg war tot. Massimo empfand kein Bedauern darüber. Er hatte Hardenberg nie gemocht und bedauerte nur, dass Hardenberg in seinem Park verscharrt worden war. War das Gefühlstaubheit? Oder einfach Ehrlichkeit? Durfte man angesichts des gewaltsamen Todes eines Mitmenschen, mit dem man vor ein paar Tagen noch exquisit getafelt hatte, ohne Mitgefühl bleiben? Vermutlich nicht. Und trotzdem verhielt es sich genau so.

Massimo musste an einen Zwischenfall denken, der sich in seiner Jugend ereignet und ihn beinahe den Verstand gekostet hatte. Es geschah während eines Urlaubs mit den Eltern am Meer. Damals war er vielleicht fünfzehn oder sechzehn gewesen ... er hatte plötzlich das Gefühl für den Wert des Geldes verloren und wusste von einer Sekunde auf die andere nicht mehr, wie viel hundert Lire oder tausend Lire wert waren, was man damit machen konnte, was Geld überhaupt bedeutete. Es hatte einen halben Tag gedauert, den er in Panik verbracht hatte, denn durch den Verlust dieses fundamentalen Wertes schien nichts mehr einen Wert zu haben. Auch alle anderen Eckpfeiler des Lebens waren ins Wanken geraten, nichts bedeutete mehr etwas. Die Menschen um ihn herum bewegten sich wie in einem sinnlosen Theaterstück. Warum bewegten sie sich überhaupt? Warum lebten sie? Warum machten sie, was sie machten? Und warum wussten sie, was er selbst nicht mehr wusste?

Es war vorübergegangen. Die Dinge hatten ihren Platz wiedergefunden. Auf wunderbare Weise – er konnte sich bis heute nicht erklären, auf welche. Seinen Eltern hatte er verschwiegen, was mit ihm geschehen war. Aber er selbst hatte diesen Zustand nie vergessen und immer gehofft, dass er nie wiederkehren möge. Vermutlich war er damals knapp an einer Psychose vorbeigeschrammt, hatte für kurze Zeit eine Grenze überschritten.

Vorsichtig bewegte Paolo Massimo seine Schultern, massierte dann mit einer Hand seinen Nacken. Spannungskopfschmerzen, dachte er, die Angst im Nacken. Warum musste er nur immer Diagnosen stellen und dabei in den Worten seines Vaters denken? Seiner Frau ging das auf die Nerven, sie nannte es zwanghaft. Wahrscheinlich hatte sie recht.

Er musste einen Weg finden, mit Antonella zu sprechen, ohne abgehört zu werden. Sie mussten sich irgendwo treffen. Aber wie, solange zwei Carabinieri vor der Tür standen?

Zwar hatte er seinen Anwalt losgeschickt, damit er billige Mobiltelefone mit Karte besorgte, eins für sich und eins für Antonella, aber er hatte keine Ahnung, ob das funktionieren würde. Immerhin war es eine Möglichkeit. Aber vermutlich eine schlechte, denn mit Sicherheit konnten die jeden Anruf, der von seinem Anwesen ausging oder dort ankam, genau verfolgen.

La rete, dachte Massimo. Das Netz. Sobald man in Schwierigkeiten ist, bekommt es klebrige Fäden, an denen man hängen bleibt.

In Massimos Rücken ertönte ein Räuspern, und als er nicht reagierte, ein Hüsteln.

«Dottor Massimo? Könnten wir jetzt die Strategie besprechen, mit der wir gegen die Beschuldigungen des Staatsanwalts vorgehen werden?»

«Wir brauchen keine Strategie», murmelte Massimo. «Ich habe Hardenberg nicht umgebracht, das ist Strategie genug.»

Es dauerte eine Weile, ehe der Anwalt antwortete. «Es tut mir sehr leid, Dottore. Aber angesichts der bisherigen Indizienlage würde ich doch für eine Strategie plädieren. Sie müssten zum Beispiel gemeinsam mit mir genauestens rekonstruieren, was Sie gemacht haben, seit Sie sich nach dem Essen von Hardenberg getrennt haben. Alles: Wer könnte Sie wo gesehen haben? Läden, Tankstellen, Ihre Familie. Wer hat Sie hier draußen gesehen, mit wem haben Sie gesprochen?»

«Madonna!»

«Das ist wichtig! Was außerdem hilfreich wäre: Können Sie sich vorstellen, dass Hardenberg Feinde hatte? Innerhalb seiner Bank zum Beispiel, innerhalb Ihrer eigenen Bank und so weiter. Wissen Sie etwas über seine persönlichen Beziehungen, die Freundin, die Ehefrau? Alles ist von Bedeutung.»

«Ich kannte ihn nicht besonders gut, und ich habe ihn nicht umgebracht.»

«Das spielt keine Rolle. Wir müssen *beweisen*, dass Sie ihn nicht umgebracht haben.»

«Ist das nicht vor allem Ihre Aufgabe als Anwalt?»

«Durchaus, aber das kann ich nicht ohne Ihre Hilfe.»

«Und ist es nicht die Aufgabe der Polizei und dieses lächerlichen Staatsanwalts, mir nachzuweisen, dass ich Hardenberg umgebracht habe?»

«Natürlich ist es Aufgabe der Polizei, das zu beweisen, und ich nehme an, dass dieser Commissario Guerrini inzwischen recht aktiv geworden ist. Deshalb brauchen wir unsererseits gute Argumente und Beweise, Dottor Massimo!»

«Ich kann nur sagen, was ich ständig wiederhole. Nach dem Gespräch mit Hardenberg war ich noch kurz in meinem Büro, danach habe ich zu Hause mein Gepäck abgeholt und bin direkt hierhergefahren. Ich habe nicht getankt, weil mein Tank voll war. Ich habe nirgends angehalten, keinen Kaffee getrunken. Der Einzige, der mich gesehen hat, war der Bauer Rieti. Auf Anweisung meiner Frau hat er die Heizung eingeschaltet und im Kamin Feuer gemacht. Außerdem hat er Schafs- und Ziegenkäse in den Kühlschrank gelegt und etwas Wildschweinschinken. Und er brachte frisches Brot und einen Kasten Mineralwasser. Mehr wollte ich nicht. Ich hatte vor, einmal am Tag essen zu gehen … es gibt ein paar hervorragende Restaurants in dieser Gegend. Rieti und ich haben kurz geplaudert, übers Wetter, die Gesundheit, die Heizung, mehr nicht. Danach war ich allein und habe in der ersten Nacht nicht besonders gut geschlafen. Am nächsten Tag habe ich eine lange Wanderung gemacht, weil ich nachdenken wollte. Als ich zurückkam, fand ich den Park voller Polizisten, und den Rest wissen Sie.»

Erst als Paolo Massimo aufhörte zu sprechen, wurde ihm bewusst, dass er aufgesprungen und unruhig in dem großen Raum umhergegangen war. Plötzlich störten ihn die gefleckten Kuhfelle unter seinen Füßen, die in Landhäusern als modischer Teppichersatz dienten.

Jäh blieb er stehen, schaute sich beinahe erstaunt um, ging dann zur Hausbar und füllte ein Glas mit schottischem Whisky – zum ersten Mal seit Jahren, denn eigentlich trank er nicht.

«Auch eins?» Fragend hob Massimo ein leeres Glas in Richtung des Anwalts, der mit verschränkten Armen an einer Säule lehnte und ihn beobachtete.

«No, grazie.»

«Haben Sie das neue Telefon?»

«Ja, ich habe es.»

«Dann fahren Sie jetzt bitte nach Florenz und besorgen Sie eins für Antonella. Ich muss dringend mit ihr sprechen. Es ist keine gute Idee, wenn ich sie von dem neuen Telefon aus anrufe und ihr Anweisungen gebe. Wahrscheinlich wird inzwischen auch Antonella abgehört. Sie überbringen ihr persönlich meine neue Nummer und ein neues Telefon. Nur so sind wir einigermaßen in Sicherheit. Es ist zum Kotzen, finden Sie nicht?»

Massimo trank einen Schluck Whisky, erschrak über die Heftigkeit des Getränks und stellte das Glas angewidert weg.

«So kann man es auch nennen», erwiderte der Anwalt. «Das mit den Telefonen wird nicht funktionieren, Dottore. Sie stehen unter Hausarrest, da können Sie nur telefonieren, wenn die Polizisten mithören. Ehe ich fahre, muss ich noch etwas mit Ihnen besprechen, Dottore. Es tut mir wirklich leid, aber vor ein paar Minuten habe ich erfahren, dass der tote Hardenberg mit großer Wahrscheinlichkeit im Kofferraum Ihres Wagens transportiert wurde … oder sich jedenfalls dort befunden haben muss. Es hat mich sehr erstaunt, das zu hören.»

«Permesso?» Massimo starrte den Anwalt mit aufgerissenen Augen an.

Anwalt Adriano Fattori kannte den Direktor der Banca libera schon seit vielen Jahren, hatte viele juristische Kämpfe für ihn ausgefochten, doch er hatte ihn noch nie die Fassung verlieren sehen.

«Ich kann nur wiederholen, was die Polizei mit mitgeteilt hat: Es wurden Hinweise gefunden, dass sich die Leiche von Hardenberg im Kofferraum Ihres Wagens befunden hat.»

«Non è possibile!» Massimo tastete nach dem Whiskyglas, hätte es beinahe umgestoßen.

«Die forensischen Techniker haben ihre Untersuchungen noch nicht beendet, aber sie haben gesagt, dass alles darauf hindeutet ...»

«Pazzesco! È pazzesco! Wie soll er denn da hineingekommen sein, eh? Lassen wir das, avvocato. Kümmern Sie sich um Antonella. Ich muss dringend mit ihr sprechen.»

Ein unbehagliches Zucken lief über das Gesicht des Rechtsanwalts, von den Augenlidern bis zu seinen Mundwinkeln. «Sie sollten zu den Ergebnissen der Untersuchung Ihres Fahrzeugs Stellung nehmen – wenigstens mir gegenüber, Dottore.»

Paolo Massimo drehte das Whiskyglas in seiner rechten Hand, ließ die bernsteinfarbene Flüssigkeit kreisen und schaute dann direkt in die Augen seines Anwalts.

«Ich habe nicht die geringste Ahnung, wer den toten Hardenberg in meinen Wagen gesteckt haben könnte. Ich jedenfalls habe es nicht getan. Ich war ungefähr drei Stunden spazieren, weil ich nachdenken wollte. Wer immer es war, hatte genügend Zeit dazu, finden Sie nicht?»

«Durchaus denkbar.»

«Durchaus, nicht wahr?»

«Ja, natürlich.»

«Ach, seien Sie doch nicht so verdammt servil! Wenn Sie mir nicht glauben, dann sagen Sie es. Sagen Sie: Wir brauchen eine Strategie, um Sie da rauszuhauen, obwohl ich es für möglich halte, dass Sie diesen deutschen Banker umgebracht haben! Und bitte fügen Sie hinzu: Ich versuche Sie rauszuhauen, weil ich eine Menge Geld dafür bekomme!»

Der Rechtsanwalt senkte den Kopf, strich mit der Schuhspitze über das Kuhfell. Gegen den Strich. «Warum sollte ich das tun, Dottore?»

«Weil wir damit eine ehrliche Basis hätten, avvocato!»

«Aber es stimmt nicht. Ich weiß nicht, was geschehen ist. Es kann sein, dass Sie den Deutschen umgebracht haben, es kann aber auch sein, dass Sie es nicht getan haben und irgendwer Ihnen diese Tat unterschieben möchte. Ich habe mich noch nicht festgelegt, Dottor Massimo. Aber ich ziehe es vor, von Ihrer Unschuld auszugehen.»

Massimo hob das Glas, betrachtete es nachdenklich und stellte es wieder ab.

«Das ehrt Sie, verehrter Dottor Fattori. Ich bezahle Sie immerhin dafür, dass Sie von meiner Unschuld überzeugt sind. Sie sollten also Ihre Zweifel nicht zu deutlich äußern. Und jetzt fahren Sie bitte und regeln die Sache mit Antonella.»

«Ja, natürlich, das hatte ich auch vor.»

«Bene.» Massimo trank noch einen Schluck Whisky und verzog das Gesicht.

«Beeilen Sie sich!», rief er seinem Anwalt nach und leerte den Rest des Glases ins Spülbecken. Danach betrachtete er seine Handflächen. In den tiefen Linien glänzte Feuchtigkeit.

MANDELBÄUMCHEN blühten in den Vorgärten, als Commissario Guerrini und Tommasini nach Florenz hineinfuhren. Von einem Tag auf den anderen war der Frühsommer ausgebrochen, und das Leben drängte wieder nach draußen, als hätten die Menschen hinter den Türen gelauert, um blitzschnell Tische und Stühle hinauszutragen. Die Straßencafés quollen bereits über, Einheimische und Touristen waren zu warm angezogen, schälten sich aus Jacken, legten Schals ab, wischten sich Schweißtropfen von der Stirn.

«Das Wetter ist verrückt», sagte Tommasini und drehte die Klimaanlage des Dienstwagens auf sechzehn Grad herunter.

«Sì, è pazzo. Ma era sempre pazzo, vero? Es war immer schon verrückt, das Wetter, oder jedenfalls haben die Leute es für verrückt erklärt, weil sie dann etwas zu reden hatten.»

Tommasini, der am Steuer des Dienstwagens saß, warf dem Commissario einen prüfenden Blick zu, weil er diese Antwort nicht recht einordnen konnte. Aus dem etwas unwirschen Gesichtsausdruck Guerrinis schloss er, dass es sich um einen Tadel handelte. Aber was lag schließlich näher als das Wetter, wenn man seit zehn Minuten kein Wort mehr gewechselt hatte? Er zuckte so unmerklich die Achseln, dass nur er selbst es wahrnehmen konnte, und konzentrierte sich auf das Navigationsgerät. Natürlich steckten sie schon wieder im Stau. In Florenz herrschte immer Stau, vor allem in der

Innenstadt. Das Hotel von Hardenbergs Freundin lag mitten im Zentrum, und Tommasini hasste es, mit dem Wagen ins Zentrum zu fahren. Als die Stimme des Navis zum fünften Mal sagte, dass sie in zweihundert Metern rechts abbiegen sollten, schaltete Guerrini den Ton ab.

«Grazie», sagte Tommasini.

«Per piacere.»

Dann schwiegen sie wieder.

«Kannst du dir vorstellen, dass die Freundin etwas mit Hardenbergs Tod zu tun hat?», fragte Guerrini schließlich unvermutet.

«Ich weiß es wirklich nicht, Commissario. Natürlich kann man Möglichkeiten konstruieren. Sie könnte etwas mit Massimo haben, zum Beispiel. Oder Massimo hat sie auf Hardenberg angesetzt, weil der gegen die Fusion der beiden Banken war. Mehr fällt mir wirklich nicht ein, weil ich der Meinung bin, dass sie als Geliebte vom lebenden Hardenberg mehr Vorteile hatte als vom toten.»

«Ich hasse es, Todesnachrichten zu überbringen.»

«Ich auch, Commissario.»

Die Autoschlange setzte sich in Bewegung und hielt nach etwa drei Metern wieder an. Guerrini seufzte.

«Wusstest du eigentlich, dass einer der Medici einen geheimen Gang von den Uffizien über den Ponte Vecchio zum Palazzo Pitti hat bauen lassen? Er konnte also ohne Stau, ohne sich durch Menschenmassen zu quälen, direkt vom Palazzo Vecchio nach Hause gehen oder gleich in die Boboli-Gärten. Das war im sechzehnten Jahrhundert. Wahrscheinlich war es damals auch nicht besser als heute.»

«Wie baut man denn auf dem Ponte Vecchio einen Geheimgang?» Tommasini ließ den Wagen wieder zwei Meter weiterrollen.

«Im ersten Stock der Brücke, über den Läden. Ich hab das mal nachgelesen, weil ich es ganz spannend finde.»

«Und welcher Medici war das?»

«Cosimo I. Kluger Mann, was? Ich meine, was den Geheimgang angeht. Sonst steh ich nicht so auf die Medici. Die waren übrigens auch Banker.»

«Vielleicht war damals das Wetter schlechter, und es hat mehr geregnet. Vielleicht wollte er einfach nicht nass werden.»

«Bist du schon wieder beim Wetter?»

«Aber es liegt doch nahe, oder? Das Wetter ist sehr wichtig, Commissario. Wenn es zu viel regnet, schwemmt es uns alle weg, wenn es zu wenig regnet, vertrocknen wir. Wenn das Klima sich ändert, dann kann es eine globale Katastrophe …»

«Sì!», sagte Guerrini scharf. «Aber das war immer schon so, und deshalb lenken längere Gespräche übers Wetter von wesentlichen Dingen ab. Schau dir nur unsere Nachrichten im Fernsehen an: Über das Wetter wird mindestens drei bis vier Minuten berichtet, sogar über jede beschissene Überschwemmung in Hinterindien. Aber wichtige politische Nachrichten über unser Land dauern nur eine halbe Minute, höchstens eine. Jedenfalls war das bis vor kurzem so, vielleicht ändert es sich mit der neuen Regierung. Den Chefredakteur haben sie schon ausgetauscht …»

«Wenn jemand umgebracht wird, dann führen sich

die Journalisten auf, als wären sie die Ermittler. Das regt mich schon lange auf. Dabei wird jeden Tag jemand umgebracht, und meistens war's der Exfreund oder ein eifersüchtiger Ehemann.»

«Sì, Tommasini. Morde sind wie das Wetter. Ein oder zwei gute Morde zusammen mit dem Wetter, das füllt schon die halbe Sendung, und der Rest ...»

«Der Rest sind Bilder von Leuten, die Aktentaschen herumtragen. Ist Ihnen das schon aufgefallen, Commissario? Es sind immer dieselben Bilder und dieselben Aktentaschen!» Tommasini hatte sich in Rage geredet, fast wäre er auf den vorderen Wagen aufgefahren.

«Ja, natürlich. Und es sind auch dieselben Bilder von Interviews und Justizpalästen und Autobahnen und Politikern. Sie machen nur einen anderen Text dazu.»

«Ich glaube, die halten uns alle für blöde!» Tommasini fuhr ruckartig an.

«Viel schlimmer, Tommasini: Die haben die feste Absicht, uns zu verblöden. Aber immerhin haben wir beide es gemerkt. Nicht schlecht, eh?»

«Na ja, wir sind zwei. Fragt sich nur, ob es auch die andern merken. Beh, endlich! Da ist die Abzweigung!»

«Hör mal, lass den Wagen irgendwo auf dem Bürgersteig stehen und leg unser Polizeischild aufs Armaturenbrett. Von hier aus sind es genau zwei Minuten zu Fuß zum Hotel. Mit dem Wagen brauchen wir wahrscheinlich noch eine halbe Stunde.»

Tommasini grinste, fuhr nach rechts auf den Bürgersteig und öffnete entschuldigend beide Handflächen in Richtung einer älteren Frau, die empört ihren Einkaufskorb schwenkte und offensichtlich Verwünschungen ausstieß. Als er das Schild «Polizia» hochhielt, starrte sie es an, es schien sie jedoch nicht zu besänftigen. Kopfschüttelnd ging sie weiter, drehte sich aber noch ein paarmal um und schimpfte nach den Bewegungen ihrer Lippen zu urteilen kräftig weiter.

Tommasini und Guerrini warteten, bis sie in einem Hauseingang verschwunden war. Erst dann verließen sie den Wagen und entfernten sich schnell und in vollkommenem Einvernehmen.

Sie war nicht in ihrem Zimmer, und der junge Mann an der Rezeption des Hotels Palladio war nicht besonders hilfsbereit. Guerrini und Tommasini hatten sich nicht als Polizisten ausgewiesen, einfach nur nach Susanne Ullmann gefragt. Der junge Mann in seinem eleganten dunklen Anzug mit hellblauer Fliege hatte telefoniert, dann mit diesem unnachahmlichen Ausdruck von Bedauern, das gleichzeitig Unwilligkeit und Arroganz ausdrückte – ein leichtes Hochziehen der Schultern, verbunden mit einem Öffnen der Handflächen und dem Heben der Augenbrauen –, deutlich signalisiert, dass er absolut nichts für sie tun könne.

Es war eine Körpersprache, die bei Guerrini eine heftige Gegenreaktion auslöste. Genau diese Eigenart seiner Landsleute konnte er nicht ausstehen. Er stützte einen Ellenbogen auf das edle Holz der Rezeption, beugte sich ein wenig vor und zog mit der freien Hand seinen Polizeiausweis hervor.

«Vielleicht geht es jetzt ein bisschen besser?», sagte er leise. «Wo ist sie?»

Die Augen des jungen Mannes verengten sich, dann

setzte er ein routiniertes Lächeln auf. «Mi dispiace, ich konnte nicht ahnen, dass Sie ein Commissario sind. Ich weiß wirklich nicht, wo Signora Ullmann sich im Augenblick befindet. Sie ist ausgegangen. Aber Sie können gern hier auf die Signora warten. Wünschen Sie einen Caffè oder ein anderes Getränk?»

«Wasser.»

«Mit oder ohne?»

«Mit.»

«Bitte nehmen Sie Platz, Commissario. Ich werde Ihre Bestellung sofort weitergeben.»

Guerrini und sein Kollege ließen sich in die tiefen Sessel im Foyer sinken und lächelten einander zu. Dann wanderten ihre Blicke über die goldgerahmten Wandgemälde, die bunten Glasfenster, die Teppiche mit Blattmustern und die gigantischen Blumengebinde in riesigen Vasen.

«Nicht schlecht», murmelte Tommasini.

«Angemessen», erwiderte Guerrini. «Immerhin war Hardenberg Mitbesitzer einer ziemlich großen Bank.»

«Mögen Sie reiche Leute, Commissario?»

«Kommt darauf an.»

«Worauf?»

«Auf die Leute.»

Tommasini runzelte die Stirn, räusperte sich ein paarmal, strich das hellgraue Polohemd glatt, das über seinem Bauchansatz Falten geworfen hatte, zupfte sein dunkelgraues Jacket zurecht und schaute Guerrini kurz von der Seite an. «Und worauf kommt es da an?»

«Santa Caterina, worauf wird es wohl ankommen? Darauf, ob sie anständig sind, natürlich.»

«Natürlich, Commissario», murmelte Tommasini. «Natürlich … gibt es das? Ich meine, anständige reiche Leute?»

«Ich hoffe doch.»

Tommasini nahm auf geradezu lässige Weise das Mineralwasser entgegen, das ein Kellner vor ihm abstellte, und beobachtete nachdenklich ein sehr elegantes Paar um die dreißig, das an der Rezeption einen Zimmerschlüssel entgegennahm. Seine Augen verengten sich leicht, als die Frau sich umwandte und ihn mit einem Blick streifte, der wie ein eisiger Windhauch über ihn hinwegglitt. Der Mann nahm weder Tommasini noch den Commissario zur Kenntnis. Er blickte auf dem Weg zum Lift einfach an ihnen vorbei. Sein Haar war glatt nach hinten gekämmt, sein Gesicht zeigte eine winzige Spur von Bart, nicht mehr als millimeterlange Stoppeln, die sanfte dunkle Schatten auf sein blasses Gesicht zeichneten. Er war groß und überschlank.

«Dolce e Gabbana», sagte Tommasini, als die beiden im Fahrstuhl verschwunden waren.

«Was?»

«Na, die beiden, die eben an uns vorbeigegangen sind. Die sahen aus wie die Typen in der Werbung von Dolce e Gabbana.»

«Ich wusste gar nicht, dass du dich für Werbung von Dolce e Gabbana interessierst.»

«Ich interessiere mich nicht dafür. Meine Tochter und meine Frau streiten dauernd darüber. Meine Tochter findet es toll, meine Frau total dekadent. Sie sollten die beiden mal hören, Commissario. Es ist nicht angenehm, das kann ich Ihnen sagen.»

«Ich kann's mir vorstellen.»

«Nein, das können Sie nicht, Commissario.»

«Dann eben nicht.»

Schweigend tranken sie aus den schmalen hohen Gläsern. Eine Hummel durchquerte laut brummend das Foyer und landete ungeschickt auf einem der duftenden Blumengebinde.

«Kennen Sie anständige reiche Leute, Commissario?» Tommasini schaute in sein Glas, als erwarte er, die Antwort in dem klaren Wasser zu finden.

«Es gibt eine Menge Leute, die viel Geld für soziale Projekte spenden – Schauspieler, Unternehmer und so weiter.» Guerrini war überrascht von der Hartnäckigkeit seines Kollegen.

«Certo, certo, Commissario. Aber kennen Sie einen dieser anständigen Reichen … persönlich?»

«Was willst du denn von mir, eh?»

«Ich will wissen, ob Sie einen von denen kennen.»

In diesem Augenblick summte Guerrinis Handy und bewahrte ihn vor einer Antwort. Es war einer der neuen Kriminaltechniker, der dem Commissario mitteilte, dass der tote Hardenberg im Kofferraum von Paolo Massimos Wagen gelegen hatte. Die Spuren seien eindeutig.

«Aber er war doch in einem dicken Müllsack!», wandte Guerrini ein.

«Vielleicht hat man ihn erst hinterher in den Sack gesteckt.»

«Weiß Massimo schon, dass ihr Hardenbergs Spuren in seinem Kofferraum gefunden habt?»

«Sein Rechtsanwalt weiß es. Der kam bei uns vorbei, und da hat irgendwer geplaudert.»

«Irgendwer?»

«Sì, irgendwer.»

«So was sagt ihr mir und nicht dem Rechtsanwalt von Massimo! Wie soll ich ein Verhör führen, wenn die Leute sich auf alle Überraschungen vorbereiten können, eh?» Guerrini sprach inzwischen so laut, dass der junge Mann an der Rezeption zu ihm herüberschaute.

«Tut mir leid, Commissario. Ich war's nicht, und ich weiß auch nicht, wer es war!»

«Non mi interessa un cazzo! Find es raus!» Guerrini beendete das Gespräch und knallte die rechte Faust in seine linke Handfläche.

«Was ist denn passiert, Commissario?» Tommasini beugte sich vor.

«Diese Künstler haben dem Rechtsanwalt von Massimo gesteckt, dass Spuren des Toten im Kofferraum von Massimos Wagen gefunden wurden!»

«Bravo!»

«Sì, bravo … warte mal …» Guerrini konzentrierte sich ganz auf eine blonde junge Frau, die in diesem Moment durch die Drehtür das Foyer betrat.

«Ich denke, die Frau, auf die wir warten, ist gerade angekommen.»

Tommasini schaute zu dem jungen Mann an der Rezeption hinüber. Der verbeugte sich kaum merklich, nickte und lächelte der Frau zu. Sie durchquerte schnell die Eingangshalle, machte an der Rezeption halt und fragte leise, aber doch so laut, dass Guerrini und Tommasini es hören konnten, ob jemand eine Nachricht für sie hinterlassen hätte.

«Mi dispiace molto, Signora Ullmann, niemand hat

eine Nachricht hinterlassen», erwiderte der junge Mann mit einer erneuten höflichen Verbeugung. «Aber die beiden Herren dort drüben warten auf Sie.»

Susanne Ullmann drehte sich so schnell zu Guerrini und Tommasini um, dass ihr langes Haar flog und mit einem weichen Schwung ihr halbes Gesicht bedeckte. Sie strich es zurück, musterte die beiden Wartenden, wandte sich zum Mann an der Rezeption und sagte: «Ich kenne die Herren nicht.»

«Es sind Polizisten, Signora.»

«Polizisten?»

«Sì, vielleicht wissen die etwas über den Verbleib von Signor Hardenberg, Signora.»

Guerrini und Tommasini erhoben sich beinahe gleichzeitig, als die junge Deutsche zögernd ein paar Schritte in ihre Richtung machte.

«Che cosa è successo?», fragte sie, und Tommasini fand, dass ihr Italienisch zwar ein bisschen fremd klang, aber doch ziemlich gut war. Zumindest in diesem einen Satz.

Guerrini stellte sich und Tommasini vor und fragte, ob man sich in irgendeinem Nebenzimmer ungestört unterhalten könnte.

«Kommen Sie mit nach oben», sagte sie. «Unsere Suite ist vollkommen ruhig.»

Sie griff nach der großen Plastiktüte, auf der «Dolce e Gabbana» stand, und ging zur Treppe voraus, den Lift offenbar meidend. Guerrini und Tommasini folgten in einigem Abstand.

«Unsere Suite», flüsterte Tommasini. «Da haben wir's schon wieder.»

«Seit wann bist du eigentlich Klassenkämpfer?»

«Ich bin Toskaner», erwiderte Tommasini leise und würdevoll. «Sie doch auch, Commissario.»

«Ja, ich auch», erwiderte Guerrini, zwinkerte seinem Kollegen zu, und nebeneinander folgten sie der deutschen Signora über die teppichgedämpften Stufen in den ersten Stock des Hotels.

«Es ist etwas passiert, nicht wahr? Er hatte einen Unfall … liegt er im Krankenhaus?» Susanne Ullmann stand an einem der Fenster des prunkvollen Wohnraums und umklammerte mit einer Hand den schweren dunkelblauen Stoff des Vorhangs. Tommasinis besorgter Blick wanderte hinauf zur Stange. Sie schien zu halten.

«Es wäre vielleicht besser, wenn Sie sich setzen würden, Signora Ullmann.» Guerrinis Stimme klang sanft, aber bestimmt. Eigentlich ist sie eher eine Signorina, dachte er, so jung, wie sie aussieht.

«Weshalb sollte ich mich setzen? Ich kann schlechte Nachrichten auch im Stehen entgegennehmen.»

«Wirklich?»

Sie antwortete nicht, löste aber nach ein, zwei Minuten die Hand vom Vorhang und verharrte als Silhouette vor dem warmen Sonnenlicht, das durch die hohen Fenster drang und ihr Haar aufleuchten ließ, als trage sie einen Heiligenschein.

«Ich weiß es nicht», sagte sie leise, machte aber keinerlei Anstalten, sich zu setzen, sondern schaute dem Commissario mit einem seltsam vorwurfsvoll abwehrenden Ausdruck in die Augen.

Guerrini versuchte sich auf ihre Reaktion vorzubereiten. Er war erleichtert, dass sie beinahe perfekt Italienisch sprach. Zusammenbrechen würde sie wohl nicht, eher unruhig im Zimmer herumlaufen und Fragen stellen. Fragen, die immer lauter wurden und auf die es gar keine Antworten geben konnte.

«Also, was ist los?» Ihre Stimme klang auf einmal ungeduldig und beinahe ärgerlich.

«Ich bedauere sehr, Signora, dass ich Ihnen eine schlechte Nachricht überbringen muss. Signor Hardenberg wurde gestern Abend tot aufgefunden …»

«Weshalb erfahre ich das erst jetzt? Weshalb musste ich noch eine schlaflose Nacht aushalten? Weshalb, Commissario?»

«Es tut mir sehr leid. Aber Signor Hardenberg musste erst zuverlässig identifiziert werden …»

Sie unterbrach ihn mit einem zornigen Ausruf. «Das hätte ich machen können! Wer kennt ihn denn hier?»

«Geschäftspartner, Signora Ullmann. Er hatte Geschäftspartner in Florenz.»

«Meinen Sie diesen feinen Paolo Massimo, der ihn um seine Bank bringen will?»

«Kennen Sie ihn?»

«Ich habe ihn einmal in München getroffen. Er war mir höchst unsympathisch. Ein Mann mit schmalen Lippen und ausdruckslosem Gesicht. Ich hätte nie gedacht, dass es solche Italiener gibt …»

Wie Guerrini vorausgesehen hatte, begann sie unruhig umherzugehen, mit gesenktem Kopf und hängenden Schultern.

Der Commissario wechselte einen Blick mit Tommasini, der leise den Kopf schüttelte und die Stirn runzelte.

Sie hat noch nicht gefragt, wie Hardenberg umgekommen ist, dachte Guerrini.

«Wir wollten nach Lucca fahren», murmelte sie, blieb plötzlich vor Guerrini stehen und warf ihr Haar zurück. Eine Strähne klebte auf ihrer Wange, und Guerrini sah, dass ihre Haut gerötet und feucht war.

«Wo wurde er gefunden?» Ihre Stimme klang auf einmal zu laut und fast blechern.

«Nicht in Florenz.»

«Wo dann?»

«Auf dem Land, ein ganzes Stück entfernt von Florenz.»

«Wo, verdammt noch mal!»

«Südlich von Siena.»

«Ich will genau wissen, wo. Ich kenne die Toskana. Also reden Sie nicht so unklares Zeug!»

«In der Nähe von Bagno Vignoni.»

Wieder begann sie herumzulaufen, wiederholte ein paarmal den Namen des Ortes und rief Fragen durchs Zimmer, die sie eher an sich selbst oder den toten Hardenberg zu richten schien: «Wie kommst du nach Bagno Vignoni? Ich habe dich vor diesem Massimo gewarnt. Erinnerst du dich nicht? Ich habe gesagt: Lass uns sofort nach Lucca fahren!»

«Wann haben Sie das zu Hardenberg gesagt, Signora?»

Susanne Ullmann fuhr herum und starrte den Commissario an. «Was haben Sie gesagt?»

«Ich habe Sie gefragt, wann Sie das zu Leo Hardenberg gesagt haben und warum. Das frage ich jetzt: Warum?»

«Weil ich diesem Massimo nicht traue!»

«Sie haben noch immer meine Frage nicht vollständig beantwortet: Wann haben Sie gesagt, lass uns sofort nach Lucca fahren?»

Unerwartet ließ sich die junge Frau in einen tiefen, mit blauem Samt bezogenen Sessel fallen, rollte sich zusammen wie ein kleines Tier und barg ihren Kopf zwischen den Armen. Tommasini stieß einen fast unhörbaren Seufzer aus und zuckte die Achseln. Langsam zog Guerrini einen zweiten blauen Sessel heran und setzte sich neben Susanne.

Jetzt hat sie begriffen, dachte er und wartete ein paar Minuten, ehe er sich räusperte und leise sein Mitgefühl ausdrückte. Was sagte man in solchen Situationen – wieder und wieder, in all den Jahren? «Es tut mir leid. Ich fühle mit Ihnen. Es ist schlimm. Ich weiß, dass es kaum zu begreifen ist …» Worte, die manchmal ehrlich gemeint waren und manchmal nicht. Meinte er es diesmal ehrlich? Bedingt. Wie ehrlich war die Verzweiflung der jungen Geliebten eines mittelalten Bankers? Guerrini konnte es nicht beurteilen. Sie hatte noch nicht einmal gefragt, ob Hardenberg durch einen Unfall oder einen Mord ums Leben gekommen war. Wieder räusperte er sich.

«Ich wäre Ihnen sehr dankbar, wenn Sie uns trotz Ihres Schmerzes helfen würden. Wann haben Sie Leo Hardenberg zum letzten Mal gesehen?»

Tommasini presste die Lippen zusammen, wandte sich zum Fenster und schaute hinaus, als könne er dort eine Antwort finden. Als er den Vorhang bewegte, leuchtete in der Sonne eine Wolke feinster Staubkörnchen auf, und er hustete hinter vorgehaltener Hand.

Irgendwo in der Suite tropfte ein Wasserhahn, so langsam und aufdringlich, dass es Guerrini nervös machte. Er hatte plötzlich Lust, Susanne Ullmann damit zu konfrontieren, dass sie durchaus zum Kreis der Verdächtigen zählte, dass Frauen ihr Opfer bevorzugt durch Vergiften töteten, dass er ein Komplott zwischen ihr und Paolo Massimo für möglich hielt oder ein Komplott gegen Massimo, an dem sie beteiligt war. Letzteres war eigentlich keine schlechte Idee. Gerade wollte er seine Gedanken aussprechen, da hob sie den Kopf.

«Dieser verdammte Wasserhahn», sagte sie mit belegter Stimme. «Ich habe mich schon zweimal beschwert.»

Guerrini starrte sie verblüfft an, und Tommasini drehte sich so schnell um, dass er beinahe das Gleichgewicht verlor. «Wie kommen Sie denn jetzt auf den Wasserhahn?», fragte er.

«Er tropft.»

«Bene, er tropft! Aber der Commissario hat Ihnen eine Frage gestellt, und es wäre besser, wenn Sie sie beantworten würden, Signorina.»

Susanne Ullmann strich sich mit den Fingerspitzen über das Gesicht und nickte nachdenklich. Ihr Lidstrich war zerlaufen und ließ ihre erstaunlicherweise nicht blauen, sondern hellbraunen Augen größer erscheinen.

«Ich habe Leo vorgestern zum letzten Mal gesehen. Er wollte sich mit Paolo Massimo zum Mittagessen treffen. Ich habe ihn angefleht, mich mitzunehmen, weil ich die Situation für gefährlich hielt. Sie beide sind italienische Polizisten, und wenn ich Ihnen jetzt sage, dass möglicherweise die Mafia eine deutsche Bank braucht, um ihre Gelder zu waschen, dann werden Sie mich nicht sofort für verrückt erklären, oder?»

Guerrini ging nicht auf diese Bemerkung ein. «Weshalb haben Sie eigentlich noch immer nicht gefragt, wie Leo Hardenberg ums Leben gekommen ist?»

«Weil ich seit zwei Tagen davon ausgegangen bin, dass er ermordet oder entführt wurde. So ist es doch, oder?»

«Haben Sie den Carabinieri ihre Befürchtungen mitgeteilt?»

«Nicht so direkt. Ich habe Leo als vermisst gemeldet und gesagt, dass ihm etwas zugestoßen sein muss.»

«Wann haben Sie ihn als vermisst gemeldet?»

Susanne Ullmann stöhnte ungeduldig auf. «Das steht mit Sicherheit ganz genau im Protokoll, das der Carabiniere im Revier vom Palazzo Pitti aufgenommen hat. Es muss am späten Nachmittag gewesen sein.»

«Weshalb so spät? Mittagessen dauern höchst selten bis zum späten Nachmittag.»

Sie schlug mit geballter Faust zweimal auf die Sessellehne. «Weil ich dachte, dass dieses verdammte Geschäftsessen länger dauert. Leo hatte mir verboten, ihn auf dem Handy anzurufen. Ich hab es trotzdem versucht, aber es war ausgeschaltet.»

«Was haben Sie an diesem Nachmittag gemacht?» Es war Tommasini, der diese Frage einwarf.

«Ich habe mir Schuhe und eine Handtasche gekauft. Ich habe zwei Espressi getrunken und ein Tramezzino mit Ei und Thunfisch gegessen, irgendwo in einer Seitenstraße vom Dom. Dann bin ich ins Hotel, und als Leo noch immer nicht zurückgekommen war und ich ihn auch nicht erreichen konnte, da bin ich zum nächstgelegenen Polizeirevier gegangen.» Ihre Stimme klang trotzig und hatte einen verächtlichen Unterton.

«Warum sind Sie eigentlich so ärgerlich, Signora?» Guerrini lehnte sich vor und musterte nachdenklich Susanne Ullmanns Gesicht. Ihre Haut zeigte inzwischen rote Flecke, auf den Wangen, der Stirn, dem Hals. Sie wich tiefer in den Sessel zurück und ballte wieder die Fäuste.

«Ich bin wütend, weil Leo mich in diese Situation gebracht hat. Er hat mir nur gesagt, dass er mit mir nach Lucca will und dass wir einen Zwischenstopp in Florenz einlegen würden. Ich hatte keine Ahnung, dass er sich mit Massimo treffen wollte. Angeblich wollte er mit mir shoppen ...» Sie lachte kurz und verächtlich. Es klang, als schnappe sie nach Luft.

«Wie lange kennen Sie Signor Hardenberg eigentlich?»

«Seit einem halben Jahr.»

«Sie wissen, dass er verheiratet ist?»

«Natürlich. Woher wissen Sie das?»

«Wir sind Polizisten.»

«Und Sittenwächter?»

«Manchmal. Aber in diesem Fall ist es mir ziemlich egal, ob Hardenberg seine Frau betrogen hat oder nicht. Mich interessiert vor allem, wer ihn umgebracht hat.»

«Vielleicht seine Frau, gemeinsam mit Massimo. Es gibt doch die verrücktesten Geschichten.»

Noch eine Variante, dachte Guerrini. Diese Susanne Ullmann ist zwar nicht besonders sympathisch, aber ziemlich clever.

«Ja, die gibt es», antwortete er. «Arbeiten Sie eigentlich in der Hardenberg Bank?»

«Ich habe dort gearbeitet. Leo fand, dass es nicht so günstig ist, wegen unserer Beziehung, deshalb habe ich meinen Job aufgegeben … Jetzt kann ich mir einen neuen suchen.»

Guerrini stand auf und gab Tommasini ein Zeichen. «Ich muss Sie bitten, noch ein paar Tage in Florenz zu bleiben. Wir werden sicher noch Fragen haben. Verfügen Sie über genügend Mittel, weiterhin in diesem Hotel zu wohnen?»

«Was denken Sie denn? Leo hat mir eine Kreditkarte geschenkt. Da ist immer genug drauf.»

«Bene, dann ist ja alles in Ordnung. Ci vediamo, Signora Ullmann.»

«Buon giorno», murmelte Tommasini und folgte dem Commissario zur Tür. Ehe er hinausging, drehte er sich noch einmal um. «Entschuldigen Sie die Frage: Was haben Sie heute Vormittag bei Dolce e Gabbana gekauft?»

«Wieso interessiert Sie das?»

«Wegen meiner Tochter. Sie liebt Dolce e Gabbana.»

«Das Zeug ist zu teuer. Aber wenn es Sie interessiert: Ich habe eine Bluse, eine Jacke, eine Hose und einen Schal gekauft.»

«Oh!», machte Tommasini und zog schnell die Tür hinter sich zu.

«Falls Signora Ullmann plötzlich abreisen sollte, dann benachrichtigen Sie bitte die Polizei. Hier ist die Nummer von Capitano Maltempo.» Guerrini legte eine Karte auf den Tresen der Rezeption.

«Ist das ein Befehl?», fragte der junge Mann und griff mit spitzen Fingern nach dem Stück Papier.

«Nennen wir es eine ernsthafte Bitte zur Zusammenarbeit. Grazie e buon giorno.»

«Reiche Leute!» Tommasini strich mit den Händen über seine Jackenärmel, als hätte er sich in dem edlen Hotel schmutzig gemacht. «Haben Sie das gesehen, Commissario? Sie hat bei Dolce e Gabbana eingekauft, und ich sage Ihnen, das Zeug hat mindestens tausend Euro gekostet, wenn nicht mehr! Wenn ich daran denke, dass meine alte Tante Rosina mit vierhundertzwanzig Euro Rente auskommen muss …»

«Jaja, du hast ja recht. Aber betrachte es mal anders: Susanne Ullmann unterstützt mit ihrem Kauf unsere Wirtschaft. Wenn es keine Leute wie sie gäbe, dann müssten Näherinnen entlassen werden, Boutiquen schließen, Werbeagenturen würden pleitegehen, Models noch mehr hungern, als sie es ohnehin schon tun.»

Tommasini warf dem Commissario einen missmutigen Blick zu. «So kann man es auch sehen», brummte er. «Glauben Sie, dass die Frau was mit Hardenbergs Tod zu tun hat?»

«Ich glaube gar nichts, Tommasini. Es gibt nur ein paar interessante Verschwörungsmodelle, und ich denke, dass es sich lohnt, jedes zu überprüfen.»

«Wäre nicht schlecht, wenn Sie mich einweihen würden, Commissario.»

«Mach ich. Auf dem Weg zu Maltempo. Wir holen ihn ab und schauen uns in der Banca libera um, danach fahren wir direkt zu Massimos Landhaus. Bin gespannt, wie er erklären wird, dass Hardenbergs Leiche in seinem Kofferraum war.»

«Sollen wir nicht die Finanzpolizei einschalten?»

«Bloß nicht. Die haben schon genug zu tun.»

Tommasini zog die Schultern hoch und streckte beinahe flehend die Hände aus. «Aber wir kennen uns mit Bankgeschäften überhaupt nicht aus!»

«Dann lernen wir's eben, eh!»

«Ma …»

«Ma basta, collega!»

DREIMAL HATTE LAURA die Akten über die Ermittlungen im Fall der Hardenberg Bank gelesen. Sie hatte sich Notizen gemacht, war nachdenklich zwischen Schreibtisch und Fenster im Kreis gelaufen, hatte eine ganze Flasche Mineralwasser ausgetrunken und war zu dem Ergebnis gekommen, dass ihr die ganze Materie höchst unangenehm erschien. Am liebsten hätte sie den Ordner sofort an ihren Vorgesetzten zurückgegeben.

Inzwischen war es längst Nachmittag, und lautes Magenknurren erinnerte sie daran, dass sie seit dem Frühstück nichts gegessen hatte. Egal, sie musste herausfinden, wer dieses Protokoll geschrieben hatte. Es ging dabei weniger um die Bank, als um den Sicherheitsdienst der Bank. Zwar hingen die beiden Elemente eng zusammen, doch sie schienen auch unabhängig voneinander zu agieren. Vielleicht sogar gegeneinander. Laura versuchte, eine Kopie des unvollständigen Protokolls im Intranet zu finden, doch es gab keine.

Die Ermittlungen wurden mit Sicherheit vom Dezernat für Wirtschaftskriminalität beim LKA durchgeführt. Sie kannte die Kollegen in dieser Abteilung nicht besonders gut, nur einer fiel ihr ein, mit dem sie vor ein paar Jahren zusammengearbeitet hatte. Kilian hieß er, Hauptkommissar Rupert Kilian. Aber sie hatte keine Ahnung, ob er noch beim LKA arbeitete oder längst irgendwo anders. Wenn sie sich richtig erinnerte, war sein Ziel das Bundeskriminalamt gewesen.

Wieder knurrte ihr Magen. Wenn ich nicht bald was esse, falle ich um, dachte sie, griff nach dem Telefon und wählte die Nummer der LKA-Zentrale. Es gab ihn noch, den ehrgeizigen Hauptkommissar Kilian, und kurz darauf war sie bereits mit ihm verbunden.

«Salve, Laura», rief er so laut ins Telefon, als müsste er die Entfernung zwischen ihren Arbeitsplätzen allein mit seiner Stimme überwinden.

«Salve, Rupert. Ich muss dich etwas fragen, und das möchte ich nicht am Telefon machen. Außerdem habe ich Hunger. Kannst du in einer halben Stunde in den Hofbräu am Wiener Platz kommen?»

«Du hast Nerven! Wir haben seit mindestens zwei Jahren nicht mehr miteinander geredet, und jetzt soll ich in einer halben Stunde parat stehen! Um was geht's überhaupt?»

«Das möchte ich dir nicht am Telefon sagen, aber es ist wichtig! Außerdem hättest du mich ja auch anrufen können in diesen zwei Jahren, oder?»

«Also … ich steck gerade mitten in einer Computerrecherche …»

«Dann mach das Ding aus und schau aus dem Fenster. Die Sonne scheint, vielleicht können wir sogar im Biergarten sitzen.»

«Ist es dienstlich oder privat?»

«Meine Güte, jetzt stell dich doch nicht so an. Es ist dienstlich, und wir treffen uns privat, weil es sich um eine etwas verzwickte Geschichte handelt.»

«Gib mir 'n Tipp.»

«Kein Tipp.»

«Gut, ich komme. Gib mir eine Stunde.»

«Fünfundvierzig Minuten.»

«Okay, okay, Laura. Fünfundvierzig Minuten.»

«Ciao.»

«Servus.»

Lächelnd legte Laura auf. Rupert Kilian hatte auch damals zum Abschied stets *Servus* gesagt und zur Begrüßung *Salve.* Außerdem kannte er alle möglichen lateinischen Sprichwörter oder Merksätze. Laura mochte das, es erinnerte sie an ihren Vater. Der alte Gottberg versuchte bis heute, seine Tochter von der Notwendigkeit klassischer Bildung zu überzeugen. Schließlich, so behauptete er, trage sie mit Sicherheit römische Gene in sich. Mit einer toskanischen Mutter und einem bayerischen Vater. Die Römer hätten ihre Gene nachweislich in halb Europa hinterlassen.

Laura akzeptierte seine Bemühungen nur punktuell. Sie hatte Latein in der Schule gehasst … Gene hin, Gene her. Aber dass Hauptkommissar Kilian *Salve* und *Servus* sagte, das gefiel ihr. Manchmal ließ sie gegenüber Kriminaloberrat Becker ein lateinisches Sprichwort fallen – auch wenn die Grammatik etwas schräg klang. Becker ahnte davon nichts, denn er hatte nie Latein gelernt, aber es ärgerte ihn. Laura war sich ihrer Boshaftigkeit durchaus bewusst, aber sie freute sich jedes Mal über den roten Kopf ihres Chefs. Wie ein Schulmädchen, das einem mäßig beliebten Lehrer einen Streich spielt.

Angesichts der bevorstehenden Ermittlungen verfluchte Laura Peter Baumanns Neigung zu nächtlichen Fast-Food-Ausflügen. Sie stieß einen lauten Seufzer aus. Dann klemmte sie sich den Aktenordner unter den

Arm, warf sich den kleinen Rucksack über die Schulter und machte sich auf nach Haidhausen.

In der Eingangshalle traf sie Becker, der ebenfalls auf dem Weg nach draußen war – mit großen Schritten und wehenden Hosenbeinen, als wäre er mit dem Innenminister verabredet und bereits spät dran. Er erinnerte Laura an Politiker, die generell niemals langsam gingen, sondern sich stets in einer Art Laufschritt bewegten, meist gefolgt von einem Tross aus Bodygards und Mitarbeitern. Der wichtige Laufschritt der Wichtigen, die keine Sekunde vergeuden durften.

«Haben Sie eine Minute, Chef?», unterbrach Laura Beckers Lauf.

«Eigentlich nicht, aber wenn es schnell geht.» Er eilte weiter, und Laura hatte Mühe, an seiner Seite zu bleiben.

«Es geht um zwei Dinge: Haben Sie diesen Aktenordner durchgelesen, ehe Sie ihn mir gegeben haben? Und zweitens: Ich brauche Verstärkung. Baumann wird länger ausfallen, und diese Geschichte sieht verdammt groß aus!»

«Natürlich habe ich die Akte gelesen. Dieser Staatsanwalt übertreibt meiner Meinung nach ganz schön. Kein Wunder, dass die italienischen Gerichte nicht mehr fertig werden mit all den Bergen von Ermittlungsakten.»

«Das ist nur ein Aspekt», sagte Laura außer Atem. «Das LKA hat vor einem Jahr schon einmal rund um die Hardenberg Bank ermittelt. Da geht es um viele seltsame Geschichten: Mafiadrohungen gegen Bankmanager und ihre Familien, Erpressungsversuche, fristlose Entlassungen wegen angeblicher Untreue und so weiter. Diese Ermittlungen wurden aber offensichtlich eingestellt, und außerdem fehlt die letzte Seite des Protokolls.»

«Ach», sagte Becker, ebenfalls außer Atem, «das ist mir gar nicht aufgefallen.»

«Können Sie nicht mal stehen bleiben!?»

«Ja, kann ich.» Becker zog ein weißes Taschentuch mit blauem Rand aus der Manteltasche und wischte sich über Stirn und Oberlippe. «Ich will Ihnen mal was sagen, Laura. Ihre Aufgabe ist es, die Anfrage des italienischen Staatsanwalts zu beantworten und Ermittlungshilfe zu leisten. Mehr nicht. Dieses Protokoll vergessen wir am besten. Die Sache wurde offensichtlich eingestellt und ist damit erledigt.»

«Und warum befindet sich dieses Protokoll dann in genau diesem Aktenordner?»

«Woher soll ich das wissen? Der Ermittlungshilfeantrag wurde ans BKA gestellt, und die haben die Sache ans LKA weitergeleitet. Von denen kam auch der Ordner.»

«Also hat irgendwer beim LKA ein Interesse daran, dass wir dieses Protokoll lesen.»

«Das ist Ihre Interpretation. Vielleicht war es ein schlichtes Versehen. So was kommt auch bei uns vor!»

«Warum kann ich dieses Protokoll dann im internen Archiv nicht finden? Nicht einmal den geringsten Hinweis auf diese Ermittlungen?»

«Ich weiß es nicht, und im Augenblick interessiert es mich auch nicht, Laura. Ich habe eine wichtige Verabredung!»

«Ich auch, Herr Becker. Finden Sie nicht, dass diese Fragen ebenfalls wichtig sind?»

«Möglicherweise. Darüber können wir ja in den nächsten Tagen reden.» Becker setzte sich wieder in Bewegung. Langsamer diesmal, denn er war noch immer außer Atem. Laura blieb ihm auf den Fersen.

«Und was ist mit der Verstärkung? Ich kann das wirklich nicht allein machen.»

«Sie wissen genau, dass uns Hunderte von Beamten fehlen. Ich werde sehen, was ich tun kann. Wie geht es übrigens Baumann?»

«Nicht besonders gut.»

«Tut mir wirklich leid. Grüßen Sie ihn von mir.»

Inzwischen hatten sie den Innenhof des Präsidiums erreicht, und Becker steuerte auf einen großen dunkelblauen BMW zu, während Laura neben ihrem angerosteten Mercedes stehen blieb. Er winkte mit erhobenem Arm, ohne sich zu ihr umzuwenden, und Laura suchte angestrengt nach einem passenden lateinischen Satz, doch leider fiel ihr keiner ein.

Nur ein paar schwächliche Sonnenstrahlen drangen durch die schwarzen Äste der Kastanienbäume im Biergarten des Hofbräus. Die dicken klebrigen Knospen waren gerade erst aufgeplatzt, und die pelzigen Blattgespinste mit den flaumigen, winzigen Blütenkerzen wirkten ein bisschen wie frisch geschlüpfte Küken.

Wenige Unbeirrbare saßen an den langen Tischen, als wären sie von den warmen Herbsttagen des vergangenen Jahres übriggeblieben. Angesichts der Maßkrüge voll kalten Bieres überlief Laura ein Frösteln.

Nahe der Hauswand des alten Gasthofs fand sie schließlich einen windgeschützten Platz, trotzdem wickelte sie ihren Schal fester um sich. Sie bestellte Spinatpfannkuchen mit Parmesan und eine Kanne schwarzen Tee.

«Geht's schnell?», fragte sie die Kellnerin, eine Grauhaarige mit zerknittertem Gesicht und sehr großen Füßen.

«So schnell's halt geht», antwortete die und wischte mit ihrer Handfläche ein paar Brösel vom Tisch. Dann bewegte sie sich langsam Richtung Küche, ratschte aber noch mindestens eine Minute lang mit einem der einsamen Biertrinker, bevor sie im Haus verschwand. Der Biertrinker hatte einen Brotkorb vor sich stehen. Laura hielt ihre Hände flach vor sich und beobachtete interessiert das leichte Zittern. Total unterzuckert, dachte sie, gab sich einen Ruck, ging zu dem Mann hinüber und fragte, ob sie eine der Brezen nehmen dürfe.

«Nehman's den ganz'n Korb», brummte der. «San eh lätschat, die Brez'n. Wia Gummi san's! Gibt ja nix G'scheids mehr heit. Ned amoi's Bier is so guat wia früher! Grod, dass ma's no dringa ko!»

Laura murmelte einen Dank und betrachtete den Mann kurz von der Seite. Er sah wirklich aus, als hätte er den ganzen Winter über hier gesessen. Den Kragen seiner Lodenjoppe hatte er hochgeschlagen, sein Gesicht mit der großen rötlichen Nase war zerfurcht, und der graue Schnauzbart war sicher seit Monaten nicht mehr gestutzt worden. Der letzte Münchner Grantlhuber, dachte Laura und lächelte ihm zu, doch er starrte in seinen Maßkrug und würdigte sie keines Blickes.

Trotz ihrer Mängel wirkte die Gummibreze auf Laura wie ein Lebenselixier, und als Rupert Kilian durch den Biergarten auf sie zukam, fühlte sie sich erheblich besser. Der Kriminalhauptkommissar hatte sich kaum verändert, war noch immer schlank, drahtig und braungebrannt. Seine Schritte knirschten auf dem feinen Kies, und er hob grüßend den Arm zu einem lauten «Salve». Gleich darauf schüttelte er kräftig Lauras Hand, und sie bemerkte, dass die Linien um seinen Mund tiefer geworden waren.

«Gut schaust aus – also, worum geht's?»

In diesem Augenblick brachte die Kellnerin Lauras Tee und blieb abwartend neben Kilian stehen, ohne ihm eine Speisekarte anzubieten. Er bestellte ein Haferl Kaffee und zwei Portionen Apfelstrudel ohne Schlagrahm.

«Sie, des is fei a Biergarten», sagte die Kellnerin.

«Ja, i woass. Aber i mog koa Bier!»

Sie starrte Kilian kurz an, schob ihren Unterkiefer nach vorn und kniff die Augen zusammen. Doch ehe ihr eine schlagfertige Antwort einfiel, lächelte der Kommissar sie an und fragte ruhig: «Krieg ich jetzt meine zwei Portionen Apfelstrudel oder nicht?»

Sie schluckte, knetete ihre Schürze, nickte und verschwand, diesmal sehr schnell, im Haus.

«Das wäre geschafft», grinste er. «Und jetzt zu dir, Laura.»

Während sie Spinatpfannkuchen aß, blätterte Kilian im Aktenordner, den Laura ihm in die Hand gedrückt hatte. Zwischendurch schob er ein Stück Apfelstrudel in den Mund, trank einen Schluck Kaffee und tupfte sich die Lippen mit der weißen Papierserviette ab. Laura hatte ihn kurz in die Situation eingeweiht, er hatte ein bisschen unbehaglich das Gesicht verzogen und gemeint, dass er sich das fragliche Protokoll anschauen werde, aber sie solle nicht zu viel erwarten.

«Tja», murmelte er, nachdem er beide Stücke Apfelstrudel verzehrt hatte, und klappte den Aktenordner zu. «Das ist eine heikle Angelegenheit.»

Laura wartete, tat so, als wäre sie ausschließlich mit ihrem Pfannkuchen beschäftigt, beobachtete ihren Kollegen aber genau.

«Eine verdammt heikle Angelegenheit», wiederholte er, verschränkte die Hände im Nacken und lehnte sich zurück.

Laura streute mehr Parmesan über den Rest ihrer Mahlzeit.

«Warum sagst du denn nix?», knurrte Kilian.

«Was soll ich denn sagen? Arbeitest du beim LKA oder ich? Über die Ermittlungen innerhalb der Hardenberg Bank ist damals nichts an die Öffentlichkeit gedrungen, auch nicht zu mir. Und dass die Angelegenheit heikel ist, das hab ich mir schon gedacht.»

«Ich war mit der Sache nicht befasst. Ich weiß nur, dass strengste Diskretion verlangt wurde und dass die Ermittlungen plötzlich eingestellt wurden, weil es angeblich keine Hinweise auf Straftaten gab.» Rupert Kilian schob den Ordner von sich.

«Erinnerst du dich, wer mit den Ermittlungen beauftragt war?»

«Ich glaube, es war eine Kollegin, die inzwischen ins

BKA versetzt wurde. Außerdem haben natürlich noch ein paar andere mitgemischt.»

«Kannst du mir Namen nennen?»

«Schwierig.»

«Santa Maria! Wer hat das Protokoll geschrieben? Wer hat es aus dem Archiv gelöscht oder nie eingestellt? Wer hat das unvollständige Protokoll in diesen Aktenordner gesteckt und warum?»

«Sonst noch Fragen?»

«Jede Menge! Habt ihr euch inzwischen mit der organisierten Kriminalität zusammengetan, oder was? Ich dachte, das gibt es nur im Heimatland meiner Mutter!»

«Jetzt übertreib nicht, Laura. Von OK kann überhaupt keine Rede sein. Ich nehme an, dass irgendein Politiker seine schützende Hand über die Hardenberg Bank gehalten hat. Aber wer das war, kann dir niemand sagen. Hast du noch nie einen dringenden Rat bekommen, Ermittlungen einzustellen? Von Kollegen, von deinen Vorgesetzten?»

«Nein!»

«Soll ich dir das glauben?»

«Ich ermittle in Mordfällen und nicht in Wirtschaftsdelikten.»

«Soll das eine Anschuldigung sein?»

«Ja, nein. Ach, hören wir mit diesem Blödsinn auf. So kommen wir nicht weiter. Wie heißt die Kollegin, die jetzt beim BKA arbeitet?»

«Willst du das wirklich wissen?»

«Ja, natürlich. Wenn du es mir nicht sagst, dann frag ich eben jemand anders.»

Kilian stöhnte auf. «Warst du schon immer so hartnäckig? Daran kann ich mich gar nicht erinnern.»

«Schade.»

«Was ist schade?»

«Dass du dich nicht daran erinnern kannst. Sagst du mir jetzt den Namen oder nicht?»

Kilian klopfte mit der Gabel auf seinen leeren Teller, zog die Lippen nach innen und ließ sie mit einem schnalzenden Laut wieder hervorschnellen.

«Ich sag ihn dir unter der Bedingung, dass du mich komplett aus dem Spiel hältst!»

«Wieso?»

«Weil ich mich auf einen Posten beworben habe, den ich auch bekommen will!»

«Okay.»

«Was heißt okay?»

«Ich versteh das, und ich verspreche dir, dass ich komplett dichthalten werde.»

Sein Gesicht nahm einen resignierten Ausdruck an, und plötzlich sah er aus wie einer der vielen Männer mittleren Alters, denen klar ist, dass sie ihre Ziele nicht mehr erreichen werden.

«Ursula Falkner heißt sie. Oberkommissarin. Aber ich glaube nicht, dass sie dir viel erzählen wird.»

«Warum nicht?»

«Weil sie ihren Job nicht aufs Spiel setzen will, weil sie ihre Pensionsansprüche nicht verlieren will … zum Beispiel.»

«Könnte sein. Aber wer hat das Protokoll aufbewahrt und jetzt in diesen Ordner gesteckt? Vielleicht war das auch Ursula Falkner, weil sie eigentlich immer der

Meinung war, dass diese Angelegenheit eine richtige Schweinerei ist. Möglich?»

Kilian hob abwehrend beide Hände.

«Find's raus! Viel Glück. Ich muss weiter.» Schnell stand er auf, schaute sich suchend nach der Kellnerin um, murmelte, dass er drinnen zahlen würde, und ging.

Feigling, dachte Laura, empfand sich aber schon, während sie es dachte, als ungerecht. Wie würde sie selbst sich verhalten, wenn ihr ernsthaft verboten worden wäre zu ermitteln? Es stimmte ja – man konnte Job und Pensionsansprüche verlieren, wenn man illoyal war, wenn man Anordnungen missachtete oder gar Informationen in die Öffentlichkeit trug, die streng geheim waren. Vielleicht war genau das den ehemaligen Polizisten zugestoßen, die in der Sicherheitsfirma der Hardenberg Bank arbeiteten. Auffallend viele ehemalige Polizisten arbeiteten dort. Aber vielleicht wollten die nur endlich ein bisschen mehr Geld verdienen …

Laura sah zwei Krähen zu, die sich unter einem der Biertische um ein paar vertrocknete Pommes zankten. Ihr grauste vor den Ermittlungen, die jetzt bevorstanden. Ihr grauste so sehr davor, dass sie eine Gänsehaut bekam. Angewidert schob sie den Teller mit dem letzten Bissen Spinatpfannkuchen von sich.

ANTONELLA ALFANO WEIGERTE SICH, irgendwelche Aussagen über ihren Vorgesetzten zu machen, die mehr als rein sachliche Informationen waren. Sie bestätigte nur, dass Dottor Paolo Massimo sich mit Leo Hardenberg zum Essen getroffen hatte. Sie selbst hätte den Tisch bestellt, im *Dieci Leoni*, dem Lieblingslokal von Dottor Massimo. Aber sie hätte Hardenberg an diesem Tag nicht zu Gesicht bekommen.

Ja, es liefen Verhandlungen zur Kooperation mit der Hardenberg Bank – Antonella sprach ausdrücklich nicht von Übernahme. Die Banca libera sei ein gesundes Unternehmen mit genügend Eigenkapital. Dass Dottor Massimo etwas mit dem Tod von Leo Hardenberg zu tun haben könnte, sei nicht vorstellbar und außerdem völlig sinnlos.

«Completamente senza motivi!», wiederholte sie mit Nachdruck und schlug die Beine übereinander. Sehr lange, schlanke Beine, die sowohl Tommasini als auch Capitano Maltempo etwas ausführlicher musterten als angebracht, während Guerrini absichtlich auf ein riesiges abstraktes Bild an der Wand hinter Antonellas Schreibtisch starrte. Er hatte keine Lust, sich auf das alte Spiel einzulassen. Er wusste genau, was Antonella beabsichtigte: Eine schöne, intelligente Frau würde leicht mit drei männlichen Polizisten fertig, die sich in einer so eleganten Umgebung vermutlich ein bisschen unsicher und deplatziert vorkamen. Jedes Möbelstück in dieser Bank schien ein Designerstück zu sein, selbst die wenigen Pflanzen wirkten wie auf dem Reißbrett entworfen. Der offensichtliche Reichtum dieses Bankhauses hatte etwas Einschüchterndes.

«Sie sollten Dottor Massimo sofort freilassen. Er wird hier dringend gebraucht. Täglich stehen wichtige Entscheidungen an. Unser Land ist in enormen Schwierigkeiten – das wissen Sie ja selbst. Die Banca libera ist eine Säule der Stabilität. Unsere Kredite stützen die Wirtschaft der gesamten Region!»

«Wir werden sehen, was sich machen lässt, Signora. Unsere Ermittlungen stehen erst am Anfang. Sie müssen aber zugeben, dass es ziemlich belastend für Dottor Massimo ist, wenn ein toter Kollege an der Mauer seines Parks gefunden wird.» Guerrini löste seinen Blick von dem Gemälde und schaute Antonella jetzt direkt in die Augen. Sie hielt seinem Blick stand – kühl und ablehnend. Ein paar blondierte Strähnen leuchteten in ihrem üppigen dunklen Haar. Feiner silberner Ohrschmuck hing fast bis auf ihre Schultern herab (sicher auch ein Designerstück, dachte er), und ihre Lippen waren sehr rot geschminkt.

«Ein Komplott», sagte sie leise. «Alle Erfolgreichen in diesem Land werden irgendwann Opfer eines Komplotts. Sehen Sie sich nur in der Politik um … selbst der Presidente del Consiglio ist vor solchen Machenschaften nicht sicher. Ist es nicht so, Commissario?»

«Das sehe ich nicht ganz so, Signora Alfano, und darum geht es im Augenblick auch nicht. Abgesehen davon klingt das, als hätten Sie einen konkreten Verdacht – und schließlich sind Sie wohl die Person, die Dottor Massimo am besten kennt und über alle Verflechtungen der Bank Bescheid weiß. Übrigens ... hatte Massimos Frau Grund zur Eifersucht?»

Antonella stellte ihre Beine jetzt sorgfältig nebeneinander und verschränkte die Hände.

«Ich sagte bereits, dass ich nicht bereit bin, Aussagen über das Privatleben meines Vorgesetzten zu machen. Dazu bin ich nicht berechtigt, und ich weiß auch nichts über sein Privatleben.»

«Das glaube ich nicht!» Maltempos Stimme klang zu laut und zu rau. Er räusperte sich ausführlich.

Guerrini fand den Einwurf des Capitanos nicht besonders hilfreich. Antonella aber reagierte gelassen.

«Gegen Ihren Glauben kann ich nichts machen», antwortete sie und erhob sich. «Haben Sie eigentlich vor, die Geschäfte der Banca libera von der Finanzpolizei überprüfen zu lassen?»

«Weshalb fragen Sie das?» Guerrini stand ebenfalls auf.

«Weil es mich interessiert und ich dann organisatorische Vorbereitungen in die Wege leiten könnte.»

«Nein, Signora, die Guardia di Finanza wird derzeit nicht eingeschaltet. Die Kollegen wären außerdem von organisatorischen Vorbereitungen nicht sehr begeistert. Wenn sie kommen, dann unvorbereitet. Das verstehen Sie sicher, oder?»

Beinahe hätte sie gelächelt, dachte Guerrini, der Antonella genau beobachtete. Sie spielt gerade das Dummchen. Trick Nummer zwei. Massimo hat eine wirklich spitzenmäßige Assistentin.

«Certo, certo», murmelte sie. «Kann ich noch etwas für Sie tun, Commissario?»

«Wir würden uns gern noch mit Mitarbeitern der Sicherheitsfirma unterhalten, die für diese Bank eingesetzt werden.»

«Die sind alle sehr beschäftigt. Ich konnte leider keinen einzigen zu dem heutigen Treffen freibekommen. Viele sind in anderen Niederlassungen unserer Bank beschäftigt, quasi überall in Italien, in Frankreich, in Großbritannien. Derzeit ist keiner in Florenz. Aber morgen kommt der Chef der Firma zurück. Dann können Sie mit ihm sprechen. Soll ich einen Termin ausmachen?»

«Sagen Sie ihm, dass er um zwei in der Questura von Siena zu erscheinen hat. Das hier ist kein Spiel, Signora. Es geht um Mord, falls Ihnen das noch nicht klargeworden ist. Buona sera.»

Guerrini nickte seinen Kollegen zu und wandte sich zur Tür.

«Aspetti un momento, Commissario! Ich muss unbedingt mit Dottor Massimo sprechen. Es geht um die Bank, um Entscheidungen, die nur er treffen kann.» Antonella machte zwei Schritte auf Guerrini zu und streckte die Hand aus, als wolle sie ihn aufhalten.

«Sie können ihn sehen, Signora Alfano. Die Carabinieri werden Sie hinbringen und auch bei dem Gespräch anwesend sein.»

«Aber wie stellen Sie sich das vor? Es geht hier um Bankgeschäfte. Das sind geheime, streng vertrauliche Informationen. Da können nicht irgendwelche Polizisten zuhören.» Antonella ballte die Fäuste.

«Dann geht es eben nicht, Signora. Was wäre denn, wenn Dottor Massimo plötzlich sterben würde? Es muss doch irgendwen geben, der die Geschäfte weiterführen kann. Oder ist das hier eine Ein-Mann-Bank?»

«Solange Dottor Massimo lebt, wird hier niemand seine Arbeit übernehmen.»

«Und wer würde es tun, wenn er tot wäre?»

«Ich bin nicht berechtigt, Ihnen darüber Auskunft zu erteilen!»

«Dann eben nicht.» Guerrini zuckte die Achseln und öffnete die Tür. Aber er blieb noch einen Moment stehen, wandte sich halb um und sagte: «Danke übrigens für die gute Zusammenarbeit. Sie haben uns sehr geholfen, Signora. Und bemühen Sie sich nicht, wir finden allein hinaus.»

«Santa Caterina!», fluchte Guerrini, als sich die Fahrstuhltür hinter ihnen geschlossen hatte. «Ich wünschte, ich hätte mich noch ein paar Wochen krankschreiben lassen! Dann müsste irgendein anderer diesen Fall bearbeiten. Ich fange an, Designermöbel zu hassen, und Frauen, die aussehen wie Designerfrauen und sich auch so benehmen, ebenfalls. Bei diesem Massimo stimmt wirklich alles. Wahrscheinlich ist diese Antonella seine Designergeliebte, und seine Designerehefrau hat ihm Designerkinder geboren, die in einem Designerhaus aufwachsen, Designerklamotten tragen und später Designerbanker werden. Wahrscheinlich essen die sogar Designerfood – so nennt man das doch, oder? Hast du schon mal im *Dieci Leoni* gegessen, Umberto?»

Capitano Maltempo schüttelte den Kopf und rückte seinen Uniformkragen mit den Goldtressen zurecht. «Ich hab davon gehört. Aber mir sind die Preise da zu gepfeffert.»

«Reiche Leute», murmelte Tommasini. «Kennen Sie richtig nette reiche Leute, Capitano?»

«Sì, Sergente, ma solo uno. Meinen Cousin, der hat erst im Lotto gewonnen und dann noch ein Vermögen von einer Tante geerbt. Das war ihm zu viel, da ist er nach Indien gegangen, hat eine Schule gebaut und zusammen mit irgendwelchen Dorfbewohnern bessere Anbaumethoden ausprobiert. Außerdem hat er eine Spinnerei gebaut, und dort produziert er jetzt Stoffe für unsere Modedesigner. Der Gewinn geht an die Arbeiter und an das Dorf. Ist doch nicht schlecht, eh?»

«Nein, nicht schlecht», murmelte Tommasini.

«Du mit deinen Reichen», grinste Guerrini. «Ich hoffe, es enttäuscht dich nicht, dass es wenigstens einen netten zu geben scheint. Ist euch eigentlich klar, dass wir keinen Schritt weitergekommen sind? Weder mit Susanne Ullmann noch mit dieser perfekten Sekretärin.»

«Vielleicht stecken die alle unter einer Decke, Commissario», murmelte Tommasini.

«Noch ein Komplott, eh? Hör bloß damit auf!»

Paolo Massimo wusste genau, dass er nur ein paar Atemzüge von einer Panikattacke entfernt war. Seit der Anwalt nach Florenz aufgebrochen war, saß Massimo in genau dem geschwungenen Ledersessel, in dem er auch den gestrigen Abend verbracht hatte, ehe man Hardenberg fand. Er empfand dieses Haus als zu groß, die Landschaft draußen vor dem riesigen Fenster als zu weit, konnte sich nicht erden, spürte die Panik in seinen Muskeln, irgendwo entlang der Wirbelsäule und im Nacken.

Hardenberg hatte im Kofferraum seines Wagens gelegen.

Immer wieder versuchte er diese Information zu verstehen, halblaut wiederholte er von Zeit zu Zeit den Satz: «Hardenberg hat im Kofferraum meines Wagens gelegen.»

Vorsichtig schaute er sich nach dem Polizisten um, der vorhin noch an der Wand neben der Eingangstür gelehnt hatte. Er war nicht mehr da. Wahrscheinlich rauchte er draußen, telefonierte mit seiner Freundin oder war auf dem Klo. Von dem zweiten war auch nichts zu sehen.

Es war grauenvoll still in diesen zu großen Räumen. Nicht mal eine Uhr tickte. Was machten Leute, die unter Hausarrest standen? Wurden sie langsam verrückt? Lasen sie Bücher? Fingen sie an zu malen, führten sie Selbstgespräche? Es gab Menschen, die jahrelang ihre Häuser nicht verlassen durften …

«Hardenberg hat noch nicht im Kofferraum gelegen, als ich mein Gepäck herausgeholt habe.» Massimo erschrak vor seiner eigenen Stimme. Hatte er wirklich nicht dort gelegen? Dieser verdammte schwarze Müllsack. Er konnte sich einfach nicht daran erinnern, ob der schon da gewesen war. Irgendwo weiter hinten im Kofferraum. Vielleicht. Blödsinnige Grübeleien.

Noch mal: Er hatte sein Gepäck genommen, den Kofferraum zugeschlagen und war ins Haus gegangen. Hatte er den Knopf für die Zentralverriegelung gedrückt? Auch daran konnte er sich nicht erinnern. Es war eine dieser halbbewussten Tätigkeiten, an die sich wahrscheinlich kaum jemand erinnerte. Außerdem gab es keinen Grund, den Wagen zu verriegeln. Dieser abgelegene Landsitz war einer der wenigen paradiesischen

Orte, an denen man nicht ständig an Autodiebe denken musste, wenn man einen Luxuswagen fuhr.

Massimo schloss die Augen und versuchte sich zu entspannen. Seine Muskeln fühlten sich an wie Knoten. Wie entspannte man sich, wenn man total in der Falle saß? Ohne Handy, ohne Tablet. Ohne den gewohnten Machtapparat? Massimo war es schon immer schwergefallen zu warten. Bisher hatte das Gefühl des Wirklichkeitsverlusts seine Ungeduld nahezu ausgeschaltet, doch jetzt kehrte sie mit Macht zurück.

Der schützende Nebel in seinem Kopf hatte sich allmählich gelichtet. Was in den vergangenen vierundzwanzig Stunden geschehen war, war Wirklichkeit, das hatte Massimo inzwischen begriffen. Irgendjemand hatte ihn auf besonders intelligente und perfide Weise hereingelegt. Es handelte sich um die Erfüllung geheimer, dunkler Wünsche und gleichzeitig um die Vernichtung des Wünschenden. Jaja, er hatte viel gelernt bei seinem Vater, dem berühmten Psychiater. Er war durchaus in der Lage, sich selbst zu analysieren und die Gefährlichkeit dieser Situation zu erkennen. Nur hatte er bisher nicht die geringste Ahnung, wer seine, Massimos, Vernichtung geplant haben könnte.

Um ihn war eine große Leere. Seine verknoteten Muskeln versuchten diese Leere abzuwehren – und die Panik, die in ihr lauerte. Wer? Wer, bei allen Heiligen, hatte ihm diese Falle gestellt? Wer hatte ihm die Kontrolle über sein Leben genommen?

Paolo Massimo versuchte klar zu denken, doch in seinem Kopf herrschte ein wildes Durcheinander an Einfällen und Verdächtigungen. War da nicht noch eine zweite italienische Bank an der Fusion mit Hardenberg interessiert gewesen? Leo Hardenberg hatte so etwas angedeutet, ohne Namen zu nennen. Wer in der Hardenberg Bank hatte sich besonders für eine Fusion eingesetzt? Ein, zwei der Manager – nicht besonders viele. Er konnte sich nicht einmal an die Namen der beiden erinnern. All das war auf seinem Tablet gespeichert.

Alte Feinde? Auch die hatte er zur Genüge. Organisierte Kriminalität? Er war sicher, dass ein paar der Konten seiner Bank von Strohmännern der Mafia geführt wurden. Aber wer konnte dagegen etwas machen? Alle Banken hatten solche Konten, und es waren nicht die schlechtesten. Sie brachten Kapital, mit dem man arbeiten konnte.

In seiner eigenen Bank waren vermutlich auch ein paar Leute daran interessiert, ihn abzusägen. Es standen immer welche in den Startlöchern, die auf den richtigen Augenblick fieberten, um die Macht zu übernehmen. Bis gestern hatte er selbst diese Macht besessen, jetzt ergriff der Staat plötzlich die Macht über ihn, der Staat in Gestalt dieses lächerlichen Angelino Cichetto und des weniger lächerlichen Commissario Guerrini.

Die Leere um ihn schien sich immer weiter auszudehnen, füllte sich unerwartet mit Geräuschen. Massimo hielt sich die Ohren zu, ehe er begriff, dass es sich bei diesen Geräuschen um den Motor eines Wagens handelte, um das Zuschlagen von Autotüren und um menschliche Stimmen.

Möglich, dass seine Bewacher abgelöst wurden, eine Erklärung, die Massimo jeder anderen vorzog. Es wäre aber auch möglich, dass der Commissario samt Staatsanwalt zurückgekehrt war. Davor fürchtete er sich, obwohl er selbst ohne Anwalt kein Wort sagen musste. Er fürchtete sich vor den Worten der anderen.

Mitsamt seinem Sessel rückte Massimo näher an die Fensterfront und starrte hinaus, wie er es am Abend zuvor getan hatte. Sie redeten immer noch, draußen vor dem Haus. Er konnte nichts verstehen, die Stimmen nicht unterscheiden. Schritte auf Kies, Schritte auf Pflastersteinen. Was machten die so lange? Warum kamen sie nicht herein? Am liebsten wäre er aufgesprungen, um nachzusehen. Die Unerträglichkeit des Wartens ließ seine Muskeln noch mehr verkrampfen, und er hatte einen metallischen Geschmack im Mund, als krieche die Furcht über seine Zunge.

Als an der Tür geklopft wurde, schreckte er zusammen, obwohl es ihn auch erleichterte. Die Tür wurde geöffnet, Massimo hörte es genau, drehte sich aber nicht um, sondern schaute weiter hinaus auf die blauen Hügel, die in der Ferne verblassten. Doch er nahm sie nicht wahr, diese blauen Hügel, denn seine ganze Aufmerksamkeit war auf die Vorgänge in seinem Rücken gerichtet. Sie waren eingetreten, mehrere Personen. Einer räusperte sich. Interessant, dass sich viele Menschen räusperten, ehe sie redeten. Als wollten sie die anderen vorwarnen. Warum dachte er das, verdammt noch mal? Warum konnte er sich nicht auf das Wesentliche konzentrieren?

«Dottor Massimo? Commissario Guerrini sono.»

Massimo antwortete nicht.

«Sie können es natürlich so wie gestern Abend machen und weiter die Aussicht genießen. Aber ich denke, dass Sie interessieren wird, was ich Ihnen mitzuteilen habe.»

«Ich weiß es schon.» Gegen seinen Willen hatte Massimo geantwortet. Ganz automatisch. Seltsam, es gab ihm ein winziges Gefühl von Macht zurück.

«Ich weiß, dass Sie es wissen.»

Massimo hob den Kopf und schaute in den Himmel hinauf, in durchsichtiges Blau. Ihm fiel ein, von irgendwoher, dass er als Junge häufig hinaufgestarrt und sich dabei gefühlt hatte, als wäre der Himmel wie das Meer, als könnte er in ihm wegschwimmen. Nicht so sehr fliegen, eher schwimmen. Oder hinaustauchen ins Universum. Es fiel ihm schwer, diese Erinnerung wegzuschieben.

«Wenn Sie wissen, dass ich es weiß … warum wollen Sie es mir dann noch einmal erzählen, Commissario?»

«Weil ich dabei gern Ihr Gesicht sehen möchte, Dottor Massimo. Außerdem gibt es ein paar Einzelheiten, die auch für Sie neu sein dürften.»

Die Gestalt des Commissario schob sich zwischen Landschaft und Himmel und lehnte sich an die riesige Glasscheibe – mehr Schattenriss als Mensch.

«Der tote Leo Hardenberg hat nicht nur im Kofferraum Ihres Wagens gelegen.»

Paolo Massimo versuchte an Guerrini vorbeizuschauen. Links vom dunklen Kopf des Commissario flogen ein paar Schwalben durch das durchsichtige Blau.

«Er hat auch auf Ihrem Beifahrersitz Spuren hinterlassen.»

Die Schwalben flogen immer höher hinauf, wurden

immer kleiner. Es gelang Massimo, seine Gesichtszüge zu kontrollieren. Nur seine Augen folgten den Schwalben.

«Mich würde interessieren, was Sie dazu denken oder möglicherweise auch sagen, Dottor Massimo.»

«Nichts», murmelte Massimo. «Ich habe nichts zu sagen. Wenden Sie sich an meinen Anwalt.»

«Es verbessert Ihre Situation nicht besonders, wenn Sie nichts sagen.»

Massimo lehnte sich zurück und schloss die Augen. Der Ledersessel knarrte ein bisschen. Dann war es wieder still. Massimo konnte die Atemzüge des Commissario hören, so still war es. Er hoffte inständig, dass Antonella bald einen schwachen Punkt in Guerrinis Vergangenheit finden würde. Bei diesem Gedanken umfassten seine Hände die Armstützen, und seine Knöchel traten weiß hervor. Weil er noch immer die Augen geschlossen hielt, konnte er nicht sehen, wie aufmerksam der Commissario ihn beobachtete.

«Es sieht so aus, als hätte man Hardenberg mit Blausäure vergiftet.»

Diese ruhige Stimme machte ihn wahnsinnig.

«Sie haben Signor Hardenberg nicht zufällig ein Stück mitgenommen – ich meine, nach Ihrem gemeinsamen Mittagessen. Eigentlich liegt es ja nahe …»

«Ich habe ihn nicht mitgenommen. Meine Aussage zu diesem Thema kennen Sie. Dem habe ich nichts hinzuzufügen.»

«Auch nicht, wenn ich Ihnen sage, dass Hardenbergs Freundin Sie belastet?» Guerrini bluffte.

Er blufft, dachte Massimo, der auf einmal wieder

denken konnte. Ich kenne diese Frau gar nicht. Habe sie einmal in München gesehen. Aber vielleicht war das Hardenbergs Frau. Ist auch egal.

«Verlassen Sie mein Haus!», sagte er langsam und öffnete die Augen. «Sorgen Sie dafür, dass ich mit meiner Sekretärin sprechen kann. Ich habe eine Bank zu führen und lehne es ab, mir Ihre lächerlichen Beschuldigungen anzuhören! Raus!»

Guerrini bemerkte die schmalen Lippen des Bankers, den kalten Ausdruck seiner Augen, die Verachtung in seinen Worten, seiner Stimme. Der ziehende Schmerz rund um seine Schussverletzung meldete sich wieder, und gleichzeitig tauchte das Gesicht des Mannes vor ihm auf, der vor ein paar Jahren seine Versetzung nach Siena durchgesetzt hatte. Ein Gesicht voller Verachtung und zuletzt voller höhnischer Genugtuung, weil Guerrini es nicht schaffte, genügend Beweise zusammenzutragen, um ihn vor Gericht zu bringen. Er war kein Banker gewesen, sondern Politiker und Unternehmer, der Geschäfte mit der Mafia machte, vermutlich immer noch.

Guerrini versuchte seine aufsteigende Wut zu kontrollieren, halbwegs ruhig zu bleiben.

«Ich könnte hier stehen bleiben, solange ich möchte, Dottor Massimo. Sie scheinen den Ernst Ihrer Situation noch immer nicht zu begreifen. Jemand, der unter Hausarrest steht, kann Polizisten nicht hinauswerfen. Er kann sie beleidigen und respektlos behandeln, aber das nützt nichts … es schadet eher. Wenn wir jetzt trotzdem gehen, dann hängt das mit unserer Arbeit zusammen.»

Sie gingen. Guerrini beherrschte sich mühsam und trat nicht gegen das riesige Terrakottagefäß, in dem ein ebenfalls riesiger Oleanderbaum wuchs. An seiner Stelle tat es Tommasini. Der Pflanzenkübel rührte sich nicht, nur die Blätter des Oleanders erzitterten leise, und der Sergente verzog schmerzlich das Gesicht.

«Es lohnt sich nicht», sagte Guerrini.

«Nein, es lohnt sich nicht», erwiderte Tommasini und bewegte vorsichtig seinen rechten Fuß.

«Haben Sie sich verletzt, Sergente?» Einer der jungen Carabinieri, die zu Massimos Bewachung eingeteilt waren, näherte sich besorgt.

«Nein, ich hab mir nur den Zeh gebrochen.»

«Vero?»

«Ach, Quatsch!»

«Scusi … Der sagt nichts, der Banker, was?»

«Nein, er sagt nichts», antwortete Guerrini. «Wir müssen noch mit dem Bauern reden, der für Massimo arbeitet. Rieti heißt er, glaube ich. Wo finden wir den?»

«Der weiß auch nichts, Commissario. Er ist gerade da und gießt die kleinen Zypressen, die er vor zwei Jahren gepflanzt hat. Ich hab mich mit ihm unterhalten … so nebenher. Wir haben eine geraucht und ein bisschen geredet, während mein Kollege auf Massimo aufgepasst hat.»

«Und worüber habt ihr geredet?»

«Na, über den Toten, der an der Mauer vergraben war. Rieti kommt nicht drüber weg, dass da jemand auf dem Grundstück war, ohne dass er es gemerkt hat. Er fühlt sich sehr verantwortlich für dieses Anwesen.»

«Worüber noch?»

«Darüber, dass es in diesem Frühjahr zu lange kalt und nass war und dass jetzt garantiert eine Hitzewelle kommt und wieder alles vertrocknet.»

«Bene.»

«Rieti hat gesagt, dass es in diesem Jahr besonders viele Wildschweine geben wird, weil es im Herbst besonders viele Kastanien und Eicheln gegeben hat.»

«Noch was?»

«Das ist alles. Er ist da unten.» Der Carabiniere wies mit ausgestrecktem Arm auf eine imaginäre Stelle hinter dem Haus.

«Grazie.» Guerrini nickte dem jungen Mann zu und schaute dann auf seine Armbanduhr. Es war bereits nach sechs, die Farben der Wälder und Hügel wurden dunkler, und die Luft kühlte schnell ab.

«Wir reden ein anderes Mal mit Rieti. Es gibt noch ein paar wichtige Termine heute Abend. Passen Sie gut auf Massimo auf. Und reden Sie nur weiter mit Rieti. Vielleicht fällt ihm doch noch was Brauchbares ein.»

Der Commissario hob eine Hand und deutete einen militärischen Gruß an, dann wandte er sich um und ging entschlossen zum Dienstwagen zurück. Nach kurzem Zögern folgte auch Tommasini.

«Ich fahre», sagte Guerrini, «zur Schonung deines Zehs.»

«So schlimm ist es nicht, Commissario. Aber wenn Sie meinen ... warum reden wir eigentlich nicht mit diesem Rieti?»

«Weil ich um acht mit Dottor Salvia zum Essen verabredet bin. Er will mir die Ergebnisse der toxikologischen Untersuchung ... ach, was rede ich! Ich habe

Hunger, und das ist mir im Augenblick wichtiger als dieser arrogante Banker.»

«Bravo, Commissario!», grinste Tommasini und verkniff sich die Bemerkung über Reiche, die ihm schon auf der Zunge lag. Stattdessen lockerte er die Schnürsenkel seines rechten Schuhs und lehnte sich erleichtert im Beifahrersitz zurück, während der Commissario den Wagen Richtung Siena steuerte.

KOMMISSAR BAUMANN schlief, als Laura kurz vor sechs auf Zehenspitzen an sein Bett schlich. Die Schwellungen in seinem Gesicht hatten sich noch dunkler verfärbt, und er lag so still, dass Laura sich zu ihm hinabbeugte, um sicher zu sein, dass er atmete. Ein paar Minuten blieb sie bei ihm stehen, schaute auf seine unverletzte Hand. Eine schöne Hand. Schlank, kräftig. Laura kam das Wort *wohlgeformt* in den Sinn.

Ich hab ihn richtig gern, dachte sie. Nicht so sehr, dass ich eine Affäre mit ihm anfangen würde, aber er ist mehr als nur ein Kollege. Ich bin gern mit ihm zusammen. Er fehlt mir jetzt schon.

Leise ging sie zur Tür, an der sie sich noch einmal nach ihm umschaute. Er rührte sich nicht. Erst jetzt fiel Laura auf, dass auf dem Schränkchen neben seinem Bett ein Glas mit einer roten Rose stand. Wer ihm die wohl mitgebracht hatte? Eine neue Freundin? Peter Baumann hatte ständig neue Freundinnen. Sicher schien das aber nie zu sein, denn Laura hatte noch keine zu Gesicht bekommen.

Vielleicht hatte Claudia die Rose mitgebracht. Aber das war eher unwahrscheinlich, denn Claudia war kein Typ, der mit symbolischen Blumen leichtfertig umging.

Irgendwie beruhigte es Laura, dass neben Peter Baumanns Bett eine rote Rose stand. Immerhin *eine* rote Rose. Als Angelo Guerrini angeschossen worden war, stand die halbe Belegschaft der Questura von Siena vor seinem Krankenzimmer. Das sind die feinen Unterschiede zwischen Deutschland und Italien, dachte Laura und machte sich auf den Heimweg.

Auf halber Strecke fiel ihr ein, dass Sofia diesen Abend bei Vater und Bruder verbringen wollte, deshalb beschloss sie, ins Präsidium zu fahren. Dort konnte sie besser nachdenken als zu Hause, manchmal jedenfalls. Außerdem bestand die Gefahr, dass sie sich in ihrer leeren Wohnung einsam fühlen würde.

Es war noch so hell, als wäre Nachmittag, der Verkehr schleppte sich dahin, die Gehsteige quollen über von Menschen. Mit Beginn der Sommerzeit schienen die Tage kein Ende nehmen zu wollen.

Ungeduldig trommelte Laura mit zwei Fingern auf das Steuerrad. Sie hatte keine Ahnung, wo sie bei dieser vertrackten Geschichte ansetzen sollte. Kriminaloberrat Becker hatte deutlich signalisiert, dass er mit der Sache nichts zu tun haben wollte, der Kollege Kilian ebenfalls.

Angelo Guerrini hatte noch immer nicht angerufen. Diese Erkenntnis traf Laura so plötzlich, dass sie bremste, obwohl sich die Wagenkolonne vor ihr gerade in Bewegung gesetzt hatte. Hinter ihr ertönte wildes Hupen, und sie hätte am liebsten alle unanständigen deutschen und italienischen Handzeichen durch das Wagenfenster gemacht – vom Stinkefinger bis zum Gehörnten, eins nach dem anderen.

Aber es brachte ja nichts. Manchmal kam ihr die Stadt vor wie ein übervölkerter Rattenkäfig, in dem jeder den anderen wegbeißt. Heute war so ein Rattenkäfigabend.

Als sie endlich in den Hof des Polizeipräsidiums einbog, seufzte sie vor Erleichterung, und nachdem sie den Motor ausgeschaltet hatte, blieb sie noch ein paar Minuten lang sitzen und versuchte halbherzig eine Meditationsübung. Es ging nicht. In ihrem Kopf schwirrte ein Fliegenschwarm. Es gelang ihr nicht einmal ansatzweise, sich auf ihren Atem zu konzentrieren. Fetzenkopf, das war die richtige Bezeichnung für ihren augenblicklichen geistigen Zustand. Fetzenköpfe hatte ihr erster Dezernatschef seine Mitarbeiter genannt, wenn sie sinnlos herumermittelten.

«Fetzenkopf an einem Rattenkäfigabend», sagte sie laut und stieg aus dem Wagen.

Auf dem Weg in ihr Büro fragten sie einige Kollegen nach Peter Baumanns Zustand. Immerhin. Es schien sich herumzusprechen. Alle richteten Grüße an ihn aus.

«Besucht ihn selbst. Das hilft ihm am meisten», antwortete sie allen.

Dann knallte sie ihre Tür zu und schloss ab. Zwanzig nach sechs. Die untergehende Sonne beleuchtete die Türme der Frauenkirche, ließ die Ziegel knallrot leuchten.

«Wie ich die Oberkommissarin Ursula Falkner einschätze, ist sie ehrgeizig», murmelte Laura, während sie die glühenden Türme betrachtete. «Ehrgeizige Leute machen gern Überstunden. Ich werde also jetzt diese Ursula Falkner im BKA anrufen und mich blöd stellen.»

Laura fuhr ihren Computer hoch und fand im Intranet die Nummer der Oberkommissarin. Ehe sie die Zahlen ins Telefon eintippte, atmete sie ein paarmal tief durch.

Nach dem zweiten Klingeln meldete sich eine Frauenstimme mit abwesendem «Jaaa?», als tauche sie gerade aus einer anderen Sphäre auf.

«Oberkommissarin Falkner?», fragte Laura.

«Ja?»

«Kriminalhauptkommissarin Gottberg, Mordkommission München. Guten Abend.»

«Guten Abend. Was gibt's denn?»

«Das ist nicht so leicht zu erklären. Also … vor allem geht es um das Ermittlungshilfegesuch eines italienischen Staatsanwalts, das möglicherweise auch über Ihren Schreibtisch gewandert ist. Der Mann hat eine Liste geschrieben – um die abzuarbeiten, brauchen wir wahrscheinlich ein halbes Jahr.»

«Worum geht es denn konkret?»

«Es ist alles nicht besonders konkret. Bis auf eines: Es gibt einen Mord. Der hat in der Toskana stattgefunden. Das Mordopfer ist Deutscher. Ein Münchner Bankvorstand. Oder vielleicht ist er auch Bankdirektor – so genau kenn ich mich damit nicht aus.»

«Wie heißt der Mann? Um welche Bank handelt es sich?»

Laura hörte ganz genau hin. Aus der gelassenen Stimme der Oberkommissarin klang diesmal eine leichte Ungeduld oder auch Verunsicherung. Durchaus nachvollziehbar, dachte Laura und wartete ein paar Sekunden, um ihre Worte richtig wirken zu lassen.

«Hardenberg heißt er, Doktor Leo Hardenberg. Von der Hardenberg Bank. Kennen Sie die? Ich hab überhaupt nicht gewusst, dass es so eine Bank gibt.»

Auf der anderen Seite blieb es ebenfalls einige Sekunden lang still.

«Ich habe davon gehört, dass es die Hardenberg Bank gibt. Aber dieses Ermittlungshilfegesuch ist mir nicht bekannt. Was wollen Sie denn von mir?»

«Ich hab ein Protokoll vorliegen, bei dem es um frühere Ermittlungen im Umkreis der Hardenberg Bank geht. Ziemlich spannende Geschichten. Aber ich hab keine Ahnung, wer das Protokoll geschrieben hat und wer da genau ermittelt hat – diese Angaben fehlen nämlich. Komisch, nicht wahr? Und da hab ich gedacht … weil Sie doch im LKA Bayern in der Abteilung Wirtschaftskriminalität gearbeitet haben, dachte ich, dass Sie es wissen könnten.»

Wieder kam die Antwort mit deutlicher Verzögerung.

«Da hat es mal Ermittlungen gegeben. Aber ich war nicht damit befasst.»

«Die Ermittlungen sind eingestellt worden. Was ich nicht ganz verstehen kann, denn in dem Protokoll stehen eigentlich ganz interessante Sachen …»

«Ich kann Ihnen da nicht weiterhelfen. Es tut mir wirklich leid.»

«Und ich war mir ganz sicher, dass Sie diese Ermittlungen durchgeführt haben.»

«Wie kommen Sie denn auf die Idee?»

«Ich weiß auch nicht. Irgendwie hat alles gepasst. Auch, dass Sie inzwischen beim BKA sind …»

«Was fällt Ihnen eigentlich ein? Wie war noch mal Ihr Name?»

«Was mir eingefallen ist? Dass zum BKA nur jemand kommt, der wirklich gute Arbeit leistet. Und aus dem Protokoll geht hervor, dass jemand gute Arbeit geleistet hat.»

«Wollen Sie behaupten, dass ich lüge? Hören Sie: Ich werde dieses Gespräch jetzt beenden. Aber vorher würde ich gern noch Ihren Namen …»

«Gottberg. Laura Gottberg. Ich werde die eingestellten Ermittlungen wiederaufnehmen. Es bleibt mir nichts anderes übrig. Falls Ihnen doch noch etwas dazu einfällt – meine Nummer müsste auf Ihrem Display angezeigt sein. Ich wünsche Ihnen einen schönen Abend.»

Laura stand ganz still am Fenster, das Telefon noch in der Hand. Die Türme des Doms hatten aufgehört zu glühen und waren auf einmal grau.

Garantiert hat Ursula Falkner diese Ermittlungen geleitet, und man hat ihr inzwischen einen hübschen Maulkorb umgebunden. Ich könnte es dabei bewenden lassen und einfach nur die Fragen des Staatsanwalts Cichetto beantworten. Dazu reichen ein paar Gespräche mit Familie und Bankmanagern. Vielleicht noch mit dem Chef der Sicherheitsfirma. Das könnte ich mit einem Kollegen oder einer Kollegin in einer Woche schaffen. Wahrscheinlich wäre Dezernatsleiter Becker sehr zufrieden mit mir.

Jetzt wurde der Liebfrauendom von unten beleuchtet, und die blaue Stunde begann. Laura legte das Telefon weg und setzte sich in ihren Schreibtischsessel. Dann zog sie die Beine an, stieß sich am Tisch ab und drehte einen halben Kreis.

Ich könnte die Ermittlungen aber auch tatsächlich wiederaufnehmen. Bei einem Mord liegen die Dinge anders. Man könnte natürlich sagen, dass das eine nichts mit dem anderen zu tun hat, aber das halte ich für unwahrscheinlich.

Laura setzte die Füße wieder auf den Boden, rollte mit ihrem Sessel näher an den Schreibtisch heran und schlug den Ordner auf. Es dauerte fast zwei Stunden, bis sie alle wichtigen Namen aufgeschrieben hatte, jeweils mit einem Stichwort versehen: Erpressungsopfer, Empfänger anonymer Drohungen, Opfer einer Abhörattacke, entlassen wegen angeblicher Untreue, wegen Verrats von Bankgeheimnissen, Verdachts auf Insidergeschäfte. Sie erinnerte sich, dass einige dieser Geschichten doch durch die Presse gegangen waren.

Interessant, was in so einer Bank alles passiert, dachte Laura. Klingt wie der reinste Krimi.

Zwanzig nach zehn. Sie schloss ihre Tür auf und holte sich einen Becher Kaffee vom Automaten auf dem Gang.

Über all das würde sie sich gern mit Peter Baumann unterhalten. Vielleicht in einer Kneipe in Haidhausen. Aber wahrscheinlich wäre er sowieso nicht da, auch wenn er nicht im Krankenhaus liegen würde.

Sie kehrte in ihr Büro zurück und stellte sich wieder ans Fenster. Jetzt war der Himmel dunkel, nur die Stadt leuchtete und ließ die Sterne verblassen.

Noch immer hatte Laura keine Lust, nach Hause zu fahren. Vorsichtig schlürfte sie den heißen Kaffee. Wie bedauerlich, dass es in meinem Büro kein Sofa gibt, dachte sie, sonst könnte ich heute Abend hier schlafen. Das wäre mir sogar angenehm, angenehmer jedenfalls als die Konfrontation mit meinem zerfallenden Familienleben. Sie schob den Schreibtischsessel ans Fenster, setzte sich, stützte die Ellbogen aufs Fensterbrett und schaute auf den Platz hinterm Dom hinunter. Noch immer waren Menschen unterwegs. Gestalten, die nur deutlicher sichtbar wurden, wenn sie vor einem Schaufenster stehen blieben oder unter einer Straßenlaterne entlanggingen.

Wer ist mir eigentlich wichtig?, dachte Laura. Wirklich wichtig? Meine Kinder? Sofia und Luca sind mir am wichtigsten, oder waren es. Es wechselt – seltsam. Ich dachte immer, niemand könne jemals so wichtig für mich sein wie die beiden. Aber jetzt ist mir Angelo fast wichtiger. Er hat sich verändert, und ich habe es nicht ernst genommen.

Wieder versuchte sie eine Meditationsübung, saß da, mit geschlossenen Augen, und versuchte, auf ihren Atem zu achten. Er ging zu schnell, auch ihr Herz schlug zu schnell. Sie hatte Angst, kalte, nicht greifbare Angst. Ein paar Minuten lang versuchte sie, die Angst auszuhalten, einfach zu atmen. Es funktionierte so wenig wie am Nachmittag im Auto, deshalb machte sie die Augen wieder auf und klatschte zweimal in die Hände. Die Angst zog sich zurück, war kaum noch spürbar.

Wer ist mir noch wichtig? Mein Vater, Peter Baumann, Claudia … meine Schulfreundin Barbara, die ich nie anrufe, der alte Guerrini, mein Ex …

Noch immer hatte Angelo nicht angerufen. Warum rief sie ihn nicht an? Für irgendwelche blöden Stolz-Inszenierungen war ihre Beziehung längst zu vertrauensvoll und nahe. Nein, war sie nicht! Fernbeziehungen blieben zerbrechlich, ließen zu viel Raum für Projektionen, Phantasien, die nicht schnell genug geklärt werden konnten. Hatte sie sich das nicht schon tausendmal gesagt? Weshalb sagte sie sich das immer wieder? Um sich zu schützen, falls es doch schiefgehen sollte? Galt das nicht für alle Beziehungen, waren sie nicht alle zerbrechlich? Was wäre, wenn Angelo in München arbeiten würde? Würde sie mit ihm in eine Wohnung ziehen? Würde sie darüber nachdenken, ihn zu heiraten? Was wäre, wenn er sie ernsthaft bitten würde, nach Siena zu ziehen?

Fetzenkopfabend, dachte sie, trank ihren Kaffee aus und griff nach dem Telefon. Angelo war nicht zu Hause und sein Mobiltelefon abgeschaltet.

«Bene, Commissario!», sagte Laura ziemlich laut, «Es ist ja nicht das erste Mal.»

Sie zielte mit dem Pappbecher auf den Papierkorb, traf, schaltete das Licht aus und machte sich auf den Heimweg.

Normalerweise sind es ehrgeizige Leute, die Überstunden machen, dachte sie im Fahrstuhl. Was bin ich?

Zu dieser Stunde saßen Guerrini und Eliseo Salvia im *Aglio e Olio* und genossen ein Dessert aus Kastanienmus mit echter Vanille, das der Wirt, Sergente Tommasinis Bruder, ihnen wärmstens empfohlen hatte.

«Er kocht einfach zu gut», stöhnte Salvia und legte mit bedauerndem Gesichtsausdruck den Löffel weg.

«Das Dessert ist von seiner Frau. Sie hat es sogar selbst erfunden. Ich weiß das von meinem Kollegen.» Guerrini kratzte die Reste der Nachspeise vom Teller.

«Scheint dir besserzugehen, Angelo.»

«Woraus schließt du das?» Guerrini tupfte seine Lippen mit der gestärkten Leinenserviette ab und streifte den Arzt mit einem kurzen Blick.

«Du hast den ganzen Abend auf sehr erheiternde Weise von deinen ergebnislosen Ermittlungen erzählt, zeigst einen guten Appetit und hast eine gesunde Gesichtsfarbe. Es könnte aber auch sein, dass ich auf deine Vorstellung hereinfalle und die gute Gesichtsfarbe vom Wein stammt.»

«Es ist nicht besonders nett von dir, meinen Beitrag zur Unterhaltung als Vorstellung zu bezeichnen.»

«Versteh mich nicht falsch, Angelo: Ich habe diesen Abend sehr genossen. Trotzdem weiß ich, dass etwas nicht stimmt und dass du es offensichtlich vermeiden willst, darüber zu reden.»

Guerrini verschränkte die Arme vor der Brust und lehnte sich zurück.

«Im Prinzip will ich darüber reden, aber ich glaube zu wissen, was du sagen wirst, und das hindert mich daran.»

Verblüfft starrte der junge Arzt Guerrini an. Dann schüttelte er den Kopf. «Erscheine ich dir so berechenbar, dass du meine Gedanken lesen kannst? Glaubst du das wirklich, Angelo? Oder liegt es daran, dass der große Commissario alle anderen durchschaut?»

«Blödsinn! Wenn du es genau wissen willst … es liegt daran, dass der große Commissario von einem lächerlichen Mafioso angeschossen wurde und seitdem von einem fliegenden Hund träumt. Außerdem rezitiert der große Commissario nachts Dante, quasi als Gegenmittel, aber er kann trotzdem nicht schlafen.»

«Hast du was dagegen, dass ich Grappa bestelle?»

«No.»

Salvia winkte dem Wirt, und Tommasini brachte unaufgefordert zwei Gläser und eine Flasche Treberschnaps. Lächelnd verkündete er, der Grappa gehe selbstverständlich aufs Haus, dann verschwand er wieder hinterm Tresen. Salvia nahm die Flasche und füllte die Gläser.

«Jetzt bin ich gespannt auf meine Antwort. Ich meine natürlich die Antwort, die du von mir erwartest.»

«Bene, wenn du es unbedingt wissen willst: Der große Dottor Salvia diagnostiziert ein leichtes bis mittleres Trauma und empfiehlt einen Spezialisten. Aber man könne auch mit ihm darüber reden. Das sei auf jeden Fall billiger.»

Salvia brach in Gelächter aus und hob sein Grappaglas. «Darauf stoßen wir an, Angelo!»

«Perché?»

«Weil deine beziehungsweise meine Antwort hundertprozentig zutrifft! Salute!»

Auch Guerrini lachte, griff nach seinem Glas und stieß mit Salvia an. Sie tranken und verzogen gleichzeitig ihre Gesichter.

«Den hat er selbst gebraut», keuchte Salvia und schüttelte sich. «Wahrscheinlich werden wir blind davon. Willst du noch einen?»

«No, grazie. Ich will wissen, welche Therapie der große Dottor Salvia vorschlägt.»

«Der große Dottor Salvia hat keine Ahnung. Ich kann dir nur sagen, was ich in deinem Fall für die Ursache des Traumas halte: Du hattest deinen Job bisher ziemlich im Griff, vero?»

Guerrini zuckte die Achseln. «Halbwegs.»

«Du bist vorher nie wirklich in Lebensgefahr gewesen oder hast total die Kontrolle verloren?»

«Nein, nicht auf diese Weise.»

«Ich denke, dass du dieses Ohnmachtsgefühl und den Kontrollverlust nicht verarbeitet hast. Da wollte dich einer umlegen, und du konntest absolut nichts dagegen machen. Grund genug für ein Trauma.»

«Grazie, du bist als Psychiater nicht schlecht. All das habe ich allerdings auch schon gedacht. Bloß: Davon geht der blöde Hund nicht weg. Was also ist die Lösung?»

«Eine einfache Lösung gibt es nicht, Angelo. Darüber reden ist gut, das ist der erste Schritt. Aber es wird dauern. Leidest du auch unter Schweißausbrüchen, Atemnot oder plötzlichen Angstanfällen?»

«Hast du noch mehr anzubieten? Bene, wenn es dich beruhigt: Ich leide nur an schlechtem Schlaf und fliegenden Hunden. Außerdem habe ich eine Allergie gegen Erbsen entwickelt.» Guerrini schenkte sich nun doch einen zweiten Grappa ein.

«Eine Allergie gegen Erbsen? Ist das dein Ernst?»

Salvia runzelte die Stirn.

«Ach, dummes Zeug! Die Bauersleute, auf deren Hof ich angeschossen wurde, heißen Piselli – Erbsen. War ein Witz. Aber ich seh schon: Kaum schlüpfst du in die Rolle des Seelenklempners, nimmst du alles ernst, was dein vermeintlicher Patient dir auftischt.»

«Aber das liegt nur daran, dass mein vermeintlicher Patient dumme Witze macht, damit er sich ja nicht auf sein Trauma einlassen muss. Damit kommst du mit Sicherheit nicht weiter, mein Lieber!» Salvia klang mit einem Mal fast zornig. Auch er füllte sein Grappaglas ein zweites Mal.

«Scusa mi, Eliseo. Ich habe nicht nur ein Trauma,

sondern möglicherweise zwei. Denn ich bin zu achtzig Prozent überzeugt, dass dieser Banker Massimo Nachforschungen über mich in Auftrag gegeben hat. Das wäre, kombiniert mit dem fliegenden Hund, eine geballte Ladung. Dann lasse ich mich in den Ruhestand versetzen, weil ich es satthabe.» Guerrini kippte den Grappa in einem Zug hinunter und schüttelte sich.

«Was hast du satt?»

«Dass die Reichen und Mächtigen immer irgendwie durchkommen.»

«Welche Reichen?»

«Na, angefangen von unserem werten ehemaligen Regierungschef bis zu den Bankern und den Mafiabossen. Die führen sich alle auf, als gehörte ihnen dieses Land. Sogar im edlen Padanien, in dem angeblich nur Ehrenmänner leben, hagelt es einen Skandal nach dem anderen.»

«Bene, was hat das mit dir zu tun?»

«Ich bin vor zehn Jahren aus Florenz verbannt worden, wie dereinst Dante, weil ich beinahe einen der einflussreichsten Geschäftsmänner und Politiker hätte hochgehen lassen.»

«Beinahe?»

«Ja, beinahe! Ehe ich die allerletzten Beweise beieinanderhatte, wurden mir weitere Ermittlungen untersagt, und ehe ich begriffen hatte, was eigentlich los war, saß ich in Siena, wurde zum Commissario befördert und hatte das Maul zu halten. Jedenfalls in Bezug auf jenen delikaten Fall.»

«Übel.»

«Si, molto male! Vor allem, weil ich derzeit das sichere Gefühl habe, in einen ähnlichen Sumpf zu geraten. Dieser Fall stinkt!»

«Und was ist mit Laura?»

«Wie kommst du denn auf Laura?»

«Na, sie wird ja wohl gemeinsam mit dir ermitteln, oder?»

«Ich weiß es nicht.»

«Aber dieser Hardenberg ist doch aus München, nicht wahr?»

«Ja.» Guerrini schob das Grappaglas in einer kleinen Schnapspfütze herum.

«Du hast noch nicht mit Laura darüber gesprochen?»

«Nein.»

«Drittes Trauma?»

«Ah, lass mich. Ich will einfach nicht mit ihr arbeiten.»

«Was dann?»

«Mit ihr leben, zum Beispiel.»

«Warum machst du's dann nicht?»

«Weil es nicht geht! Frag jetzt bitte nicht weiter.»

«Drittes Trauma», murmelte Salvia.

«Wenn ich mich anstrenge, dann kann ich dir sicher noch ein paar liefern.»

«Danke, für heute Abend reicht's.» Salvia rief nach der Rechnung. Tommasinis Bruder machte wie immer eine kleine Szene und wollte kein Geld, aber Salvia blieb hart und bestand auch darauf, die ganze Rechnung zu zahlen.

Als sie hinaus auf die schmale Gasse traten, stand der volle Mond über Siena und tauchte die alten Gebäude in beinahe weißes Licht. Schweigend gingen sie nebeneinander Richtung Campo. Die Gassen waren leer, nicht einmal Katzen oder Ratten waren unterwegs. Ihre Schritte klangen zu laut und schienen an den Häuserwänden hinaufzuwandern, um von oben zurückzuhallen.

«Glaubst du, dass er's war?», brach Salvia kurz vor dem Campo das Schweigen.

«Ich weiß es nicht. Er wäre ziemlich blöd, wenn er's gemacht hätte. Aber ich halte ihn für sehr intelligent. Das wird sich alles irgendwie klären.» Guerrini blieb stehen, atmete tief ein und schaute zum Mond hinauf. «Was mich beunruhigt, ist etwas anderes: Mir ist es eigentlich völlig egal, ob sich diese Leute gegenseitig umbringen. Als Vertreter des Gesetzes und der Gerechtigkeit finde ich mich gerade selbst nicht besonders überzeugend. Mir fehlt die moralische Motivation. Wenn ich es genau beschreiben soll, dann spiele ich Commissario. Das kann ich noch ganz gut, schließlich mache ich den Job schon ziemlich lange!» Guerrini lachte bitter auf.

«Du solltest nicht so streng mit dir sein, Angelo. Glaubst du im Ernst, dass ich mit jeder Leiche, die auf meinen Seziertisch kommt, echtes Mitgefühl habe? Und nach dem, was du offensichtlich in Florenz erfahren hast, ist es kein Wunder, wenn sich dein Engagement gegenüber solchen Leuten in Grenzen hält. Wahrscheinlich solltest du erst einmal Mitgefühl mit dir selbst haben, dann geht's dir bald besser!» Salvia legte Guerrini kurz die Hand auf die Schulter. «Ich muss jetzt ins Bett. Morgen kommt ein Schwarm Studenten zu mir in die Gerichtsmedizin. Buona notte, Angelo. Es war ein guter Abend.»

«Dormi bene e grazie, Eliseo.»

Salvia nickte und verschwand in einem schmalen Durchgang. Langsam trat Guerrini auf den Campo hinaus. Der Mond schien so hell, dass sein Licht blendete. Mitgefühl mit mir selbst, dachte der Commissario, das ist ein ganz neuer Gedanke.

DIE BÜROETAGE der Sicherheitsfirma Saveguard lag im zweiten Stock eines modernen Geschäftshauses direkt am Auer Mühlbach. Laura Gottberg blieb vor dem Haus stehen und beobachtete das schnell fließende Wasser. Lange war der Bach in den Untergrund verbannt gewesen, erst vor ein paar Jahren hatte man ihn befreit und wieder ans Tageslicht gebracht. Er gurgelte fröhlich und roch gut, nach Sommer und Badesee.

Langsam wandte sich Laura um und betrachtete das Gebäude mit seiner Glasfassade, dem eleganten Eingang und den großen silberglänzenden Firmenschildern. Saveguard hatte ein besonders großes Schild. Weiter oben, hinter einem der Fenster wartete der Chef des Sicherheitsunternehmens auf Laura, obwohl er eigentlich nicht auf eine Kriminalhauptkommissarin wartete … Er wartete auf eine potenzielle Kundin, die von der Dezernatssekretärin Claudia in ihrer unnachahmlich überzeugenden Art bei Saveguard angemeldet worden war. So konnte Laura sicher sein, dass sie den ehemaligen Kollegen antreffen würde. Wolfang Kirr hatte bis vor fünf Jahren an leitender Stelle im Dezernat für organisierte Kriminalität in Duisburg gearbeitet. Kurz vor seiner Beförderung zum Oberkommissar war er ausgestiegen und hatte die Firma Saveguard gegründet. Seitdem war er ziemlich gut im Geschäft. Zu seinen Klienten zählten mehrere Banken und Industriebetriebe, aber auch Privatleute. Der Hauptsitz der Firma lag in München, Zweigniederlassungen gab es in Duisburg, Frankfurt und Berlin. Kirr hatte inzwischen mehr als zwanzig ständige Mitarbeiter, einige davon hochqualifiziert und zwei Drittel davon ehemalige Polizeibeamte oder Militärs.

Für die Sicherheit der Hardenberg Bank sorgte Saveguard seit drei Jahren. Seit zwei Jahren häuften sich dort sicherheitsrelevante Vorkommnisse, was den Verdacht aufkommen ließ, dass eine fremde Bank für Unruhe sorgte, um die Hardenberg Bank zu übernehmen. Jedenfalls hatte Wolfgang Kirr es so formuliert, und so stand es auch im Ermittlungsprotokoll. An einer Stelle hatte Kirr ausdrücklich die Banca libera erwähnt.

Auf das erste Gespräch mit dem Chef der Saveguard hatte Laura sich sorgfältig vorbereitet, und jetzt war sie neugierig auf diesen Mann, von dem es im Protokoll hieß, dass er von großer Überzeugungskraft sei und über hervorragende Verbindungen im In- und Ausland verfüge.

Die automatischen Türen öffneten sich vor ihr, und im Foyer gab es einen Empfangstresen und zwei Wachmänner. Als Laura direkt auf den Fahrstuhl zuging, bedeutete ihr einer der beiden höflich, dass sie sich erst anmelden müsse.

«Gehören Sie zu Saveguard?», fragte Laura.

«Nein.»

«Dann sorgen Sie also für die Sicherheit einer Sicherheitsfirma?»

«Ja.» Der Wachmann verzog keine Miene.

«Ich in gewissem Sinne auch», lächelte Laura und zog ihren Dienstausweis aus der Jackentasche. «Angemeldet bin ich schon.»

Der Wachmann nahm den Ausweis, las lange, drehte

ihn dann um und winkte seinen Kollegen herbei. Die beiden flüsterten, musterten Laura, reichten ihr endlich den Ausweis zurück.

«Sie können rauf.»

«Ich wäre Ihnen dankbar, wenn Sie nicht sofort oben anrufen würden. Wahrscheinlich werden Sie's trotzdem machen, aber ich sag's einfach mal.»

Die Wachmänner antworteten nicht, sahen aber aus wie das fleischgewordene Misstrauen.

«Ich geh zu Fuß.» Laura winkte den beiden zu und stieg langsam die Marmortreppe hinauf, jedenfalls solange sie von unten gesehen werden konnte, danach nahm sie zwei Stufen auf einmal. Kurz darauf stand sie, ein bisschen außer Atem, vor dem Eingang von Saveguard. Es dauerte eine Weile, ehe jemand den Türöffner bediente, und Laura hatte inzwischen ihren Atem wieder unter Kontrolle.

Der Eingangsbereich machte einen eher durchschnittlichen Eindruck auf sie. Ein paar Kartons standen herum, zwei magere Palmen, zwei schwarze Ledersessel, ein Glastisch auf Metallbeinen. Der hellbraune Teppichboden schlug eine Welle. Aus einem der Büroräume eilte eine junge Frau, stockte, als sie Laura sah, und ging dann langsamer auf sie zu.

«Sind Sie angemeldet? Wer hat Sie denn hereingelassen?» Sie wirkte ganz verwirrt, und Laura war jetzt vollkommen sicher, dass sie von den Wachmännern gewarnt worden war.

«Irgendwer hat mich hereingelassen, nachdem ich geklingelt hatte. Angemeldet bin ich allerdings nicht. Trotzdem würde ich gern mit Herrn Kirr sprechen. Er ist doch im Hause? Guten Tag, übrigens. Mein Name ist Gottberg, Kriminalhauptkommissarin.» Wieder zeigte Laura ihren Ausweis.

«O ja, natürlich. Guten Tag. Herr Kirr wird selbstverständlich …» Sie schaute sich nach der Tür um, aus der sie gerade gekommen war. «Nehmen Sie doch einen Augenblick Platz. Ich werde Sie anmelden. Er ist sehr beschäftigt, wissen Sie. Und in zehn Minuten hat er einen wichtigen Termin.»

Das wird Claudias fingierter Termin sein, dachte Laura belustigt. Dann haben wir ja Zeit füreinander, der erfolgreiche Kollege Kirr und ich.

Als die etwas nervöse Sekretärin Laura ins Chefzimmer führte, saß Wolfgang Kirr hinter seinem gläsernen Schreibtisch, offensichtlich mit einem wichtigen Papier beschäftigt, denn er schrieb höchst konzentriert etwas auf und hob erst dann den Kopf. Blitzschnell glitt sein Blick über sie hinweg, von oben nach unten und wieder zurück. Dann legte er den Stift weg und erhob sich halb, streckte ihr quer über den Schreibtisch die Hand entgegen.

Auch Laura musterte genau, was sie von ihm sehen konnte. Er war klein, rötlich blond, eher zierlich gebaut. Sein Haar war sehr kurz geschnitten, und er trug einen winzigen dreieckigen Bart zwischen Unterlippe und Kinn. Irgendwie erinnerte er Laura an Wladimir Putin. Sein Händedruck war kräftig und sein Lächeln gewinnend.

«Was kann ich für Sie tun, Kollegin? Einen Kaffee?»

«Gern.»

«Karin, bitte bringen Sie uns zwei Tassen. Milch, Zucker?»

«Milch.»

«Gut. Setzen Sie sich doch. Von welchem Dezernat kommen Sie, Frau … wie war noch Ihr Name?»

«Gottberg. Ich komme vom Morddezernat.»

«Oh! Dann kann es sich nur um die schreckliche Sache in der Toskana handeln. Haben Sie Einzelheiten?»

«Nicht wirklich. Wann und von wem haben Sie erfahren, dass Leo Hardenberg tot ist?»

«Gestern Abend. Seine Frau hat mich angerufen. Sie hatte es von einer Frau Ullmann erfahren, die bei einer Bank in Florenz arbeitet.»

«Ist niemand von der Polizei bei Frau Hardenberg gewesen? Die italienischen Behörden hatten den Fall sofort ans BKA gemeldet.»

«Soweit ich weiß, war kein Kollege bei Frau Hardenberg. Sie ist heute mit der ersten Maschine nach Florenz geflogen. Eigentlich sollte ich mit ihr reisen, aber ich muss mich hier um so viele Dinge kümmern … ihre Tochter und ein Rechtsanwalt der Hardenberg Bank haben sie begleitet. Es ist wirklich eine äußerst tragische Angelegenheit. Herr Hardenberg war noch nicht alt …»

«Haben sich Mitarbeiter Ihrer Firma in den letzten Tagen in Italien aufgehalten, Herr Kirr?»

«Warum sollten sie?»

«Vielleicht, um die Banca libera in Augenschein zu nehmen?»

Kirr lachte auf. Seine Zähne waren sehr weiß und ein bisschen zu groß für sein Gesicht. Hardenbergs Tod schien ihn nicht nachhaltig zu erschüttern.

«Nein, nein … wir haben hier genug zu tun. Es ist eher umgekehrt. Deren Sicherheitsdienst hat hier schon ein paarmal herumgeschnüffelt.»

«Ist das normal im Bankgeschäft? Klingt eher nach Industriespionage als nach Sicherheitsfirma.»

Wieder lachte Kirr auf, dann legte er beide Hände flach auf die durchsichtige Schreibtischplatte und sah Laura so intensiv an, dass sie Mühe hatte, seinem Blick standzuhalten.

«Wir sind auch keine Sicherheitsfirma, die Wachposten aufstellt oder nachschaut, ob nachts alle Türen zugesperrt sind. Wir kümmern uns um die delikaten Aufgaben.»

«Zum Beispiel?»

Noch immer starrte Kirr Laura an. Endlich lächelte er und wandte sich der Sekretärin zu, die in diesem Augenblick den Kaffee brachte. «Ich danke Ihnen, Karin, das haben Sie wunderbar gemacht. Wo waren wir stehen geblieben?»

«Bei den delikaten Aufgaben.» Laura griff nach dem Kaffeelöffel und rührte in ihrer Tasse herum, versuchte auf diese Weise den Blickkontakt mit Kirr zu vermeiden.

«Ah ja, natürlich. Bei unserer Arbeit geht es um die Verhinderung von Geschäftsspionage. Wir werden zum Beispiel engagiert, um Gebäude auf Abhöranlagen zu überprüfen, mitunter auch einen der Bankangestellten unter die Lupe zu nehmen. Manche Leute benehmen sich in ihrem Privatleben nicht sehr vorsichtig und werden deshalb erpressbar. Manche versuchen sich auf Kosten der Bank zu bereichern. Es gibt unzählige

Möglichkeiten. Deshalb arbeiten bei uns auch nur Spezialisten – viele ehemalige Kollegen übrigens. Wollen Sie auch zu uns kommen? Ein paar Frauen fehlen uns noch.»

«Danke, ich werd's mir überlegen. Erzählen Sie mir doch ein bisschen von Leo Hardenberg. Wie war er so, welche Rolle spielte er in der Bank? Wer könnte ihn umgebracht haben?» Laura trank einen Schluck Kaffee, machte auf locker und harmlos.

Auch Kirr nippte an seinem Kaffee, stellte die Tasse wieder ab, riss ein Zuckertütchen auf und verteilte die weißen Kristalle kreisförmig auf dem Milchschaum. Dann erst richtete er seine hellen Augen wieder auf Laura und seufzte.

«Er spielte die Rolle des Erben, der keine Veränderungen wünscht. Alles sollte so bleiben wie bisher. Aber so einfach ging das nicht, denn auch die Hardenberg-Banker hatten sich in den letzten Jahren verzockt. So, wie ich die Dinge sehe, braucht die Bank dringend mehr Kapital, aber das ist ja bei den meisten Banken so. Na ja, lassen wir das. Ansonsten war Hardenberg – es ist wirklich kaum zu fassen, dass er tot ist –, er war ein angenehmer Mensch. Sehr höflich, freundlich, immer noch mit derselben Frau verheiratet. Wer ihn umgebracht haben könnte? Ich habe keine Ahnung, obwohl ich vom Fach bin. Vielleicht hatte er irgendwelche unbekannten Neigungen? Wäre ja möglich, obwohl uns noch nie was aufgefallen ist.» Er lachte kurz auf. «Könnte auch sein, dass die Mafia … ich bin sicher, dass in der Banca libera ein paar Mafiosi sitzen. Und die wollen die Hardenberg Bank gern schlucken. Hardenberg war dagegen. Aber das bedeutet noch lange nicht, dass er deshalb umgebracht wurde.» Kirr trank erneut einen Schluck und leckte den feuchten Zucker von seiner Oberlippe.

«Diesen Fall, verehrte Kollegin, sollten wir der italienischen Polizei überlassen. Die werden den Mörder schon finden, meinen Sie nicht?» Er lehnte sich in seinem riesigen weißen Ledersessel zurück und grinste auf jungenhafte Art.

«Wenn wir es genau nehmen, Herr Kirr, dann sind wir keine Kollegen. Sie sind Unternehmer und arbeiten im eigenen Interesse. Ich aber bin Polizistin und ermittle in einem Mordfall.»

«Ich glaube, Sie sehen das ein bisschen zu eng, Frau Gottberg. Wieso ermitteln Sie eigentlich? Hardenberg ist doch irgendwo in der Toskana ums Leben gekommen.»

«Von Ermittlungshilfe müssten Sie schon etwas gehört haben, Herr Kirr. Sie waren lange genug im Polizeidienst.»

«Ach, haben Sie nachgeschaut?»

«Musste ich gar nicht. Es steht alles in Ihrer Werbebroschüre.» Laura verschwieg das Protokoll. Ihr war klar, dass er herausfinden wollte, ob sie es kannte.

«Wir hatten ein paar Vorkommnisse bei der Hardenberg Bank, da war auch die Polizei involviert.» Er zupfte Zuckerkrümel aus seinem Bärtchen.

«Ach?»

«Alles im Sande verlaufen.»

«Hm.»

«Ermittlungen wegen Unergiebigkeit eingestellt. Zu Recht, denn es handelte sich um leichte Anfälle von Verfolgungswahn bei einigen leitenden Angestellten.»

Wieder lachte er mit diesem jungenhaften Charme, der sicher allgemein gut ankam.

«Ich nehme an, dass Sie die Betroffenen beruhigen konnten.»

«Allerdings. Dazu sind wir schließlich da. Eine Sicherheitsfirma ist auch dafür da, Ängste zu beseitigen. Wirklich sicher fühlen sich Menschen nur dann, wenn es in ihrem Umfeld keine akute Bedrohung gibt.»

«Bemerkenswerte Erkenntnis.»

Kirr runzelte leicht die Stirn, ging aber nicht auf Lauras Provokation ein.

«Es ist die Geschäftsgrundlage jeder Sicherheitsfirma.»

«Aus welchem Grund ist Leo Hardenberg nach Florenz gefahren?»

«Er wollte sich mit dem Chef der Banca libera treffen, diesem Paolo Massimo, und ihm klarmachen, dass er sich die Übernahme der Hardenberg Bank aus dem Kopf schlagen kann.»

«Es war also eine Geschäftsreise?»

«Teilweise. Anschließend wollte er noch Freunde in Lucca besuchen.»

«Er war mit seiner Freundin unterwegs. Wussten Sie das?»

«Was?» Kirr riss die Augen auf. «Ich hatte keine Ahnung. Na, so was … der alte Hardenberg.»

«Der italienische Staatsanwalt erwähnte das in seinem Fragenkatalog. Ich kenne den Namen der Freundin nicht, aber ich dachte, dass Sie vielleicht …»

«Das Privatleben unserer Kunden ist für uns tabu und heilig.»

«Okay. Hatte Hardenberg Feinde innerhalb des Bankhauses?»

«Na ja, es gibt schon Rivalitäten unter den Bankern, das können Sie mir glauben, Kollegin … auweh, jetzt ist es mir wieder rausgerutscht.»

Seine Art zu reden klang jetzt auf unangenehme Weise anbiedernd.

«Irgendwas Konkreteres?»

«Nein, das ist mehr atmosphärisch.»

«Hardenberg hat Ihnen nie den Auftrag gegeben, den einen oder anderen Kollegen ein bisschen zu durchleuchten? Würde ja naheliegen, oder?»

«Nein, nein … solche Aufträge erteilt nur die Rechtsabteilung, wenn denen etwas komisch vorkommt … im rein geschäftlichen Bereich.»

«Macht es Spaß, eine eigene Firma zu haben?»

«Was hat das jetzt damit zu tun?»

«Nichts, es interessiert mich nur.»

«Klar macht's Spaß. Man ist sein eigener Chef, man verdient mehr …»

«Ja, das wär's dann für heute. Schönen Blick auf den Nockerberg haben Sie.»

Laura stand auf und schaute aus dem großen Fenster. Auch Wolfgang Kirr hatte sich erhoben.

«Ja», sagte er zerstreut. «Was genau wollten Sie eigentlich von mir?»

«Ich wollte nur mal hören, einfach atmosphärisch.» Laura lächelte ihm zu, schüttelte kurz seine Hand und wandte sich zur Tür. «Könnte sein, dass ich Sie noch mal brauche. Ciao.»

Diesmal nahm Laura den Aufzug. In der Kabine roch

es nach süßlichem Pfeifentabak. Besser als Parfüm oder Schweiß, dachte Laura. Erinnert mich an Vater, als er noch Pfeife rauchte. Ich muss unbedingt bei ihm vorbeischauen. Sie betrachtete sich in den Spiegeln der Liftkabine, kämmte mit den Fingern ihr Haar und schnitt eine grimmige Grimasse.

Ich mag ihn nicht, diesen Wolfgang Kirr. Seltsamer Typ, und er hat mir nur Mist erzählt.

In der Eingangshalle kontrollierte sie ihr iPhone, das sie während des Gesprächs ausgeschaltet hatte. Sofia hatte vor, an diesem Abend bei ihrer besten Freundin zu übernachten und mit ihr für die Lateinarbeit zu üben. Claudia teilte mit, dass Becker nach ihr gefragt hätte, sonst nichts. Absolut nichts. Nicht mal der alte Gottberg hatte angerufen, und der rief eigentlich immer an.

Wenn Angelo heute Abend nicht anruft, dann fahre ich nach Siena, dachte Laura.

Kriminaloberrat Becker schien auf Laura gewartet zu haben, denn kaum betrat sie die Räume des Dezernats, erschien auch er, mit ernstem Gesicht und der Aufforderung zu einem Gespräch unter vier Augen. In seinem Büro! Unverzüglich! Hinter seinem Rücken zog Claudia den Kopf ein und machte ein besorgtes Clownsgesicht.

Wortlos folgte Laura ihrem Vorgesetzten. Wortlos ging er voran, wieder mit diesen großen eiligen Schritten, die er sich von all den anderen Bossen abgeschaut haben musste, denn vor ein paar Monaten war diese Gangart noch nicht Teil seines Repertoires gewesen.

Becker stürmte durch sein Vorzimmer, vorbei an seiner erstaunten Sekretärin, riss die Tür zu seinem Büro auf, ließ Laura eintreten, folgte ihr und knallte die Tür zu.

«Wie kommen Sie dazu, Oberkommissarin Falkner wegen dieser Hardenberg-Sache zu belästigen?» Noch sprach er in halbwegs moderatem Ton, doch Laura wusste, dass er spätestens in zwei, drei Minuten brüllen würde.

«Ich habe sie angerufen, weil ich wissen wollte, wer dieses verdammte Protokoll zu verantworten hat, das jemand freundlicherweise in den Ordner gesteckt hat!»

«Ich habe Ihnen gesagt, dass Sie die Fragen des Staatsanwalts beantworten sollen. Sonst nichts!» Er brüllte bereits nach einer Minute. «Sie haben Oberkommissarin Falkner in beleidigender Weise behandelt! Sie haben ihr unterstellt zu lügen! Was fällt Ihnen eigentlich ein?!»

Laura warf ihren kleinen Rucksack auf den Stuhl vor Beckers Schreibtisch und versuchte, ganz ruhig zu bleiben. Es kostete Kraft, denn sie war schon vor Beckers Vorstellung ziemlich geladen gewesen.

«Ich habe die Dame keineswegs der Lüge bezichtigt! Ich habe nur angemerkt, dass bei den Ermittlungen im Umkreis der Hardenberg Bank jemand gute Arbeit geleistet hat, und dass nur jemand, der gute Arbeit geleistet hat, zum BKA versetzt wird und gleichzeitig befördert wird.»

Beckers Gesicht war inzwischen rot angelaufen. Angriffslustig starrte er Laura an, lockerte seine Krawatte und holte tief Luft.

«Das haben Sie allen Ernstes gesagt?»

«Klar, ist doch nichts Ehrenrühriges dabei, oder?»

«Es ist, verdammt noch mal, eine hinterfotzige Art, jemanden der Lüge zu beschuldigen.»

«Ich habe es als Kompliment gemeint.»

«Erzählen Sie mir doch keinen Mist, Laura! Ich kenn Sie doch schon länger! Außerdem haben Sie gegenüber Frau Falkner angekündigt, dass Sie die eingestellten Ermittlungen wiederaufnehmen wollen. Das werden Sie nicht tun! Ist das klar?»

«Das ist nicht klar! Wenn ich die Fragen des Staatsanwalts Cichetto beantworten soll, dann muss ich die Ermittlungen in gewissem Ausmaß wiederaufnehmen. Schließlich muss ich mit den Leuten reden, die Hardenberg gekannt haben, und das sind vor allem Leute, deren Namen in diesem anonymen Protokoll auftauchen. Außerdem bin ich mir sicher, dass Sie ganz genau wissen, wer die Ermittlungen damals durchgeführt hat.»

«Falls ich es weiß, bin ich noch lange nicht verpflichtet, es Ihnen zu sagen, Laura. Es handelte sich damals um eine politisch heikle Angelegenheit, das werden auch Sie wohl inzwischen begriffen haben, oder?»

«Natürlich habe ich das begriffen. Aber das bedeutet noch lange nicht, dass ich die Hände falte und rücksichtsvoll in die andere Richtung schaue. An dieser Geschichte ist etwas oberfaul, und wenn Sie mir verbieten, weiter zu ermitteln, dann fahre ich morgen nach Siena und gebe meinen Auftrag an Sie zurück!»

Becker schlug mit der Faust auf seinen Schreibtisch. «Sie haben keine Erlaubnis, in Siena Nachforschungen anzustellen! Der Mord an Hardenberg ist eine Sache der italienischen Polizei. Wenn Sie sich weiter so aufführen, werde ich Sie vom Dienst suspendieren!»

«Ich habe nicht die Absicht, in Siena zu arbeiten, Herr Becker. Es gibt auch noch andere Möglichkeiten. Einen schönen Abend.» Laura griff nach ihrem Rucksack.

«Warten Sie!» Becker brüllte noch immer.

«Ja?»

«Was haben Sie heute gemacht?»

«Ich habe mir die Sicherheitsfirma der Hardenberg Bank angesehen.»

«Warum ausgerechnet die?»

«Weil ich irgendwo anfangen muss.»

«Sie hätten bei Hardenbergs Frau anfangen sollen!»

«Die ist in Florenz.»

«Ah so.»

«Ja. Mit Tochter und Rechtsanwalt. Wieso ist sie übrigens nicht von uns benachrichtigt worden? Und ich meine in diesem Fall das BKA?»

«Ist sie nicht?»

«Nein, eine Susanne Ullmann hat sie angeblich angerufen. Eine Deutsche, die bei einer Bank in Florenz arbeitet. Das hat mir jedenfalls der Chef von Saveguard erzählt.»

«Komisch.»

«Seltsam, würde ich sagen. Der Chef von Saveguard ist übrigens ein ehemaliger Kollege. Kennen Sie ihn zufällig? Seine Name ist Wolfgang Kirr.»

Becker schüttelte den Kopf. Er hatte aufgehört zu brüllen und ließ sich schwer in seinen Schreibtischsessel fallen.

«Werden Sie eine Pressekonferenz abhalten?»

«Einen Dreck werde ich tun! Wenn sich ein deutscher Banker in Italien umbringen lässt, dann hat das mit uns nichts zu tun. Wir ermitteln nicht. Die Presse kann sich ihre Klatschgeschichten woanders holen.»

«Die werden uns die Bude einrennen.»

Becker stöhnte auf. «Ich wünschte, Sie würden die Finger von der Sache lassen, Laura. Fahren Sie nach Siena oder fliegen Sie auf den Mond, aber lassen Sie die Finger von der Hardenberg Bank.»

«Der Mond scheidet eher aus. Vielleicht fahre ich nirgendwohin, sondern bleibe einfach hier.» Sie nickte Becker zu und ging.

Als Laura ins Dezernatsbüro zurückkehrte, war Claudia deutlich anzusehen, dass sie vor Neugier beinahe platzte, doch sie hielt sich zurück.

«Schaust du am Abend noch mal bei Peter vorbei?», fragte Laura. «Schaffst du das mit der Kleinen?»

«Sie schläft heute bei ’ner Freundin aus dem Kindergarten. Das machen wir abwechselnd einmal die Woche. Den Kinder gefällt’s, und wir Alleinerziehenden haben ab und zu einen Abend frei. Klar besuche ich Peter. Er ist doch heute operiert worden. Warst du schon bei ihm?»

«Ja, er hat geschlafen. Ich wollte ihn nicht stören. Übrigens, Becker hat nicht zufällig etwas von Ersatz für Peter gesagt?»

Claudia schaute ein bisschen verwirrt. «Ich dachte, er würde mit dir darüber reden, gerade eben. In seinem Büro.»

«Nein, er hat mich vor allem angebrüllt, weil ich es gewagt habe, im BKA anzurufen und ein paar Fragen zu stellen. Inzwischen hat er sich wieder beruhigt. Fragt sich nur, für wie lange.»

«Puhhh!»

«Nicht so tragisch. Ich werd mich jetzt noch ein bisschen in die Akten vertiefen und dann nach Hause fahren. Die Überstunden von gestern Abend reichen mir.»

«Wieso hast du Überstunden gemacht?»

«Freiwillig.»

«Ärger mit den Kindern?»

«Nein, eher keinen Ärger und keine Kinder.»

«Die fliegen aus, was?»

«Ja, heftig. Also bis morgen.»

Laura konnte sich nicht konzentrieren. Nach einer halben Stunde gab sie auf und gestand sich ein, dass sie die ganze Zeit auf das Klingeln des Telefons gewartet hatte. Völlig blödsinnig. Sie war doch nicht mehr fünfzehn!

Nur um etwas zu tun, fotokopierte sie das Ermittlungsprotokoll, heftete es zusammen und steckte es in ihren Rucksack. Für den Fall, dass jemand auf die Idee kommen sollte, das Original verschwinden zu lassen. Dann machte sie sich einen Plan für den nächsten Morgen. Zwei Hardenberg-Banker hatte sie ausgewählt. Das Büro des einen war mit Wanzen abgehört worden, der andere hatte Drohbriefe und SMS bekommen, angeblich von der Russenmafia. Auch seine Familie war bedroht worden. In beiden Fällen hatte Saveguard die Angelegenheit bereinigt. Sie nahm sich außerdem vor, den Anlageberater ihrer eigenen Bank zu fragen, ob diese Vorkommnisse normal waren oder eine Spezialität der Hardenberg Bank.

Sechs Uhr. Ich rufe nicht an! Ich habe es gestern versucht, und er war nicht zu Hause. Aber er hätte meine Nummer auf dem Display sehen können … falls er nachgeschaut hat. Ich bin *doch* fünfzehn!

Laura zog ihr Handy aus der Tasche und wählte die Nummer ihres Vaters. Er war tatsächlich zu Hause, und er freute sich.

«Ich komme!», sagte sie.

«Beeil dich! Ich hab genug zu essen hier.»

«Schon unterwegs.»

Er wird es merken, dachte sie auf dem Weg zum Wagen. Er wird mir zuhören, auch wenn ich nichts sage, und dann wird er Fragen stellen. Will ich das? Ja, ich will es. Er ist immer noch derjenige, der mir die besten Ratschläge gibt und der mich verdammt gut kennt. So gut, dass es manchmal schmerzt und ich ganz schnell weglaufen möchte.

Es wurde ein Weglauf-Abend, denn Emilio benötigte knappe zwanzig Minuten, um herauszufinden, was Laura vor ihm verbergen wollte. Bei Frühlingsquark, Tomaten und Pellkartoffeln lauschte er ihrem Ärger über den Chef, über den Angriff auf Baumann, die Fragen des italienischen Staatsanwalts und den arroganten Wolfgang Kirr.

«Wo wurde dieser Hardenberg umgebracht?», fragte er, als Laura endlich verstummte. Sie wusste genau, was er im Schilde führte, und versuchte auszuweichen.

«Irgendwo bei Bagno Vignoni.» Da sie den Mund voll Quark hatte, war ihre undeutliche Aussprache glaubwürdig.

«Wo?» Er legte zwei Finger hinter seine rechte Ohrmuschel.

«Bagno Vignoni.»

«Ach, da war ich ein paarmal mit deiner Mutter. Es ist ein wunderbarer Ort, sogar die heilige Caterina hat dort in den heißen Schwefelquellen gebadet. Die ganze Gegend dort ist wunderschön, der Blick ins Orcia-Tal, die Wälder, der Monte Amiata …», seufzend strich er mit der Handfläche über seine Stirn und bekam ganz verträumte Augen. «Hat Angelo dir diesen Ort noch nie gezeigt?»

«Nein, bisher nicht.»

«Das sollte er unbedingt machen. Es ist ja gar nicht weit von Siena entfernt.»

Jetzt, dachte Laura. Jetzt hat er mich gleich!

«Dann fällt dieser Mord wahrscheinlich in seinen Bereich, oder?»

«Da sind wahrscheinlich eher die Carabinieri in San Quirico d'Orcia zuständig.»

«Nein, das glaube ich nicht, dazu ist der Fall zu prominent, Laura.» Wieder fuhr er mit der Hand über seine Stirn, berührte sie aber nur mit den Fingerspitzen. «Heißt das, er hat dich in dieser Sache noch nicht kontaktiert?»

«Babbo, muss das sein?»

«Ich glaub schon.»

«Und wenn ich jetzt gehe?»

«Dann bist du feige.»

«Vielleicht bin ich einfach nur müde, genervt, traurig, wütend.»

«Ach Laura. Wie lange wollt ihr dieses Spiel eigentlich noch treiben? Als Angelo hier war, haben wir uns lange unterhalten und nicht nur einmal. Du hattest ja leider sehr viel zu tun in dieser Zeit …»

«Willst du mir Vorwürfe machen, weil ich einen Job habe, der nicht besonders beziehungsfreundlich ist?»

«Nein, nein … aber es ist eben so gewesen. Ich hab Angelo ein bisschen ausgefragt, und wir haben uns sehr gut verstanden. Er hat genauso viel Angst wie du, meine Tochter. Es ist ja auch bequem, eine große Liebe in der Ferne zu haben und gleichzeitig ziemlich frei zu sein. Ich hab da kürzlich einen Artikel über die Bindungsunfähigkeit der jüngeren Generation gelesen.»

«Babbo, bitte! Ich geh wirklich!»

«Du bleibst jetzt sitzen und hörst mir zu! In diesem Artikel hat ein sehr kluger Mensch gesagt, und das ist sogar wissenschaftlich belegt, dass die Menschen sich heute vor großen Gefühlen fürchten. Sie konsumieren sie lieber in Filmen, im Fernsehen und in Büchern.»

«Was hat das mit mir zu tun! Ich hab gar keine Zeit, ins Kino zu gehen oder fernzusehen.»

«Eine Menge hat es mit dir zu tun. Dieser Psychologe hat nämlich auch gesagt, dass Frauen und Männer Angst davor haben, einen anderen Menschen wirklich für sich zu wählen und sich festzulegen. Verantwortung zu übernehmen.»

«Was erzählst du mir denn da? Hab ich nicht Verantwortung übernommen, als ich Ronald geheiratet habe? Trage ich etwa keine Verantwortung für meine Kinder?»

«Doch, doch, Laura. All das machst du wunderbar. Aber ich bin sicher, dass du Ronald nie so geliebt hast wie Angelo. Und genau das macht dir Angst, denn wenn du das wirklich ernst nimmst, dann wirst du sehr verletzlich und musst etwas ändern in deinem Leben.»

Laura ging in die Küche, holte die angebrochene Rotweinflasche, die auf dem gewohnten Platz stand, und nahm zwei Gläser aus dem Schrank.

«Nur ein halbes Glas», murmelte Emilio Gottberg. «Ich vertrag den Wein nicht mehr so gut wie früher.»

Schweigend schenkte Laura ein und setzte sich wieder. «Weiter. Ich nehme an, dass dein Vortrag noch nicht zu Ende ist.»

«Willst du denn nicht mehr gehen?»

«Nützt ja nichts. Dann sagst du es mir beim nächsten Besuch.»

Der alte Gottberg lachte leise und legte eine Hand auf Lauras Arm. «Ich weiß, dass ich dir keinen Rat geben kann, denn alle Lebenserfahrung behält man letztlich für sich selbst, weil die anderen sie entweder nicht hören wollen oder ihre eigenen Erfahrungen machen müssen. Aber ich an deiner Stelle würde nicht warten, bis diese Liebe langsam eingeht. Liebe muss man leben, Laura, man muss sie pflegen.»

«Wie soll ich das bitte machen?»

«Das kann ich dir nicht sagen. Dazu brauchst du deinen eigenen Mut. So wie ich damals meinen eigenen Mut gebraucht hab, als ich deine Mutter kennenlernte. Ich hab sie einfach festgehalten und nicht mehr gehen lassen.» Er senkte den Kopf und presste die Lippen zusammen.

«Und sie? Hat sie sich festhalten lassen? Ich meine, freiwillig?»

«Am Anfang nicht ganz, aber dann hat sie mich auch

festgehalten. Und das war gut so. Weißt du, Laura, irgendwann muss man sowieso loslassen, und diese Zeit kommt schneller, als man denkt.» Er senkte den Kopf, und plötzlich schüttelte leises Schluchzen seine Schultern. Laura kniete vor ihm nieder und legte ihre Arme um ihn.

«Ich vermisse sie so», flüsterte er.

«Ich auch, Babbo.» Sie weinten gemeinsam, etwas, das sie seit dem Tod von Lauras Mutter nicht mehr getan hatten. Als sie sich ausgeweint hatten, tranken sie den Wein und redeten nicht mehr viel. Laura verbrachte die Nacht auf dem Sofa im Wohnzimmer. Zum ersten Mal seit Wochen schlief sie tief und ruhig.

DIE GANZE NACHT hatte Paolo Massimo wach gelegen. Der Anruf seiner Frau am gestrigen Abend war ihm nicht aus dem Kopf gegangen. Die Bewacher hatten den Anruf auf dem Festnetztelefon genehmigt, hörten aber mit. Caterinas Stimme kippte immer wieder, während sie von Antonellas Nachricht sprach.

«Ist es wahr, dass du unter Hausarrest stehst? Wieso denn? Was ist bloß passiert? Ich verstehe überhaupt nichts!»

«Caterina, wir sind nicht allein. Ich kann nicht wie sonst mit dir telefonieren, die Polizei hört mit.»

«Es ist also wahr? Ich dachte, Antonella wäre durchgedreht ...»

«Nein, sie ist nicht durchgedreht. Ich stehe unter Hausarrest und hoffe, dass sich dieser Irrtum bald aufklärt.»

«Das können sie doch nicht machen! Nicht mit einer Person wie dir, Massimo. Wissen die, wer du bist?»

«Ja, natürlich. Aber das hilft in diesem Fall nichts.»

«Warum hast du mich nicht selbst angerufen?»

«Es ging nicht.»

«Warum hast du nicht wenigstens Fattori zu mir geschickt?»

«Weil ich dich nicht beunruhigen wollte.»

«Blödsinn!»

So war das Gespräch immer weitergegangen. Caterina konnte es einfach nicht fassen, und sie konnte auch nicht begreifen, warum außer Antonella und nun ihr selbst keiner der Bankvorstände alarmiert worden war.

«Weil ich immer noch davon ausgehe, dass ich in ein, zwei Tagen wieder im Büro bin, und dann kann ich persönlich alles erklären. Ruf bitte niemanden an, vor allem nicht eine deiner Freundinnen.»

«Was ist, wenn du nicht rauskommst?»

«Davon gehe ich nicht aus.»

«Ah, du bist immer so verdammt sicher, alles im Griff zu haben. Das geht mir wirklich auf die Nerven!»

«Caterina, ich glaube, wir sollten jetzt aufhören, miteinander zu reden. Oder möchtest du vor Zeugen einen Ehekrach inszenieren?»

Sie hatte einfach aufgelegt. Massimo konnte sich genau vorstellen, was passieren würde, wenn Caterina nicht den Mund hielt. Das wäre *der* Medienhit! Ihm war elend, und er hielt es im Bett nicht mehr aus. Draußen wurde der Himmel ein bisschen heller, nur auf der Erde herrschte noch Nacht. Ein paar Vögel sangen schon. Massimo schlüpfte in seinen Morgenmantel und ging in die Küche, um sich einen Caffè zu machen.

Im Wohnraum saßen zwei junge Carabinieri vor einem Laptop und spielten irgendein Spiel. Es waren andere als am Vorabend. Massimo hatte die Ablösung nicht mitbekommen, obwohl er sicher war, nicht eine Sekunde geschlafen zu haben. Die beiden waren so vertieft, dass sie ihn erst bemerkten, als er «Buon giorno» sagte und «Wollen Sie auch einen Caffè?»

«In der Thermoskanne ist noch frischer. Sie können sich davon nehmen, Signor Massimo.»

«Danke.»

Wieso bedankte er sich bei Fremden, die in seiner Küche seinen Caffè zubereiteten und tranken? Die sich nicht vorstellten, ihn nur kurz musterten und dann weiter auf den Bildschirm starrten. Nicht einmal «Buon giorno» hatten sie gesagt. Wenn es seine Angestellten wären, würde er sie sofort entlassen. Aber davon war er inzwischen weit entfernt. Vermutlich hatten die Carabinieri Anweisung, jeglichen freundschaftlichen Kontakt mit ihm zu unterlassen. Sie waren ja nicht zu seinem Schutz hier, sie bewachten ihn, einen mutmaßlichen Mörder, in seinem Luxusgefängnis.

Massimo stellte sich hinter den ausladenden Küchentresen, der ihm an diesem Morgen schon wieder viel zu groß vorkam. Alles war zu groß, genau wie am Vortag. Er hatte das Gefühl, als stimme etwas nicht mit seinen Augen, als leide er an einer Erweiterung seiner Sehfähigkeit.

Gestern Abend hatte er im Telegiornale gesehen, dass sich die amerikanische Großbank JP Morgan verzockt hatte. Über zwei Milliarden in der spanischen Immobilienblase versenkt. Nein, die Banca libera hatte zum Glück keine spanischen Immobilienfonds, dafür französische, und mit denen konnte es auch ganz schnell zu Ende gehen. Außerdem hatten Massimos Investmentbanker auf seine Anweisung hin zähneknirschend in australische Immobilien und Minengesellschaften investiert, derzeit eine halbwegs sichere Angelegenheit. Ein bisschen China hatten sie auch in diese Pakete gemischt, dezent, sodass es nicht auffiel. Ein Fonds, der sich gut verkaufte und sogar einigermaßen vertretbar war. Trotzdem konnte auch das sich innerhalb kurzer

Zeit ändern, und Massimo hätte gern genau jetzt einen Blick auf die Zahlen geworfen.

Wieder spürte er Angst in sich aufsteigen. Seine Hände zitterten so sehr, dass er beim Einschenken zweimal die Espressotasse verfehlte. Er wischte die braune Lache auf, nahm seine Tasse und ging zur Terrassentür.

«Ist es erlaubt, draußen zu sitzen, während ich meinen Caffè trinke?»

«Nur, wenn wir mitkommen.»

«Warum sollten Sie mitkommen?»

«Damit Sie nicht plötzlich weglaufen, Dottor Massimo.»

«Ich laufe nicht weg.»

«Vertrauen ist gut, Kontrolle besser.» Seufzend beendeten die beiden ihr Computerspiel und erhoben sich.

«Wollen Sie wirklich da raus? Es ist wahrscheinlich kalt.»

«Kälte macht mir nichts aus.» Massimo griff nach dem Türöffner, doch einer der jungen Soldaten trat schnell neben ihn und schüttelte den Kopf. «Lassen Sie mich das machen.»

«Weshalb kann ich das nicht selbst machen? Es ist doch nicht gefährlich oder strafbar, die eigene Terrassentür zu öffnen, oder?»

«Wir haben unsere Anweisungen.» Der junge Mann, dessen Gesicht von einem weichen, dunkelbraunen Bart eingerahmt wurde, schaute auf Massimos nackte Beine und Füße. «Wollen Sie sich nichts anziehen? Es ist wirklich sehr kühl draußen.»

«Nein, ich will mir nichts anziehen. Ich will jetzt sofort meinen Caffè auf der Terrasse trinken, in genau dem Stuhl, den Sie von hier aus sehen können. Wenn ich den Caffè getrunken habe, werde ich wieder ins Haus gehen, im Fitnessraum ein bisschen trainieren und dann duschen. Sind Sie mit diesen Auskünften zufrieden?»

Hatte er gebrüllt? Beinahe. Der junge Mann zuckte die Achseln, öffnete die Glastür, bedeutete Massimo zu warten und trat auf die Terrasse. Er schaute sich sorgfältig nach allen Seiten um, prüfte auch den Himmel, lauschte ins Land hinaus, und erst dann winkte er seinem Gefangenen. Als Massimo sich in seinem Stuhl niedergelassen hatte, nahmen die beiden Carabinieri links und rechts von ihm Aufstellung – in halbwegs respektvoller Entfernung von je zwei Metern.

Es war wirklich kalt und der Caffè nur noch lauwarm. Bis ganz hinab ins Tal reichte das blaugraue Licht noch nicht, das die Sonne jetzt ihrem Aufgang vorausschickte. Oben im Dorf oder auf Rietis Hof krähten Hähne, es roch nach Tau und ein bisschen nach dem Rauch von Holzfeuern. Die Kälte der Steinplatten kroch in Massimos Fußsohlen und an seinen Beinen hinauf. Trotzdem blieb er sitzen. Ein Hund bellte, ungefähr zehn andere antworteten.

Erst als seine Füße zu schmerzen begannen, stand Massimo auf und ging, ohne die beiden Bewacher eines Blickes zu würdigen, direkt in den Fitnessraum. Als er den Crosstrainer in Bewegung setzte und dabei seinen Rhythmus zu finden versuchte, wurde ihm bewusst, wie lächerlich er auf die beiden Carabinieri wirken musste. Ein nicht mehr ganz junger Mann im kurzen Pyjama auf einem Crosstrainer. Plötzlich spürte er auch jene

Zerrung im Oberschenkel wieder, die er sich bei seiner verhängnisvollen Wanderung zugezogen hatte. Nein, wie immer er es wenden wollte, seine Situation konnte er nur mit einem Wort präzise umschreiben, und das lautete: Merda.

Er stand noch unter der Dusche, als Anwalt Fattori und Antonella die Villa erreichten. So musste er nicht mit ansehen, wie die beiden auf Waffen oder unerlaubte Gegenstände untersucht wurden – winzige Aufnahmegeräte zum Beispiel, Handys, Medikamente oder Ähnliches. Die Carabinieri waren sehr gründlich, und es dauerte an die zwanzig Minuten, ehe der Anwalt und Massimos Assistentin endlich den Raum betreten durften, in dem Massimo inzwischen ungeduldig wartete.

«Wie gut, Sie beide zu sehen.» Mit ausgestreckten Händen ging er ihnen entgegen, begrüßte erst Antonella, dann Dottor Fattori. «Ich hätte es nicht für möglich gehalten, dass Sie persönlich hierherkommen würden, Antonella. Es ist so gut, Sie zu sehen!»

Es war der Anwalt, der an Antonellas Stelle antwortete. «Commissario Guerrini hat seine Einwilligung gegeben. Er zeigt durchaus Verständnis dafür, dass Sie in geschäftlichen Dingen den Überblick behalten müssen. Allerdings musste ich ihm die Dringlichkeit ziemlich drastisch darstellen, ehe er zu diesem Schritt bereit war.» Offenbar wollte Fattori die Wirksamkeit seiner Arbeit beweisen.

«Grazie, Avvocato. Ich werde hier halb verrückt, weil ich von allen Informationen abgeschnitten bin. Es ist eine absurde Situation. Meine einzige Informationsquelle ist das Fernsehen. Da habe ich immerhin mitbekommen, was JP Morgan zugestoßen ist. Wie geht es da weiter?»

«Die Bankwerte sind abgerutscht, wie immer bei solchen Vorkommnissen. Und jetzt gibt es eine vertrauenswürdige Bank weniger.» Antonella zuckte die Achseln. «Inzwischen sind wir doch daran gewöhnt, vero? Uns hat es bisher noch nicht erwischt, zum Glück. Das steht uns allerdings bevor, wenn die Medien Wind von den Verdächtigungen gegen Sie bekommen.»

«Müssen Sie immer Klartext reden, Antonella?»

«Was hilft's, wenn ich es nicht mache, Dottor Massimo? Es ist besser, wenn wir darauf vorbereitet sind.»

«Wir sollten alles tun, um die Sache so lange wie möglich geheim zu halten.»

«Ich tue mein Bestes. Immerhin habe ich es geschafft, den Commissario von unseren Sicherheitsleuten fernzuhalten, und er hat seltsamerweise nicht darauf bestanden, mit den anderen leitenden Managern zu reden.»

«Warum haben Sie meine Frau angerufen, Antonella? Ich glaube, das war keine gute Idee.»

«Ich halte es für fair.»

«Weiß sie von Hardenberg? Sie hat ihn nicht erwähnt.»

«Nein, sie weiß nichts von seinem Tod. Ich habe nur gesagt, dass es unklare Anschuldigungen gebe und Sie deshalb unter Hausarrest gestellt wurden. Sie nimmt an, dass es sich um Schwierigkeiten mit der Bank handelt.»

«Sie hat mich hier angerufen – das Haustelefon funktioniert ja noch, aber ich darf Gespräche nicht selbst annehmen und selbst niemanden anrufen. Meine Frau war ziemlich außer sich. Ich habe das Gespräch sehr kurz gehalten, weil die Polizisten mithörten. Ich befürchte, dass Caterina mit einer ihrer Freundinnen redet oder sogar in die Bank geht, um rauszufinden, was los ist.»

«Ich glaube nicht, dass sie das machen wird, Dottor Massimo. Ich habe ihr gesagt, dass absolutes Stillschweigen geboten ist und dass sie hierherkommen soll, wenn sie mehr wissen will.»

«Aber niemand kann hier offen reden! Wir werden ständig überwacht!» Wütend wies Massimo auf die beiden Carabinieri, die neben der Ausgangstür Position bezogen hatten. Einer von ihnen scharrte mit den Füßen, offenbar etwas verlegen.

«Natürlich können wir offen reden, falls Ihre Aussagen nicht von dem abweichen, was Sie der Polizei bisher erzählt haben.» Die Stimme des Anwalts Adriano Fattori hatte einen ironischen Klang.

«Wir können auch über die Bankgeschäfte reden», fügte Antonella hinzu. «Das versteht sowieso niemand, und Spezialisten der Guardia di Finanza sind nicht hier. Jedenfalls soweit ich es sehe.» Sie lächelte den Carabinieri zu, doch deren ausdruckslose Gesichter zeigten keine Reaktion.

Plötzlich war Paolo Massimo nicht mehr froh über den Besuch seiner Assistentin und seines Anwalts. Ihre spöttische Art, mit seiner Situation umzugehen, machte ihn misstrauisch, und ganz fern streifte ihn der Gedanke, dass sie alle unter einer Decke stecken könnten, um ihn auszuschalten.

Er ließ sich nichts anmerken, tat so, als freue er sich darüber, dass sie frische Hörnchen mitgebracht hatten und sizilianische Blutorangen. Fattori bereitete Caffè, und Antonella presste die Blutorangen aus. Massimo konnte nicht hinsehen. Ein merkwürdiges Mitbringsel für einen Mann in seiner Situation. Andererseits war Antonella auch unter normaleren Bedingungen stets um seine Gesundheit bemüht und darum, dass er genügend Vitamine und Mineralstoffe zu sich nahm.

Es wurde ein seltsames Frühstück unter den Augen der jungen Carabinieri. Zunächst versuchten sie sich in belangloser Konversation, sprachen über das Wetter, die Qualität der Hörnchen, die schöne Aussicht. Dann aber fragte Antonella, ob der Dottor Massimo an diesem Morgen schon Radio gehört hätte. Als dieser verneinte, faltete sie die Hände und schloss kurz die Augen. Ihr Verhalten versetzte Massimo sofort in einen Zustand höchster Beunruhigung, denn Antonella schloss selten die Augen, nicht einmal beim Sex.

«Die Rating Agentur Moody's hat sechsundzwanzig italienische Banken herabgestuft», sagte sie langsam, und nach einer kleinen Pause fügte sie hinzu: «Auch unsere Bank ist dabei.»

Massimo starrte auf das Glas mit Blutorangensaft, stand dann auf und schüttete es ins Spülbecken.

«Mit welcher Begründung?» Er beobachtete, wie die rote Flüssigkeit allmählich versickerte.

«Mit der Begründung, dass die italienische Wirtschaft in extrem schlechter Verfassung sei und die Auswirkungen dieser Situation auf die Banken unvorhersehbar. Prognose: negativ.»

«Noch mehr schlechte Nachrichten?» Massimo versuchte, den überlegenen Boss der Banca libera zu geben, einen, den so schnell nichts aus der Fassung bringt. In Wirklichkeit trocknete gerade sein Hals aus, und die nächste Panikattacke kroch durch seine Eingeweide. Trotzdem gelang es ihm, erstaunt die Augenbrauen hochzuziehen und mit der Zunge diesen tadelnden Schnalzlaut zu produzieren, den alle gut kannten, die mit ihm zu tun hatten.

«Eine ziemlich schlechte Nachricht gibt es noch ... aber was wirklich dabei herauskommt, ist noch nicht sicher. Scheint, dass einer unserer Investmentbanker zu viel Kapital in australische und chinesische Staatsanleihen investiert hat, und weil China auch in Schwierigkeiten ist und Australien von China ab –»

«Sie müssen mir keinen Vortrag über gesamtwirtschaftliche Zusammenhänge halten, Antonella. Sagen Sie mir lieber, was passiert ist.»

Antonella senkte den Kopf, ihr langes Haar fiel nach vorn und verbarg ihr Gesicht. «Na ja», sagte sie leise. «Es ist ein bisschen wie bei JP Morgan – nur nicht so schlimm.»

«Wann ist das passiert?»

«Vorgestern. Ich habe dauernd versucht, Sie zu erreichen, aber es hat niemand abgenommen. Ich nehme an, dass die Polizei das rote Telefon bereits konfisziert hatte.»

Nein, dachte Massimo. Ich war spazieren und hatte das Telefon vergessen. Doch das behielt er lieber für sich.

«Wer war es?», fragte er stattdessen.

Antonella stöhnte und blies sich eine Haarsträhne aus dem Gesicht. «Ambrosiano. Er wollte unbedingt Ihr Okay zu diesem Geschäft. Aber weil er Sie nicht erreichen konnte, hat er es schließlich auf eigene Kappe gemacht. Er hielt es für ein gewisses Risiko, aber die Gewinnchancen erschienen ihm um ein Vielfaches höher. Es hätte ja auch in die andere Richtung gehen können.»

«Soso, Ambrosiano … er hat immer schon dazu geneigt, seine Kompetenzen zu überschreiten. Warum, verdammt noch mal, geht sofort alles Mögliche schief, wenn ich einmal in meinem Leben eine Auszeit nehme! Wieso haben die immer noch nicht begriffen, dass eine Bank kein Spielkasino ist?» Massimo sprang auf und lief auf dem gefleckten Kuhfell im Kreis. Er brüllte, und es war ihm völlig egal, was die Anwesenden von ihm dachten. «Am ersten Nachmittag meiner Auszeit liegt eine Leiche an meiner Gartenmauer, setzt einer meiner fähigsten Investmentbanker jede Menge Geld in den Sand, dann werden wir herabgestuft, und ich sitze hier und kann nichts dagegen tun.»

Jäh blieb er stehen und starrte seinen Anwalt und Antonella angriffslustig an. «Wonach sieht das aus, eh? Wonach riecht das? Nach einem verdammten Komplott riecht das! Wahrscheinlich will Ambrosiano mein Nachfolger werden … oder der werte Dottor Malzoni, die ewige Nummer zwei!»

Fattori und Antonella saßen schweigend am Tisch. Der Anwalt zerbröselte langsam ein halbes Hörnchen zwischen seinen Fingern, die beiden Carabinieri schauten starr geradeaus.

«Warum sagt ihr denn nichts, eh? Weil ich recht habe, vero? Weil euch kein Gegenargument einfällt!»

Endlich schüttelte Antonella den Kopf.

«Nein, Dottor Massimo», sagte sie sehr bestimmt. «Es handelt sich um eine Verkettung unglücklicher Umstände. So etwas gibt es –»

«… zum Beispiel den Untergang der Titanic! Wollten Sie das sagen, Antonella?» Massimo brüllte nicht mehr, seine Stimme klang ätzend, voll Spott und Verachtung.

«Nein, das wollte ich nicht sagen.»

«Was dann?»

«Ich möchte mich auf dieser Ebene nicht länger mit Ihnen auseinandersetzen, Dottore.» Antonella rang sichtlich um Selbstbeherrschung.

«Auf welcher Ebene dann?»

Ich bin ungerecht, dachte Massimo. Warum lasse ich meine Wut ausgerechnet an Antonella aus, die immer für mich da war, der ich seit Jahren vertraue, die nahezu alle Geschäftsgeheimnisse der Banca libera kennt, die trotz aller Schwierigkeiten hierhergekommen ist. Wieso traue ich ihr plötzlich nicht mehr? Paranoia … die Erschütterungen der letzten Tage konnten durchaus eine schlummernde Paranoia in ihm ausgelöst haben. Immer wieder hatte sein Vater von den Gefahren gewisser Traumata gesprochen, die das Vertrauen ins Leben, in die Umwelt und die Mitmenschen zerstören. Vorträge hatte er darüber gehalten, Vorlesungen an der Universität, Fallbeispiele aus seiner Praxis dokumentiert. Beim Mittagessen hatte er darüber referiert, bis sein Essen kalt geworden war: «Die Erschütterung des Urvertrauens ist eine der verbreitetsten Ursachen für schwere psychische Erkrankungen. Der Krieg ist unter anderem solch ein Auslöser.» Massimo konnte ihn am Esstisch sitzen sehen, mit erhobenem Zeigefinger und diesen intensiven dunklen Augen hinter der randlosen Brille. Es war sein Thema gewesen: Vom Ausbrechen paranoider Psychosen.

Ich darf nicht schon wieder eine Diagnose stellen, dachte Massimo. Es bringt überhaupt nichts. Alles, was hier abläuft, ist Realität, und es passiert nicht nur mir, sondern auch dem Chef von JP Morgan und vielen anderen. Das Einzige, was die nicht haben, ist eine Leiche.

Er blieb in der Mitte des Kuhfells stehen und wandte sich Antonella zu, begegnete ihrem erschrockenen Blick und versuchte zu lächeln.

«Bene», murmelte er, «eine andere Ebene. Tut mir leid, dass ich so ausgerastet bin. Dieser Hausarrest ist nicht besonders gut für meine Nerven. Jetzt sagt bitte nicht, dass ihr dafür Verständnis habt und es nachfühlen könnt. Das könnt ihr sicher nicht. Welche Ebene wollen wir also betreten?»

Antonella biss sich auf die Unterlippe, atmete dann tief ein und lächelte ebenfalls. Ihr gelang es ein bisschen besser als Massimo. «Eine sachliche Ebene, Dottore. Ich habe die wichtigsten Daten im Kopf, da ich angenommen hatte, dass ich weder mein Tablet noch andere Hilfsmittel mit ins Haus bringen dürfte. Wir sollten eine Strategie festlegen und überlegen, was zu tun ist. Vielleicht greifen ja die Kreditausfallversicherungen.»

«Also die sachliche Ebene. Ich glaube nicht an diese Ausfallversicherungen, Antonella. Aber lassen Sie mich die Zahlen hören, vielleicht fällt uns etwas ein. Ich bin sicher, dass Sie, werter Avvocato, auch eine Strategie entwickeln wollen, nicht wahr?»

Fattori zog die Schultern hoch und brachte so etwas Ähnliches wie ein Grinsen zustande. «Das wäre nicht schlecht, Dottore. Die Situation ist inzwischen ernster, als ich dachte.»

«Auf der sachlichen Ebene ist mir das durchaus klar, Fattori. Übrigens, Antonella, haben Sie etwas über einen bestimmten Herrn herausgefunden? Sie wissen, wen ich meine?»

«Ich habe, und ich bin sicher, dass wir damit etwas anfangen können, nicht wahr, Avvocato?»

«Es klingt vielversprechend», sagte Fattori, und diesmal fiel sein Lächeln breiter aus.

Commissario Guerrini wurde an diesem Morgen zum Questore gerufen, der ihm einen Caffè anbot und dann ohne Umschweife auf den Fall des toten deutschen Bankers zu sprechen kam. Ausführlich ließ er sich von Guerrini Bericht erstatten, verzog ab und zu das Gesicht, als bereite ihm Schmerzen, was er zu hören bekam, stellte wenige knappe Fragen und seufzte dann tief.

«Glauben Sie, dass man Massimo ausschalten will?»

«Ich glaube zunächst gar nichts, Questore. Ausgeschaltet wurde vor allem Hardenberg, und das endgültig. Wer in dieser Geschichte welche Interessen hat oder verfolgt, ist schwer herauszufinden. Es müsste schon ein Insider der Banca libera zur Aussage bereit sein. Ich werde mich bemühen, einen zu finden, und ich habe auch Kollegen in Florenz darauf angesetzt. Das erscheint mir derzeit günstiger zu sein, als selbst zu sehr in Erscheinung zu treten. Ich nehme an, Sie wissen, weshalb.»

Wieder seufzte der Questore. Er spielte an seinem Ehering. Sein dichtes graues Haar war sorgfältig frisiert, und sein Gesicht wirkte schmaler als gewöhnlich.

«Ist es Ihnen lieber, wenn ich einen anderen mit diesem Fall beauftrage, Commissario? Ich meine, Sie geraten wieder in die Nähe der alten Geschichten. Jemand könnte versuchen, Sie damit unter Druck zu setzen. Das wäre nicht gut für die Aufklärung dieses Mordes und auch nicht gut für Sie und unsere Arbeit. Verstehen Sie mich nicht falsch, Guerrini. Ich schätze Sie als hervorragenden Ermittler …»

Da ist es, dachte Guerrini, schneller als ich mir vorstellen konnte. Laut sagte er: «Nein, danke, Questore. Man sollte sich von alten Gespenstern nicht erschrecken lassen. Ich würde gern weitermachen, wenn Sie damit einverstanden sind.»

«Sind Sie sicher, Guerrini?»

«Ziemlich!»

«Dann versuchen Sie's. Aber riskieren Sie nicht zu viel. Halten Sie mich ständig auf dem Laufenden. Haben Sie verstanden, Commissario?» Der Questore sprach mit Nachdruck. Guerrini nickte, stand auf und deutete eine Verbeugung an.

«Warten Sie, Guerrini! Wie geht es Ihnen überhaupt? Sind Sie wieder ganz gesund?»

«Ja, ich fühle mich wieder sehr wohl. Danke der Nachfrage.»

«Sind Sie sicher? Mir fällt auf, dass Sie müde aussehen und schmaler als vor Ihrer Verletzung.»

«Ich schlafe zur Zeit nicht besonders gut, aber sonst ist alles in Ordnung.»

«Na, dann. Passen Sie auf sich auf, Commissario.»

Interessant, dachte Guerrini. Von allen Seiten bekomme ich Ratschläge. Mitgefühl soll ich mit mir haben und auf mich aufpassen. Laura hat vorgeschlagen, dass ich den Hund der Pisellis füttern soll, als Therapie gegen den fliegenden Köter. Ich muss sie anrufen! Trauma Nummer drei bearbeiten. Wieso schaffe ich es nicht? Dante hatte seine Beatrice als unerreichbare Liebe, ich habe Laura. Schon wieder etwas, das uns verbindet. Aber Beatrice war gestorben und ins Paradies entschwebt, Laura ist dagegen sehr lebendig, nur beinahe ebenso unerreichbar.

So fest und achtsam waren meine Augen,
Das Sehnen des zehnjährigen Dursts zu stillen,
Dass ganz erloschen jeder andre Sinn war …

Oh, heiliger Dante, dachte Guerrini, nachdem ihm diese Verse wieder ins Gedächtnis kamen, denn in der Nacht zuvor hatte er im «Fegefeuer» gelesen. Mit solchen Gefühlen wäre man heute der Lächerlichkeit ausgesetzt, und doch sind die Säle voll, wenn Benigni sie vorträgt.

ALS LAURA am nächsten Abend nach Hause zurückkehrte, stürzte Sofia ihr im Flur entgegen, gleich hinter ihr tauchten Luca und Exgatte Ronald auf. Sofia redete so aufgeregt, dass Laura zunächst gar nichts verstand, doch allmählich formte sich aus den Sätzen ihrer Tochter und Lucas Zwischenrufen so etwas wie ein Sinn. Offenbar hatte es etwas mit ihrem Anrufbeantworter zu tun und einer seltsamen Stimme oder Nachricht.

Nicht Angelo, nicht Vater, nicht Peter Baumann und nicht Patrick, bitte, dachte Laura.

«Jetzt haltet mal die Luft an!» Ronalds Stimme klang ruhig, sehr tief und ziemlich laut. Tatsächlich verstummten Sofia und Luca, und eine Sekunde lang war es still.

«Könnte einer von euch bitte mal in aller Ruhe erklären, was hier los ist?»

Als Luca und Sofia gleichzeitig zu reden anfingen, unterbrach Ronald sie erneut. «Lasst mich mal, ja? Und komm erst mal rein, Laura. Willst du was trinken?»

«So schlimm?»

«Wie man's nimmt. Aber du bist ja ziemlich hart im Nehmen … also hör zu. Sofia kam vor einer Stunde nach Hause und hat den Anrufbeantworter abgehört. Da war eine Nachricht drauf, die sie sehr erschreckt hat. Du kannst sie ja selbst gleich anhören. Irgendein Typ brabbelt etwas undeutlich, dass du die Finger von bestimmten Ermittlungen lassen sollst, weil es ansonsten ziemlich unangenehm für dich und deine Familie werden könnte. Sofia hat versucht, dich anzurufen, konnte dich aber nicht erreichen. Darum hat sie mich und Luca zu Hilfe geholt. Deshalb sind wir hier. Hast du eine Ahnung, um was es sich da handelt?»

Danke, Santa Caterina und Santa Maria, dachte Laura. Nicht Angelo, nicht Vater, nicht Baumann, nicht Patrick!

«Lasst mich erst mal hören, was der Anrufbeantworter sagt, ja? Schön, euch alle hier zu sehen!»

Luca streifte seine Mutter mit einem etwas irritierten Blick und schaltete dann den Anrufbeantworter ein. Lautes Rauschen und Knacken, dann erst mischte sich eine leise Stimme unter die Geräusche, die immer wieder übertönt und nie so deutlich wurde, dass man sie mühelos hätte verstehen können. «Sie wollen doch … in Ruhe … leben. Mit Ihrer hübschen Tochter … und dem netten Sohn. Verständlich. Sehr verständlich. Sie wollen sicher nicht, dass ihnen was passiert, oder? Dann sollten Sie die Finger von bestimmten Nachforschungen lassen, Frau Gottberg. Ich nehme an, wir verstehen uns.» Mehr Rauschen, dann das penetrante Tuten des Besetztzeichens.

«Noch mal», sagte Laura und rückte näher an das Telefon heran. Luca drückte die Taste, und gemeinsam lauschten sie ein zweites Mal. Dann schaltete Luca den Anrufbeantworter aus.

«Wer ist das, Mama?» Sofias dunkle Augen erschienen Laura größer als sonst, und vor Aufregung wickelte sie Haarsträhnen um ihren Mittelfinger, eine Angewohnheit, die einfach zu ihr gehörte, seit sie ein kleines Mädchen war.

«Ich weiß es nicht genau, Sofi. Ich hab nur eine Ahnung ... wahrscheinlich hat es mit meiner ziemlich erfolglosen Arbeit des heutigen Tages zu tun. Vielleicht war sie doch nicht so erfolglos ... Kommt mit in die Küche, wir machen uns einen Tee, und dann erzähl ich euch ein bisschen.»

«Regst du dich gar nicht auf? Das ist eine Drohung gegen mich und Luca und auch gegen dich, Mama!»

«Ich würde es erst einmal als Warnung bezeichnen, Sofia. Zur Zeit werde ich sowieso von allen Seiten gewarnt, und das macht mich allmählich richtig wütend.»

«Wer warnt dich denn?» Ronald öffnete den Kühlschrank und knallte ihn gleich wieder zu. «Hast du kein Bier im Haus? Ich mag jetzt keinen Tee!»

«Nein, ich habe kein Bier. Du kannst dir Rotwein nehmen. Da drüben steht die Flasche.»

Manchmal benimmt er sich, als wäre er hier noch zu Hause, dachte Laura und beobachtete, wie Ronald ein Glas aus dem Schrank holte und dann das Etikett der Rotweinflasche studierte.

«Gut genug?», fragte sie gereizt.

«Na ja, ein Sizilianer eben. Nichts Großartiges, wenigstens trocken.»

Jetzt könnte ich sagen: Hast du jemals einen süßen Wein in dieser Wohnung gesehen? Aber den Gefallen tu ich ihm nicht, zu den alten Plänkeleien habe ich keine Lust.

Laura füllte den Schnellkocher mit Wasser. «Wer will außer mir noch eine Tasse Tee?»

Keine Antwort. Stattdessen schlürfte Ronald vernehmlich seinen ersten Schluck Wein und wiederholte dann seine Frage: «Wer warnt dich also, Laura? Wäre nett, wenn du endlich ein bisschen mehr rauslassen würdest. Wir sind nämlich alle besorgt. Ehrlich besorgt!»

Laura drehte sich zu ihrer Familie um, lehnte sich mit dem Rücken an die Spüle und überlegte, wie viel sie sagen konnte. Solange Ronald zuhörte, bestand die Gefahr, dass er sofort anfangen würde, selbst zu recherchieren. Der Mord an Hardenberg und verhinderte Ermittlungen wären eine tolle Story für ihn. Ronald war als freier Journalist immer auf der Suche nach sensationellen Storys.

«Also?» Sofia schaute inzwischen weniger erschrocken als neugierig, und Luca wippte ungeduldig mit dem rechten Fuß.

«Erst einmal möchte ich dir, Luca, und auch Ronald, danken, dass ihr euch sofort um Sofia gekümmert habt.»

«Schon gut, schon gut, Laura. Ich habe den Verdacht, dass du uns gar nichts erzählen wirst.» Ronald runzelte ärgerlich die Stirn und schenkte sich ein zweites Glas Wein ein.

«Quatsch! Also, hört zu: Ich war heute bei einem Geschäftsmann, der zwei Droh-SMS bekommen hat und einen Anruf. Er ist absolut überzeugt davon, dass die Russenmafia dahintersteckt, und er hat vor Angst richtig gezittert. Ich hab ihn erst einmal halbwegs beruhigt und wollte dann die SMS sehen und den Anruf hören. Er hat nämlich behauptet, dass sein Anrufbeantworter alles aufgezeichnet hätte. Aber dann fing er wieder an zu zittern und gestand, dass er alles gelöscht hätte. ‹Warum denn, um Himmels willen?›, hab ich gefragt. ‹Weil ich diese Drohungen nicht ertragen kann. Weil meine Frau einen Nervenzusammenbruch bekommt, wenn ich ihr davon erzähle. Weil sie mit den Kindern nach Amerika fliegt und nie mehr zurückkommt. Weil es unsere Familie zerstören würde!›»

Laura setzte ihr schauspielerisches Talent ein, um ihre Kinder und Ronald aufzuheitern, doch mehr als ein schiefes Lächeln, das mehr einem Naserümpfen glich, konnte sie weder Sofia noch Luca entlocken. Ronald lächelte gar nicht, sondern stellte eine Frage. «Und wo ist der Mord?»

«Kein Mord. Eine Morddrohung.»

«Und da schicken sie dich?»

«Baumann ist im Krankenhaus.»

«Okay, wie ging's dann weiter?»

«Ich habe dem zitternden Herrn X gesagt, dass ich hinter der Löschung des Beweismaterials die Vertuschung einer Straftat vermute, die wiederum er selbst begangen hat, und dass es sich bei den Drohanrufen um Erpressungsversuche handelt.»

«Wie hat er da reagiert?» Jetzt schien auch Lucas Interesse geweckt.

«Er ist völlig ausgerastet. Hat mich und die gesamte Kriminalpolizei als unfähig und respektlos bezeichnet. Er drohte mir mit seinem Anwalt … wegen falscher Anschuldigungen und so weiter und so weiter. Es war laut, anstrengend, und plötzlich stand ein kleines Mädchen in seinem Arbeitszimmer und fragte: ‹Papa, ist das eine böse Frau?›»

«Und dann kam seine Frau, zog das kleine Mädchen

an sich und fragte mit bebender Stimme: ‹Ist etwas nicht in Ordnung, Liebling?›» Es war Ronald, der mit gerunzelter Stirn und theatralischer Stimme Lauras Geschichte weiterspann. «Was erzählst du uns da eigentlich, Kriminalhauptkommissarin Gottberg?»

«Ich erzähle mit leichten Abwandlungen, die mir eine gewisse polizeiliche Schweigepflicht vorschreibt, was tatsächlich passiert ist. Die Frau von Herrn X kam übrigens nicht, Ronald. Er selbst zog seine Tochter schützend an sich und forderte mich auf zu gehen. Das habe ich dann getan, und ich bereue es nicht.»

Plötzlich wurde es still in der Küche, nur die große blaue Wanduhr tickte, und im Hinterhof warf jemand Flaschen in einen Container, was um diese Uhrzeit eigentlich verboten war.

«Dann hat wahrscheinlich dieser Herr X hier angerufen, weil er nicht will, dass du weiter ermittelst und herausfindest, dass er Dreck am Stecken hat», sagte Luca nachdenklich.

«Ja», stimmte Sofia ihrem Bruder zu. «Klingt logisch. Er hat vielleicht mehr Angst vor dir als vor der Russenmafia, Mama.»

«Da könnte was dran sein. Ich werde euch als Vertretung von Peter Baumann engagieren. Trotzdem müssen wir bestimmte Vorsichtsmaßnahmen treffen. Aber das besprechen wir lieber beim Abendessen. Ich lade euch zum Türken um die Ecke ein. Kommt ja nicht so oft vor, dass wir alle zusammen sind.»

Laura vermied es, Ronald anzuschauen. Er dagegen beobachtete sie mit einem ironischen Lächeln. Sie wusste, dass er ihr kein Wort glaubte.

«Ist es nicht gefährlich, wenn wir jetzt alle zum Türken gehen? Vielleicht beobachten die uns?» Sofia machte noch immer ein sehr besorgtes Gesicht und schien eher noch ängstlicher als vor Lauras Erklärung.

«Nein, Sofi», versuchte Laura ihre Tochter zu beruhigen, «das war doch nur eine Warnung. Die warten jetzt erst einmal ab, wie ich mich verhalten werde.»

«Und wie wirst du dich verhalten?»

«Weiß ich noch nicht.»

«Bitte hör auf zu ermitteln, Mama! Wenn das so weitergeht, dann kann Patrick nicht kommen und ...»

Sofias Worte gingen in Schluchzen über.

«Ach, Sofi! Ich kann dir nicht versprechen, dass ich mit meinen Ermittlungen aufhöre, dazu ist dieser Fall zu ernst. Aber ich kann dir versprechen, dass du Patrick sehen wirst. Ganz sicher. Glaub mir!» Laura drückte ihre Tochter kurz an sich und wandte sich dann Luca und Ronald zu. «Gehen wir jetzt essen oder nicht?»

Das Abendessen war einigermaßen friedlich verlaufen. Anschließend hatte Luca beschlossen, bei Laura und Sofia zu übernachten, und sein Verhalten weckte Ronalds Beschützerinstinkt. Auch er blieb, bezog zu Sofias Freude das Wohnzimmersofa, und so füllte sich Lauras sonst so stille Wohnung überraschend.

«Willst du nicht deine Kollegen benachrichtigen?», fragte Ronald, ehe er ins Bad ging.

«Nein.»

«Warum nicht?»

«Weil das bis morgen Zeit hat.»

«Hat es?»

«Ja, hat es! Vielleicht melde ich es gar nicht.»

«Wieso das denn? Immerhin werden wir mehr oder weniger alle bedroht!»

«Weil ich nicht den ganzen Apparat in Gang setzen möchte. Das ist ein diffiziler Fall, Ronald, und ich möchte heute Abend nicht länger darüber reden.»

«Du willst nur nicht, dass ich die wirkliche Geschichte herausfinde, weil du befürchtest, dass ich darüber schreiben könnte. Stimmt's?»

«Können wir diese Diskussion jetzt beenden? Ich bin müde und habe morgen einen anstrengenden Tag vor mir.»

«So kann man sich auch um klare Antworten drücken.»

«Verdammt noch mal, Ronald! Du weißt genau, dass ich mit dir nie mehr über laufende Ermittlungen gesprochen habe, seit du einmal zu früh eine Geschichte veröffentlicht hast. Es geht einfach nicht mehr.»

«In diesem Fall geht es nicht um eine Story, sondern um deine Kinder, Laura!»

«Ich weiß, Ronald. Gute Nacht! Und ich danke dir, dass du hierbleibst. Ich bin sicher, Sofia würde sonst kein Auge zutun.»

Ronald antwortete nicht, schloss einfach die Badezimmertür. Zögernd steckte Laura den Kopf in Sofias Zimmer. «Gute Nacht, Schatz! Geht's besser?»

«Hast du mit Papa gestritten?» Sofias Stimme klang hellwach.

«Nein, nicht wirklich.»

«Und unwirklich?»

«Es ging nur darum, dass er gleich wieder alles wissen will, und ich kann es ihm nicht sagen, weil ich es selbst nicht weiß.»

«Er ist eben Journalist, Mama. Journalisten müssen viel fragen.»

«Ja, aber man muss ihnen nicht immer antworten, Sofi.»

«Vielleicht werde ich auch Journalistin.»

«Bene, warum nicht. Jetzt schlaf gut. Du brauchst wirklich keine Angst zu haben.»

«Hab ich auch nicht. Papa ist ja da!»

«Ja, das ist gut.» Laura schloss leise die Tür und dachte an ihre Nahkampffähigkeiten und ihre Schusswaffe. Beides schien ihrer Tochter nicht so viel Sicherheit zu geben wie ein schnarchender Ronald auf dem Wohnzimmersofa, der mindestens einen dreiviertel Liter Wein getrunken hatte. Laura überprüfte das Schloss an der Wohnungstür und legte den Riegel vor, der bisher kaum benutzt worden war. Ronald war inzwischen im Wohnzimmer verschwunden, hatte aber die Tür offen gelassen. Natürlich wusste Laura, warum er das tat, trotzdem fühlte sie sich gestört und musste den Impuls unterdrücken, die Tür zu schließen. Stattdessen machte sie ihre Schlafzimmertür zu und ließ sich aufs Bett fallen.

Sie hatte nicht die geringste Ahnung, wer hinter dem anonymen Anruf stecken könnte. Ihre private Telefonnummer war geheim, trotzdem kannten sie natürlich viele Menschen … Freunde, Kollegen … und im Intranet der Polizei stand sie auch. Ein Hacker würde sie herausfinden können, mühelos vermutlich.

Sie hatte an diesem Tag zwei Ermittlungsgespräche geführt, aber als Hacker schieden die Befragten aus. Der Erste war Dr. Dr. Matthias Mertens gewesen, der Vorstandsvorsitzende der Hardenberg Bank. Leo Hardenberg selbst hatte sich bereits vor zwei Jahren aus dieser Position zurückgezogen, aber ein Vetorecht bei wichtigen Entscheidungen des Vorstands behalten. Dieser Mertens hatte sich über Hardenbergs Tod kaum erschüttert gezeigt, hatte in einem Nebensatz sogar sein Missfallen über eine Affäre des Bankerben ausgedrückt. So ganz nebenbei ließ er dann noch durchblicken, dass er den Verstorbenen für wenig geeignet hielt, eine Bank zu leiten. All diese kleinen Bosheiten platzierte er geschickt zwischen lobenden Worten über diesen «ganz besonderen Mann», wie er es ausdrückte. Als Laura ihn auf die Ermittlungen im Umfeld der Bank ansprach, wurde Mertens wortkarg. Um ein paar Lächerlichkeiten habe es sich gehandelt, um falsche Anschuldigungen eines zu Recht entlassenen Managers und solche Sachen. Als Laura fragte, weshalb der Manager entlassen wurde, murmelte Mertens etwas von Insiderhandel. Laura hatte sich dumm gestellt und nachgefragt, was denn das genaue Vergehen gewesen sei.

«Der Betreffende hat sich auf Kosten der Bank bereichert, weil er in Bezug auf die Entwicklung bestimmter Wertpapiere über interne Informationen verfügte.» Nur widerwillig hatte Mertens diese Erklärung vor sich hin genäselt und dabei vermieden, Laura anzusehen.

Zuletzt fragte Laura nach den Fusionsplänen mit der Banca libera, und da schien Mertens regelrecht zu erstarren, obwohl er schon zuvor nicht besonders lebendig gewesen war. Seine Lippen wurden schmaler, seine Augen verloren jeglichen Ausdruck, und er fragte nahezu tonlos zurück, woher sie diese Information hätte.

«Ich arbeite nur die Fragen des italienischen Staatsanwalts ab», hatte Laura geantwortet und hinzugefügt, dass sie von Banken absolut keine Ahnung hätte. Ihr Fachgebiet sei die Aufklärung von Tötungsdelikten und nicht die von Wirtschaftskriminalität. Das schien Mertens Erstarrung etwas zu lösen. Die Sache mit der Fusion sei absolut geheim und überhaupt nicht spruchreif. Es habe Kontakte gegeben, aber völlig unverbindlich. So etwas sei an der Tagesordnung in diesen Zeiten und nicht der Rede wert.

Welche Rolle Hardenberg in diesem Zusammenhang gespielt hätte? Eigentlich keine.

Weshalb er sich dann mit dem Chef der Banca libera getroffen hätte? Vermutlich vor allem privat.

Ob Hardenberg für oder gegen die Fusion gewesen sei? Weder noch.

Aber er hatte doch ein Vetorecht? Es gab aber noch keine Entscheidung.

Und wenn es eine gegeben hätte? Hardenberg war unberechenbar, er hätte sich so oder anders entscheiden können.

Wer ihn umgebracht haben könnte? Wer weiß, welche Verbindungen er in Italien hatte.

Ob er mit der Sicherheitsfirma Saveguard zufrieden sei? Außerordentlich, eine sehr zuverlässige und fähige Firma. Die Fachleute von Saveguard hätten sogar entdeckt, dass irgendwer in seinem Büro Wanzen angebracht hatte.

Ob die auch herausgefunden hätten, wer das gewesen sein könnte? Nein, leider nicht. Aber möglicherweise steckte Hardenberg dahinter. Er heckte gern solche Scherze aus, um alle auf Trab zu halten.

Laura starrte an die Decke ihres Schlafzimmers. Sie hatte Mertens so konzentriert zugehört, dass sie jedes seiner Worte wiederholen konnte. Fazit: Hardenbergs Tod könnte ihm Vorteile bringen. In Bezug auf die alten Ermittlungen sagte er nicht die Wahrheit, und neue Ermittlungen waren ihm eindeutig unangenehm. Und Mertens war Laura unangenehm. Das sollte ihre Arbeit nicht beeinflussen, doch sie konnte es nicht leugnen. Trotzdem nahm sie zu seinen Gunsten an, dass er nicht heimlich nach Florenz gefahren war, um Hardenberg umzubringen, und er war ziemlich sicher kein Hacker, der die Geheimnummern von Kripobeamten ausspionierte. Aber er hatte die Möglichkeit, Leute zu bezahlen, die so etwas konnten.

Blödsinn, dachte Laura. Mertens ist ein angesehener Banker, der seine Karriere bestimmt nicht durch so riskante Aktionen aufs Spiel setzen würde.

Der andere Manager der Hardenberg Bank, Simon Patulla, hatte eindeutig Angst gehabt, und das Gespräch mit ihm war keineswegs so verlaufen, wie Laura es ihrer Familie vorgespielt hatte. Außerdem lag die Morddrohung der angeblichen Russenmafia zwei Jahre zurück, Laura hatte davon in den Ermittlungsakten gelesen, die ihr zugespielt worden waren. Als Laura ihn darauf angesprochen hatte, begann sein rechtes Auge nervös zu zucken, was er das restliche Gespräch über mit dem Druck seines Zeigefingers unter Kontrolle zu bringen versuchte, ohne dass es ihm gelungen wäre. Patulla war

Investmentbanker, ein bisschen dicklich, Ende dreißig, trug eine Brille mit roter Fassung und hatte einen dazu passenden rötlichen Schnurrbart und rötliches Haar, das wohl gefärbt war. Seine Augen wanderten unruhig umher, von Laura zu den Bildschirmen über seinem Schreibtisch, manchmal auch auf den Boden. Laura fragte ihn nach den Immobiliengeschäften in Italien, deretwegen die «Russenmafia» ihn erpressen wollte. Er schüttelte den Kopf und lachte nervös. Das sei alles Schnee von gestern und längst aus der Welt, diese Geschäfte hätte es nie gegeben. Diesen Erpressungsversuch hätten ganz gewöhnliche Kriminelle unternommen – sie hätten es einfach mal versucht, quasi als Test. So etwas passiere eben, wenn man mit viel Geld jongliere. Er hatte tatsächlich «jonglieren» gesagt, und sein Auge hatte noch heftiger gezuckt, offenbar war es ihm herausgerutscht.

Wie denn dieser Erpressungsversuch damals ausgegangen sei, hatte Laura gefragt, ob er denn bezahlt hätte. Er verneinte etwas zu heftig. Die Firma Saveguard hätte die Sache schnell aufgeklärt und in Ordnung gebracht. Wie, das könne er nicht sagen – Hauptsache, in Ordnung!

Auch Patulla mit seiner roten Brille und dem grauen Maßanzug, der seine Fettpolster nur mühsam kaschierte, war Laura unangenehm gewesen, und sie hatte ihm kein Wort geglaubt. Vermutlich existierten die Immobiliengeschäfte mit Italien durchaus, und möglicherweise war ihm außer der Firma Saveguard noch niemand draufgekommen. Das war nur eine Hypothese, aber eine durchaus plausible, und sie würde die Ängstlichkeit des

Doktor Patulla erklären. Falls allerdings Hardenberg etwas über Patullas Nebenverdienst herausgefunden hatte, dann könnte es ein Mordmotiv sein. Vielleicht war Patulla auch besonders gut mit Computern und hatte ihre Nummer herausgefunden. Es erschien Laura nicht unmöglich. Jemand, der ernsthaft um seine Zukunft fürchten musste, war zu den erstaunlichsten Aktionen fähig. Und Investmentbanker hatten eine Menge zu verlieren – in materieller Hinsicht jedenfalls, aber das schien ja ihr Lebensinhalt zu sein.

Vielleicht war dieser Hardenberg genauso unangenehm wie Mertens und Patulla, dachte Laura, während sie sich mühsam im Liegen auszog, unfähig, noch einmal aufzustehen. Eigentlich interessiert es mich überhaupt nicht, wer ihn umgebracht hat. Das ganze Milieu interessiert mich nicht.

Laura kickte ihre Jeans weg und zog die Decke über sich. Es gab noch eine dritte Möglichkeit in dieser undurchsichtigen Geschichte. Hinter dem anonymen Anruf könnte jemand aus dem LKA oder BKA stecken. Jemand, dem Lauras Ermittlungen ebenfalls zu nahe kamen. Ich gebe die Sache ab, dachte sie. Für einen Banker setze ich doch nicht die Sicherheit meiner Familie aufs Spiel! Oder ich erzähle Ronald die Wahrheit, und er kann eine Bombenstory daraus machen. Nein, zu riskant. Würde mich meine Stellung kosten. Ronald könnte seine Informationen verkaufen und so seinen Namen raushalten. Auch zu riskant. Ich gebe die Sache nicht ab! So einfach können die meine Ermittlungen nicht abwürgen. Weder die Banker noch meine Kollegen.

ALS COMMISSARIO GUERRINI gegen Abend mit Tommasini in der Villa von Paolo Massimo auftauchte, kam ihnen der Banker erstaunlicherweise entgegen und schien wesentlich besser gelaunt als in den Tagen zuvor.

«Attenzione!», flüsterte Tommasini. «Da hat sich etwas verändert, Commissario.»

Du hast verdammt recht, Tommasini, dachte Guerrini, und ich weiß auch, was sich verändert hat. Du weißt es zum Glück nicht!

«Ah, Commissario! Buona sera! Ich muss Ihnen für Ihre Großzügigkeit danken. Der Besuch meiner Assistentin hat mir erlaubt, einige Dinge in der Bank in Ordnung zu bringen. Das war mehr als nötig. Grazie!»

Massimo streckte Guerrini die Hand entgegen. Mit geradezu spitzen Fingern erwiderte der Commissario kurz den Händedruck.

«Mehr konnte ich nicht tun», erwiderte er.

«Es war schon eine Menge! Und hoffentlich bringen Sie heute Abend bessere Neuigkeiten als letztes Mal, Commissario.»

«Da muss ich Sie enttäuschen, Dottor Massimo, leider gibt es im Augenblick keine Neuigkeiten. Die toxikologische Untersuchung von Signor Hardenberg ist noch nicht abgeschlossen, die genetische der Spuren in ihrem Wagen ebenfalls nicht. Ich wollte mich nur noch einmal mit Ihnen unterhalten.»

«Soso, unterhalten. Worüber sollten wir uns denn Ihrer Meinung nach unterhalten, Commissario? Vielleicht bei einem Glas Wein oder Grappa? Für Caffè ist es schon etwas spät, finden Sie nicht?»

Der Sarkasmus in Massimos Stimme trieb das Blut in Tommasinis Wangen, zumal der Banker ihn völlig ignorierte. Er bewunderte die Ruhe, mit der sein Vorgesetzter dieser Provokation begegnete. Guerrini sagte nur: «Danke, wir möchten nichts trinken, und wir werden Sie auch nicht lange aufhalten.»

«Aber Sie halten mich nicht auf, Commissario, wie sollten Sie mich aufhalten? Ich kann nirgendwohin, kann nichts unternehmen, kann nur unter Aufsicht Telefongespräche annehmen, die gleichzeitig abgehört werden. Je länger Sie bleiben, desto besser. Meine Bewacher sind nicht besonders unterhaltsam. Ich befürchte, man hat ihnen untersagt, mir gegenüber andere Worte als *ja* oder *nein* zu benutzen.» Massimo lachte kurz auf. Es klang wie heiseres Husten. «Aber setzen Sie sich doch, Commissario.» Zum ersten Mal warf Massimo Tommasini einen Blick zu. «Ich wäre Ihnen übrigens sehr dankbar, wenn wir uns unter vier Augen unterhalten könnten, Commissario.»

«Weshalb?»

«Weil ich Ihnen möglicherweise vertrauliche Dinge sagen werde, die nicht für alle Ohren bestimmt sind!»

«Die Ohren von Sergente Tommasini sind nicht alle oder irgendwelche Ohren, Dottor Massimo. Er ist einer der besten Polizisten, die ich kenne.»

«Das bezweifle ich nicht. Trotzdem muss ich darauf bestehen, allein mit Ihnen zu sprechen. Es könnte auch in Ihrem Interesse sein, Commissario.» Massimo faltete die Hände und schaute aufmerksam zu, wie sich die ge-

genüberliegenden Finger nacheinander berührten. Dieses Spiel wiederholte er ein paarmal, und Guerrini stellte sich Massimo hinter seinem Designerschreibtisch vor, wie er mit gefalteten Händen Entscheidungen traf, Leute feuerte, Profit machte. Gerade schien er innerlich an etwas sehr Wichtigem zu arbeiten, und Guerrini ahnte, worum es sich handelte.

«Würdest du bitte ein bisschen nach draußen gehen und dir den Bericht der Carabinieri anhören», wandte er sich an Tommasini. «Ich rufe dich sofort wieder herein, wenn ich das große Geheimnis des Dottor Massimo vernommen habe.»

Tommasinis einziger Trost bestand darin, dass der Commissario endlich den richtigen Ton gefunden hatte, um die Unverschämtheiten dieses Tatverdächtigen zu parieren. Der Mann war in Tommasinis Augen sehr wahrscheinlich ein Mörder, und er führte sich auf, als sei er der Vorgesetzte vom Commissario!

«Wenn Sie es für richtig halten, Commissario», murmelte er und verließ die Wohnhalle der Villa. Wohnzimmer konnte man so etwas seiner Meinung nach nicht nennen. Tommasini fand solche Häuser unanständig. Eine Herausforderung für sein Klassenkämpferherz. Deshalb beschloss er, zum Bauern Rieti hinaufzugehen, um zu sehen, wie der lebte und was der über seinen Nachbarn zu erzählen wusste.

Angelo Guerrini und Paolo Massimo saßen nebeneinander an der Glaswand, hinter der die Landschaft der Crete wie ein überdimensionales Gemälde wirkte. Langgezogene Wolkenschatten sprenkelten die Felder und weichen Hügel; die Sonne stand tief und würde bald hinter den Bergen verschwinden. Nur ein kleiner runder Glastisch auf Metallbeinen trennte den Commissario und den Banker. Nun, da sie allein waren, schwiegen sie und schauten ins Land hinaus. Guerrini wartete, er hatte beschlossen, nicht derjenige zu sein, der dieses Gespräch begann. Die Nerven seines Gegenübers schätzte er als ziemlich stark ein, und vermutlich verfügte Massimo über jede Menge Selbstdisziplin. Mit seinen eigenen Nerven sah es zur Zeit nicht so gut aus, doch immerhin gut genug, um zu schweigen. Verstohlen schaute er auf seine Uhr, ungefähr sieben Minuten dauerte die Stille zwischen ihnen bereits an. Massimo wirkte inzwischen so unerreichbar wie am Abend des Leichenfundes, und Guerrini fragte sich, ob er möglicherweise eine groteske Inszenierung plante. Das schweigende Opfer, das seine Trümpfe nicht ausspielt. Er glaubte, sich vorstellen zu können, wie der Banker sich fühlte, nahm an, dass der andere auf irgendeine Weise seine Ohnmacht in Macht zu verwandeln trachtete. Nach achteinhalb Minuten trafen sich ihre Blicke für eine Zehntelsekunde, ein Zwischenfall, den Massimo offensichtlich nicht vorgesehen hatte, denn er atmete tief ein und räusperte sich.

«Möchten Sie nicht doch ein Glas Wein?»

«Nein, danke.»

«Sind Sie immer so überkorrekt?»

«Wenn ich überkorrekt wäre, hätte ich den Besuch Ihrer Assistentin nicht erlaubt.»

«Vielleicht haben Sie das getan, um bestimmte Vorteile für sich zu erreichen?» Massimo starrte aus dem Fenster und zeigte Guerrini sein Profil. Er war sorgfältig rasiert und frisiert. In seinem kräftigen Kinn bewegten sich kaum merklich die Muskeln.

«Woraus schließen Sie das?»

«Ich habe es bisher selten erlebt, dass jemand in einer bestimmten Weise handelt, ohne persönlich davon zu profitieren. Mein Vater war Psychiater, er konnte dieses allgemeinmenschliche Verhalten sehr plausibel beschreiben.»

«Bene, dann sollten wir jetzt analysieren, welche Vorteile Sie von dem Tod von Signor Hardenberg haben könnten. D'accordo?» Guerrini ging blitzschnell zum Gegenangriff über.

«Wie Sie wünschen, Commissario.» Da war wieder diese ätzende Ironie, die Guerrini nur schwer ertragen konnte. Er nahm sich zusammen, schloss kurz die Augen und versuchte sich zu konzentrieren.

«Ich nehme an, dass es sich vor allem um berufliche Vorteile handeln dürfte. Hardenberg stellte möglicherweise ein Hindernis dar. Ist es so?»

«Durchaus, Commissario. Hardenberg stellte tatsächlich ein Hindernis dar. Er war auf einmal strikt dagegen, dass seine Bank mit meiner fusioniert, obwohl er ein paar Wochen zuvor noch dafür war. Alle Weichen waren gestellt, und dann kam sein Veto. Hardenberg war unzuverlässig. Das ist keine gute Eigenschaft für einen Banker.»

«Bestand dann nicht genauso die Chance, dass er seine Meinung wieder ändern würde?»

«So laufen Geschäfte nicht, Commissario. In diesen unruhigen Zeiten kann man nicht darauf warten, dass jemand freundlicherweise seine Meinung ändert. Hier geht es um klare, schnelle Entscheidungen. Um Vertrauen.» Massimo sprach lauter, schneidend und plötzlich mit dem näselnden Ton der Mailänder.

«Ja, ja», murmelte Guerrini, «von Vertrauen wird zur Zeit viel geredet, dabei hat es niemand, speziell in Ihrer Branche, vero?»

«Sie haben durchaus recht, Commissario. Aber um auf Hardenberg zurückzukommen: Wie Sie sehen, hat sein Tod Vorteile für mich. Gerechterweise müssen Sie aber auch die Nachteile betrachten, die ja offensichtlich sind. Ich werde des Mordes verdächtigt, bin von meiner Arbeit abgeschnitten, stehe unter Hausarrest, und wenn diese Sache an die Öffentlichkeit gelangt, wird es mit ziemlicher Sicherheit das Ende meiner Laufbahn bedeuten. Verstehen Sie mich, Commissario? Erklären Sie mir also die Vorteile, die ich aus einem Mord an Hardenberg ziehen könnte. Mi dica, Commissario! Sto sentendo!» Massimo war lauter geworden, seine Stimme schneidender, doch er wirkte noch immer erstaunlich kontrolliert.

«Ihre Argumentation klingt logisch, Dottore. Aber ist es nicht so, dass Täter im Allgemeinen darauf vertrauen – da sind wir wieder beim Vertrauen –, dass sie nicht entdeckt werden? Falls Hardenberg nicht gefunden worden wäre, hätten die Vorteile für Sie überwogen. Da ich nicht annehme, dass Sie ein routinierter Mörder sind, könnte es doch sein, dass Sie ein paar dumme Fehler gemacht haben.»

«Halten Sie mich wirklich für so blöd, dass ich Hardenberg ausgerechnet an der Außenmauer meines Parks vergraben würde?»

«Vielleicht wollten Sie ihn nur zwischenlagern.»

«Schwachsinn.»

«Wie kommen Hardenbergs genetische Spuren dann in Ihren Wagen?»

«Es war genügend Zeit, diese Spur zu legen, während ich im Wald spazieren ging.»

«Vielleicht gingen Sie ja im Wald spazieren, um genau dieses Argument zu haben.»

«Nicht schlecht gedacht, Commissario. Aber wie passt dann der anonyme Anrufer ins Spiel?»

«Das könnte ein richtiger Unfall sein, mit dem die Schwierigkeiten ihren Anfang nahmen. Zum Beispiel könnte der Bauer Rieti oder ein anderer Nachbar Sie beobachtet haben. Aber es könnte auch sein, dass Sie diesen Anruf in Auftrag gegeben haben, um die Tat einem anderen in die Schuhe zu schieben.»

«Noch mehr Ideen?»

«Im Augenblick nicht.»

«Bene, kommen wir also zum nächsten Punkt unserer Unterhaltung, Commissario. Ich empfinde meine Situation als total beschissen. Anders kann ich es nicht ausdrücken, obwohl ich so ein Vokabular sehr selten benutze. Es ist nicht meine Art, den einsamen Märtyrer zu spielen – ich suche mir gern einen zweiten, quasi einen Mitmärtyrer. Damit bin ich bisher recht gut gefahren. Es erzeugt eine Art Solidarität selbst unter Feinden. Können Sie mir folgen, Commissario?»

«Nicht wirklich.»

«Dann will ich es Ihnen erklären: Nehmen wir das Beispiel einer bekannten Mailänder Bank. Da wurde der Präsident illegaler Geschäfte, der Korruption und

Kontakten zur Mafia beschuldigt. Der Generaldirektor wurde sein Mitmärtyrer, viele andere kamen dazu, auch Politiker und Söhne von Politikern, und so war die Sache nur noch halb so schlimm, denn im Grunde machten es alle so. Man kann sich gegenseitig entlasten. Das ist *eine* wichtige Funktion des Mitmärtyrers.» Massimo schien mehr zu sich selbst zu reden, denn er starrte noch immer ins Land hinaus, doch plötzlich wandte er sich Guerrini zu und fixierte ihn aus schmalen Augen. «Wie würde es Ihnen gefallen, Commissario, wenn ich Sie als meinen Mitmärtyrer auserkoren hätte?»

Guerrini versuchte ruhig zu bleiben, wich dem Blick des Bankers nicht aus und ließ sich mit seiner Antwort Zeit.

«Ich wüsste nicht, wie das funktionieren sollte», sagte er endlich, erleichtert, dass seine Stimme fest und leicht ironisch klang.

«Ach, das ist ziemlich einfach, werter Commissario. Es hat mich nur ein paar Stunden gekostet, die Verbindungspunkte zwischen uns herauszufinden. In diesem Fall keine beruflichen, sondern situative Verbindungspunkte. Ich nehme an, dass Sie inzwischen eine Ahnung davon haben, worauf ich hinauswill …»

«Da muss ich Sie leider enttäuschen, Dottore.»

«Bene, dann werde ich es Ihnen erklären. Aber zuvor hole ich uns doch einen Wein, denn Geschäfte, von denen beide profitieren, lassen sich besser bei einem guten Getränk besprechen. Ich trinke übrigens auch nicht, Commissario. Aber in diesem Fall mache ich eine Ausnahme.»

Guerrini erwiderte nichts, und so stand Massimo mit

einem kurzen Achselzucken auf, ging betont langsam zur offenen Küche hinüber und kehrte mit zwei Weingläsern und einer Flasche Brolio zurück.

«Roter passt besser zum Sonnenuntergang, finden Sie nicht?», bemerkte er, entkorkte die Flasche und schenkte ein.

Guerrini hatte unterdessen beschlossen, das Spiel des Bankers mitzuspielen, denn er war neugierig zu erfahren, was Massimo sich ausgedacht hatte. Deshalb griff er nach seinem Glas und hob es ein wenig an, genau wie Massimo. Sie stießen nicht an, das wäre doch zu weit gegangen, aber immerhin prosteten sie einander ansatzweise zu.

«Ein hervorragender Wein, finden Sie nicht, Commissario?»

«Nicht schlecht, aber ich bevorzuge den Brunello. Er ist weicher und fruchtiger.»

«Sie haben durchaus recht, trotzdem schätze ich den herben Wein der Chianti-Region ganz besonders.»

Du mieser Taktierer, dachte Guerrini. Mit diesem Gequatsche willst du mich weichkochen. Ich soll innerlich zittern vor Anspannung und Furcht vor deiner Nervenstärke und dem Wissen, das du über mich hast, was? Aber den Gefallen tu ich dir nicht! Ich weiß genau, was du vorhast.

«Nun, gut, dann kommen wir zur Sache, Commissario. Sie wurden doch vor ein paar Jahren in das schöne Siena versetzt, obwohl das in Ihren beruflichen Plänen gar nicht vorgesehen war. Ein bedauerlicher Unfall, sozusagen. Kann jedem passieren, vero?»

«Vero», stimmte Guerrini beinahe heiter zu. Massimo streifte ihn mit einem missbilligenden Blick und sprach schnell weiter.

«Die Lebenswege meiner Mitmenschen interessieren mich, vor allem, wenn es sich um Mitarbeiter oder Geschäftsfreunde handelt. In diesem Fall sind wir ja beinahe Geschäftsfreunde.»

Guerrini schwieg und folgte mit den Augen einem großen Bussard, der aus einem der Olivenbäume aufgeflogen war. In weiten Kreisen schraubte sich der Raubvogel immer höher, ließ sich plötzlich im Sturzflug fallen und verschwand.

«Sie sind nicht sehr gesprächig, Commissario. Aber das macht in diesem Fall nichts, denn ich bin ja derjenige, der die Geschäftsidee hatte, nachdem Sie mir das Signal gegeben haben, dass Sie verhandlungsbereit sind.»

Er ist richtig gut, dachte Guerrini. Seine Unverschämtheit grenzt ans Kriminelle. Er hat bei seinem Vater, dem Psychiater, verdammt gut aufgepasst.

«Wenn ich richtig informiert bin – und davon gehe ich aus –, haben Sie vor fünf Jahren einen meiner Geschäftsfreunde und Kunden beinahe ruiniert. Sie haben erstaunliche Informationen über ihn zusammengetragen und wirklich hervorragende Ermittlungsarbeit geleistet. Gratulation, Commissario. Allerdings ist mir bei einigem Nachdenken aufgefallen, dass Sie diese Informationen nur aus ganz bestimmten Kreisen bezogen haben konnten. Diese Kreise werden der organisierten Kriminalität zugeordnet, man könnte es auch Mafia nennen. Solche Informationen bekommt man außerdem nicht geschenkt. Es liegt also nahe, dass Sie eine Gegenleistung erbracht haben. Hinzu kommt noch, dass offensichtlich auch Ihr Vater Geschäfte im Umkreis der Camorra tätigt oder getätigt hat, falls meine Informanten recht haben …»

Diesen letzten Satz ließ Massimo im Ungefähren enden. Er schien nun doch ein bisschen ungeduldig auf Guerrinis Reaktion zu warten.

Sie fiel anders aus, als er erwartet hatte.

«Und weiter?», sagte Guerrini einfach.

«Ich nehme an, dass Sie keineswegs so abgebrüht sind, wie sie erscheinen möchten, Commissario.»

Guerrini antwortete mit einem unwilligen Knurren und beobachtete weiter den Bussard, der wieder aufgeflogen war, ein kleines Tier in seinen Fängen, vermutlich eine Maus.

«Bene! Mir ist aufgrund dieser Informationen eingefallen, auf welche Weise wir ins Geschäft kommen könnten und wie wir eine ungefähr ähnliche Ebene erreichen: ich unter Mordverdacht und Hausarrest und Sie vom Dienst suspendiert und Gegenstand eines langwierigen Ermittlungsverfahrens wegen Zusammenarbeit mit der Mafia. Ob Sie unschuldig sind oder schuldig, Commissario, wird zunächst niemanden interessieren. Das Verfahren wird seinen Lauf nehmen, und Sie müssen ohnmächtig zusehen. Genauso ohnmächtig wie ich, ob schuldig oder unschuldig.»

«Weiter!» Guerrinis Antwort klang wie ein Befehl.

«Was wollen Sie denn noch hören?»

«Ich will wissen, wie das Geschäft aussieht, das Sie mir sicher gleich vorschlagen werden. Und beeilen Sie sich ein bisschen, ich habe keine Lust, den gesamten

Abend mit Ihnen zu verbringen und erdigen Chianti zu trinken, Dottor Massimo.»

Der Präsident der Banca libera fuhr auf. «Ich habe nicht vor, Ihnen ein Geschäft anzubieten, Commissario Guerrini. Ich wollte Ihnen nur meine Überlegungen offenlegen und Ihnen überlassen, was wir gemeinsam damit anfangen könnten. Ihre Antwort erwarte ich nicht sofort.»

Guerrini unterdrückte mühsam den Impuls aufzuspringen und Massimo anzubrüllen. Deshalb blieb er sitzen, zwang sich zur Ruhe, mobilisierte seinen Sarkasmus und antwortete, ehe Massimo ihn dazu auffordern konnte.

«Ich bin von Ihrer Großzügigkeit beeindruckt, Dottore, und weiß es durchaus zu schätzen, dass Sie mir Bedenkzeit einräumen. Allerdings eigne ich mich nicht besonders gut zum Märtyrer, auch nicht zum Mitmärtyrer. Trotzdem werde ich über Ihr Angebot nachdenken und Ihnen spätestens morgen das Ergebnis mitteilen. Ich bin mir aber schon jetzt sicher, dass unsere Unterhaltung Ihre Lage nicht unbedingt verbessert hat. Danke für den Wein und gute Nacht.»

Tommasini wartete neben dem Dienstwagen und unterhielt sich mit den beiden Carabinieri, die an diesem Abend zu Massimos Bewachung abkommandiert waren.

«Wir fahren noch zu Rieti hinauf!» Etwas in Guerrinis Stimme ließ seinen Kollegen aufhorchen.

Er warf dem Commissario einen prüfenden Blick zu. Als er dessen Gesicht blass und verschlossen fand, wollte er fragen, ob es ihm nicht gutgehe, ließ es aber vorsichtshalber bleiben. Fragen dieser Art konnten bei seinem Vorgesetzten mitunter zu Wutausbrüchen führen.

«Ist nicht nötig, Commissario», sagte er stattdessen. «Ich war schon bei Rieti. Gesehen hat er nichts. Aber er hat mir erzählt, dass heute der Rechtsanwalt von Dottor Massimo und eine Frau bei ihm waren. Rieti selbst hätten sie ziemlich viel Geld gegeben, damit er ja nicht mit irgendwelchen Reportern spricht. Falls die Reporter ihm mehr Geld anbieten würden, dann müsse er den Rechtsanwalt anrufen, und dann würde der die Sache in Ordnung bringen. Es klang ziemlich kompliziert, Commissario. Und ich glaube nicht, dass Rieti besonders helle ist.» In der Hoffnung, auch Guerrini ein Lächeln zu entlocken, grinste Tommasini vor sich hin. Doch der Commissario blieb ernst.

«Rieti hat mir nicht gesagt, wie viel Geld er bekommen hat, aber er hat es genommen, weil man heutzutage nie weiß, wie es weitergeht, und es besser ist, zu nehmen, was man kriegen kann. Vor allem, wenn man dafür nicht mehr tun muss als den Mund halten. Er hat mir das auch nur deshalb erzählt, weil er sich so über das Geld freut und weil ich kein Reporter, sondern ein Polizist bin. Der Rechtsanwalt hätte ihm nicht verboten mit Polizisten zu reden.»

«Interessant», murmelte Guerrini. «Dann können wir ja zurückfahren.»

«Können wir … aber wenn Sie noch mal mit Rieti …»

«Nein, ich will nicht mit Rieti! Ich will nach Hause und in Ruhe nachdenken!»

Mit den Fingerspitzen massierte Tommasini seinen

Haaransatz und setzte sich dann hinters Steuer des Dienstwagens. Als der Commissario sich in den Beifahrersitz fallen ließ und mit einem Seufzer zurücklehnte, wagte Tommasini doch noch eine Frage.

«War wohl kein gutes Gespräch, oder?»

«Nein, es war ein Scheißgespräch, eine Schande, una vergogna! Weißt du, was dieser Kerl sich ausgedacht hat? Er will mich erpressen, damit er aus dem Hausarrest entlassen wird! Und er hat es sich verdammt gut ausgedacht, dieser Scheißkerl!»

Guerrini brüllte so laut, dass der Wagen erzitterte und die beiden Carabinieri, die gerade ins Haus gehen wollten, sich erstaunt umwandten. Tommasini ließ den Motor an und gab Gas.

«Was will er? Sie erpressen? Da sehen Sie's, Commissario! Das ist einer von den Reichen, die sich aufführen, als könnten Sie sich alles erlauben: Leute umbringen, die Polizei erpressen und so weitermachen wie bisher. Ich hoffe, Sie haben's ihm gegeben, Commissario.»

«Darüber will ich ja gerade nachdenken. Ich hab noch keine genaue Vorstellung, wie ich's ihm geben könnte.»

«Aber Sie hätten es ihm gleich geben sollen, Commissario! Ihn anbrüllen, dass er vom Stuhl fällt! Von seinem bescheuerten Designerstuhl!» Tommasini schlug mit einer Faust auf das Lenkrad.

«Anbrüllen bewirkt in diesem Fall nichts, Tommasini. Wenn ich jemanden wie Massimo anbrülle, dann zeige ich ihm nur, dass ich schwach bin.»

«Wenn Sie mich anbrüllen, dann kommen Sie mir überhaupt nicht schwach vor, Commissario.»

«Wenn ich dich anbrülle, dann ist es mangelnde emotionale Kontrolle – auch eine Form von Schwäche. Verstehst du mich?»

«Nein.»

«Bene, lassen wir das.»

Eine Weile fuhren sie schweigend dahin. Als sie die Staatsstraße nach Siena erreichten, war es beinahe dunkel. Tommasini dachte fieberhaft darüber nach, auf welche Weise er Guerrini nach dem Gegenstand des Erpressungsversuchs fragen könnte. Aber bis kurz vor Siena fiel ihm keine geeignete Formulierung ein, deshalb sagte er einfach: «Diesen Mistkerl werden wir schon drankriegen, Commissario. Vielleicht geht ja seine ganze Bank mit ihm hoch. Möglich ist doch alles.»

«Ja, vielleicht», erwiderte der Commissario und bat Tommasini, bei der Abzweigung der Via Esterna di Fontebranda anzuhalten. «Ich hab heute keine Lust mehr auf die Questura, ich geh zu Fuß nach Hause. Einen schönen Abend und Grüße an deine Frau.» Damit stieg er aus und machte sich auf den Weg zur Stadt hinauf. Tommasini schaute ihm ein paar Sekunden lang nach. Er fing an, sich Sorgen zu machen.

DIE VORSICHTSMASSNAHMEN für den neuen Tag hatten sie beim Frühstück besprochen. Laura brachte Sofia zur Schule, Ronald begleitete Luca. Beide würden nach dem Unterricht mit Freunden nach Hause gehen und dort auch übernachten.

«Aber dann bist du allein, Mama!», sorgte sich Sofia auf der Fahrt zur Schule.

«Sofi, ich bin Kriminalhauptkommissarin, ich verspreche dir, dass ich heute meine Dienstwaffe mitnehmen werde, und vielleicht übernachte ich noch mal bei deinem Großvater.»

«Ich glaube nicht, dass Opa dich beschützen kann.»

«Mich muss er nicht beschützen. Ich kann selbst auf mich aufpassen.»

«Aber sonst ist Peter Baumann bei dir, wenn du arbeitest. Er beschützt dich doch auch!»

«Wir beschützen uns gegenseitig, Sofia.»

«Wieso war er dann allein bei McDonald's?»

«Weil er auf dem Weg nach Hause noch Pommes mit Majo essen wollte. Außerdem hatte er Bereitschaftsdienst und ich nicht.»

Lauras Antworten überzeugten Sofia überhaupt nicht. Zum Glück hatten sie inzwischen die Schule erreicht, und Laura konnte ihren Wagen nur kurz im Halteverbot stehen lassen. Sofia küsste ihre Mutter auf beide Wangen, winkte beinahe gleichzeitig einer ihrer Freundinnen zu und rief, auf einmal sehr fröhlich: «Ciao, Mama. Pass gut auf dich auf!»

Dann war sie weg und Laura gab langsam Gas. Nein, sie war nicht ernsthaft besorgt. Wer immer auf ihren Anrufbeantworter geflüstert hatte, war eher dumm als gefährlich. Aber wie sollte sie weiter vorgehen? Irgendwie musste sie mehr über den internen Zustand der Banken herausfinden. Aber sie kannte keinen Banker näher. Laura fiel nur ihr Anlageberater ein. Nicht, dass sie viel anzulegen hätte, aber sie war immerhin Besitzerin eines kleinen Aktienpakets von Windkraftwerken. Ein Geschenk des alten Emilio Gottberg zu ihrer Scheidung von Ronald. «Bisschen Wind unter deine Flügel blasen», hatte er damals lächelnd gesagt, und sie war ihm sehr dankbar gewesen. Hin und wieder kaufte sie ein paar Aktien dazu, und so wuchs das Paket sehr langsam, aber stetig.

Sie mochte diesen Bankangestellten, obwohl sie nicht besonders häufig mit ihm zu tun hatte. Er war Halbitaliener, wie sie selbst, rothaarig, sommersprossig, extrem schlank, Mitte fünfzig. Er hieß Florian Fornello. Beim letzten Besuch hatte er ihr erzählt, dass er leidenschaftlicher Radfahrer sei und am liebsten Profiradler geworden wäre.

Florian Fornello konnte bei ihrer Unwissenheit über Bankinterna möglicherweise Abhilfe schaffen. Sie hielt kurz in der zweiten Reihe, rief ihre Bank an und ließ sich mit Fornello verbinden. Er war hocherfreut, dass sie ihn noch an diesem Tag sprechen wollte.

«Passt Ihnen ein Termin um zehn Uhr, Frau Gottberg? Da hat ein Kunde abgesagt. Für mich wäre das ein sehr günstiger Zeitpunkt.»

«Ja, passt», erwiderte Laura und überlegte kurz, weshalb Fornello wohl betont hatte, dass es für ihn ein sehr günstiger Zeitpunkt sei. Vielleicht würde sie ihn danach fragen.

Der Termin um zehn ließ ihr genügend Zeit, Peter Baumann im Krankenhaus zu besuchen. Am Max-Weber-Platz blieb sie fünf Minuten im Stau stecken und schaute den Fußgängern zu, die zum Eingang der U-Bahn strömten und im Untergrund verschwanden. Ein Obdachloser verkaufte die Zeitung für «Bürger in sozialen Schwierigkeiten», doch die Bürger ohne soziale Schwierigkeiten eilten an ihm vorüber. Laura dachte an den Obdachlosen Ralf, der sich jetzt vermutlich stolz «Clochard» nannte und irgendwo in Südfrankreich herumhing. Eine einzige Postkarte hatte er geschickt, seitdem hatte sie nie mehr von ihm gehört. Ein richtiger Philosoph war Ralf gewesen, der den heißen Sommer vor zwei Jahren ziemlich aufgemischt hatte.

Manchmal würde ich mich gern mit ihm unterhalten, dachte Laura. Er hatte so ungewöhnliche Ideen. Es ist gut, wenn man die Welt immer mal wieder durch andere Augen sieht. Jetzt sind also die Augen von Bankern dran. Bin ja gespannt, ob mir das gelingen wird.

Die Autoschlange setzte sich langsam in Bewegung. Endlich konnte Laura die verstopfte Kreuzung hinter sich lassen, und kurz darauf bog sie auf den Parkplatz des Krankenhauses ein.

Kommissar Baumann sah nur wenig besser aus als vor drei Tagen. Sein Gesicht war ein bisschen abgeschwollen und hatte eine Färbung angenommen, die zwischen dunkellila und gelb changierte. Noch immer schaute er Laura aus Augenschlitzen entgegen, die ihm einen grotesken, beinahe chinesischen Anstrich gaben. Sein operiertes Bein war höher gelagert und dick eingegipst. Grüßend hob er die unverletzte Hand, zeigte den Ansatz eines Lächelns und sagte undeutlich:

«Hallo, Partner, schön, dich zu sehen.»

«Grüß dich, Partner. Du siehst besser aus!»

«Ja, wie das klassische Unfallopfer in Witzzeichnungen! Fehlt nur noch der Witz …»

«Vielleicht erheitert es dich, wenn ich dir erzähle, dass Becker mich auf den Mond schicken will oder – immerhin – nach Siena. Aber nicht auf Staatskosten. Nur, damit ich verschwinde.»

«Was hat er denn gegen dich?»

«Er will mich in einer bestimmten Sache nicht ermitteln lassen.»

«In der mit dem toten Banker?»

«In genau der. Woher weißt du denn das?»

«Claudia hat's mir erzählt.»

«Na gut, lassen wir das.»

«Es interessiert mich aber.»

«Dich sollte vor allem deine Genesung interessieren und nicht der Klatsch aus dem Präsidium. Wie fühlst du dich überhaupt?»

«Ich sagte doch schon: wie eine Witzfigur.»

«Hast du Schmerzen? Wie geht's deiner Angst?»

«Ah, Laura, das schätze ich an dir: klare Fragen, keine Umwege.»

«Meine Güte, wir kennen uns lange genug, Peter. Vor mir musst du nicht den Helden spielen, ich weiß, dass du einer bist!»

«Danke.»

«Also, wie stehen die Dinge?»

«Na ja.» Er verzog das Gesicht. «Die Schmerzen sind auszuhalten. Die pumpen mich mit Schmerzmitteln voll, das kann ich dir sagen. Ich will das eigentlich nicht, aber der Arzt hat gesagt, dass Schmerzen den Körper stressen und deshalb die Heilung behindern.»

«Klingt einleuchtend.»

«Außerdem spritzen sie mir Blutverdünner, Antibiotika und wer weiß, was sonst noch. Ohne Schmerzmittel könnte ich gar nicht reden, weil mein Kiefer irrsinnig weh täte. Am liebsten würde ich diesem Kerl nachträglich ein paar in die Fresse geben.»

«Hört sich nach deutlicher Besserung an.»

«Sitzt der?»

«Er sitzt.»

«Hast du ihn dir angesehen?»

«Noch nicht, mach ich aber noch.»

«Der hat mal für eine Sicherheitsfirma gearbeitet.»

«Woher weißt du denn das schon wieder?»

«Nowak hat's mir gesagt. Der war gestern Abend hier. Verdammt nett von ihm.»

«Hat er dir zufällig auch gesagt, für welche Sicherheitsfirma der Schläger gearbeitet hat?»

«Nein. Ist das wichtig?»

«Vielleicht, Partner. Danke für die Information.»

«Du sagst mir gar nichts, oder?»

«Hab ich dir nicht gerade genug erzählt?»

«Erzählt schon, aber nicht genug.»

«Du sollst gesund werden und dich nicht mit dem Mist befassen, der außerhalb dieses Krankenhauses vor sich geht. Sag mir lieber, ob du noch unter Angstanfällen leidest.»

«Ja.»

«Schlimm?»

«Ja.»

«Hast du mit dem Arzt darüber gesprochen?»

«Ja.»

«Er mit dir oder du mit ihm?»

«Laura, ich warne dich!»

«Okay, ich bin ja schon still.»

«Danke.»

«Guerrini träumt von fliegenden Hunden, seit er angeschossen wurde. Das nur zu deiner Beruhigung.»

«Ich finde es nicht besonders beruhigend.»

«Aber es geht dir nicht allein so.»

«Das hat der Arzt auch gesagt. Normal sei meine Reaktion.»

«Stimmt wahrscheinlich.»

«Ich finde es nicht normal, wenn mir der Schweiß ausbricht und ich keine Luft bekomme, weil draußen auf dem Flur jemand was fallen lässt.»

«Das geht vorbei, Peter. Was du erlebt hast, kannst du nicht so einfach wegstecken, als wär nichts gewesen.»

«Danke für deine ermutigenden Worte. Ähnliches hat Claudia auch gesagt.»

«Für nächstes Mal lass ich mir etwas anderes einfallen. Übrigens fehlst du mir.»

«Zu viel Arbeit, was?» Er versuchte sein ironisches Grinsen. Es misslang.

«Nein, einfach so. Ob du's glaubst oder nicht. Und

jetzt geh ich, weil ich mich mit meinem Anlageberater treffen muss.»

«Geerbt?»

«Leider nicht. Arbeit.»

«Erzählst du mir nächstes Mal ein bisschen mehr?»

«Vielleicht. Gute Besserung.»

Laura drückte dem verblüfften jungen Kommissar einen Kuss auf die gelbe Wange und ging.

Florian Fornello erhob sich mit einem höflichen Lächeln, als Laura sein Büro betrat, schüttelte ihr die Hand und bat sie, Platz zu nehmen.

«Ich habe bereits den derzeitigen Stand Ihres Aktienpakets überprüft, Frau Gottberg. Sie sind eine von den wenigen Glücklichen und haben bisher kaum Verluste erlitten. Wenn Sie die Zahlen ansehen wollen ...» Er reichte ihr zwei Computerausdrucke.

«Danke.» Laura überflog die Zahlen, die ihr im Grunde gleichgültig waren.

«Was kann ich sonst noch für Sie tun? Falls Sie neue Anteile erwerben möchten – der Zeitpunkt ist günstig, weil alle Welt in Windkraft investieren will. Die Aktien werden garantiert im Wert steigen. Ich kann also einen Kauf ohne Einschränkung empfehlen.» Fornello sah blasser aus als gewöhnlich und hatte bläuliche Schatten unter den Augen.

«Wirklich?»

«Nach menschlichem und fachlichem Ermessen.»

«Bene.» Laura lächelte und fügte leise auf Italienisch hinzu: «Hätten Sie etwas dagegen, wenn ich Sie auf einen Caffè einlade? Rein beruflich natürlich.»

Fornello runzelte die Stirn, warf Laura einen warnenden Blick zu und nickte ernst. «Aber gern», sagte er laut. «Manche Geschäfte lassen sich im Café besser besprechen als in einem Büro. Ich nehme die Unterlagen mit.» Eilig stand er auf und griff nach einer Mappe.

«Ist es draußen inzwischen wärmer, oder brauche ich einen Mantel? Heute früh war es ziemlich frisch.»

«Keinen Mantel», antwortete Laura. «Es ist Frühling. Wir haben es ja nicht weit. Das nächste Café ist am Wiener Platz, quasi um die Ecke.»

«Ja, natürlich», murmelte Fornello, und Laura wunderte sich über seine plötzliche Unruhe.

«Externe Kundenberatung, bin in einer halben Stunde zurück!», rief er der Kollegin im Nebenzimmer zu, ehe er mit Laura das Bankgebäude verließ. Auf dem Weg zum Kaffeehaus schwieg Fornello, und zwischen ihnen entstand eine beinahe greifbare Distanz. Laura begann gerade daran zu zweifeln, dass Fornello ihr etwas über die wahren Zustände in Banken erzählen würde, als er unerwartet sagte: «Ich nehme an, dass Sie mit mir nicht über Windkraftaktien reden wollen, Frau Kommissarin.»

«Ach, wie kommen Sie denn darauf?» Laura lächelte ihm zu.

«Na ja, es gibt nicht viel mehr darüber zu sagen, als ich schon gesagt habe. Meine eigentliche Aufgabe als Anlageberater wäre jetzt, Ihnen ein anderes Aktienpaket zu verkaufen. Eins mit mehr Rendite und höherem Risiko.»

«So was habe ich mir schon gedacht.»

«Was also wollen Sie von mir?»

«Ich habe eine große Bitte an Sie. Ich muss wissen, wie die Arbeitssituation von Menschen ist, die in Banken angestellt sind. Ich ermittle gerade in einem sehr komplizierten Fall, und außer dem allgemeinen Vorurteil, dass alle Banker Gangster sind, habe ich in diesem Bereich keine Erfahrung.»

Fornello lachte auf. «Und da kommen Sie ausgerechnet zu mir?»

«Sie sind der einzige Banker, den ich wenigstens ein bisschen kenne, und außerdem finde ich Sie sympathisch. Nicht weil Sie Halbitaliener sind, sondern einfach so.»

Inzwischen hatten sie das Kaffeehaus erreicht. Sie blieben vor dem Eingang stehen und sahen sich prüfend an.

«Sie können ablehnen», sagte Laura und zwinkerte ihm zu. «Zu einer Zeugenaussage kann ich Sie nicht verpflichten. Die wird erst fällig, wenn meine Windkraftaktien in den Keller fallen.»

Fornello wippte zweimal auf seinen Füßen auf und ab, atmete tief ein und nickte schließlich. «Proviamo! Es interessiert mich, was genau Sie wissen wollen.»

Das Café war erstaunlich leer an diesem Morgen, sodass sie leicht eine stille Ecke fanden. Sie bestellten Cappuccini und Butterbrezen, ehe Laura damit begann, ihre Frage einzukreisen.

«Bei meinen bisherigen Ermittlungen ist mir Verschiedenes aufgefallen: Die Banker, mit denen ich gesprochen habe, waren nervös, machten sehr unklare Aussagen und schienen in dubiose Geschäfte verwickelt. Einer wurde abgehört – angeblich von der Konkurrenz –, ein anderer wurde erpresst, weil er angeblich Immobiliengeschäfte auf Kosten seiner Bank gemacht hat. Sicherheitsfirmen scheinen eine wichtige und möglicherweise sogar mächtige Rolle zu spielen. Es kommt mir beinahe so vor wie ein eigenes System, das nach eigenen Regeln funktioniert.»

«Klingt durchaus realistisch. Bei welcher Bank haben Sie ermittelt?»

«Das kann ich Ihnen leider nicht verraten.»

«Wie lautet Frage Nummer eins?» Fornello beugte sich vor.

«Wie geht es Ihnen mit Ihrer Arbeit?»

«So persönlich?»

«Ich möchte mir vorstellen können, wie sich ein Banker fühlt. Nicht unbedingt der junge Mann an der Kasse oder am Schalter, sondern jemand wie Sie, der über Kredite entscheidet oder Aktien empfiehlt. Jemand, der Privatkunden berät oder auch jemand, der Firmen, Städte und Gemeinden finanziert.»

«Also gut. Alles, was ich Ihnen jetzt erzählen werde, ist vertraulich, Frau Gottberg. Ich bin Ihnen zum Beispiel sehr dankbar dafür, dass Sie mich auf Italienisch eingeladen haben. Es kann sein, dass meine Gespräche im Büro mitgehört werden, muss aber nicht. Vorsicht ist auf alle Fälle besser.

Sie haben sich vielleicht gewundert, dass ich mich so deutlich über Ihren Anruf gefreut habe. Es lag schlicht daran, dass mir drei Kundengespräche für den heutigen Tag gefehlt haben, und mit Ihrem Besuch habe ich immerhin nur noch zwei Minustermine. Alle unsere Termine werden registriert, und es gibt Erfolgsziele für unsere Arbeit. Wer die nicht erreicht, muss sich sehr unangenehme Dinge sagen lassen.» Fornello sprach jetzt stoßweise mit angespannten hochgezogenen Schultern. Hin und wieder unterbrach er seine Rede mit einem langgezogenen «ehhh», als klemmten die Worte plötzlich irgendwo zwischen Schultern und Hals. Wenn er dann weitersprach, brachen die Sätze schnell hervor, als hätten sie sich zuvor gestaut, und die Lautstärke steigerte sich allmählich, bis alles wieder im «ehhh» endete.

«Unsere, also auch meine Arbeit besteht vor allem im Drücken von Computerknöpfen. Wir vergeben zum Beispiel keine Kredite, das macht der Computer. Dafür gibt es bestimmte Programme, die Kunden als lohnend oder als uninteressant einstufen. Niemand wird diesen Computerannahmen widersprechen. Meine Menschenkenntnis oder mein Verhältnis zu einem Kunden spielen keine Rolle mehr. Heute entscheiden Algorithmen, und wie deren Ergebnis zustande kommt, weiß niemand.»

Wieder endete er mit einem «ehh» und fuhr sich mit der Hand übers Gesicht, als versuchte er seine Sommersprossen wegzuwischen. Dass die Kellnerin inzwischen Kaffee und Brezen auf den Tisch gestellt hatte, schien er nicht bemerkt zu haben.

«Mir wurde zum Beispiel vor einiger Zeit mitgeteilt, dass ich beobachtet werde, weil man mit meinen Vertriebszahlen nicht zufrieden sei. Falls ich bis Jahresende keine besseren Umsätze bringe, könnte das zur Kündigung führen. Aber ich kann Ihnen eines sagen, Frau Gottberg: Die müssen ihren Mitarbeitern gar nicht kündigen, die sind derartig gut darin, einen fertigzumachen, dass man entweder krank wird oder freiwillig geht. Dazu kommt, dass die Filialleiter und Bankmanager ebenfalls unter dem Druck der Vorstände stehen. Schleudersitze überall. Und den Druck geben die natürlich nach unten weiter.

Wir müssen bestimmte Finanzprodukte verkaufen, die sich für die Bank lohnen. Dabei sind auch hochriskante Papiere, Derivate zum Beispiel, deren Zusammensetzung nicht einmal Fachleute durchschauen. Unter diesem Gesichtspunkt können Sie tatsächlich sagen, dass Banker wie Gangster handeln. Sie sind Teil eines ziemlich erbarmungslosen Systems, bei dem es nur ums Überleben und um Profite geht.» Er schaute Laura mit einem fast erstaunten Ausdruck an, als kehre er von weit her zurück. «Entschuldigen Sie die lange Rede. Es hat mir gutgetan, das alles laut zu sagen.»

«Ihr Kaffee wird kalt.»

Fornello riss zerstreut ein Zuckertütchen auf und leerte es zur Hälfte in seinen Cappuccino. «Ich kann Ihnen garantieren, dass bei der heutigen Situation auf den Finanzmärkten in Banken mehr gebetet wird als in Kirchen – und ganz sicher werden auch mehr Pakte mit dem Teufel geschlossen als jemals zuvor.» Er trank einen Schluck und schob dann den Teller mit der Breze ein Stück weg.

«Welche Rolle spielen Sicherheitsfirmen dabei?»

«Na ja, sie sind die Wächter des Systems. Sie schützen es nach außen, vor Betriebsspionage zum Beispiel, und nach innen vor Angestellten, die ihre eigenen Geschäfte betreiben, Insiderhandel etwa. Sicherheitsfirmen können sogar sehr mächtig werden, weil sie auch die dunklen Seiten einer Firma oder Bank kennen. Dieses Wissen können solche Firmen für ihre eigenen Zwecke nutzen.»

«Für Erpressung, zum Beispiel?», fragte Laura

«Natürlich. Wenn eine Sicherheitsfirma richtig gut und sehr diskret ist, dann kann der Vorstandsvorsitzende sie auch dazu benutzen, unbequeme Manager loszuwerden. Ich kenne so einen Fall. Die Sicherheitsfirma hat einen Geheimnisverrat inszeniert, und schon gab es einen Grund für die fristlose Kündigung. Das Opfer ist ein Freund von mir, deshalb kenne ich den Fall ziemlich genau.»

«Können Sie mir Details nennen?»

«Nein, das möchte ich nicht. Der Fall wird gerade vor Gericht verhandelt.»

«In München?»

«Nein. Aber kommen wir zu Ihrer ersten Frage zurück: Wie es mir mit meiner Arbeit geht? Nicht besonders gut, wie Sie sich vorstellen können. Ich und die meisten meiner Kollegen stehen unter massivem Druck, der sich in den letzten Jahren immer mehr verstärkt hat. Bankenkrise, Schuldenkrise, Wirtschaftskrise und extreme Profitgier. Das ist eine hübsche Mischung. Ich habe inzwischen ein Magengeschwür und schlafe schlecht. Bestimmte Typen halten das alles bis zu einem gewissen Grad aus: Spieler, Hochstapler und Psychopathen. Es gehört eine Menge Skrupellosigkeit dazu, in diesem Spiel erfolgreich zu sein und vor allem Spaß daran zu haben. Ich kenne Investmentbanker, für die das Risiko und die Aussicht auf enorme Boni zur Sucht geworden sind. Leider habe ich etwas zu spät herausgefunden, dass ich mich nicht besonders gut für diese

Art Leben eigne. Vielleicht hätte ich doch besser Profiradfahrer werden sollen. Obwohl es in dem Geschäft inzwischen auch nicht viel anders zugeht.»

Fornello lächelte bitter, seufzte tief und schaute auf seine Armbanduhr. «Ich muss zurück ins Büro. Mein nächster Kunde kommt in zehn Minuten.» Er trank seinen Kaffee aus, leerte auch das Wasserglas und wandte sich Laura zum ersten Mal richtig zu.

«Schockiert?»

«Ein bisschen.»

«Tut mir leid.»

«Das muss Ihnen nicht leidtun. Nur noch eine Frage: Warum steigen Sie nicht aus?»

«Ich weiß es nicht, Frau Kommissarin. Wahrscheinlich bin ich zu feige. Außerdem habe ich nichts anderes gelernt. Könnten Sie so einfach aussteigen?»

«Nein. Aber ich leide nicht so extrem unter meinem Beruf. Meistens finde ich ihn sogar ziemlich sinnvoll.»

«Beneidenswert. Na ja, ich verlasse mich auf Ihre Diskretion. Jetzt muss ich wirklich gehen.» Er winkte der Kellnerin.

«Lassen Sie nur, ich lade Sie ein. Danke für Ihre Offenheit. Sie haben mir wirklich sehr geholfen, Herr Fornello.»

«Sie mir im Grunde auch. Mit Kollegen kann ich nicht so offen reden. Wir sind alle auf der Hut voreinander. Danke für den Kaffee. Eigentlich darf ich gar keinen trinken, wegen meines Magengeschwürs. Aber ich kann nicht immer widerstehen. Una bella giornata, Signora Gottberg, und erfolgreiche Arbeit. Übrigens finde ich Sie auch sympathisch und … ich glaube zu ahnen, um welche Bank es sich bei Ihren Ermittlungen handelt.»

«Ahnen Sie besser nichts. Grazie tanto!» Laura winkte ihm nach und aß dann langsam erst ihre und dann seine Butterbreze. Sie bestellte einen zweiten Cappuccino und dachte nach. Sich in die Psyche eines Bankers zu versetzen, würde ihr schwerfallen. Mit dem Geld anderer zu spielen, erschien ihr nicht besonders verlockend. Was sie bisher vom Leben der Broker in London und anderswo gelesen hatte, ebenfalls nicht. Champagnerpartys, Luxusautos und Konsumorgien waren nicht ihr Ding. Diese Typen benutzten ihre Millionenboni zu völlig sinnlosen Aktionen, statt etwas Sinnvolles mit dem vielen Geld anzufangen: zum Beispiel nicht mehr zu arbeiten, um keinen weiteren Schaden anzurichten. Ihr hatte es sowieso nie eingeleuchtet, was Menschen mit einem Jahresgehalt von mehreren Millionen machten und worin deren Motivation bestand, noch mehr Millionen anzuhäufen.

Ich bin für diese Ermittlungen nicht geeignet, dachte sie, da geht es mir wie Fornello mit seinem Beruf. Und trotzdem interessiert es mich jetzt ein bisschen mehr, an diesem Fall weiterzuarbeiten. Eines habe ich vergessen zu fragen: Ob Fornello es für möglich hält, dass Banker andere Banker aus all den genannten Gründen ermorden. Vermutlich hätte er einfach «Ja» gesagt.

ALS COMMISSARIO GUERRINI an diesem Abend auf seine kleine Dachterrasse hinaustrat, war er so tief in Gedanken versunken, dass er die Aussicht über die Türme von Siena gar nicht wahrnahm. Er setzte sich, trank zu schnell das Glas Rotwein aus, drehte es in seinen Händen und versuchte Ordnung in seine Gedanken zu bringen. Massimos Drohungen hatte er erwartet und doch nicht so ernst genommen, wie sie jetzt erschienen. Selbst, wenn er dem Bankier den Mord an Hardenberg nachweisen könnte, würde der alles daransetzen, ihn, Guerrini, zu ruinieren. Und es würde genauso funktionieren, wie Massimo es ausgemalt hatte.

Irgendwelche Leute würden Beschuldigungen gegen ihn vorbringen, mit Namen, Einzelheiten und allem, was dazugehörte. Guerrinis ehemaliger Gegner würde sicher mit großer Freude mitmachen, und dann hätte er ein Untersuchungsverfahren am Hals, das sich endlos hinziehen konnte. Er wäre vom Dienst suspendiert, ginge am besten gleich in Pension, zumindest so lange, bis man ihm die Pensionsansprüche absprechen würde, weil sich der Verdacht gegen ihn erhärtet hätte. Mit genügend finanziellen Schmiermitteln wäre es ein Leichtes, dubiose Figuren dazu zu bringen, falsch gegen ihn auszusagen.

Wenn er Massimo dagegen ein «Angebot» machen würde, begäbe er sich in die Hände des Bankers und wäre verpflichtet, ihm auch in Zukunft gewisse Dienste zu erweisen. Die Situation war ausgesprochen traumatisch.

«Trauma Nummer 4», murmelte Guerrini, ging in die Küche und füllte sein Glas ein zweites Mal. Nicht mit Brunello, aber immerhin mit Rosso di Montalcino. Er hatte noch nichts gegessen und fühlte, wie ihm der Wein zu Kopf stieg. Nein, diese Entwicklung war nicht abzusehen gewesen, als er zur Überprüfung des anonymen Anrufs nach Bagno Vignoni gefahren war. Paolo Massimo gehörte zu den Persönlichkeiten, mit denen man sich in diesem Land nicht anlegen sollte.

Guerrini ging in seiner Küche auf und ab, schenkte sich ein drittes Glas Wein ein, aß diesmal etwas Käse dazu und dicke Scheiben Salami. Brot war keines mehr da. Er fand nur ein paar Grissini, die er im Gehen kaute – er war einfach zu unruhig, um sich zu setzen.

Er hatte es so verdammt satt! Im Augenblick fiel ihm kein anderer Ausweg ein, als zum Questore zu gehen und diesen Fall abzugeben. Aber nicht einmal dann konnte er sicher sein, dass Massimo seine Idee vom Mitmärtyrer aufgeben würde. Vielleicht war der Mann ja ein Psychopath, der seine Pläne eiskalt zu Ende brachte.

Er könnte Richter Passalacqua fragen, ob man Massimo unter bestimmten Auflagen wieder in seine Bank lassen könnte. Aber das wäre schon wieder ein «Angebot» und würde bedeuten, dass er sich auf die Drohungen einließ. Diese unglaubliche Behauptung, er hätte Verhandlungsbereitschaft signalisiert! Nein, die klarste und sauberste Lösung war es, den Fall abzugeben und mit dem Questore zu reden, auch wenn sie nicht bedeutete, dass er Massimo los wäre.

Zerstreut griff Guerrini nach Dantes *Göttlicher Komödie*, in der er jeden Abend ein paar Verse las. Er schlug sie irgendwo auf und landete bei Inferno, Fünfter Gesang:

So stieg ich nieder aus dem ersten Kreis
zum zweiten, der geringern Raum umfasst,
doch umso größre Qual, voll Schmerzensschreien.

Minos steht dort, mit grausem Zähnefletschen;
beim Eingang prüft er alle die Vergehen,
urteilt und schickt, je wie er sich umschlingt.

«Grazie!», sagte Guerrini. «Das reicht, um Trauma Nummer 5 auszulösen!» Er klappte das Buch wieder zu, dachte nach und beschloss, seinen Vater anzurufen. Es war ein guter Zeitpunkt, um endlich die alten Geschichten auf den Tisch zu bringen! Wie ging es bei Dante weiter? Guerrini schlug das Buch noch einmal auf:

Ich sage, wenn die schlecht geborne Seele
vor ihm steht, öffnet sie sich ganz und gar,
und dieser, der die Sünden all erkennt,
sieht, welcher Raum der Hölle ihr gebührt …

Zum ersten Mal an diesem Tag musste er lachen. Er trank den Rest seines dritten Glases Rotwein aus und wählte die Nummer des alten Guerrini.

«Pronto!» Fernandos Stimme klang nicht besonders freundlich.

«Buona sera, papà. Ti disturbo?»

«No!» Der alte Guerrini klang noch immer nicht freundlicher.

«Wie geht's dir denn?»

«Wieso interessiert dich das auf einmal? Es hat dich fast drei Wochen lang nicht interessiert!»

«Ich hatte viel zu tun.»

«Ja, mit diesem Leichenfledderer Salvia in Tommasinis Osteria zu essen, das nenne ich viel zu tun haben.»

«Seit wann überwachst du mich, eh?»

«Ich mache gar nichts! Meine Nachbarin Maria hat dich gesehen, und sie hat es mir erzählt.»

«Bene, vergessen wir das.»

«Warum sollen wir das vergessen, eh? Warst du mit Salvia essen oder nicht?»

«Natürlich war ich mit ihm essen, und es war ausgezeichnet. Ich will diese Sache nur nicht mit dir diskutieren, als müsste ich dich um Erlaubnis bitten, wenn ich mit einem Freund zum Essen gehe.»

«Musst du auch nicht.»

«Na bitte, warum reden wir dann darüber?»

«Weil du seit drei Wochen nicht mehr bei mir zum Essen warst, und ich koche mindestens so gut wie Tommasini oder seine Frau!» Fernandos Stimme hatte sich verändert, klang auf einmal brüchiger.

«Du hast ja recht, papà. Passt es dir, wenn ich morgen komme?»

«Aber nicht, weil ich dir gerade was vorjammere!» Jetzt klang er wieder kräftig.

«Natürlich nicht. Ich rufe dich an, weil ich genau das fragen wollte. Und ich habe auch einen Wunsch: Könntest du cappone in agrodolce machen? Ich hab das seit Monaten nicht mehr gegessen, und niemand, wirklich niemand, macht es so gut wie du!»

«Übertreib's nicht!»

«Aber es ist die Wahrheit!»

«Noch was?»

«Ich muss mit dir reden.»

«Aber erst nach dem Essen! Sonst brauchst du gar nicht zu kommen.»

«Abgemacht.»

«Dann bis morgen. Um acht?»

«Ja, um acht.»

«Dormi bene!» Der alte Guerrini beendete das Gespräch, ohne auf den Gruß seines Sohnes zu warten.

Er ist gekränkt, dachte Guerrini. Er empfand Mitgefühl, und gleichzeitig stieg Ärger in ihm auf. Was erwartete sein Vater eigentlich? Dass er als Commissario einfach darüber hinwegsah, wenn Fernando seine Keramikmadonnen seit Jahrzehnten mit Hilfe des Conte Colalto und der Camorra in die USA exportierte? Und dabei nicht einmal ansatzweise Schuldgefühle zeigte, sondern seinem Sohn noch erklärte, dass er nicht schlecht davon gelebt hätte, als Kind und Jugendlicher und als Student?

Guerrini füllte sein Glas zum vierten Mal und schaltete den Fernseher ein, weil er das dringende Bedürfnis nach Ablenkung hatte. Eine Stunde lang verfolgte er die Talkshow «Ballerò» und die wilden Wortgefechte zwischen Politikern und Gewerkschaftsbossen. Zweimal mischte er sich selbst lautstark ein, und beim dritten Mal stellte er fest, dass er sich ziemlich angetrunken fühlte. Als er endlich den Fernseher ausschaltete, dachte er an Laura. Er sehnte sich so heftig nach ihrer Berührung, dass er die Augen schließen musste. Er sehnte sich nach ihrer Art, die Nase in die Mulde an seinem Halsansatz zu stecken und genussvoll seinen Körpergeruch einzuatmen, sehnte sich danach, ihre Hand auf seinem Bauch zu spüren, und danach, wie sie seinen Penis umfasste.

Welche Traumanummer hatte Laura? Nummer drei, wenn er sich nicht täuschte. Er könnte genau jetzt versuchen, Trauma Nummer drei anzurufen. Aber vermutlich war es keine gute Idee, weil er zu betrunken war. Er würde lauter Blödsinn reden, und Trauma Nummer drei könnte noch größer werden.

Langsam wankte Guerrini in sein Schlafzimmer, ließ sich aufs Bett fallen und schlief sofort ein.

Unterdessen saß Laura ebenfalls vor dem Fernseher in ihrer sehr leeren Wohnung. Sie hatte sich doch entschlossen, zu Hause zu übernachten. Vielleicht meldete sich der anonyme Anrufer ein zweites Mal, oder Angelo rief auf ihrem Festnetztelefon an. Er tat es nicht. Dafür meldeten sich Luca und Sofia auf ihrem Handy und waren sehr besorgt um ihre Mutter. Laura beruhigte sie und betonte immer wieder, dass sie Kriminalkommissarin sei und mit solchen Situationen vertraut. Wie immer half das nur wenig.

Kurz vor Mitternacht gab Laura das Warten auf Angelos Anruf auf, überprüfte das Sicherheitsschloss ihrer Wohnungstür, putzte die Zähne und ging zu Bett.

Morgen rufe ich ihn an, dachte sie. Morgen beende ich dieses dumme Spiel. Wenn er krank wäre, dann hätte Tommasini mich verständigt. Es ist nur ein dummes Spiel, nichts anderes. Ihr Versuch, sich selbst zu überzeugen, funktionierte nicht. Sie rollte sich zusammen, rund um die leichten Magenschmerzen, die sie auf einmal spürte, und stellte sich auf eine schlaflose Nacht ein.

Irgendwann war sie wohl weggedämmert, denn als sie aufwachte, hatte sie Mühe herauszufinden, ob sie noch in einem Traum gefangen war oder ob tatsächlich jemand versuchte, ihre Wohnungstür aufzubrechen. Ganz deutlich hatte sie noch das Geräusch von splitterndem Holz im Ohr, ihren langen Hausflur mit den Bücherregalen vor Augen und den Spalt in der Tür. Aber das war Unsinn, denn von ihrem Schlafzimmer aus konnte sie weder Flur noch Wohnungstür sehen. Es musste also ein Traum gewesen sein.

Langsam richtete sie sich auf und lauschte. In der Wohnung war es völlig still, nur der Wecker auf dem Tischchen neben ihrem Bett tickte leise vor sich hin. Von weit her tönte ein Martinshorn. Zwanzig nach zwei. Laura knipste ihre Leselampe an, stand auf und war gerade auf dem Weg zur Schlafzimmertür, als grell und lang die Türklingel ertönte, so unerwartet und laut, dass sie zusammenzuckte und ihr Herz zu rasen begann. Auch, als die Klingel ein zweites Mal durch die Wohnung gellte, zuckte sie wieder zusammen.

Wenn jemand klingelt, dann bedeutet das, er steht noch draußen vor der Wohnung, dachte sie und versuchte, Herz und Atem unter Kontrolle zu bringen.

Die Schlafzimmertür war nur angelehnt. Leise drückte Laura sie ganz auf und schlich auf den Flur hinaus. Der Schein ihrer Leselampe tauchte kaum den Anfang des langen Gangs in sanften Dämmer, das letzte Stück zur Wohnungstür lag im Dunkeln, und Laura wollte kein Licht einschalten. Als sie die Tür fast erreicht hatte, klingelte es ein drittes Mal. Es schrillte so nah, dass Laura meinte, körperlich von dem Ton berührt zu werden. Sie stellte sich seitlich neben die Tür und beugte sich zum Spion hinüber. Im Treppenhaus war es stockdunkel. Entweder hatte dort niemand Licht gemacht, oder etwas verwehrte ihr den Blick durch das kleine Guckloch. Die dritte Möglichkeit: Derjenige, der sie aus dem Schlaf geschreckt hatte, stand unten vor der Haustür. Ein Betrunkener vielleicht oder jemand, der sich einen schlechten Scherz erlaubte.

Beinahe fühlte sie sich erleichtert, aber dann nahm sie ein kaum hörbares Geräusch wahr, das von draußen zu kommen schien. Sie legte das rechte Ohr an die Tür und wusste im nächsten Augenblick, dass im dunklen Treppenhaus jemand genau vor ihrer Wohnungstür stand und ziemlich laut atmete. Offensichtlich war der Unbekannte die sechsundachtzig Stufen in den vierten Stock schnell hochgelaufen und hatte nicht gewartet, bis sein Atem sich wieder beruhigte.

Laura beschloss, Kollegen zu rufen, die den Unbekannten vor dem Haus in Empfang nehmen sollten, warf zuvor aber noch einen letzten Blick durch den Spion – gerade rechtzeitig, um zu sehen, wie die Tür ihrer türkischen Nachbarn langsam aufging. Gleich darauf begann draußen ein wildes Durcheinander. Laura entsicherte ihr Schloss, riss die Tür auf, und es gelang ihr im letzten Augenblick, Ibrahim Özmer festzuhalten, den der Unbekannte gerade die Treppe hinabstoßen wollte. Laura versetzte dem Angreifer einen kräftigen Schlag auf den Unterarm und trat blitzschnell zur Seite, als er zurückprügeln wollte, sodass er von seinem eigenen Schwung mitgenommen wurde und nun seinerseits über die ersten Stufen einen Treppenabsatz tiefer stürzte. Er rappelte sich wieder auf und rannte.

Laura rannte ebenfalls: zurück zum Diensthandy. Sie verständigte die Einsatzzentrale, damit sie mehrere Streifenwagen losschickte, die den Flüchtenden vielleicht irgendwo in der Nähe aufgreifen konnten. Beschreibung? Ja, wie hatte er ausgesehen? Vielleicht mittelgroß, dunkle Kleidung, Gesichtsmaske, kräftig. Alter? Keine Ahnung. Orangefarbene Turnschuhe mit schwarzen Streifen. Möglicherweise humpelt der Mann, weil er die Treppe hinabgestürzt ist.

Der Kollege in der Einsatzzentrale war mit Lauras Täterbeschreibung nicht besonders zufrieden, leitete die Fahndung aber sofort ein.

«Macht keinen Krach, sonst ist er weg!», sagte Laura.

«Wahrscheinlich ist er sowieso weg. Der wird ein Fahrzeug vor deinem Haus stehen haben. Vielleicht mit 'nem zweiten Täter, der auf ihn gewartet hat. Die Kollegen werden also auch die Autos überprüfen, die in deiner Gegend unterwegs sind. Und ich schick auch jemanden bei dir vorbei. Wie ist der denn bei dir ins Haus gekommen?»

«Keine Ahnung. Normalerweise ist die Haustür nachts abgeschlossen.»

«Na, die Kollegen sollen sich das mal ansehen. Servus!»

Noch einer, der *Servus* sagt, dachte Laura, öffnete ihr Schlafzimmerfenster und schaute auf die nächtliche Straße hinunter. Nichts bewegte sich, alles war so still und friedlich wie immer. Kurz darauf heulten in den

Tiefen der Stadt mehrere Martinshörner auf, die schnell näher kamen.

«So viel zum Thema unauffällige Fahndung», murmelte Laura und schloss das Fenster.

Ibrahim Özmer und seine Frau hatten sich inzwischen in Lauras Flur vorgewagt und beinahe ihre Küchentür erreicht.

«Danke für halten fest!» Lauras Nachbar nickte heftig. Seine Frau Sefira drückte Laura fest an ihre großen weichen Brüste.

«Was passiert?» Özmer wirkte sehr besorgt. «Ich gehört Klingel. Nicht normal Klingel in Nacht!»

«Nein, nicht normal», bestätigte Laura.

«Wer ist Mann?»

«Ich weiß es nicht, Herr Özmer.»

«Schlecht Mann!»

«Sehr schlechter Mann.»

«Polizeiarbeit nicht gut für Frau!»

Laura überhörte diesen Satz und dankte Ibrahim Özmer für seine Wachsamkeit und die gute Nachbarschaft.

«Wo Kinder?», fragte Sefira.

«Beim Vater», antwortete Laura der Einfachheit halber.

«Nicht gut allein!» Ibrahim Özmer gab nicht auf.

«Wollen Sie einen Tee oder Kaffee?», fragte Laura, um ihn auf andere Gedanken zu bringen. «Gleich kommen übrigens Kollegen von der Polizei.»

«Kein Kaffee, wir schlafen. Morgen arbeiten.» Die beiden in ihren bunten Bademänteln lächelten, winkten und kehrten in ihre Wohnung zurück. Erst jetzt wurde Laura bewusst, dass sie die ganze Zeit im Schlafanzug vor ihren Nachbarn gestanden hatte. Einem nicht ganz züchtigen Schlafanzug, jedenfalls für türkische Augen. Sie hoffte, dass dies nicht zu einer Verstimmung führen würde. Laura mochte ihre Nachbarn sehr und wusste, dass sie deren Toleranz schon öfters auf eine harte Probe gestellt hatte. Außerdem war sie Ibrahim Özmer wirklich sehr dankbar für sein mutiges Eingreifen.

Schnell schlüpfte Laura in Jeans und Pullover; sie wollte nicht auch noch die Kollegen im Schlafanzug empfangen.

Eine halbe Stunde später stellte sich heraus, dass die Fahndung nach dem Unbekannten im Sande verlaufen war. Das Schloss der Haustür war fachmännisch geknackt worden, und Lauras Kollegen wollten wissen, ob sie irgendeinen Verdacht hätte oder ob es Drohungen gegen sie gäbe. Laura verneinte beides, berief sich auf mögliche Racheakte, mit denen Polizeibeamte immer rechnen müssten, vor allem Kripobeamte und OK-Ermittler.

Sie solle auf sich aufpassen, rieten die Polizisten, ehe sie wieder abrückten.

Am nächsten Morgen fuhr Laura ins Gefängnis Stadelheim und ließ den Untersuchungshäftling Anton Reitberger in den Verhörraum bringen. Sie wollte den Mann sehen, der Peter Baumann so zugerichtet und den Tod eines ihm Unbekannten verursacht hatte. Außerdem interessierte sie sich für seine Tätigkeit bei einer Sicherheitsfirma, von der Baumann ihr erzählt hatte.

Während sie auf Reitberger wartete, dachte sie über den Zwischenfall der vergangenen Nacht nach und die

Konsequenzen, die sich daraus ergaben. Sofia musste woanders untergebracht werden, jedenfalls solange nicht klar war, wer hinter dem anonymen Anruf und der nächtlichen Bedrohung steckte. Luca würde sowieso in ein paar Tagen aus der Gefahrenzone verschwinden, da seine Klassenfahrt nach Prag bevorstand. Das fiel Laura erst jetzt wieder ein. Seit Luca bei seinem Vater wohnte, wusste sie nicht mehr so genau wie früher, was bei ihm wann anstand.

Das größere Problem stellte Patrick dar, der junge Ire, den Sofia so sehnlich erwartete. Unter den derzeitigen Umständen durfte Patrick auf keinen Fall nach München kommen, was wiederum bedeutete, dass Sofias Welt zusammenbrechen würde …

Lauras Gedanken wurden vom Erscheinen eines freundlichen älteren Vollzugsbeamten unterbrochen, der den Häftling Reitberger ankündigte und eine Seitentür öffnete. Es dauerte noch eine halbe Minute, dann trat ein drahtiger, erstaunlich kleiner Mann ein, gefolgt von einem zweiten Beamten. Den Kopf leicht gesenkt und zwischen die Schultern gezogen, schaute er sich in dem kahlen Raum um, wirkte verlegen. Er trug Handschellen, stolperte einmal, und wurde von den beiden Beamten zu einem Stuhl geführt, der Laura gegenüber auf der anderen Seite des Tisches stand. Sein dunkles Haar war kurz geschnitten, rechts sehr präzise gescheitelt, und sein Gesicht hatte mit der spitzen Nase und kleinen, runden Augen etwas Mausartiges.

«Bitte nehmen Sie dem Herrn Reitberger die Handschellen ab», sagte Laura.

«Der Mann wird der fahrlässigen Tötung und des

Angriffs auf einen Kommissar der Kripo verdächtigt, Frau Kriminalhauptkommissarin …» Der jüngere der beiden Bewacher wandte sich kopfschüttelnd zu Laura um.

«Ich weiß. Nehmen Sie ihm trotzdem die Handfesseln ab.»

«Wenn Sie unbedingt wollen …»

«Ja, unbedingt. Ich möchte mich mit Herrn Reitberger unterhalten, und das geht nicht besonders gut, wenn er Handschellen trägt.»

Laura konnte dem Beamten die Antwort, die er jetzt eigentlich geben wollte, vom Gesicht ablesen: Zum Reden braucht man keine Hände! Sie zog die Augenbrauen hoch, der Beamte seufzte und tat, was Laura von ihm verlangte. Dann stellte er sich neben die Tür und ließ Reitberger nicht aus den Augen. Sein Kollege verließ den Raum, kündigte aber an, draußen zu warten.

Reitberger rieb unterdessen seine Handgelenke auf eine Weise, als hätte er es so im Kino gesehen.

«Danke, Frau Kommissarin!», sagte er, die K's so kehlig aussprechend, wie es nur Tiroler können.

«Man hat Sie vermutlich über die Folgen Ihrer Aktion in dem Fast-Food-Laden informiert?»

Reitberger nickte verlegen, rieb weiter seine Handgelenke und schaute vor sich auf den glänzenden Tisch.

«Sie wissen also, dass eines der Opfer, ein italienischer Staatsangehöriger, den schweren Kopfverletzungen erlegen ist, die Sie und Ihre …»

«Er ist blöd gefallen, mit dem Hinterkopf auf eine Betonstufe. Es war quasi ein Unfall!»

«Gefallen ist er von ganz allein, nicht wahr? Und

nachdem er gefallen war, hat ihn auch niemand getreten und schon gar nicht gegen den Kopf! Hab ich recht?»

Reitberger zuckte die Achseln.

«Als dann der Kommissar eingriff, haben Sie auch den eigentlich gar nicht geschlagen oder getreten, stimmt's? Das hat der alles selbst gemacht!»

«Ich hab nicht gewusst, dass der Polizist ist.» Reitberger verschränkte die Arme vor der Brust.

«Stimmt auch nicht! Er selbst und alle Zeugen behaupten das Gegenteil: Er hat gesagt, dass er Polizist ist!»

«Dann hab ich's nicht gehört.»

«Ist ja auch egal! Wer Menschen, die auf dem Boden liegen, gegen den Kopf oder in die Brust, den Magen oder Bauch tritt, unternimmt einen Mordversuch. Ist Ihnen das klar, Herr Reitberger?»

Er rutschte ein bisschen auf seinem Stuhl herum und umschlang seinen Oberkörper noch etwas fester mit den Armen.

«Ich wollt keinen umbringen.»

«Warum haben Sie dann zweimal hintereinander Menschen getreten, die am Boden lagen?»

«Das war ich nicht allein. Die andern haben das auch gemacht. Die hätten sie sehen sollen. Mit voller Wucht haben die gekickt ...»

«Nein!», sagte Laura.

«Was nein? Klar haben die andern ...»

«Das mein ich nicht! Ich sage nein, weil es mich nicht interessiert, was die andern gemacht haben. Mich interessiert nur, was Sie getan haben, Reitberger!»

Er schaute kurz auf, schien registriert zu haben, dass Laura den «Herrn» weggelassen hatte.

«Ich hatte eine Sauwut», murmelte er nach einer Weile.

«Auf wen?»

«Auf alles.»

«Und speziell?»

«Wieso wollen Sie das wissen? Ist meine Sache!»

«Solange Sie nicht unschuldige Menschen verprügeln und umbringen, ist es Ihre Sache. Jetzt nicht mehr.»

«Der Italiener hat meine Freundin ang'macht!» Reitberger presste das Kinn an die Brust und starrte auf den Tisch.

«Wie denn?»

«Dauernd hat er sie angegrinst und gezwinkert.»

«Ah ja?»

«Verdammt noch mal, ich mag's nicht, wenn einer meine Freundin anmacht.»

«Sie könnten ja auch stolz darauf sein, dass einer sie anmacht, oder?»

«Was soll'n des?»

«Ist doch klar, oder? Sie muss einigermaßen anständig aussehen, sonst würd sie keiner anmachen.»

Jetzt legte Reitberger den Kopf in den Nacken und starrte an die Decke. Laura wartete eine Weile, doch er antwortete nicht.

«Auf was hatten Sie noch eine Wut?»

«Meine Firma.»

«Sie arbeiten bei einer Sicherheitsfirma, nicht wahr?»

«Arbeitete!» Er betonte jede Silbe einzeln.

«Nicht mehr?»

«Gekündigt.»

«Bitter.»

«Verdammt bitter.»

«Gründe?»

«Die haben gedacht, dass ich sie für eine andere Firma ausspioniere. Totaler Blödsinn!» Reitmeier schnaufte heftig.

«Bei welcher Firma haben Sie denn gearbeitet?»

«Sicurezze heißt die. Ableger von einer italienischen Firma.»

«In welchem Bereich?»

«Im technischen.»

Laura hatte gehofft, dass Reitberger Mitarbeiter von Saveguard gewesen war. Gleichzeitig wusste sie, dass solche Glücksfälle bei Ermittlungen leider selten eintraten.

«Für wen sollen Sie denn spioniert haben?»

«Ach, eine andere Firma eben.»

«Und welche?»

«Warum wollen Sie eigentlich alles so genau wissen?»

«Weil's Ihnen helfen könnte, Herr Reitberger.»

«San Sie meine Rechtsanwältin, oder was?»

«Nein, aber ich könnte ein Wort für Sie einlegen, wenn es zum Prozess kommt.»

«Sie wollen doch was ganz Bestimmtes wissen, oder?»

«Ja.»

«Und was?»

«Ob Sie irgendwas mit der Firma Saveguard zu tun haben.»

Reitbergers Gesichtsausdruck wechselte blitzschnell von gleichgültig zu schlau, selbst seine Nase schien etwas spitzer zu werden.

«Bei denen war ich bis vor einem knappen Jahr angestellt.»

Bingo, dachte Laura und sagte schnell: «Wurde Ihnen da auch gekündigt?»

«Naa, da hab ich gekündigt.»

«Warum?»

«Hab ein besseres Angebot von der Sicurezze bekommen.»

«Und dann haben Sie für Saveguard spioniert und doppelt verdient, oder?»

«Naa, wia kommen's denn do drauf?» Plötzlich verfiel er in Tiroler Dialekt.

«Weil ich glaub, dass die bei der Saveguard viele gute Einfälle haben.»

Plötzlich grinste Reitberger. «Das ist vor allen Dingen der Chef, der Kirr. Der is' einfach guat. Dem frisst beinah jeder aus der Hand, des kann ich Ihnen sagen. Der kann motivier'n, der reißt alle mit!»

«Auch seine Auftraggeber?»

«Die ganz besonders. Wenn der Kirr sagt, dass irgendwo was faul ist, dann glauben die Leut des auch, weil er überzeugen kann. Und außerdem hat er die Erfahrung. War ja früher ein großes Tier bei der Polizei!»

So groß auch wieder nicht, dachte Laura, behielt es aber für sich. «Ist denn auch immer was faul, wenn der Kirr das sagt?», fragte sie stattdessen.

Reitberger warf ihr einen prüfenden Blick zu und grinste wieder. «Meistens. Manchmal muss man in unserer Branche ein bisserl was erfinden, damit die Geschäfte laufen. Des kann er auch, der Kirr!»

«Was muss man zum Beispiel erfinden?»

«Vielleicht ist erfinden falsch. Ich sag's Ihnen an einem Beispiel: Ein Boss hat Angst vor einem Anschlag, obwohl er das eigentlich nicht muss. Ich meine Angst vor einem Anschlag haben. Es gibt halt ängstliche Leut. Das wissen wir. Jetzt muss man ihm nur ein paarmal sagen, dass es Hinweise auf einen Anschlag gibt, dann kann man schusssichere Folie an seine Fenster kleben, und wenn er fürchtet, dass jemand ihn abhören will, dann kann man sein Büro oder sein ganzes Haus abhörsicher machen. Das sind schöne Aufträge, die viel Geld bringen.»

«Ja, das kann ich mir gut vorstellen.» Laura nickte Reitberger zu. «Wahrscheinlich hat so eine Sicherheitsfirma auch Einblick in die Geschäfte ihrer Kunden. Da müssen die Auftraggeber viel Vertrauen haben, dass nichts ausgeplaudert wird, oder?»

«Bei Geschäftsgeheimnissen sind wir absolut diskret. Wenn zum Beispiel einer die Bilanzen fälscht, dann würden wir das nie öffentlich machen.»

«Aber man könnte Manager mit diesem Wissen erpressen, oder?»

Reitberger zuckte die Achseln und verschränkte wieder die Arme vor der Brust.

«Könnte. Macht man aber nicht, weil sonst die Kunden abspringen.»

«Könnte man aber doch, weil die Kunden gar nicht abspringen können. Die wollen ja nicht, dass es öffentlich wird, wenn sie die Bilanzen fälschen.»

«Macht man aber trotzdem nicht.»

«Wär ja auch ganz schön unanständig.»

Reitberger runzelte die Stirn. «Ich sag jetzt nix mehr.

Was ham Sie eigentlich mit der Saveguard zu tun? Wo es doch um was ganz anderes geht.»

«Manchmal hängt alles mit allem zusammen, Herr Reitberger. Das müssten Sie als Mitarbeiter von Sicherheitsfirmen eigentlich wissen. Ich danke Ihnen jedenfalls für Ihre Auskünfte.»

Laura wandte sich zu dem Beamten um, der sich inzwischen auf einen Stuhl neben der Tür gesetzt hatte.

«Sie können den Herrn Reitberger wieder in seine Zelle bringen.»

Der Beamte erhob sich, rief seinen Kollegen herein, zückte die Handschellen und schritt zum Vollzug.

«He!», rief Reitberger. «Was krieg ich für meine Auskünft'? Sie ham g'sagt, dass Sie was für mich tun woll'n!»

«Darüber reden wir später.» Laura nickte Reitberger kurz zu und machte sich auf den Weg zu ihrem Wagen. Hinter sich hörte sie Reitbergers Proteste.

«Ihr habt's mi b'schissen, des habt's! Der Kirr hat recht: Bloß nix der Polizei erzähl'n! Der kann ma nit trauen!»

Interessant, dachte Laura, sehr zufrieden mit dem Ergebnis dieses Gesprächs.

IN DER NACHT nach dem Gespräch mit Commissario Guerrini hatte Paolo Massimo besser geschlafen als in den Nächten zuvor. Am Morgen trainierte er fast eine Stunde im Fitnessraum, duschte dann ausgiebig und trank den ersten Caffè mit Genuss. Er war sicher, dass Guerrini innerhalb der nächsten Stunden erscheinen würde, um mit ihm ins Geschäft zu kommen. Bisher hatten Geschäfte dieser Art immer funktioniert. Massimo fühlte sich so erleichtert, dass er sogar die beiden Carabinieri beinahe freundlich begrüßte.

Nach einem kleinen Frühstück, nicht mehr als zwei dünne, mit Honig bestrichene Scheiben Pecorino, ein Stück Brot und ein Glas Orangensaft, setzte Massimo sich an den Schreibtisch im geräumigen Arbeitszimmer mit Aussicht auf die mächtige Rocca a Tentennano und begann darüber nachzudenken, wie er die Fehlinvestition seines Investmentbankers Ambrosiano ausgleichen könnte. Obwohl er noch immer fest an China und Australien glaubte und die Hoffnung hatte, dass sich die fraglichen Entwicklungen wieder umkehren würden. Nein, ganz sicher würden sie sich umkehren. Wenn nicht, dann käme die gesamte Weltwirtschaft ins Rutschen, etwas, das zwar alle fürchteten, an das jedoch niemand glaubte, weshalb alle so weitermachten wie zuvor.

Es ist wie mit dem Tod, dachte Massimo. Alle wissen, dass sie sterben müssen, aber niemand glaubt wirklich daran. Ah, was soll's, er selbst war ebenfalls der Überzeugung, dass es erst alle anderen erwischen würde.

Und bisher hatte er recht gehabt. Beruflich wie privat. Und er würde auch diesmal überleben! Immerhin war Hardenberg tot und nicht er selbst. Außerdem konnte sich Hardenbergs Abgang durchaus noch zum Gewinn wandeln, auch wenn es im Augenblick noch nicht so aussah. Allein das Gefühl, ein Stück Kontrolle zurückgewonnen zu haben, erfüllte Massimo mit Zuversicht. Antonella und der Chef seines Sicherheitsdienstes arbeiteten an der Sache, und der Commissario würde sich einer Mitarbeit nicht entziehen können. Falls er mit einem guten Angebot käme, könnte man sich durchaus erkenntlich zeigen.

Eine Weile betrachtete er die überdimensionale Burg der Raubritter Aldobrandeschi, die über ihm aufragte, und ihm kam der erheiternde Gedanke, dass die Palazzi der alten Adeligen und Raubritter – was ja eigentlich dasselbe war – inzwischen von den Banken eingenommen worden waren. Jedenfalls viele von ihnen. Wer würde eines Tages die Paläste der Banken einnehmen? Nein, darüber wollte er gerade jetzt, da er sich wieder besser fühlte, nicht nachdenken.

In Ermangelung eines elektronischen Hilfsmittels zog Massimo einen Schreibblock aus der Schublade und begann, sich Notizen zu machen.

Das Gespräch mit dem Questore verlief anders, als Guerrini erwartet hatte. Zunächst schien er geneigt, den Rücktritt des Commissario von den laufenden Ermittlungen im Fall Massimo anzunehmen. Dann jedoch stand er auf, trat ans Fenster und schaute eine Weile hinaus. Guerrini fiel auf, wie perfekt seine beinahe weißen Haare geschnitten waren und wie gut sein Anzug saß. Endlich drehte der Questore sich zu Guerrini um und schüttelte den Kopf.

«Nein», murmelte er. «Nein, es ist keine gute Lösung, Commissario. Es ist sogar die wahrscheinlich schlechteste Lösung, die ich mir vorstellen kann. Genau so machen wir es immer wieder: den Weg des geringsten Widerstands gehen. Nicht wahr? Und einer wie Massimo hätte wieder mal gewonnen. Sie machen weiter, Guerrini! Die Zustände müssen sich ändern in diesem Land! Wenn wir nicht damit anfangen, wird es nie passieren. Unser Präsident sagt es beinahe jeden Tag, unser Ministerpräsident ebenfalls, aber alle machen weiter wie bisher. Versuchen wir es einmal anders!»

«Ich bin durchaus dafür, es anders zu machen, Questore. Aber ich habe keine Lust, ein paar Jahre lang vom Dienst suspendiert zu werden, weil Massimo irgendwen dafür bezahlt, gegen mich auszusagen. Sie wissen, wie lange sich Verfahren dieser Art hierzulande hinziehen können. Dann wäre ich ein Märtyrer für den Widerstand gegen Reiche und Mächtige. Bene, vielleicht würde irgendwo in einem Bergdorf ein kleiner Platz nach mir benannt. In Siena sind ja schon alle Plätze vergeben.»

Der Questore lächelte auf eine fast unanständige, milde Weise, wie Guerrini fand, die gar nicht zu seinem ziemlich markant geschnittenen Gesicht passte. Dann erwiderte er: «Wir werden schon noch einen kleinen für Sie finden, Commissario. Man könnte ja einen umbenennen. Es gibt sowieso zu viele Vittorio Emanueles, Cavours und Garibaldis. Aber Scherz beiseite: Wie werden Sie weiter vorgehen, Guerrini?»

«Der Staatsanwalt und ich warten auf bestimmte Informationen aus München, die uns hoffentlich ein Stück weiterbringen werden. Das endgültige Ergebnis der forensischen Techniker ist auch noch nicht da. Es bleibt uns im Augenblick nichts anderes, als im Umfeld des Verdächtigen zu ermitteln.»

«Ist es sinnvoll, ihn weiter unter Hausarrest zu stellen?»

«Ja, das halte ich für sehr sinnvoll. Allein schon aus pädagogischen Gründen, denn dieser Massimo ist offensichtlich der Meinung, dass Gesetze für ihn nicht gelten.»

«Auch das ist für uns nichts Ungewöhnliches, oder?»

«Nein, Questore.»

«Meiner Meinung nach sollten Sie sich weder heute noch morgen bei Massimo sehen lassen. Das wird ihn nervös machen, denn ich bin sicher, dass er davon ausgeht, Sie bereits heute als Bittsteller zu sehen.»

«Genau das habe ich vor, Questore. Ich werde ihn einfach warten lassen.»

«Dann viel Glück bei den Ermittlungen. Sie werden es brauchen, Guerrini.»

Der Questore schüttelte Guerrini kräftig die Hand und entließ ihn mit aufmunterndem Lächeln.

Guerrini beschloss, an diesem Tag nichts zu tun. Irgendwo hatte er den Satz eines buddhistischen Meisters gelesen, Nicht-Tun führe mitunter schneller zum Erfolg als Tun, und in diesem Fall erschien ihm so ein Verhalten durchaus sinnvoll. Außerdem entsprach es seiner derzeitigen Verfassung. Vielleicht klärten sich auch seine diversen Traumata durch Nicht-Tun.

Er ging kurz bei Tommasini vorbei, meldete sich ab, versprach D'Annunzio, der ebenfalls Dienst hatte, dass er sein Handy nicht ausschalten würde, und verschwand mit seinem geliebten Lancia, um nicht weiter spezifizierte Ermittlungen durchzuführen.

Er entschied, Richtung Santa Colomba zu fahren, sich unter einen der alten Olivenbäume zu setzen oder ein Stück zu gehen. Inzwischen war es beinahe Mittag, und er stellte sich vor, wie Massimo in seinem Luxusgefängnis unruhig herumlief und angestrengt lauschte, ob sich nicht ein Wagen näherte.

Santa Colomba war nur ein paar Kilometer von Siena entfernt, und Guerrini stellte seinen Lancia außerhalb der kleinen Ansiedlung hinter einem Bauernhof ab. Er mochte diese Gegend mit ihren uralten Gehöften, die weit verstreut zwischen Feldern, Olivenhainen und kleinen Wäldchen lagen. Der Wanderweg nach Assisi lief hier vorbei, und Guerrini folgte ihm, bis er genau den knotigen, breit verwurzelten Olivenbaum gefunden hatte, unter den er sich setzen wollte. An den dunklen Stamm gelehnt, schaute er über das weite Tal und genoss die Stille, die nur einmal durch das Krähen eines Gockels und ein zweites Mal durch das Brummen einer großen schwarzen Hornisse unterbrochen wurde.

Nicht-Tun, dachte Guerrini, Nicht-Tun ist eine wunderbare Sache.

Fünf Minuten später summte sein Handy, und Tommasini meldete, dass einer der Carabinieri von Massimos Landsitz angerufen hätte. Massimo hätte seinem Anwalt aufgetragen, Kontakt mit dem Commissario aufzunehmen.

«Nein», sagte Guerrini.

«Doch!»

«Ich meine nicht dich oder deine Nachricht.»

«Was dann?»

«Ich will jetzt nicht mit Massimos Anwalt reden.»

«Soll ich ihn abwimmeln?»

«Ja.»

«Und was soll ich ihm sagen?»

«Dass er morgen anrufen soll. In der Questura und ja nicht privat!»

«Morgen?»

«Ja, morgen.»

«Bene, ich sag's ihm. Wo sind Sie denn, Commissario?»

«Auf dem Weg nach Florenz. Melde mich später wieder bei dir. Ciao.» Guerrini steckte das Telefon in seine Jackentasche, lehnte sich wieder an seinen Olivenbaum, schaute in die silbernen Blätter hinauf und dankte dem unbekannten buddhistischen Meister des Nicht-Tuns.

Erst am späten Nachmittag, als die Sonne ihre wärmende Kraft verlor, machte sich Guerrini auf den Heimweg. Er hatte tatsächlich nichts getan und war trotzdem sehr zufrieden. Langweilig war ihm beim Nicht-Tun nicht eine Minute geworden. Er hatte einem Ameisenvolk zugesehen, das seinen Bau reparierte und ungeheure Mengen an Material herbeischleppte. Hatte Wildtauben beobachtet, die zwischen den Bäumen am Boden pickten und bei jedem kleinsten Geräusch aufflogen, um gleich wieder zurückzukehren. Ein Bauer war vorbeigekommen, hatte seinen kleinen Traktor angehalten und eine Weile mit Guerrini über die Krise, die Wildschweinplage und die schlechten Preise für Rindfleisch und Olivenöl gesprochen.

Eine Zeitlang hatte er Fallschirmspringer betrachtet, die in hellen Scharen aus einem Transportflugzeug fielen, am Ende des Tales niederschwebten und verschwanden. Und ziemlich lang hatte er einfach mit geschlossenen Augen unter seinem Baum gesessen und zugehört, was um ihn herum geschah. Irgendwo auf den Höfen bellten Hunde, die Wildtauben gurrten ab und zu, und wenn sie aufflogen, klatschten ihre Flügel aneinander. Insekten sirrten und brummten, Wind rauschte in den Bäumen, wurde manchmal so heftig, dass es wie Meeresbrandung klang. Zwischen all diesen Sinneseindrücken hatte er den zweiten und dritten Anruf Tommasinis angenommen, dem Massimos Anwalt die Hölle heißmachte.

«Bitte, Commissario, reden Sie wenigstens kurz mit ihm! Er will einfach nicht einsehen, dass Sie erst morgen wieder da sind.»

«Nein, wie kann ich mit ihm reden, wenn ich nicht da bin? Während geheimer Ermittlungen rede ich nicht mit Anwälten von Verdächtigen. Ich rede überhaupt mit niemandem.»

«Aber Sie reden mit mir, Commissario.»

«Wenn du noch mal wegen dieses Anwalts anrufst, dann rede ich mit dir auch nicht mehr.»

«Bene, und was soll ich dem Anwalt sagen, wenn er wieder anruft?»

«Stell das Telefon auf D'Annunzio um, dem wird schon was einfallen.»

«Ah, Commissario, dem fällt nur dummes Zeug ein.»

«Das ist doch genau das Richtige für Massimos Anwalt.»

«Er wird sich beim Questore beschweren.»

«Meinetwegen kann er sich beim Justizminister beschweren. Ich bin erst morgen zu sprechen, basta!»

Danach hatte Tommasini nicht mehr angerufen, und Guerrini hoffte, dass er seinem Rat gefolgt war und D'Annunzio die Beantwortung der weiteren Anrufe überließ. Der junge Polizist liebte klare Aussagen. Zur Not behauptete er, dass die Person, die nicht zu erreichen sei, sich auf der Toilette befinde. Im Fall des Dottor Fattori wäre das jedenfalls eine gute Antwort und zumindest höflicher als der Satz, der Guerrini auf der Zunge lag.

Er fuhr langsam und genoss die schmale Landstraße, die Bambusrohre, die sich im Wind über die Fahrbahn neigten, und den Blick auf Siena, der sich zwischen Schirmpinien und Zypressen immer wieder auftat.

Als er die Stadt erreicht hatte, stellte er seinen Wagen im Innenhof der Questura ab und verließ das Gelände, so schnell er konnte. Er trank auf dem Weg zu seiner Wohnung einen Caffè in seiner Lieblingsbar und stieg endlich die vielen Steinstufen zu seiner Wohnung über den Dächern von Siena hinauf.

Mit dem Ergebnis seines Nicht-Tuns war er einigermaßen zufrieden. Massimo hatte offensichtlich die Hosen voll, weil Guerrini sich in Schweigen hüllte, und der Anwalt war stinksauer. Dies alles hatte er durch Nicht-Tun erreicht. Vielleicht war genau das auch die Lösung für Trauma Nummer drei: Weiterhin nichts tun und Laura die Sache überlassen.

Auch wenn Guerrini sich mit dieser Lösung nicht hundertprozentig wohl fühlte. Und dann war da noch die Aufgabe, die ihm an diesem Abend bevorstand. Er zog sich um und machte sich kurz vor acht auf den Weg zu seinem Vater.

Fünfmal musste Guerrini den Türklopfer gegen die schwere alte Holztür schlagen, ehe sein Vater öffnete.

«Hab ich dich warten lassen? Mi dispiace, aber ich musste den cappone übergießen. Du kommst gerade rechtzeitig. In fünf Minuten ist er fertig. Ich habe keine Vorspeise gemacht, du wirst schon sehen, warum. Dafür gibt es hinterher noch was! Ah, Tonino, lass Angelo herein, du kannst ihn auch drinnen begrüßen.» Fernando beugte sich über seinen alten Jagdhund und schob ihn sanft zur Seite.

In den drei Wochen seit Guerrinis letztem Besuch bei seinem Vater schien Toninos Fell noch grauer geworden zu sein, und sein Kopf war inzwischen beinahe weiß. Auf steifen Beinen tapste er um den Sohn seines Herrn herum, schnaufte und nieste vor Freude. Sogar das Wedeln schien ihm Mühe zu machen, und seine Augen waren von einem blauen Schleier überzogen.

«Na, alter Junge, wie geht's?» Guerrini streichelte und zauste Toninos Fell.

«Er wird schrecklich alt. Manchmal muss ich ihm beim Aufstehen helfen. Siebzehn wird er nächsten Monat, Angelo.» Sorgenvoll schaute Fernando den unsicheren Bewegungen seines Hundes zu. «Manchmal pinkelt er einfach im Stehen, kriegt sein Bein nicht mehr hoch, der arme Kerl!»

«Siebzehn ist ja auch ein stolzes Alter für einen Hund.» Guerrini richtete sich wieder auf.

«Sagt man, aber das ist dumm! Ungerecht ist es. Alter ist überhaupt ungerecht. Schau mich an: Falten, mürbe Knochen und dünne Haare. Und jetzt sag ja nicht: Hast ja auch ein stolzes Alter, papà!»

«Ich sage: Buona sera, papà. Schön, dich zu sehen, und es riecht ganz außerordentlich gut.»

«Buona sera, Angelo. Komm in die Küche, dort isst es sich am besten.» Fernando drehte sich um und eilte zum Herd zurück, während Angelo sich kurz in dem vertrauten geräumigen Flur umsah. Neben dem Duft des Kapauns nahm er den leichten Modergeruch wahr, der schon immer dagewesen war. Ein Geruch vergangener Jahrhunderte, der sich in den Mauern des alten Hauses festgesetzt hatte. Da war die schwere dunkle Truhe, die Garderobe mit dem halbblinden Spiegel und das verblichene Foto seiner Urgroßeltern, die den Besuchern streng entgegenblickten. Alles war an seinem Platz.

Guerrini hatte es inzwischen aufgegeben, das Foto seiner Vorfahren durch ein freundlicheres Bild ersetzen zu wollen, hatte vor dem erbitterten Widerstand seines Vaters kapituliert.

«Vieni qua, vieni!», rief Fernando aus der Küche. «Wo bleibst du denn? Hilf mir lieber, das Vieh auf den Tisch zu bringen. Die Kasserolle ist verdammt schwer!»

Guerrini liebte diese Küche mit ihren abgeschabten weißen Möbeln, dem großen Herd und den Kräutern auf den Fenstersimsen. Er öffnete das Bratrohr, nahm die dicken Topflappen, die sein Vater ihm reichte, und zog die Kasserolle mit dem Kapaun heraus. Ihm lief das

Wasser im Mund zusammen, er meinte schon jetzt, den köstlichen Geschmack der Füllung auf der Zunge zu spüren: Walnüsse vermengt mit getrockneten Pflaumen und Feigen, grünen Oliven und Gewürznelken.

«Nimm ihn raus und leg ihn auf die Platte hier! Ich mach noch die Sauce fertig.» Der alte Guerrini füllte ein Glas mit Vinsanto und goss es in den Bratensatz, fügte ein paar Esslöffel saure Sahne hinzu und einen winzigen Schuss roten Weinessig. Er rührte alles um, probierte und sah seinen Sohn triumphierend an: «Perfetto! Versuch auch mal.»

«Perfetto!», befand auch Guerrini, und kurz darauf saßen sie am Tisch, zündeten zwei Kerzen an und machten sich über den Kapaun her.

«Weißt du», sagte Fernando, ehe er sich den Teller zum zweiten Mal füllte, «solange ich gerne koche und esse, so lange lebe ich auch gern. Kürzlich habe ich für meinen Freund Mauro gekocht, aber der hat kaum Appetit, darf nicht zu fett und nicht zu scharf essen. Verträgt fast gar nichts mehr, der arme Kerl. Hat irgendwas mit der Leber und sieht ganz gelb aus. Das wäre nichts für mich, dann würd ich mich lieber verabschieden!»

Er schob sich eine Gabel voll köstlicher Füllung in den Mund und sah seinen Sohn angriffslustig an. «Warum sagst du denn nichts, eh?»

«Ich genieße dein Essen.»

«Ich verlange nicht, dass du vor Ehrfurcht schweigst.»

«Ich schweige, weil es mir schmeckt.»

«Bene, dann rede ich eben. Glaubst du zum Beispiel, dass die Menschen mit wachsendem Fortschritt langsam verblöden? Ich bin davon überzeugt. Ein Beispiel ist das

Essen, wo wir gerade dabei sind. Die meisten Menschen können nicht mehr kochen. Sogar in diesem Land, das berühmt ist für seine Küche. Aber die Mehrheit frisst Pizza oder Fertiggerichte. È una vergogna!»

«Ja», sagte Guerrini, doch Fernando hatte seine Rede nur unterbrochen, um einen Schluck Wein zu trinken, und schien keine Zustimmung zu erwarten.

«Ein anderes Beispiel für die Verblödung sind diese Navigationsgeräte. Bald kann keiner mehr eine Straßenkarte lesen oder sich selbständig orientieren. Ohne dieses verdammte Ding wissen sie nicht mehr, ob sie rechts oder links fahren sollen.»

«Vielleicht», sagte Guerrini.

«Ganz sicher! Das Ende der Kultur. Und sieh dir diese entsetzlichen Plastikrollen an, mit denen die Bauern jetzt ihr Heu einmachen. Das verschandelt die Landschaft: Plastikeier unter Olivenbäumen, wunderbar sieht das aus! Erinnerst du dich noch an die großen Heuhaufen, die von den Bauern früher um einen hohen Mast herumgeschichtet wurden? Wahre Kunstwerke waren das und beinah haushoch. Wenn sie im Lauf der Zeit abgestochen wurden, sahen sie irgendwann aus wie ein abgegessener Apfel. Ah, mir tut das Herz weh, wenn ich daran denke. Erinnerst du dich, Angelo?»

«Ja, ich erinnere mich, und ich finde es auch traurig. Ich erinnere mich sogar daran, wie die ganze Bauernfamilie gemeinsam diese Haufen gebaut hat: Einer stand ganz oben und hat immer höher geschichtet, die andern haben vom Wagen aus das Heu mit riesigen Gabeln hochgereicht. Sie haben Wein mit Wasser aus Tonkrügen getrunken und sich die ganze Zeit unterhalten und gelacht. Heute fährt einer auf dem Traktor herum und spuckt hinten die Heurollen aus. Er trägt Ohrenschützer und trinkt Coca-Cola. Zu lachen hat er wenig. Ist es so?»

«Genauso ist es! Hätte nicht gedacht, dass du das gemerkt hast … in deinem Alter.» Erstaunt musterte Fernando seinen Sohn.

«Du wirst es nicht glauben, aber ich merke eine ganze Menge.»

«Na ja, sonst wärst du ein schlechter Commissario, vero!»

«Es gibt durchaus Polizisten, die ziemlich wenig merken.»

«Das ist manchmal ganz praktisch … ich meine natürlich bei kleinen Dingen, wenn man nicht ganz genau die Steuern gezahlt hat, die man zahlen sollte, sondern ein winziges bisschen weniger, weil man einfach was vergessen hat.» Fernando lachte leise.

Guerrini beschloss, zum Angriff überzugehen, auch wenn das Essen diesmal besonders köstlich war.

«Hast du eigentlich die Beamten von der Guardia di Finanza bestochen, als sie dich zweimal gefilzt haben?»

Der alte Guerrini stand auf, füllte Kaffee und Wasser in seine Caffètiera, entzündete umständlich die Gasflamme seines Herdes und wandte sich erst wieder zu seinem Sohn um, als er eine Schale Gebäck aus dem großen alten Küchenschrank geholt hatte.

«Ich habe frische Biscotti di Prato gebacken, du kannst dir auch welche mitnehmen. Es sind genug da. Sie schmecken besser als das trockene Zeug, das man überall kaufen kann!» Ruhig füllte er zwei Gläser mit Vinsanto und stellte sie auf den Tisch.

«Du willst also nicht mit mir reden, eh?»

«Nach dem Essen. Hatten wir das nicht ausgemacht?»

«Wir sind fast fertig.»

«Aber nur fast! Hast du schon mal Biscotti di Prato gemacht, eh? Weißt du, wie viel Arbeit in diesen Keksen steckt? Gib's zu, du hast keine Ahnung davon. Du machst ja nur wichtige Dinge: Verbrecher jagen, was? Dabei bin ich sicher, dass mindestens jeder zweite Mord zu Recht verübt wird!» Der alte Guerrini sprach so laut und ärgerlich, dass Tonino den Kopf hob, sich mühselig aufrappelte und unsicher wedelnd zu seinem Herrn kam.

«Das ist nicht dein Ernst!», brüllte Guerrini zurück, obwohl er sich vorgenommen hatte, nicht zu brüllen. «Wenn du wütend bist, dann übertreibst du in einer Art und Weise, die völlig absurd ist. Das war schon immer so! Kannst du nicht einfach meine Frage beantworten? Es ist eine ganz simple Frage. Du kannst ja oder nein sagen!»

«Nein, das kann ich nicht. Deine Frage ist eine Unverschämtheit, eine totale Respektlosigkeit!»

«Das beantwortet sie noch immer nicht!»

«Ich werde sie auch nicht beantworten, weil du die Antwort selbst kennst! Jedenfalls wird dir die Antwort einfallen, wenn dir klar wird, dass ich dein Vater bin. Immer war ich für dich da, ich habe dich ernährt, dir gezeigt, wie man Trüffel findet. Ich habe dich studieren lassen, obwohl ich mir gewünscht habe, dass du meinen Keramikhandel übernimmst! Tage- und nächtelang habe ich an deinem Bett gesessen, als dich diese Verbrecher beinahe totgeschossen hätten. Ist das jetzt der Dank dafür, eh?» Erschöpft von der langen, heftigen Rede, ließ Fernando sich auf seinen Stuhl fallen und stürzte den Rest seines Rotweins hinunter.

«Das eine hat mit dem anderen überhaupt nichts zu tun, papà! Ich habe dir eine einfache Frage gestellt, und du könntest sie ehrlich beantworten. Seit diese Geschichte mit Colalto und dem illegalen Kunsthandel gelaufen ist, seit du mir ganz harmlos mitgeteilt hast, dass der ehrenwerte Conte deine verdammten Madonnen über Neapel nach Amerika exportiert …»

«Verdammte Madonnen? Hast du verdammte Madonnen gesagt? Della-Robbia-Madonnen nennst du verdammte Madonnen?» Fernando schnaufte wütend.

«Entschuldige, ich meine es nicht so. Aber dass dieser Export über Neapel mit der Camorra zusammenhängen wird, muss auch dir aufgefallen sein. Du hast mitgemacht …»

«Ich habe es nicht gewusst, Madonna mia! Jahrelang habe ich es nicht gewusst!»

«Weil du es nicht wissen wolltest!»

«Vero! Und weißt du auch, warum, du Superpoliziotto? Nein? Dann sag ich es dir: Weil meine Geschäfte zum ersten Mal gut gelaufen sind! Ich hatte nie was mit der Camorra zu tun, habe nie mit einem der Kerle geredet oder einen gesehen!»

«Nur einen der Bosse, was?»

«Welchen Boss?»

«Colalto!»

«Er war ein Freund, ein verlässlicher Geschäftspartner und Freund. Du weißt das genau!»

«Ich mochte ihn nie und seinen Sohn noch weniger.»

«Bist du deshalb Polizist geworden?»

«Nein. Oder vielleicht doch! Ich hab immer gespürt, dass da irgendwas faul ist. Mutter übrigens auch.»

«Lass deine Mutter aus dem Spiel! Wie kommst du ausgerechnet jetzt auf diese alte Geschichte, eh? Willst du mich ärgern, oder was?»

«Es ist keine alte Geschichte! Kannst du dir vorstellen, dass ich bereits zum zweiten Mal mit deiner *alten* Geschichte erpresst werde? Kannst du das?»

«Wer erpresst dich, eh?» Fernando machte eine so wilde Armbewegung, dass er die Flasche mit Vinsanto umstieß. Ehe sie über die Tischkante fiel, gelang es Guerrini, sie aufzufangen. Mit einem Knall stellte er sie wieder aufrecht.

«Der Erste, der es versucht hat, war Colalto. Er drohte damit, dich hochgehen zu lassen und mich gleich mit, wenn irgendwer ihm ins Geschäft pfuschen würde. Der Fall hat sich von selbst erledigt, wie so viele Fälle hierzulande: Irgendwer, ziemlich weit oben, hat seine Hand über den ehrenwerten Conte gehalten, und damit war die Sache erledigt. Du warst aus dem Schneider und ich auch. Aber ich kann dir eines sagen: Ich habe vor allem deinetwegen nicht weitergemacht. Ich hätte diesen arroganten Mistkerl und seine verrückte Schwester gern im Knast gesehen!»

Mit gesenktem Kopf und gerunzelten Augenbrauen murmelte Fernando etwas Unverständliches vor sich hin. Plötzlich schaute er auf und suchte Angelos Blick. «Hat er das wirklich getan? Dich erpresst? Sein Vater hätte niemals so gehandelt! Die Jungen sind …»

«Ach, mach dir doch nichts vor, papà! Der Alte hätte genauso gehandelt, wenn ich ihm in die Quere gekommen wäre!»

Fernando knetete seine Hände.

«Und jetzt sag nicht, dass es meine Schuld ist, wenn ich ihm in die Quere komme. Sag es ja nicht!»

Fernando schüttelte den Kopf. «Hat er dich ein zweites Mal ...?»

«Nein, aber das kann noch kommen. Diesmal ist es ein Bankdirektor, der meint, mit solchen unsauberen Geschichten seinen Kopf retten zu können.» Wütend griff Angelo nach einem Keks und steckte ihn in den Mund, ohne ihn zuvor in Vinsanto zu tauchen.

«No!»

«Che, no?»

«Du darfst diese biscotti nicht einfach in den Mund stopfen, wenn du wütend bist! Du schmeckst nichts, nur deine Wut. Nicht einmal eingetaucht hast du ihn, so wütend bist du!»

Verblüfft sah Guerrini seinen Vater an und fing an zu lachen. «Sei incredibile, papà! Deine Art, von wichtigen Dingen abzulenken, ist unschlagbar.»

«Ich habe mindestens drei Stunden gebraucht, um diese biscotti zu backen, da kann ich nicht zusehen, wie mein Sohn sie einfach zerkaut und wegschluckt, als würde er Mörtel fressen! Also, was ist mit diesem Bankdirektor?»

«Er hat meine Versetzung nach Siena ausgegraben und deine Madonnengeschäfte samt Kontrollen der Finanzpolizei. Wenn er oder seine Anwälte es geschickt anfangen, sind wir alle beide geliefert.»

«Dann sollten wir uns nicht streiten, sondern gemeinsam überlegen, was wir dagegen machen können! Penso io!»

«Gar nichts können wir machen, penso io! Vielleicht hilft beten. Aber klein beigeben werde ich diesmal nicht! Ich wollte es, aber jetzt habe ich die Unterstützung des Questore, und deshalb mache ich weiter. Verstehst du?»

«Warum willst du den Helden spielen, eh? Davon kannst du dir nichts kaufen. Im Krieg haben wir Helden gespielt, und die meisten haben es nicht überlebt.»

«In diesem Land muss sich etwas ändern. Und am besten fangen wir bei uns an, bei dir und mir. Ich will, dass du deine Geschäfte mit Colalto beendest, sofort. Und vielleicht kannst du sogar über deinen Schatten springen und dich ein bisschen schuldig fühlen.»

«Ma, Angelo! Sie laufen gut, die Geschäfte. Wenn ich sterbe, dann erbst du eine ganze Menge, das kann ich dir versprechen!»

«Wenn du nicht damit aufhörst, dann verspreche ich dir eines: Ich werde das ganze Geld der Antimafia spenden, und es wird das letzte Mal sein, dass wir zusammen cappone in agrodolce essen! Hast du mich verstanden?»

Tonino fing plötzlich an zu bellen, als spürte er den Ernst der Lage. Es war das brüchige, heisere Bellen eines alten Hundes, und es hatte etwas Anrührendes, wie das Zittern einer Hand, die ihre Kraft verloren hatte. Langsam streckte Fernando seinen Arm aus und legte die Hand auf Toninos Kopf. Sie zitterte nicht.

«Schon gut, Alter», murmelte er. «Angelo hat ja recht, wenn er so wütend ist.» Dann richtete er sich geradezu würdevoll auf und räusperte sich. «Also, die letzte Lieferung von Madonnenreliefs ist vor einer Woche rausgegangen. Ich verspreche dir, dass es die letzte war.»

«Santa Caterina! Vor einem Jahr hast du mir gesagt, dass du geschäftlich kaum noch etwas machst. Du hast es doch auch nicht nötig, oder?»

«Nein, aber es macht Spaß.»

«Was macht Spaß? Zu wenig Steuern zahlen und mit der Camorra arbeiten?»

«Ich arbeite nicht mit der Camorra! Es macht Spaß, mit über achtzig noch was auf die Beine zu stellen, das meine ich. Warte nur, bis du so alt bist wie ich und keiner in der Questura dem ehrenwerten Commissario Guerrini eine Träne nachweint. Dann wärst du froh um ein paar Madonnen, die du in Amerika verkaufen kannst!»

«Nein.»

«Doch!»

«Lassen wir das.»

«Bene, lassen wir es.»

«Versprichst du mir, dass du ganz aufhörst?»

Der alte Guerrini seufzte tief, trank einen Schluck Vinsanto, verzog das Gesicht und hustete.

«Also, was ist?»

«Ich verspreche es dir. Aber keine Ahnung, wie ich das Colalto erklären soll.»

«Sag ihm, dass du zu alt wirst für solche Geschäfte und es dich zu sehr anstrengt. Sag ihm, dass du krank bist.»

«Und was sage ich der Keramikwerkstatt, der Brennerei? Da hängen Arbeitsplätze dran, Angelo!»

«Gib ihnen die Adressen deiner Kunden in Amerika. Sie sollen sich selbst um ihre Madonnen kümmern. Ich garantiere dir, die schaffen das. Außerdem bekommen sie mehr Geld. Direktvermarktung nennt man das. Ohne dich und ohne Camorra.»

«Vielleicht kommt dann die Camorra und schlägt denen die Brennöfen kaputt ...»

«Ah, du liest offensichtlich Zeitung. Ja, solche netten Aktionen machen deine Geschäftspartner, wenn jemand aussteigen will: Olivenplantagen abbrennen, Weizenfelder, Fabrikhallen.»

«Natürlich lese ich Zeitung.»

«Hast du deshalb immer weitergemacht?»

«Zum Beispiel. Aber du stehst natürlich über den Dingen. Du bist der Retter der Nation! Es sind nette Leute, die meine Madonnen herstellen, Freunde. Die verdienen so etwas nicht ...»

«Siehst du jetzt, in welchem Schlamassel wir stecken? Bloß nichts ändern, weil wir sonst von irgendwem bestraft werden, eh? Hauptsache, es läuft, ob kriminell oder nicht. Wen juckt's, eh?»

«Cazzo, natürlich seh ich das, bin ja nicht blöd!»

«Dann ändere was!»

«Du auch?»

«Ich auch.»

«Bist du noch wütend?»

«Nein, eher erschöpft.»

«Bene, dann trinken wir jetzt einen Caffè und essen biscotti mit Vinsanto.»

«Einverstanden.»

Fernando stand auf, füllte Espressotassen, kehrte fast

geschäftig zurück, als wollte er die leichte Entspannung, die sich zwischen ihm und Angelo andeutete, nicht gefährden.

«Ich höre auf – unter einer Bedingung: dass die Carabinieri ein Auge auf die Betriebe meiner Freunde haben.»

«Bene, das kann ich in die Wege leiten.»

Der alte Guerrini nickte kummervoll. «Ich werd ihnen Geld zur Erhöhung der Versicherung geben.»

«Gute Idee.»

«Wie schmecken die biscotti?»

«Wunderbar. Mürbe, nicht hart. Nicht zu süß und mit Vinsanto ein Stück vom Paradies.»

«Übertreib nicht.»

«Ich meine es aber so.»

Fernando stieß ein halb erfreutes Knurren aus.

«Wie geht es Laura?»

«Gut.»

«Ist das alles?»

«Sie arbeitet viel.»

«Ah, ihr Vater Emilio hat mich angerufen und gefragt, was los ist.»

«Was soll los sein?»

«Genau das, was du mir verschweigst, Angelo!»

«Ich ver…»

«Natürlich tust du das! Aber bilde dir nicht ein, dass ich es nicht merke. Hat dich ganz schön aus dem Gleis geworfen, dass einer auf dich geschossen hat, was?»

Tonino wackelte zu Angelo und legte den Kopf auf seinen Oberschenkel. Behutsam kraulte der Commissario den alten Hund hinter den Ohren. Tonino seufzte zufrieden, und sein Kopf lastete schwer auf Guerrinis Schenkel.

«Du musst mir nicht antworten. Ich weiß es. Aber ich sage dir eines: Lass Laura nicht darunter leiden.»

«Ich lasse sie nicht leiden.»

«Va bene, dann ist es ja gut. Ich mag Laura, und auf meine alten Tage kann ich mich nicht mehr an wechselnde Freundinnen meines Sohnes gewöhnen. Laura hat im Gegensatz zu deiner Exfrau eine Menge Humor. So was findest du nicht alle Tage! Sie sieht gut aus, ist witzig, klug und nicht immer da. Idealer kannst du es nicht bekommen, Angelo! Das sag ich dir aus meiner langen Erfahrung, von der du natürlich nichts hören willst, vero?»

«Vero, aber in diesem Fall hast du ausnahmsweise recht.»

Zum ersten Mal an diesem Abend glitt das verschmitzte Grinsen über Fernando Guerrinis Gesicht, das Angelo so gut kannte.

LAURA HATTE es geschafft, einen Termin bei einem zweiten Vorstandsmitglied der Hardenberg Bank zu bekommen. Dieser Dr. Pellmann war ein bisschen sympathischer als ihre bisherigen Gesprächspartner. Er lud sie zu einer Tasse Tee ein und verbarrikadierte sich nicht hinter seinem riesigen Schreibtisch, sondern setzte sich zu ihr in eine beinahe gemütliche Ecke seines Büros. Er zeigte ziemlich echt wirkendes Bedauern über Hardenbergs Tod, und es schien ihn sehr zu bewegen, dass es sich um Mord handelte.

Lange dachte er nach, ehe er Lauras Frage nach der Persönlichkeit des Bankiers beantwortete.

«Leo Hardenberg war ein vorsichtiger und gründlicher Mensch. Er prüfte sämtliche Bedingungen eines Geschäfts sehr genau. Deshalb änderte er auch häufiger seine Meinung, als es vielen hier im Haus gefiel. Er hörte nie auf zu recherchieren und zu prüfen. Erst, wenn er ganz sicher sein konnte, dass Zahlen und Bilanzen in Ordnung waren, konnte man davon ausgehen, dass er kein Veto einlegte. Natürlich kümmerte er sich hauptsächlich um große Projekte, den Kleinkram überließ er anderen.»

«Warum war er gegen die Fusion mit der Banca libera?»

Pellmann lächelte, rückte seine randlose Brille zurecht und strich über sein ohnehin frisch gekämmtes dunkles Haar, das nur an den Schläfen ein wenig Grau zeigte.

«Nun, er hatte wohl herausgefunden, dass ein Teil des Kapitals der Banca libera aus Ressourcen des organisierten Verbrechens stammte, und eine Vermengung dieser unklaren Kapitalquellen mit unserer Bank wollte er vermeiden. Was sagte er immer wieder: Es geht sowieso alles drunter und drüber im Bankgeschäft, warum die Dinge noch schwieriger machen, als sie ohnehin schon sind?»

«Hat Ihre Bank keine unklaren Konten und Geldbewegungen?»

«Ach, wissen Sie: Wer das mit hundertprozentiger Sicherheit sagen würde, der wäre ein Lügner.»

«Wenn ich richtig verstanden habe, dann war Leo Hardenberg mit seinem Vetorecht noch immer der Mächtigste in dieser Bank.»

«Ja, das könnte man so sagen.»

«Und daraus folgten Konflikte.»

«Durchaus.»

«Haben diese Konflikte sich in der letzten Zeit verschärft?»

«Auch das kann man sagen.»

«Könnten diese Konflikte Auslöser für den Mord an Hardenberg sein?»

Wieder dachte Pellmann lange nach, dann schüttelte er leicht den Kopf. «Nein, das glaube ich nicht. So heftig wurden die Meinungsverschiedenheiten nicht ausgetragen, und es hätte durchaus sein können, dass Hardenberg seine Meinung über die Banca libera noch einmal ändert. Außerdem interessierte sich noch eine zweite italienische Bank für eine Fusion und auch noch eine französische.»

«Warum wird überhaupt fusioniert?»

«Interessieren Sie sich wirklich für Bankgeschäfte, Frau Gottberg? Oder muss ich Kriminalhauptkommissarin sagen?»

«Ziemlich langes Wort, nicht wahr? Lassen Sie's weg. Gottberg reicht völlig. Aber ja, es interessiert mich, und außerdem bildet es den Nährboden der Ermittlungen.»

«Gut, dann bilden wir den Nährboden.» Wieder lächelte Pellmann auf seine stille Art. «Fast alle Banken leiden derzeit unter einem Mangel an Kapital. Fusionen können da hilfreich sein. Jedenfalls hofft man das. Falls eine der fusionswilligen Banken allerdings die Bilanzen gefälscht hat, dann kann es böse Überraschungen geben.»

«Leo Hardenberg war also nicht der Meinung, dass die Banca libera ein seriöser Partner sein könnte.»

«Er bezweifelte es.»

«Hier im Haus hatte niemand eine besonders enge Beziehung zur Banca libera? Eine persönliche, möglicherweise?»

«Davon ist mir nichts bekannt.»

«Eine Susanne Ullmann hat Hardenbergs Ehefrau vom Tod ihres Mannes benachrichtigt. Angeblich arbeitet sie bei einer Bank in Florenz.»

Pellmann presste die Lippen zusammen und zog die Augenbrauen hoch. «Woher haben Sie diese Information?»

«Vom Chef Ihrer Sicherheitsfirma.»

«Dann wollte er wohl diskret sein. Aber in diesem Fall halte ich Diskretion für überflüssig. Susanne Ullmann ist, oder besser war, die Freundin von Hardenberg. Sie arbeitete bis vor einem halben Jahr in unserer Bank. Ganz sicher ist sie nicht bei einer italienischen Bank angestellt.»

«Wusste Frau Hardenberg von dieser Beziehung?»

«Darüber bin ich nicht informiert.»

Laura betrachtete nachdenklich das riesige abstrakte Gemälde, das gegenüber der Sitzgruppe hing. Grüne und gelbe Farbflächen, einander umschlingend.

«Wie stand Hardenberg zur Firma Saveguard?»

«Kritischer als die meisten anderen hier im Haus. Wolfgang Kirr hat eine starke Stellung und das Vertrauen der meisten Vorstände.»

«Ihres auch?»

Pellmann lehnte sich zurück und drehte die Teetasse in seinen Händen. «Tja», sagte er dann langsam und sah Laura an, «ich halte eine gewisse Distanz. Mir ist Kirr zu kreativ in Bezug auf Macht und Geld. Mehr möchte ich dazu nicht sagen.»

«Ist ja auch schon eine ganze Menge», erwiderte Laura. Sie dankte Pellmann für seine Antworten, und auf dem Weg zu ihrem Wagen fasste sie einen Entschluss, von dem sie annahm, dass er viele Menschen überraschen würde.

Nach ihrer Rückkehr ins Präsidium rief Laura Patricks Eltern in London an – ein erster Schritt zur Umsetzung ihrer Entscheidung. Sie erklärte kurz die Lage, bat darum, Patricks Besuch zu verschieben und stattdessen Sofia für eine – hoffentlich – kurze Zeit aufzunehmen. Die beiden könnten dann gemeinsam nach München zurückkehren, wenn sich die Lage beruhigt hätte. Die irisch-englischen Bekannten ihrer Kinder zeigten sich so besorgt und hilfsbereit, dass auch Luca eingeladen wurde. Doch Luca war versorgt, und so blieb es bei Sofia.

«Patrick will be delighted!», sagte seine Mutter und lachte.

«So will Sofia», antwortete Laura und dachte, dass sie unbedingt noch vor Sofias Abflug mit ihr über Empfängnisverhütung sprechen musste.

Als Nächstes folgte ein kurzes Gespräch mit Sofias Schulleiter, der heilfroh war, dass mit ihr ein mögliches Anschlagsziel aus dem Umfeld seines Gymnasiums entfernt wurde.

Angesichts der bevorstehenden Organisation von Sofias Abreise fühlte Laura sich plötzlich gestresst. Ronald hatte sich seit seiner heldenhaften Übernachtung in ihrer Wohnung nicht mehr gemeldet. Wieso eigentlich?

«Ciao!», sprach sie in ihr privates Handy, als er ihren Anruf annahm, was er nicht immer tat. «SOS, ich brauche deine Hilfe! Bitte buche für morgen einen Flug nach London. One Way. Passagier Sofia.»

«Ich dachte, wir lassen sie bei verschiedenen Freundinnen übernachten? Das ist doch die sinnvollere Lösung!»

«Aber dann geht sie trotzdem jeden Tag zur Schule, und die wissen garantiert genau, in welche!»

«Einfacher Flug und so kurzfristig … das wird teuer.»

«Ich zahl die Hälfte.»

«Hältst du das wirklich für eine gute Lösung? Sie einfach wegschicken, und noch dazu nach London zu diesem Patrick?»

«Ronald! In knapp zwei Wochen wäre Patrick zu uns gekommen. Wo ist da der Unterschied?»

«Wir hätten die Sache unter Kontrolle gehabt.»

«Hätten wir das? Wolltest du einen Bodyguard für Sofi engagieren, der nachts auf ihrer Türschwelle wacht?»

«Seit wann bist du in Sachen Moral so locker?»

«Es geht hier nicht um Moral, sondern um zwei junge Menschen, die sich lieben. Luca hat schon seit zwei Jahren eine Freundin, und da hattest du noch nie moralische Bedenken.»

«Luca ist ein Mann.»

«Und Sofia fast schon eine Frau! Verdammt noch mal, Ronald, ich habe jetzt keine Zeit, solche Dinge zu diskutieren. Ich muss nach Florenz, und zwar sehr schnell. Es geht um einen schwierigen Fall, und es ist dringend. Dabei will ich mir nicht ununterbrochen Sorgen um Sofia machen, verstehst du? Und mach jetzt keine launige Bemerkung über Guerrini!»

Laura hörte, wie Ronald sich eine Zigarette anzündete, daran zog und den Rauch ausstieß.

«Okay, ich buche den Flug.»

«Danke, ich zahle ihn ganz. Würdest du Sofia zum Flughafen bringen?»

«Ja, auch das.»

«Grazie mille und ciao!»

Ronald legte auf, ohne sich zu verabschieden.

Der nächste Anruf lief übers Diensttelefon und ging zur Questura in Siena, doch Laura brach die Verbindung ab, ehe sich jemand meldete. Nach kurzem Nachdenken sandte sie lieber eine E-Mail an Tommasini. Guerrinis Stimme zu hören, das hätte sie im Augenblick nicht verkraftet. Sie schrieb kurz und knapp:

Ciao, Guido,
Leo Hardenbergs Frau ist in Florenz! Bitte um Überwachung. Ebenso bei Susanne Ullmann.
Später mehr:
Auguri
Laura

Ein paar Minuten lang verharrte sie in ihrem Schreibtischsessel und versuchte sich Angelos Reaktion auf ihre Nachricht an Tommasini vorzustellen. Wahrscheinlich würde er wütend werden. Ja, eigentlich hoffte sie, dass er wütend wurde.

Immer noch kindische Spiele, dachte sie. Sie fühlte sich nervös und erschöpft. Endlich raffte sie sich auf, ging zu Claudia hinüber und bat sie, einen Flug nach Florenz zu buchen, möglichst früh am nächsten Tag.

«Geht auf meine Kosten. Hier hast du meine Kreditkarte.»

«Wow.» Claudia starrte sie an. «Du traust dich was! Machst du das, weil der Chef dich zum Mond schicken wollte, oder hat das noch andere Gründe?»

«Es hat eine Menge Gründe, Claudia – unter anderem dienstliche. Aber da ich ja eigentlich nicht ermitteln darf, ist es mehr privat.»

«Wann willst du zurückfliegen?»

«Weiß ich noch nicht.»

«Noch mal wow! Bist du sicher, dass du deinen Job noch hast, wenn du irgendwann zurückkommst?»

«Nein, aber ich hoffe es.»

«Ich werd ein paar Kerzen anzünden!»

«Danke. Grüß Peter von mir. Ich werde es heute wahrscheinlich nicht mehr schaffen, ihn zu besuchen. Warst du schon bei ihm?»

Seltsamerweise wurde Claudia rot, während sie nickte. «Alles, was kaputt ist, heilt ganz gut. Aber er hat immer noch Angstzustände.»

«Auch, wenn du bei ihm bist?»

«He, Laura! Jetzt fängst du an, anzügliche Bemerkungen zu machen. Lass das, bitte.»

«Entschuldige. Aber ich nehme an, dass die rote Rose auf seinem Nachttisch nicht von Hauptwachtmeister Nowak stammt. Und außer uns beiden hat ihn bisher niemand besucht.»

«Vielleicht hast du sie ihm hingestellt», gab Claudia schnippisch zurück.

«Kein guter Konter. Wo sind eigentlich seine Eltern?»

«Die kommen morgen.»

«Hast du mit Peters Arzt gesprochen?»

«Ja, aber er nicht mit mir, weil ich nur eine Kollegin und nicht seine Vorgesetzte bin.»

Laura zuckte die Achseln. «Vorschriften. Er darf auch mit Vorgesetzten nicht reden.»

«Aber mit dir hat er doch, oder?»

«Nein, ich mit ihm. Versuchst du jetzt, ein Ticket für mich zu buchen, oder nicht? Und könntest du mich vorher bei Becker anmelden?»

«Er ist nicht da. Hat irgendeine wichtige Sitzung im LKA.»

«Hat er gesagt, worum es geht?»

«Nein.»

«Könnte sein, dass die eine Krisensitzung über den Fall Hardenberg Bank haben. Ich verschwinde besser und schalte mein Diensthandy ab. Die Nummer meines neuen privaten hat er nämlich noch nicht. Gib sie ihm ja nicht, Claudia, und sag mir Bescheid, wenn du gebucht hast. Ich fahre jetzt nach Hause und packe.»

«Hier, vergiss deine Kreditkarte nicht. Ich hab mir alles aufgeschrieben. Was soll ich Becker denn sagen, wenn er nach dir fragt?»

«Sag ihm, dass ich, auf seinen Vorschlag hin, verreist bin. Zu deinem Schutz: Ich hätte dir aufgetragen, das zu sagen. Vergiss nicht: auf seinen Vorschlag hin! Okay?»

«Okay, ich freu mich schon auf sein Gesicht. Viel Erfolg, Laura!»

«Ebenso.»

«Wofür denn?»

«Na, für die Rosengeschichte.»

Blitzschnell war Laura durch die Tür, wobei sie zum ersten Mal an diesem Tag lachte.

Ein Schlosser reparierte gerade die aufgebrochene Tür, als Laura nach Hause zurückkehrte. Neben dem Handwerker stand Ibrahim Özmer und gab gute Ratschläge. Es war ein lauer Frühlingsabend, endlich, und der japanische Kirschbaum vor der Haustür fing gerade an zu blühen. Irgendein Hund hatte genau vor dem Eingang ein Würstchen hinterlassen, und der Schlosser trat hinein, als er zwei Schritte nach hinten machte, um sein Werk zu betrachten. Laut fluchend versuchte er seinen

Schuh zu reinigen. Ibrahim Özmer stimmte in sein Schimpfen ein, und Laura unterdrückte ein Lachen.

«Laura, alles gut? Nix passiert heute?», fragte Özmer besorgt.

«Nein, nichts ist passiert. Alles gut! Noch mal vielen Dank für die Hilfe heute Nacht.»

«Gern gemacht, ich.»

«Ich werde verreisen, Herr Özmer. Wenn der Kerl noch mal kommt, dann rufen Sie bitte die Polizei. Nicht die Tür aufmachen. Haben Sie mich verstanden? Zu gefährlich! Vielleicht hat er nächstes Mal eine Pistole!»

«Ich nix Pistole, Laura!»

«Ja, ich weiß, schon gut. Ich werde Sefira erklären, was ich meine. Schönen Abend!»

Schnell lief Laura die vier Stockwerke zu ihrer Wohnung hinauf. Manchmal ging ihr Ibrahim Özmers Unfähigkeit, wenigstens halbwegs Deutsch zu lernen, auf die Nerven, aber meistens erheiterte er sie, genau wie ihre Familie. Besonders Luca konnte ihn auf liebevoll witzige Weise parodieren. Im Gegensatz zum Familienoberhaupt sprachen die Frauen der Özmers ziemlich gut Deutsch und halfen ihm so über die Klippen des Lebens hinweg. Seit zwanzig Jahren lebten sie in München. Ibrahim wollte unbedingt zurück nach Izmir, endlich seinen kleinen Laden selbst übernehmen und in seinem eigenen Haus wohnen. Abbezahlt war alles, und in einer der Garagen stand ein großer Traktor. Investition in die Zukunft, hatte Ibrahim stolz erzählt. Wird mehr wert, dann verkaufen! Das Problem war nur, dass die Özmer-Frauen nicht in die Türkei zurückwollten, nur, um Urlaub zu machen. Und so träumte Ibrahim, stritt sich mit Frau und Töchtern herum und wurde dabei immer älter.

Ihm geht es so ähnlich wie mir und Angelo, dachte Laura, als sie außer Atem vor ihrer Wohnungstür stand. Er wünscht sich ein anderes Leben und bleibt doch im alten stecken.

Als ihr Atem wieder ruhiger ging, klingelte sie bei Sefira und erklärte ihr noch einmal ausführlich, was sie zuvor Ibrahim gesagt hatte. Sefira verstand sofort und versprach, auf ihren Mann aufzupassen und außerdem Lauras Pflanzen zu gießen. Dann drückte sie Laura noch einmal kräftig an sich, gab ihr ein Stück süßen Reiskuchen für Sofia mit und ließ sie endlich gehen.

Packen, dachte Laura, als sie ihre Wohnung betrat. Ich muss sofort damit anfangen, sonst endet unsere Abreise im totalen Chaos.

Der Anrufbeantworter ihres Festnetztelefons blinkte, aber das Display zeigte keine Nummer an. Neuer Drohanruf, dachte Laura und lehnte sich an die Wand neben dem Telefon. Zweimal atmete sie tief durch, dann drückte sie entschlossen auf den Wiedergabeknopf.

«Du hättest auch mir diese E-Mail schicken können, Laura. Tommasini eignet sich nicht besonders als Vermittler zwischen uns. Es zerreißt ihn fast! Zu deiner Beruhigung: Wir kümmern uns um Signora Hardenberg und Susanne Ullmann. Es wäre allerdings nett, wenn du uns auch die Gründe dafür mitteilen würdest. Ciao!»

Er ist genauso feige wie ich, dachte Laura. Eigentlich müsste ich jetzt wütend werden. Kann ich aber nicht. Ich liebe seine Stimme. Sie setzte sich neben den Anrufbeantworter auf den Boden und hörte Guerrinis

Nachricht noch zweimal an, obwohl sie eigentlich keine Zeit zu verlieren hatte.

Zwei Stunden später briet Ronald, der Sofia bei ihrer Freundin abgeholt hatte, in der Küche Bratkartoffeln mit Spiegeleiern, während Laura ihrer Tochter beim Packen half. Sofia wollte ihre gesamten schicken Hosen, Röcke und Jacken mitnehmen.

«Das ist kein Umzug, Sofi. Du bist in spätestens zwei Wochen wieder hier und wahrscheinlich mit Patrick.»

«Aber ich brauche meine Sachen, Mama. Ich will gut aussehen … es ist mir wirklich wichtig!» Unerwartet brach Sofia in Tränen aus.

Laura ließ die Bluse sinken, die sie gerade zusammenlegte, und ging zu ihrer Tochter. Schluchzend, mit hängenden Schultern stand Sofi vor ihrem Kleiderschrank.

«Du siehst immer gut aus, Sofia», sagte Laura leise. «Und besonders sexy bist du in Jeans und deinem Lieblingsshirt. Du brauchst wirklich keine Angst zu haben, dass Patrick dich nicht schön finden könnte.»

«Aber es geht alles viel zu schnell. Ich hab mich drauf eingestellt, dass er in zwei Wochen kommt. Jetzt seh ich ihn schon morgen. Ich hab überhaupt keine Zeit, mich vorzubereiten!» Sofia warf sich in Lauras Arme und weinte so laut, dass Ronald besorgt den Kopf ins Zimmer steckte, sich aber sofort wieder zurückzog, als Laura warnend eine Hand hob.

«Das macht dir ein bisschen Angst, nicht wahr?»

«Und wie, Mama!»

«Wie lange habt ihr euch nicht mehr gesehen? Seit

knapp vier Monaten. Das ist eine lange Zeit, Sofi. Da wird man sich ein bisschen fremd.»

«Wir sehen uns doch beim Skypen.»

«Aber da kann man sich nicht anfassen, nicht küssen, nicht miteinander tanzen oder spazieren gehen, nicht miteinander essen oder Freunde sehen. Vielleicht kann man streiten und sich allen möglichen Quatsch erzählen. Mehr aber nicht.»

«Was ist, wenn er mich nicht mehr mag oder ich ihn nicht?»

«Ich bin ganz sicher, dass er dich mögen wird, Sofia. Ob du ihn magst, das wirst du herausfinden.»

«Ich mag ihn total, Mama!»

«Also dann: Schluss mit den Tränen!»

«Aber ich hab Angst!»

Ich auch, dachte Laura. Ich fürchte mich vor dem Wiedersehen mit Angelo.

«Liebe macht immer ein bisschen Angst», sagte sie, strich Sofias langes Haar zurück und küsste ihre heiße Stirn.

«Ist das bei dir und Angelo auch so?»

«Ja, das ist bei uns genauso.»

«Obwohl ihr erwachsen seid?»

«Obwohl wir ziemlich erwachsen sind.»

«Okay!» Sofia löste sich aus Lauras Armen und schüttelte ihr Haar. Sie wischte sich die Augen trocken, seufzte tief und sagte schließlich: «Dann packen wir jetzt weiter, Mama.»

«Sofia, da ist noch eine Sache, die ich mit dir besprechen muss …»

«Musst du nicht, Mama. Ich nehme die Pille schon

seit zwei Monaten. Du brauchst dir also keine Sorgen zu machen, und Papa kann sich auch entspannen.»

«Na, prima», murmelte Laura, faltete die Bluse noch einmal und legte sie in den Koffer. Ich habe meine Kinder zur Selbständigkeit erzogen. Scheint geklappt zu haben.

DER TAXIFAHRER, der Laura vom Flughafen nach Florenz hineinfuhr, redete ununterbrochen von der Krise, jener Krise, die inzwischen die ganze Welt erfasst hätte, ganz besonders aber Italien. Er redete, als bereite das Katastrophenszenario ihm Lustgefühle. Zwischendurch beantwortete er Anfragen der Zentrale, plauderte über seine Freisprechanlage mit einem Freund, um dann wieder auf die Krise zurückzukommen.

«Nur Touristen nehmen hier ein Taxi, Einheimische fast überhaupt nicht mehr. Einfach zu teuer. Sehen Sie, Signora, die Benzinpreise sind astronomisch. Das muss ich natürlich an die Kunden weitergeben. Sonst habe ich überhaupt keinen Gewinn mehr.» Er breitete entschuldigend die Arme aus, ergriff schnell wieder das Steuerrad und überholte einen Lastwagen, obwohl Überholen hier eindeutig verboten war.

Laura sagte nichts, sie wusste, dass Einwände gegen italienische Fahrgewohnheiten zwecklos waren.

«Ma! Siamo sempre in crisi, vero?», lachte er und überschritt dabei die Geschwindigkeitsbegrenzung um fünfunddreißig Stundenkilometer. «Ich kann mich seit meiner Kindheit an nichts anderes erinnern als an ständiges Krisengerede. Und wahrscheinlich war es vorher genauso. Seit wir eine Republik sind: hundertfünfzig Jahre Krise, Bürgerkrieg, zwei Weltkriege, Terrorismus, hundert Regierungen, der Cavaliere … Wird nie langweilig bei uns, und bisher haben wir alles überstanden. Deshalb: Viva la crisi! Sie wollten ins Hotel Palladio, vero?»

«Vero.»

«Ihr Italienisch ist sehr gut.»

«Weil ich vero gesagt habe?»

«Sie haben vorhin gesagt, dass Sie ins Palladio wollen, und das klang sehr gut. Perfekt klang es.»

«Grazie. Kennen Sie das Palladio?»

«Das war schon wieder gut. Brava! Das Palladio, was soll ich sagen, es ist ein sehr gutes Hotel. Vier Sterne oder so. Keine schlechte Wahl, Signora.»

Er überholte einen Vespafahrer, während ihm ein Lastwagen entgegenkam, machte einen eleganten Schlenker und bog beinahe rechtwinklig in eine Seitengasse ein.

Als sie kurz darauf vor dem Hotel Palladio hielten, war Laura aufrichtig dankbar und gab dem Fahrer ein Trinkgeld von drei Euro, einfach, weil er keinen Unfall gebaut hatte. Er hob ihren Koffer aus dem Wagen und rollte ihn zum Hoteleingang.

«Soll ich Ihr Gepäck hineinbringen, Signora?»

«Nein, danke, das mach ich selbst. Viel Erfolg beim Bewältigen der Krise.»

Fröhlich lachend winkte er und fuhr mit quietschenden Reifen davon. Laura betrachtete die eindrucksvolle Fassade des Palladio mit den bunten Fahnen. Sie blickte die Straße mit den ockerfarbenen Häusern entlang, deren Fensterläden geschlossen und die bis zum ersten Stock leicht verrußt waren vom Straßenverkehr, und war einfach froh, wieder in Florenz zu sein.

Sie musste an ihre Mutter denken, die in dieser Stadt aufgewachsen war, und daran, dass sie Angelo in Florenz zum ersten Mal gesehen hatte.

Er hatte sie vom Flughafen abgeholt, sie zu einem Cappuccino auf der Piazza della Signoria eingeladen und sich für ein Kutschpferd entschuldigt, das genau vor ihrem Tisch seine Äpfel hatte fallen lassen. Sie hatte seine Bernsteinaugen wahrgenommen, das klassische Profil, sein dichtes dunkles Haar. Wenn sie heute daran dachte, war ihr klar, dass sie sich damals sofort in ihn verliebt hatte.

Dreieinhalb Jahre waren inzwischen vergangen, und es kam ihr vor, als hätte sie ihr Leben seither in Intervallen gelebt. Die Zeiten mit Angelo und die Zeiten ohne ihn. Wenn sie ehrlich war, dann liebte sie beides. Vielleicht hatte ihr Vater doch recht mit seinem Vortrag über die Bindungsprobleme der jüngeren Generationen. Und jetzt fürchtete sie sich: vor dem Wiedersehen, vor seiner Distanziertheit, vor seinem Zorn über ihre Nachricht an Tommasini, vor ihrer eigenen Reaktion auf seinen Zorn.

Langsam wandte sie sich um, betrat durch die Drehtür das Hotelfoyer und dachte dankbar an Claudia, die nicht nur den Flug gebucht hatte, sondern auch ein Zimmer im Palladio, nachdem sie herausgefunden hatte, dass sowohl Silvia Hardenberg und ihre Tochter als auch Susanne Ullmann dort abgestiegen waren.

Schnell erledigte sie die Formalitäten, gab ihren Reisepass ab und fragte den jungen Empfangschef ganz beiläufig nach Signora Hardenberg – eine Freundin, die sie hier treffen wolle, aber es handle sich um eine Überraschung, weshalb sie um Stillschweigen bitte. Gott segne meine italienische Mutter, die mir die Gabe der Sprache schenkte, aber das dachte sie nur.

Die Signora und ihre Tochter waren ausgegangen, gemeinsam mit dem deutschen Rechtsanwalt, der ebenfalls hier im Hotel wohnte, informierte sie der Empfangschef. Es hätte ja diesen schrecklichen Unglücksfall gegeben, und nun müssten eine Menge Behördengänge erledigt werden. Ob die Signora Gottberg nichts davon wisse?

«Nein», sagte Laura erstaunt. «Welcher Unglücksfall?»

«Signor Hardenberg … er ist plötzlich gestorben.»

«Das ist ja entsetzlich!»

«Si, terribile, molto terribile!»

«Hatte er einen Unfall?»

«Ich weiß es nicht genau. Ich weiß nur, dass er tot ist. Entschuldigen Sie, dass ich darüber gesprochen habe. Aber ich dachte, wenn Sie gar nichts wissen und dann Signora Hardenberg sehen …»

«Ja, natürlich. Das war sehr umsichtig von Ihnen. Danke.»

Laura nahm ihren Schlüssel und bückte sich gerade nach ihrem Koffer, als der junge Mann am Empfang in gedämpftem Ton «Signora Ullmann» begrüßte und sie fragte, ob er etwas für sie tun könne. Den Griff ihres Trolleys in der Hand, richtete Laura sich auf und betrachtete die blonde Frau, die so unerwartet neben ihr aufgetaucht war. Einen Ellbogen lässig auf den Tresen gestützt, lächelte sie den Empfangschef an und bat ihn, sie im Zimmer anzurufen, sobald Signora Hardenberg zurückkomme. Sie müsse dringend etwas mit ihr besprechen.

«Aber selbstverständlich, Signora! Haben Sie sonst noch Wünsche?» Auch er lächelte, nicht geschäftsmäßig oder in antrainierter Höflichkeit, sondern mit Wärme und einem Hauch jener dunklen Tiefe, aus der Erotik bestand. Laura sah einfach nur zu, nahm auch den etwas zu langen Blickkontakt zwischen den beiden wahr, als sich Susanne Ullmann halb abwandte, um zum Fahrstuhl zu gehen.

«No, grazie. Das wäre alles», rief sie über die Schulter. «Ich werde mich noch etwas ausruhen.»

Laura betrat den Aufzug dicht hinter ihr und lehnte sich gegenüber von Susanne Ullmann an die Wand. Die junge Frau streifte sie mit gleichgültigem Blick, schaute dann an ihr vorbei und verließ den Fahrstuhl im zweiten Stock. Wieder folgte ihr Laura, deren Zimmer ebenfalls auf der zweiten Etage lag. Susanne Ullmann drehte sich kurz nach ihr um, ehe sie ihre Zimmertür aufschloss und verschwand.

Langsam ging Laura weiter, vorbei an einer Sitzgruppe unter großen Zimmerpalmen und einem jungen Mann, der dort in *Tuttosport* las, vor sich auf dem runden Glastisch eine leere Espressotasse. Er sah nicht auf, als Laura an ihm vorüberging, aber sie war sicher, dass er ihr nachschaute, weshalb sie sich blitzschnell umwandte. Ebenso blitzschnell senkte er den Kopf über seine Zeitung.

Bulle, dachte Laura. Angelo hatte Wort gehalten. Vielleicht war er ebenfalls im Hotel, nur wenige Meter von ihr entfernt … vielleicht ahnte er, dass sie kommen würde, oder wusste bereits, dass sie da war. Vielleicht würde der unauffällige Zeitungsleser unter den Zimmerpalmen gleich nach seinem Handy greifen und Guerrini die Ankunft des Commissario tedesco melden. Laura spürte ein bekanntes Ziehen in der Magengegend, ging schneller, flüchtete sich in ihr Zimmer und schloss die Tür hinter sich ab. Es war doch kein dummes Spiel. Dumme Spiele verursachten kein Ziehen im Magen.

Sie stellte den Koffer auf die Ablage und ließ den Raum auf sich wirken – ein Traum in Rottönen mit goldenen Akzenten, venzianischem Lüster, Baldachin über dem breiten Bett und einem Badezimmer ganz in Weiß.

Eine Nacht, dachte Laura. Mehr kann ich mir nicht leisten. Sie packte kaum etwas aus, duschte kurz und beschloss, sich als Lady zu verkleiden. Graue enge Bluse, schwarze taillierte Jacke, graue enge Hose und halbhohe schwarze Stiefeletten. Sie schminkte sich sorgfältiger als gewöhnlich und freute sich, dass ihr Haar lockig und weich fiel.

Als sie sich kritisch in dem riesigen Badezimmerspiegel betrachtete, musste sie lachen. Im Grunde verhielt sie sich wie ihre Tochter Sofia. Auch sie hatte ihre schicksten Klamotten eingepackt, und zwar nicht, um Silvia Hardenberg oder den Empfangschef des Palladio zu beeindrucken. Aber so, wie sie jetzt aussah, fühlte sie sich halbwegs in der Lage, Guerrini gegenüberzutreten.

Sie würde jetzt hinunter in die Eingangshalle gehen, sich in einen der weichen Riesensessel setzen, Cappuccino und Wasser bestellen, in den Zeitungen lesen, die für Gäste auslagen, auf Silvia Hardenberg warten und mit ihr reden, ehe Susanne Ullmann es tun konnte.

Der Polizist in Zivil las noch immer in der Sportzeitung, als Laura zum zweiten Mal an ihm vorbeiging. Diesmal nahm sie nicht den Lift, sondern die Treppe. Nach ein paar Stufen kehrte sie um, und tatsächlich telefonierte er, mit gesenktem Kopf und halb hinter der Zeitung verborgen.

So, dachte sie. Jetzt weiß Angelo, dass ich auf dem Weg nach unten bin. Aber vielleicht haben Kollegen aus Florenz die Überwachung übernommen, und er ist in Siena geblieben. Vielleicht hält der Kollege mich für eine verdächtige Person, weil ich mich für eine Freundin von Silvia Hardenberg ausgegeben habe. Vielleicht informiert der Empfangschef die Polizei über jeden neuen Gast, oder man hat unter dem Tresen eine Wanze angebracht. Es gab viele Möglichkeiten.

Auf dem Treppenabsatz im ersten Stock blieb sie stehen, atmete ein paarmal tief durch und nahm sich vor, nicht mehr an Angelo zu denken und keine weiteren Spekulationen über ihn oder seinen Aufenthaltsort anzustellen. Ab sofort würde sie sich auf den Fall Hardenberg konzentrieren. Basta!

Das Foyer war fast leer, nur am Empfang stand ein älteres Ehepaar, das sehr englisch aussah. Die Umgebung erinnerte Laura an Filme, die vor dem letzten Krieg spielten, und das altmodische Paar passte genauso dazu wie die Samtsessel, die Blumengebinde in riesigen Vasen, die goldenen Stofftapeten, die gedämpften Geräusche.

Laura ließ sich in einen der Sessel sinken, lehnte sich zurück und schloss kurz die Augen. Es gibt Orte, an denen die Zeit angehalten wurde, dachte sie, oder die wie eine Zeitreise sind. Und ich bin völlig unkonzentriert, denke an alles Mögliche, nur nicht an das, was ich hier eigentlich will!

Sie machte die Augen wieder auf, schlug die Beine übereinander und winkte dem jungen Mann am Empfang. Die beiden mutmaßlichen Engländer verließen gerade durch die Drehtür das Hotel. Sie gingen hintereinander und hatten Mühe, die schwere Tür zu bewegen.

«Waren das Engländer?», fragte Laura, als der junge Mann vor ihr stand.

«Ja, wie kommen Sie darauf, Signora?»

«Sie sahen aus wie Engländer in Florenz.»

Der junge Mann lächelte, nicht so erotisch wie bei Susanne Ullmann, aber immerhin echt.

«Kann ich etwas für Sie tun?»

«Sie könnten mir einen Caffè und Wasser bringen, außerdem wüsste ich gern, wer der Mann ist, der im zweiten Stock sitzt, *Tuttosport* liest und jedes Mal telefoniert, wenn man an ihm vorbeigegangen ist.» Laura bemühte sich um einen leicht arroganten Ton, versuchte aber, dabei harmlos zu wirken.

Der Empfangschef lächelte beharrlich weiter, wenn auch nicht mehr so echt wie zuvor.

«Ich weiß leider nicht … also, ich habe den Mann nicht gesehen. Aber wenn Sie es wünschen, dann werde ich nachsehen.»

«Das sollten Sie vielleicht tun, denn ich bin sicher, dass er auch anderen Gästen auffallen wird. Ich fühle mich beobachtet, und das mag ich nicht.»

«Es ist mir sehr unangenehm, Signora. Ich werde sofort hinaufgehen.» Er verbeugte sich leicht.

«Das ist gut, aber bringen Sie mir zuerst meinen Caffè und das Wasser. Es könnte ein Privatdetektiv sein oder sogar ein Polizist. Vielleicht hat es etwas mit dem Tod von Signor Hardenberg zu tun.»

«Dann müsste ich davon wissen, Signora.» Jetzt lächelte er nicht mehr.

«Wer ist denn eigentlich diese blonde junge Dame, die vorhin am Tresen neben mir stand und sich nach Signora Hardenberg erkundigte? Ich habe das ganz unabsichtlich gehört, und da ich eine Freundin von der Signora bin, interessiert es mich.»

Der junge Mann verschränkte die Hände auf dem Rücken und zog die Schultern hoch. «Ich nehme an, dass sie die Sekretärin von Signor Hardenberg ist. Er war wohl geschäftlich hier, und sie hat ihn begleitet.»

«Ach!» Laura zog die Augenbrauen hoch. «Der gute Leo wird doch nicht etwa eine Affäre gehabt haben?»

«Es tut mir leid, Signora, dazu kann ich nichts sagen. Ich werde jetzt Ihren Caffè holen und dann nachsehen, wer im zweiten Stock sitzt.»

«Machen Sie das. Ich werde hier auf meine Freundin warten. Sie muss ja irgendwann wiederkommen.»

Mit einer weiteren leichten Verbeugung entfernte sich der junge Mann, und Laura beobachtete amüsiert, wie er sich in einem großen Spiegel mit wuchtigem Goldrahmen musterte, sein Haar zurückstrich und im Vorübergehen einen gewissen Gesichtsausdruck zu proben schien.

Hübscher Junge, dachte sie, nur ein bisschen zu eitel. Sie griff nach einer Zeitung, überflog zerstreut die Schlagzeilen, schaute auf die Uhr. Zwanzig nach zwölf. Sofia war bereits in London.

Ein ebenfalls hübscher Kellner brachte Lauras Getränke, und ein paar Minuten später trat der Empfangschef aus dem Lift.

«Im zweiten Stock sitzt niemand, der Zeitung liest, Signora.»

«Vor ihm stand eine Tasse. Haben Sie auf dem Glastisch eine Tasse gesehen?»

«Nein, Signora. Keine Tasse, keine Zeitung, kein Mann.»

«Dann ist er wohl inzwischen gegangen.»

«Ja, das ist er wohl.»

«Auf welcher Etage wohnt eigentlich Signora Hardenberg?»

«Auf der dritten.»

«Haben Sie da auch nachgesehen?»

«Nein, weshalb sollte ich?»

«Ich habe das Gefühl, dass hier etwas nicht stimmt, Signor … wie ist Ihr Name?»

«Danova, Lucrezio. Sie machen sich zu viele Gedanken, Signora.»

«Man kann sich nie genug Gedanken machen, Signor Danova.»

Die Drehtür entließ eine Gruppe neuer Gäste, und Lucrezio Danova eilte, sichtlich erleichtert, davon, um sie in Empfang zu nehmen. Zögernd nahm Laura das Mobiltelefon aus ihrem kleinen Lederrucksack. Sie hielt es eine Weile in der Hand, suchte dann Guerrinis Nummer im Adressbuch und drückte die Verbindungstaste. Sie konnte nicht einfach allein weitermachen. Es wäre dilettantisch und gefährlich. Sie musste herausfinden, ob sich Polizisten im Hotel befanden oder ob es sich um irgendwelche Unbekannten handelte, die ebenfalls an der Überwachung von Susanne Ullmann und Hardenbergs Witwe interessiert waren.

«Pronto.»

Guerrinis Stimme klang so nah, dass Laura beinahe das Telefon fallen ließ und nicht sofort antworten konnte.

«Pronto! Wer ist denn da?»

«Hier ist Laura.»

«Wo bist du?»

«Ich sitze im Foyer vom Hotel Palladio.»

«Wie kommst du da hin?»

«Mit Flugzeug und Taxi.»

Diesmal machte Guerrini eine etwas längere Pause.

«Warum sitzt du da?»

«Weil ich eine bestimmte Vermutung habe.»

«Warum teilst du uns deine Erkenntnisse nicht mit, statt Tommasini unbegründete Anweisungen zu geben?»

«Weil ich bisher nicht mit dir zusammenarbeite, sondern mit Staatsanwalt Cichetto und ich von deinen Erkenntnissen auch nichts weiß. Aber zu solchen Auseinandersetzungen haben wir jetzt keine Zeit. Ich muss wissen, ob hier im Hotel Polizisten in Zivil herumsitzen. Habt ihr die Überwachung von den Hardenbergs und Susanne Ullmann übernommen?»

«Ich bin gerade dabei, das mit Capitano Maltempo zu organisieren.»

«Dann ist also keiner von deinen Leuten hier im Palladio?»

«Bisher nicht.»

«Warum nicht?»

«Laura, du bist nicht in München!»

«Was heißt das?»

«Dass ich nicht auf eine unklare Meldung hin plötzlich rund um die Uhr eine Überwachung von ein paar Ausländerinnen anordnen kann. Zu deiner Beruhigung: Tommasini und ich haben letzte Nacht ein Auge auf die Damen gehabt. Es ist absolut nichts passiert, und sie haben bis heute Morgen ihre Zimmer nicht verlassen. Ich habe für heute Nachmittag mit Signora Hardenberg ein Gespräch verabredet. Derzeit ist sie mit ihrem Rechtsanwalt unterwegs. Wenn man in Italien ermordet wird, sind wichtige Formalitäten zu klären. Unsere Bürokratie ist doch weltberühmt. Hardenbergs Leiche wird frühestens in zwei Wochen freigegeben, sicher ist das aber noch lange nicht. Und jetzt wüsste ich gern, warum du in Florenz bist.»

«Ich glaube, dass Silvia Hardenberg in Gefahr ist.»

«In welcher?»

«Ich weiß es nicht genau, und ich kann es dir auch nicht am Telefon erklären.»

«Bene, in einer halben Stunde komme ich ins Palladio. Um vier bin ich mit Signora Hardenberg verabredet. Dann werden auch die Carabinieri in Zivil die Überwachung übernehmen. Maltempo hat zwei Leute abgestellt.»

«Hast du Silvia Hardenberg schon gesehen?»

«Nein, ich habe nur mit ihr telefoniert. Maltempo hat mit ihr gesprochen.»

«Hat er irgendwas gesagt? Ich meine, ist ihm etwas Besonderes aufgefallen?»

«Nein. Nur dass die Dame ziemlich aufgelöst wirkte, was ja verständlich ist.»

«Sie kommt gerade … ich muss Schluss machen.»

«Aspetta Laura! Ich möchte nicht, dass du jetzt sofort mit ihr sprichst. Mein Termin mit ihr ist in genau fünfzig Minuten. Wir werden Signora Hardenberg gemeinsam befragen! Hai capito?»

«Ma …»

«Nichts aber! Du wartest, bis ich komme!»

«Okay.»

«Ci vediamo.»

Er hatte das Gespräch beendet und sie behandelt, wie ein Commissario seine Untergebenen behandelt. Ein bisschen höflicher vielleicht. Und immerhin war er beim Du geblieben. Aber er hatte nichts Persönliches gesagt, seine Stimme war die ganze Zeit geradezu unerträglich sachlich geblieben. Zwei Ausländerinnen hatte er Silvia Hardenberg und Susanne Ullmann genannt. Sie selbst war auch Ausländerin, trotz italienischer Mutter. Wie schnell ein bisschen Wut das europäische Gemeinschaftsgefühl hinwegfegen kann, dachte Laura und spürte, wie ihre eigene Wut wuchs, allerdings nicht auf irgendwelche Ausländer, sondern ganz konkret auf Commissario Angelo Guerrini.

Sie steckte ihr Handy weg und beobachtete Silvia Hardenberg und ihre Tochter. Beide verbargen einen Großteil ihres Gesichts hinter dunklen Sonnenbrillen, die sie auch im Foyer nicht absetzten. Beide waren dunkelhaarig, groß und schlank, trugen schwarze elegante Hosenanzüge und hätten auch Schwestern sein können. Der Rechtsanwalt war nicht bei ihnen.

Silvia Hardenberg nahm den Zimmerschlüssel entgegen. Der hübsche Lucrezio schien ihr bei dieser Gelegenheit zu sagen, dass eine Freundin auf sie warte, denn sie drehte sich schnell um und kam zögernd auf Laura zu. Auf halbem Weg blieb sie stehen, mitten in der Halle, schob die Sonnenbrille auf ihr Haar und runzelte die Stirn.

Laura stand schnell auf und ging ihr entgegen.

«Frau Hardenberg?»

«Woher kennen Sie mich? Weshalb geben Sie sich als meine Freundin aus?»

«Entschuldigen Sie bitte. Ich wollte hier im Hotel kein Aufsehen erregen. Mein Name ist Laura Gottberg, Kripo München.»

«Zeigen Sie mir bitte Ihren Ausweis.»

Laura zog ihren Polizeiausweis aus der Seitentasche ihres Rucksacks und reichte ihn Hardenbergs Witwe. Ihre Tochter war inzwischen ebenfalls herangekommen und starrte gemeinsam mit ihrer Mutter auf Lauras Ausweis.

«Kripo München? Ich verstehe nicht. Sind Sie mir nachgereist? Ist hier nicht die italienische Polizei zuständig? In einer knappen Stunde habe ich eine Verabredung mit dem Commissario, der den Tod meines Mannes untersucht ...» Sie hustete. «Bitte erklären Sie mir, was hier vor sich geht.»

«Genau das versuchen ich und Commissario Guerrini zu klären, Frau Hardenberg. Ich werde an dem Gespräch teilnehmen, das der Commissario mit Ihnen führen will. Bis dahin möchte ich Sie und Ihre Tochter bitten, auf Ihr Zimmer zu gehen, die Tür abzuschließen und mit niemandem zu sprechen. Auch nicht mit Susanne Ullmann.»

«Dürfte ich wissen, warum?» Silvia Hardenberg war sehr blass und älter, als Laura von weitem geschätzt hatte. Um ihren Mund lag ein bitterer Zug, vielleicht sogar eine gewisse Härte. Trotzdem war sie eine schöne Frau mit erstaunlich schrägen Augen, die sie auch ihrer Tochter vererbt hatte. Ihr dunkles Haar zeigte wenige graue Strähnen, die ihr ein besonders elegantes Aussehen verliehen.

«Es ist zu Ihrer eigenen Sicherheit und der Ihrer Tochter.» Laura hatte eigentlich erwartet, dass Silvia Hardenberg widersprechen würde, doch stattdessen nickte sie.

«Ja, Sie haben wohl recht.»

«Ich werde Sie jetzt nach oben begleiten und vor Ihrem Zimmer warten, bis der Commissario eintrifft.»

«Ist es so ernst?» Für einen Moment flackerte in ihren Augen so etwas wie Angst auf, doch sie fasste sich schnell wieder.

«Ich weiß es nicht, Frau Hardenberg. Aber es ist sicher besser, vorsichtig zu sein.»

«Mehr wollen Sie mir nicht sagen?»

«Nein, im Augenblick nicht.»

«Dann gehen wir nach oben, ja? Ich muss mich unbedingt ein bisschen ausruhen, ehe der Commissario kommt. Es war sehr anstrengend heute Morgen. Komm, Natali!» Sie griff nach dem Arm ihrer Tochter und wandte sich um.

Schweigend fuhren sie mit dem Aufzug in den dritten Stock, und Laura begleitete die beiden Frauen zu ihrem Zimmer. Sie wartete, bis Natali Hardenberg die Tür aufgeschlossen hatte, und sah sich dabei nach der von Palmen umstandenen Sitzgruppe um, die es auch auf dieser Etage gab, als Natali einen Schrei ausstieß.

«Jemand war hier im Zimmer!»

Mit zwei Schritten war Laura neben ihr und Silvia. Alle Türen des großen antiken Schranks standen weit offen, die Schubladen der Kommoden lagen umgedreht auf dem Boden, die beiden Betten waren zerwühlt, der kleine Tresor aufgebrochen. Silvia Hardenberg ließ sich auf einen Sessel sinken und bedeckte ihr Gesicht mit beiden Händen.

«Haben Sie eine Ahnung, wer hier was gesucht haben könnte?», fragte Laura.

Hardenbergs Witwe schüttelte den Kopf, hielt noch immer die Hände vors Gesicht und beugte den Oberkörper weit vor, als wolle sie sich auf den Boden werfen. Schweigend legte Natali die Arme um ihre Mutter und sah Laura vorwurfsvoll an, als hätte diese das Zimmer durchsucht.

«Bene, dann bleibt uns jetzt nichts anderes übrig, als die Carabinieri zu verständigen.» Laura zog wieder ihr Handy aus dem Rucksack.

«Aber Sie sind doch Polizistin, wozu brauchen wir die Carabinieri? Ich spreche kaum italienisch … ich kann das alles nicht mehr ertragen!»

Laura ging neben Silvia Hardenberg in die Hocke und legte eine Hand auf ihre Schulter. «Ich kann sehr gut verstehen, dass Sie verzweifelt sind, Frau Hardenberg. Sie haben Ihren Mann verloren und dürfen ihn vorerst nicht beerdigen, niemand kann Ihnen sagen, was genau geschehen ist, und nun das hier.»

Silvias Schultern begannen zu zucken, sie schluchzte

kaum hörbar, und als Laura zu Natali aufsah, liefen auch der jungen Frau Tränen übers Gesicht.

«Konnten Sie sich von Ihrem Mann verabschieden, Frau Hardenberg?»

Wieder schüttelte sie den Kopf und dann den ganzen Oberkörper. «Man hat uns gesagt, dass die Leiche noch nicht freigegeben ist.»

«Der Commissario wird sich darum kümmern, das verspreche ich Ihnen!»

Das Telefon auf dem kleinen Schreibtisch klingelte, und sie zuckten alle drei zusammen. Langsam richtete Laura sich wieder auf, zog ein Taschentuch aus ihrer Jacke, ging zum Schreibtisch und nahm den Hörer ab.

«Ja?»

«Frau Hardenberg?»

«Ja?»

«Hier ist Susanne Ullmann. Ich muss dringend mit Ihnen sprechen. Kann ich zu Ihnen kommen?»

«Jetzt gleich?»

«Ja, jetzt gleich.»

«Worum geht es denn?»

«Das kann ich am Telefon nicht sagen.»

«Im Augenblick passt es leider nicht. Ich habe eine Verabredung.»

«Es ist wirklich dringend!»

«Welche Nummer haben Sie? Ich werde versuchen, meine Verabredung zu verschieben.»

«225.»

«Ich rufe gleich zurück.» Laura legte auf und wandte sich zu Silvia Hardenberg um, die inzwischen die Hände vom Gesicht genommen hatte und sie verwirrt ansah.

«Wer war das?»

«Susanne Ullmann.»

«Sie ist die Privatsekretärin meines Mannes und hat ihn zum Gespräch mit dem Chef der Banca libera begleitet. Ich muss unbedingt mit ihr sprechen. Bisher konnte ich das nicht, weil sie ununterbrochen von der Polizei verhört wurde. Sie hat mich darüber informiert, dass mein Mann tot ist. Nicht die italienische Polizei und nicht die deutsche!»

«Gut, dann sprechen Sie mit ihr. Aber nicht in diesem Zimmer und auch nicht im Zimmer von Frau Ullmann, sondern an einem neutralen Ort. Zum Beispiel in der kleinen Bar, die an das Foyer angrenzt. Um diese Zeit ist dort kein Mensch. Rufen Sie sie an, die Nummer ist 225.»

«Rufen Sie sie an! Ihre Stimme klingt doch ganz anders als meine!» Silvia Hardenberg war wie verwandelt, wirkte plötzlich hellwach und konzentriert. Sie stand auf, überprüfte ihr Aussehen in einem der vielen Spiegel, zog sich die Lippen nach und legte einen Hauch Puder auf, um die Tränenspuren zu überdecken.

Laura zuckte die Achseln, wählte die Nummer von Susanne Ullmann und schlug ihr den neuen Treffpunkt vor. Nach einigem Hin und Her erklärte sie sich einverstanden, um zehn vor vier in die Bar zu kommen. Als Laura aufgelegt hatte, fragte sie: «Werden Sie Ihre Tochter mit zu diesem Gespräch nehmen?»

«Nein.»

«Aber sie kann nicht allein bleiben. Dieses Zimmer müssen wir abschließen, damit die Spurensicherung es untersuchen kann. Ich würde also vorschlagen, dass Sie,

Natali, mit mir im Foyer auf die Rückkehr Ihrer Mutter warten. Bis dahin wird sicher auch der Commissario eintreffen. Falls Susanne Ullmann misstrauisch wird und mich und Natali bemerkt, dann bin ich eben eine Freundin der Familie, die zur Unterstützung angereist ist.»

«Aber wozu denn das alles?» Silvia Hardenbergs Stimme überschlug sich. «Ich will doch nur mit der Privatsekretärin meines Mannes reden! Was soll daran gefährlich sein? Ich verstehe Sie nicht, Frau Kommissarin.»

«Es gehört zu meinem Beruf, in bestimmten Situationen besonders vorsichtig zu sein.»

«In bestimmten Situationen?»

«Genau.»

«Und so eine Situation ist eingetreten?»

«So ist es.»

«Ja, dann gehen wir besser. Es ist zwölf Minuten vor vier.»

«Ja, gehen wir.»

Meinem Gefühl nach ist das hier sogar eine verdammt bestimmte Situation, dachte Laura, und plötzlich fürchtete sie sich nicht mehr vor der Begegnung mit Guerrini. Es hatte auch keinen Sinn mehr, ihn anzurufen, er würde ohnehin gleich hier sein.

ALS GUERRINI gemeinsam mit Capitano Maltempo und den beiden Carabinieri in Zivil die Hotelhalle betrat, fiel sein Blick sofort auf Laura, obwohl die Sesselgruppe, in der sie sich niedergelassen hatte, sehr weit vom Eingang entfernt war. Sie schien in einem Magazin zu blättern, hielt den Kopf leicht gebeugt. Das halblange Haar fiel in weichen Locken nach vorn und verbarg den größten Teil ihres Gesichts.

Wenn ich allein wäre, würde ich einfach zu ihr gehen und sie in die Arme nehmen, dachte er. Sie ist wirklich da, hier in Florenz, und sie scheint sogar meine Anweisungen befolgt zu haben. Vielleicht ist das alles tatsächlich ein Ergebnis meines Nicht-Tuns. Er hatte auch an diesem Vormittag das Nicht-Tun praktiziert, indem er Massimos Anwalt mitteilen ließ, dass er keine Zeit hätte, mit ihm zu sprechen, und an eventuellen Angeboten seines Klienten derzeit nicht interessiert sei.

Jetzt hob Laura den Kopf und schaute sich suchend in der Lobby um. Als sie ihn entdeckte, verharrte sie einen Moment reglos, nickte dann kurz und sprach mit einer jungen Frau, die neben ihr saß. Der magische Augenblick war vorüber.

«Da drüben sitzt die Kollegin aus München», wandte sich Guerrini an Capitano Maltempo. «Bin gespannt, was sie uns von ihren Ermittlungen erzählen wird.» Kurz grüßte er zu Lucrezio Danova hinüber, der etwas unwillig die Hand hob. Maltempo schickte die beiden Zivilpolizisten auf die zu observierenden Stockwerke, dann schlenderte er neben Guerrini zu Laura hinüber, die noch immer mit der jungen Frau redete.

«Commissario Laura Gottberg, Capitano Maltempo», stellte Guerrini die beiden einander vor und wusste, noch während er sprach, was kommen würde.

Aber es kam nicht.

Laura sah auf, lächelte den Capitano an, streckte ihm die Hand hin und sagte einfach «Buona sera, Capitano. In Italien gibt es so wunderbare Titel. Bei uns klingt das immer viel prosaischer.»

Guerrini hätte geschworen, dass sie gegen den Commissario, als den er sie vorgestellt hatte, protestieren würde. Es machte sie normalerweise wütend, dass in Italien so selten die weibliche Form eines Titels benutzt wurde.

«Buona sera, Commissario», fügte sie jetzt sachlich hinzu, als hätten sie ausschließlich beruflich miteinander zu tun. «Um Sie beide schnell ins Bild zu setzen: Das hier ist Natali Hardenberg, die Tochter von Leo Hardenberg.» Natali nickte den beiden Männern kurz zu, ihre große Ledertasche nervös mit beiden Händen umfassend. «Ihre Mutter ist dort drüben in der Bar und spricht gerade mit Susanne Ullmann. Das Zimmer von Frau Hardenberg und ihrer Tochter ist in ihrer Abwesenheit durchsucht worden. Wenn sich ein Polizist in der Nähe befunden hätte, dann wäre das vermutlich nicht passiert. Es wäre deshalb sinnvoll, wenn Sie die Spurensicherung rufen würden. Vielleicht finden wir Hinweise auf den oder die Täter.»

«Wurde etwas gestohlen?» Maltempo beugte sich zu Natali, während Guerrini fassungslos Lauras kühler Berichterstattung samt Seitenhieb zuhörte. Sachlich übersetzte Laura Maltempos Frage und auch Natalis Antwort.

«Nein, ich weiß nicht. Wir haben noch nicht nachgesehen, ob etwas fehlt.»

«Und warum spricht Signora Hardenberg mit Signorina Ullmann?» Guerrini versuchte, vollkommen gelassen zu wirken.

«Weil sie es unbedingt wollte, Commissario Guerrini.»

«Entschuldige, Umberto, ich möchte Commissario Gottberg kurz allein sprechen.» Kindisch, dachte Guerrini bei seinen eigenen Worten. Total kindisch. Warum versuche ich sie zu provozieren? Er war heilfroh darüber, dass er Tommasini nach Hause geschickt hatte. Diese Vorstellung wäre unter seinen wissenden Augen vollkommen unerträglich gewesen.

«Sì, naturalmente», lächelte Maltempo und sprach im nächsten Moment bereits mit der Einsatzzentrale, um die Spurensicherung anzufordern.

Laura erhob sich und folgte Guerrini zu einem der Fenster und hinter ein riesiges Blumengebinde.

«Du hast doch mit den Hardenbergs geredet! Ich habe es geahnt. Und jetzt redest du wie eine besserwisserische Deutsche! Was ist los, Laura?»

«Ich habe nicht mit den Hardenbergs geredet. Ich wollte mich nur vor ihre Tür setzen, als sie zurückkamen, und dann haben sie das verwüstete Zimmer entdeckt. Aber ich habe trotzdem nicht mit ihnen geredet. Also, ich habe nicht ermittelt, wenn dich das beruhigt!»

«Wieso redet sie jetzt mit der Geliebten ihres Mannes? Wenigstens das hättest du verhindern können!»

«Und weshalb? Signora Hardenberg ist ein freier Mensch und kann frei entscheiden. Sie glaubt, dass Susanne Ullmann die Privatsekretärin ihres Mannes war, jedenfalls tut sie so. Wieso hat Frau Hardenberg ihren toten Mann bisher nicht sehen dürfen?»

«Ich weiß es nicht. Ich habe erst durch deine E-Mail an Tommasini erfahren, dass sie in Florenz ist.»

«Bravo!»

«Was heißt hier bravo, eh?»

«Hervorragende Kommunikation zwischen euren hochkomplizierten ...»

«Du hast bisher nicht eine von Staatsanwalt Cichettos Fragen beantwortet! Er hat sich heute früh bei mir beschwert!»

«Und ich habe von dir nicht einen einzigen Hinweis bekommen, worum es eigentlich geht. Dabei wusste ich, dass du mit dem Fall befasst bist!»

«Santa Caterina, es gibt Zeiten im Leben, da funktioniert man nicht so, wie das deutsche Pflichtbewusstsein es vorschreibt.»

«Ah, das ist der erste Satz, den ich verstehen kann. Ascoltami, Angelo, pass mal auf: Streiten wir später weiter. Ich glaube, wir sollten jetzt unseren Verstand zusammenhalten und richtig arbeiten. Wenn ich recht habe mit meinen Vermutungen, dann wird es gleich losgehen.»

«Was geht los?»

«In diesem Hotel läuft mindestens ein falscher Bulle rum, der mit irgendwelchen Leuten außerhalb Kontakt hält. Ich bin sicher, dass er mich erkannt hat, wieso, ist mir unklar. Ich jedenfalls hab ihn noch nie gesehn. Er könnte das Zimmer der Hardenbergs durchsucht haben. Aber es könnte auch Susanne Ullmann gewesen sein, die außerdem auffallend mit Danova flirtet, der den ahnungslosen Engel spielt. Ich habe keine Ahnung, was die Ullmann mit Silvia Hardenberg besprechen wollte. Ich weiß nur, dass hier jeder was anderes erzählt und einige Beteiligte massiv bedroht werden – in München und offensichtlich auch hier. Außerdem wurden mir Akten zugespielt, die zeigen, dass gegen die Sicherheitsfirma der Hardenberg Bank und gegen die Bank selbst ermittelt wurde. Diese Ermittlungen wurden eingestellt, und wer ermittelt hat, steht nicht in den Akten. Ich und meine Familie werden ebenfalls bedroht, seit ich mich umhöre.»

«Du und die Kinder? Warum sagst du mir das nicht, eh? Es gibt Telefone! Hast du das vergessen?»

«Deswegen bin ich hier.»

«Deswegen?»

«Um es dir zu sagen und um aus der Schusslinie zu sein.»

«Wo sind Sofia und Luca?»

«Ebenfalls weg.»

Guerrinis Gesichtsausdruck wechselte von besorgt zu fassungslos.

«Vergiss es!», sagte Laura schnell. «Vergiss, was du gerade sagen wolltest. Es ist alles in Ordnung … alle sind in Sicherheit. Erzähl mir lieber, was hier läuft.»

«Ma, Laura …»

«Tutto va bene, Angelo. Veramente.»

Plötzlich grinste er kopfschüttelnd. «Sei matta,

Laura. Du bist verrückt! Aber gut, hör zu: Massimo versucht, mich zu erpressen, Hardenbergs DNS ist überall in seinem Wagen. Susanne Ullmann versucht, Massimo zu belasten, die Assistentin von Massimo verweigert die Zusammenarbeit. Der Sicherheitschef der Banca libera ist nicht zu einem Ermittlungsgespräch in Siena erschienen, und Capitano Maltempo hat erst heute mit den Kellnern des Restaurants gesprochen, in dem Massimo und Hardenberg gegessen haben. Einer hat angeblich gesehen, dass Massimo allein weggefahren ist und Hardenberg in einen Geländewagen mit dunklen Fenstern und italienischem Kennzeichen eingestiegen ist. Ein Mann mit Sonnenbrille und Baseballkappe hätte ihm die Wagentür aufgehalten.»

«Mafia?»

«Maltempo hält es für möglich.»

«Und du?»

«Non lo so … kann sein, kann auch nicht sein. Solche Lösungen liegen immer auf der Hand. Jeder hier schreit sofort Mafia oder Terrorismus, wenn irgendwas passiert. Ist mir zu einfach.»

«Sì.»

«Come sì?»

«Ich stimme dir zu. Ganz einfach.»

Guerrinis Lächeln war verschwunden, düster starrte er Laura an. Sie waren wieder genau da angelangt, wo er nicht sein wollte: Sie ermittelten gemeinsam. Von seinem Nicht-Tun hatte er sich etwas ganz anderes erhofft.

«Noch was?», fragte er unwirsch.

«Ja, aber das erzähle ich dir erst später. Dauert zu lange.»

«Dann befragen wir jetzt Signora Hardenberg und danach Susanne Ullmann.» Schnell wandte er sich um und ging voraus.

Er wird älter, dachte Laura. Und jede Falte steht ihm verdammt gut. Es steht ihm gut, dass er müde ist, dass er wütend ist.

Langsam folgte sie ihm und dachte, dass sie ihn auch von hinten mochte, es war schon immer so gewesen, auch wenn sie ihn genau jetzt am liebsten geschüttelt hätte in seiner arroganten Distanziertheit.

«Sie sind immer noch in der Bar.» Capitano Maltempo erhob sich, als Guerrini und Laura zurückkehrten. «Ich muss mich kurz um die Kollegen von der Spurensicherung kümmern, damit die sich möglichst unauffällig bewegen.»

Guerrini nickte und schilderte dem Capitano in knappen Worten, was er von Laura erfahren hatte.

«Ich denke, wir brauchen Verstärkung. Keine Uniformierten. Und sie sollen sich ums Hotel verteilen.»

«Sagen Sie bitte den Technikern, dass im Zimmer der Hardenbergs möglicherweise Abhörgeräte installiert sind», fügte Laura hinzu.

Maltempo nickte. «Was macht ihr jetzt? Wollt ihr warten?»

«Ich mach mir Sorgen um meine Mutter!» Natali Hardenberg war aufgestanden, noch immer ihre große Tasche umklammernd. «Ich geh jetzt in die Bar und schau nach.»

«Das wollten wir auch gerade tun. Kommen Sie, aber bitte bleiben Sie hinter mir und dem Commissario.»

Nur ein paar Meter trennten sie vom Eingang der Bar. Drinnen herrschte kühle Dämmerbeleuchtung, die sich im schimmernden Holz des Bartresens spiegelte. Seltsamerweise roch es nach Rosen, obwohl keine einzige zu sehen war. Undeutlich zu sehen waren nur die beiden Frauen, die etwas im Hintergrund auf Barhockern saßen und erschrocken auffuhren.

«Wir brauchen hier keinen Commissario und auch keinen Capitano!» Susanne Ullmanns Stimme klang rau, ihr Italienisch diesmal zu hart. «Wir haben etwas zu besprechen, und ich will, dass Sie die Bar sofort verlassen!»

«Wir werden die Bar nicht verlassen, sondern ebenfalls etwas mit Ihnen und Frau Hardenberg besprechen!» Guerrini blickte sich suchend um. «Gibt's hier keinen Barkeeper? Wir brauchen mehr Licht!»

«Wir haben ihn weggeschickt!» Susanne Ullmann sprach noch immer italienisch.

«Haben Sie den Barkeeper weggeschickt?», wandte sich Laura an Silvia Hardenberg.

«Nein, nein. Er ist einfach gegangen. Er hat uns zwei Drinks gebracht und ist gegangen.»

«Haben Sie gehört, dass Frau Ullmann ihn weggeschickt hat?»

«Ich kann ja kein Italienisch.»

«Hat sie mit ihm gesprochen?»

«Ja, schon ...»

«Was soll denn das? Wer sind Sie überhaupt?» Susanne Ullmann rutschte von ihrem Barhocker und kam einen Schritt auf Laura zu.

«Gottberg, Kripo München.»

«Was?»

«Sie haben richtig gehört.»

«Na, endlich kümmert sich die deutsche Polizei um den armen Doktor Hardenberg. Hier passiert ja überhaupt nichts. Dabei ist die Sache doch völlig klar. Ich habe dem Commissario schon vor ein paar Tagen gesagt, dass Paolo Massimo der Mörder ist.» Sie sprach sehr schnell, atemlos, und sie sprach deutsch.

«Wie schön, dass Sie den Fall für uns geklärt haben.» Laura antwortete auf Italienisch. «Ich möchte Sie trotzdem bitten, sich wieder zu setzen und uns zu erzählen, was Sie mit Signora Hardenberg so Wichtiges zu besprechen haben.»

«Das geht Sie nichts an!»

«Es geht uns sehr wohl etwas an, Signorina. Ist Ihnen eigentlich klar, dass auch Sie unter Verdacht stehen?» Guerrini hatte endlich die Klingel für den Barkeeper gefunden und schlug zweimal so kräftig darauf, dass der schrille Ton sie alle zusammenzucken ließ.

«Ich? Wieso denn ich?» Susanne Ullmanns selbstbewusste Stimme kippte ein wenig.

Guerrini schlug ein drittes Mal auf die Klingel. Endlich öffnete sich in einer dunklen Nische der Bar eine Tür, und der Kellner eilte herbei.

«Wir brauchen mehr Licht!»

«Aber …»

«Mehr Licht, bitte!»

Der Barkeeper zuckte die Achseln, drehte an irgendwelchen Schaltern hinterm Tresen, und ganz langsam wurde es heller.

«Genug?»

«Noch ein bisschen mehr!»

«Aber das ist eine Bar!»

«Darf man in einer Bar nichts sehen? Danke, Sie können wieder gehen.»

«Wollen Sie nichts trinken?»

«Nein.»

«Aber wenn andere Gäste kommen … Ich muss hierbleiben!»

Guerrini zückte seinen Ausweis. «Bitte!»

«Aber wenn Gäste kommen. Es ist halb fünf. Da fängt die Happy Hour an.»

«Dann sage ich Ihren Gästen, dass sie mit dem ersten Drink warten müssen. Es dauert nicht lange, und es ist wichtig. Verstehen Sie?»

Der Mann hinterm Tresen zog ein komisch verzweifeltes Gesicht und hob resigniert die Hände. «Bene, fünf Minuten. Aber wenn Sie dann nicht fertig sind, ruf ich den Geschäftsführer.» Er ging, ließ aber die Tür offen.

«Tür zu!», rief Guerrini. Mit einem Knall fiel sie ins Schloss.

«Frag Signora Hardenberg, was hier besprochen wurde!» Guerrinis Stimme klang ungeduldig. «Ich hasse diese babylonische Sprachverwirrung!»

Laura fragte, doch Silvia Hardenberg schüttelte den Kopf und antwortete leise, dass sie darüber nicht reden könne. Im Licht wirkte sie blasser und ängstlicher als am Nachmittag. Sie streckte eine Hand nach ihrer Tochter aus und hielt sich an der jungen Frau fest.

«Keine von Ihnen beiden will also sagen, was hier los ist. Da es sich um etwas Schwerwiegendes handeln muss, werden wir diese Unterhaltung in Einzelgesprächen fortsetzen.» Während Laura seine Worte übersetzte, musterte Guerrini die beiden Frauen mit grimmiger Miene.

«Aber weshalb denn? Susanne Ullmann ist die Privatsekretärin meines Mannes. Es geht hier um vertrauliche geschäftliche Dinge.»

«Auch vertrauliche geschäftliche Dinge können zur Aufklärung eines Mordes nützlich sein», erwiderte Laura.

«Meine Mutter ist sehr erschöpft. Muss es wirklich sein, dass Sie verhört wird? Wir haben nicht einmal ein Zimmer, in dem sie sich ausruhen könnte.» Natali warf Laura einen zornigen Blick zu.

«Wir werden ein anderes Zimmer besorgen, und wenn die Spurensicherung mit ihrer Arbeit fertig ist, bekommen Sie auch Ihr Gepäck wieder.»

«Ist das Ihr Ernst, dass jetzt auch noch Polizisten in unseren persönlichen Dingen herumwühlen? Ich halte das nicht mehr aus! Wie konnte Leo mir das antun?» Diesmal schluchzte Silvia Hardenberg laut, jedoch eher wütend und keineswegs von Trauer überwältigt.

«Aber Mama, Vater wollte dir gar nichts antun: Er ist ermordet worden!» Natali entzog sich der klammernden Hand ihrer Mutter und trat einen Schritt zurück.

«Kommen Sie, Frau Hardenberg.» Laura umfasste leicht den Ellbogen der Witwe und half ihr vom Barhocker. «Wir gehen jetzt zur Rezeption, buchen ein anderes Zimmer, und dann können Sie sich ausruhen. Glauben Sie wirklich, dass Ihr Mann Ihnen all das *antun* wollte?»

Mit halb geöffnetem Mund stieß Silvia Hardenberg Luft aus, die tief aus ihrem Körper zu kommen schien, als würde sie von sämtlichen Muskeln nach oben gepresst. Es klang wie krampfhaftes Lachen.

«Wäre nicht das erste Mal», murmelte sie, so leise, dass nur Laura sie verstehen konnte.

Sie weiß es, dachte Laura. Sie weiß, dass Susanne Ullmann die Geliebte ihres Mannes war. Vielleicht haben sie darüber geredet. Wir sollten mit Silvia anfangen, und zwar ohne ihre Tochter.

Schweigend hatte Guerrini zugesehen und die Situation richtig erfasst, obwohl er die gesprochenen Sätze nicht verstehen konnte. Jetzt trat er neben Laura, beugte sich nah an ihr rechtes Ohr und flüsterte: «Wir fangen mit der Signora an, d'accordo?»

«D'accordo.»

Sekundenlang spürte Laura den warmen Hauch seines Atems wie eine zärtliche Berührung. Als sie danach beide gleichzeitig tief Luft holten, dachte Laura, dass sie unter anderen Umständen jetzt beide lachen und sich auf dem Fußboden oder sonst wo lieben würden.

Der Capitano hatte bereits für ein neues Zimmer gesorgt, obwohl Danova vehement versicherte, dass kein einziges mehr frei sei. Grinsend erzählte Maltempo, wie nach einigen klaren Worten seinerseits plötzlich eine ganze Suite für die Hardenbergs zur Verfügung gestellt worden war. Es sei ja auch ungerecht, wenn die Geliebte eine Suite bewohne, Ehefrau und Tochter aber nur ein Doppelzimmer. Und da er, Maltempo, sehr für Gerechtigkeit eintrete, habe er für Gerechtigkeit gesorgt.

Er zwinkerte Laura zu, und Guerrini tat, als hätte er es nicht gesehen.

«Bene», murmelte er stattdessen. «Andiamo finalmente!» Seit er Maltempo kannte, und das war eine ziemlich lange Zeit, zwinkerte dieser nahezu allen Frauen zu, mit denen er in Kontakt kam. Schönen und weniger schönen, verheirateten und ledigen, jungen und nicht mehr ganz jungen. Noch nie hatte Guerrini erlebt, dass eine dieser Frauen ärgerlich geworden wäre, ganz im Gegenteil. Was ganz eindeutig an Maltempos Charme lag und an seinen fröhlichen jungenhaften Augen.

Er schaffte es sogar, Susanne Ullmann zu überzeugen, gemeinsam mit ihm in der Lobby zu warten, bis Commissario Gottberg und Commissario Guerrini den Damen Hardenberg in ihrer Suite ein paar Fragen gestellt hätten. Und als sie ihr Mobiltelefon aus der Tasche zog, legte er sanft eine Hand auf ihren Unterarm und schüttelte den Kopf.

«Più tardi», sagte er leise. «Telefonieren ist im Augenblick keine gute Idee. Aber wir können uns unterhalten.»

«Worüber denn?», erwiderte sie patzig.

«Mich würde zum Beispiel interessieren, wo Sie so gut Italienisch gelernt haben.»

«Das interessiert Sie doch in Wirklichkeit überhaupt nicht. Sie wollen mich nur weichkochen mit Ihrer freundlichen Tour.»

«Wir können auch schweigen.»

«Das würde ich vorziehen.»

«Bene, dann schweigen wir.» Der Capitano lehnte

sich zurück, verschränkte die Arme vor der Brust und schaute die junge Frau einfach an, während sie nach einem Magazin griff und so tat, als würde sie lesen. Während er sie unverwandt ansah, konnte er ihre wachsende Unruhe spüren. Er war mit seiner Taktik sehr zufrieden.

MIT UNTERKÜHLTER HÖFLICHKEIT hatte Lucrezio Danova die kleine Gruppe in den vierten Stock begleitet, die Tür der Suite aufgeschlossen und zum Eintreten aufgefordert. Zögernd waren Silvia Hardenberg und Natali an ihm vorbeigegangen. Nun standen sie in der Mitte des großen Wohnraums und wirkten zwischen den wuchtigen weißen Polstermöbeln und den antiken Schränken seltsam verloren, über sich wie eine Bedrohung den pompösen Kristalllüster.

«Schlafzimmer und Badezimmer sind nebenan. Im Kühlschrank in der Kommode finden Sie Getränke. Falls Sie irgendwelche Wünsche haben, dann rufen Sie den Zimmerkellner … er hat die Nummer 0034.»

«Danke», erwiderte Silvia Hardenberg abwesend.

«Ich wünsche einen angenehmen Aufenthalt. Dass Unbekannte in Ihr Zimmer eingedrungen sind, bedaure ich sehr. So etwas ist in diesem Hotel noch nie vorgekommen. Buona sera, signore.» Danova verbeugte sich, ging und schloss die Tür hinter sich.

«Was passiert jetzt? Darf sich meine Mutter endlich ausruhen?» Natali warf ihre große Tasche in einen der Sessel.

«Bald», sagte Laura. «Ich möchte Sie bitten, ins Schlafzimmer zu gehen, solange wir mit Ihrer Mutter sprechen.»

«Wieso denn das?»

«Wir haben unsere Gründe.»

«Sie behandeln uns wie Verbrecher. Das dürfen Sie

nicht! Ich werde jetzt unseren Anwalt anrufen, und bis er hier ist, lassen Sie meine Mutter gefälligst in Ruhe!»

«Natürlich können Sie Ihren Anwalt rufen. Aber Sie irren sich, wir behandeln Sie nicht wie Verbrecher. Wir würden Sie nur gern vor bestimmten Bedrohungen schützen und Ihre Mutter ebenfalls. Frau Hardenberg … wollen Sie mit uns reden, oder bestehen Sie auf der Anwesenheit Ihres Anwalts? Sie werden übrigens keineswegs verdächtigt, etwas mit dem Tod Ihres Mannes zu tun zu haben.»

«Was wollen Sie denn sonst von ihr?» Natali ballte ihre Fäuste.

«Nur ein paar Informationen, die bei der Suche nach den Tätern hilfreich sein könnten. Mehr nicht. Und je schneller Sie dieses Zimmer verlassen, desto eher kann sich Ihre Mutter ausruhen. Außerdem kann Ihre Mutter sehr gut für sich selbst sprechen.» Laura sah Silvia Hardenberg an. «Wollen Sie mit uns reden?»

«Ja, ich denke … es wird wohl das Beste sein, wenn ich mit Ihnen rede. Ich verstehe nämlich überhaupt nichts mehr … Bitte, geh doch in das andere Zimmer, Natali …»

«Du willst auch, dass ich rausgehe?»

«Ja, ich will das auch.»

«Aber wieso denn?»

«Weil ich dich schützen will.»

«Und wahrscheinlich dich selbst, oder?» Natalis Stimme überschlug sich.

«Bitte geh einfach. Ich werde später versuchen, dir zu erklären …»

«Lass es! Den Anwalt ruf ich trotzdem an.»

«Ich brauch ihn nicht!»

«Das soll er entscheiden.»

Plötzlich richtete sich Silvia Hardenberg sehr gerade auf, streckte den Arm aus und wies auf die Tür zum Schlafzimmer. «Halt jetzt endlich den Mund und geh raus!»

Natali starrte ihre Mutter an, schluchzte dann auf, riss ihre Tasche an sich und rannte in den Nebenraum. Leise schloss Guerrini die Tür.

«Wollen Sie sich nicht setzen?»

«Doch … nein, ich bin zu unruhig.»

«Gibt es etwas, das für unsere Ermittlungen von Bedeutung sein könnte?» Laura öffnete die Tür des antiken Schränkchens, hinter der sich ein Kühlschrank verbarg, und nahm eine Flasche Mineralwasser heraus. Ihr war bewusst, dass sowohl Silvia Hardenberg als auch Angelo sie beobachteten. Der Drehverschluss der Flasche bereitete ihr Schwierigkeiten. Als sie ihn endlich aufbekam, zischte es laut. Sie füllte ein Glas mit dem sprudelnden Wasser und reichte es Silvia Hardenberg. Die bedankte sich und stellte das Glas auf dem Fenstersims ab, ohne getrunken zu haben. Sie wandte Guerrini und Laura den Rücken zu, schien völlig abwesend zu sein.

Sie warteten.

Als Guerrini sich räusperte und etwas sagen wollte, legte Laura einen Finger an die Lippen. Er zuckte die Achseln und schwieg.

«Sie wissen es natürlich.» Silvia Hardenberg sprach zum Fenster hinaus, zu den Dächern von Florenz, den Tauben und Wolken.

«Natürlich wissen Sie es. Oder?»

«Was wissen wir?»

«Dass Susanne Ullmann die Geliebte meines Mannes war.»

«Ja, das wissen wir.»

«Ich habe es nicht wissen wollen.»

«Und jetzt?»

«Jetzt weiß ich es.»

«Haben Sie mit ihr darüber gesprochen?»

«Nein.»

Guerrini lehnte sich an die Wand neben der Tür zum Schlafzimmer und sah Laura fragend an. Wieder legte sie einen Finger an die Lippen. Als Laura keine Frage stellte, drehte Silvia sich kurz um, sah aber gleich darauf wieder aus dem Fenster.

«Es ging um etwas ganz anderes», sagte sie leise.

«Ich kann und darf nicht darüber sprechen. Es ist zu gefährlich.»

«Für wen?»

«Für uns alle.»

Wieder wartete Laura, fragte nicht weiter. Diesmal hielt Silvia Hardenberg das Schweigen nicht lange aus. Sie fuhr herum und konnte nur mit Mühe ihre Stimme kontrollieren. Gepresst stieß sie ihre Worte hervor.

«Was wollen Sie denn von mir? Sie stehen herum und sagen nichts! Ist das eine Verhörmethode? Ich habe meinen Mann verloren, ich werde bedroht, und Sie machen alles noch schlimmer, statt mir zu helfen!»

«Wer bedroht Sie, Frau Hardenberg?»

«Niemand bedroht mich … ich … ich habe mich versprochen, es ist … ich weiß nicht, was ich sagen wollte …»

«Hat Susanne Ullmann Sie bedroht?»

«Nein!»

«Wollen Sie sich nicht doch setzen?»

«Ich will mich nicht setzen!», schrie sie. «Ich will, dass Sie mich in Ruhe lassen!»

Natali riss die Tür auf, doch ehe sie etwas sagen konnte, schob Guerrini sie sanft wieder hinaus. Laura beschloss zu bluffen.

«Frau Hardenberg, Susanne Ullmann steckt möglicherweise mit den Mördern Ihres Mannes unter einer Decke. Was hat Sie zu Ihnen gesagt?»

«Es geht nicht!»

«Was geht nicht?»

«Ich darf es Ihnen nicht sagen!»

«Hat Susanne Ullmann es Ihnen verboten?»

«Wenn ich es Ihnen sage, dann ist unser Leben in Gefahr.»

«Wessen Leben?»

«Natalis, meins und das von Susanne.»

Wieder wurde es ruhig, und Laura wartete, bis die Stille schwer wurde und den Raum füllte wie unsichtbare Materie.

«Wie können wir Ihnen helfen?»

Diese einfache, freundliche Frage ließ Silvia Hardenberg zusammenbrechen. Sie schwankte, hielt sich mit beiden Händen an einem der weißen Polstersessel fest. Guerrini eilte zu ihr, stützte sie, trug sie beinahe, ehe er sie um den Sessel herum- und in ihn hineinbugsierte. Laura holte das Wasserglas vom Fenstersims und reichte es ihr. Diesmal trank sie.

«Frag sie, ob die Drohung etwas mit den Geschäften

ihres Mannes zu tun hat.» Guerrini bewachte weiter die Tür zum Schlafzimmer. Laura stellte die Frage.

«Ich weiß es nicht. Ich weiß nur, dass es sein verdammtes Hobby war, hinter Leuten herzuspionieren …»

«Hinter Leuten?»

Silvia saß still, hielt den Kopf gesenkt und stützte die Stirn auf eine Hand.

«Fast allen», sagte sie kaum hörbar. «Jedenfalls allen, die für ihn wichtig waren.»

«Geschäftlich oder privat?»

«Beides.»

«Und einer von denen droht jetzt.»

Silvia rührte sich nicht.

«Wenn er Sie bedroht, dann müssten auch Sie etwas über ihn wissen.»

Sie antwortete nicht, stöhnte nur leise.

«Was könnten die Einbrecher in Ihrem Zimmer gesucht haben? Sie haben ja immerhin auch den Tresor aufgebrochen.»

«Ich möchte nach Hause.»

Guerrini zog die Augenbrauen hoch, sah Laura an und nickte leicht. Er hatte verstanden.

«Ich werde morgen zurückfliegen. Der Anwalt kann alles regeln.»

«Glauben Sie, dass Sie der Bedrohung so entgehen können, Frau Hardenberg?»

«Ich weiß es nicht. Aber dort kann ich mich wenigstens verständigen. Hier bin ich … völlig ausgeliefert. So fühle ich mich … ausgeliefert!» Wieder hatte sie geschrien.

«Das verstehe ich.» Laura setzte sich in den zweiten

weißen Sessel, versuchte, ihre Gedanken zu ordnen. Hardenberg war nach dem Essen mit Massimo angeblich in einen dunklen Geländewagen eingestiegen, und ein Typ mit Sonnenbrille und Baseballmütze hatte ihm die Wagentür aufgehalten. Klang wie aus einem schlechten Film. Andererseits hatte Leo Hardenberg laut Dr. Pellmann, immerhin Vorstandsmitglied seiner Bank, herausgefunden, dass ein Teil des Kapitals der Banca libera aus Quellen des organisierten Verbrechens stammte. Irgendjemand bedrohte sie selbst, ihre Familie und nun Silvia Hardenberg, ihre Tochter und eventuell Susanne Ullmann. Der Banker Massimo versuchte Guerrini zu erpressen. Das alles klang verdammt nach Mafia, es klang, als hätten sie ein Nest von Skorpionen aufgestört. Wo man sich auch hinwandte, lauerten Stachel. Vielleicht war die Vermutung von Capitano Maltempo doch richtig.

«Frau Hardenberg, ich nehme an, dass Ihr Mann seine Ermittlungsergebnisse über andere Leute oder Banken irgendwo festgehalten hat. Wo hat er sie aufbewahrt?»

Silvia Hardenberg fuhr so entsetzt auf, dass sie das Glas umstieß, und wieder schrie sie. «Wie kommen Sie darauf, dass ich irgendetwas über die Dossiers meines Mannes wissen könnte? Er hätte mir nie gezeigt, wo er sie aufbewahrt. Er wusste, dass es gefährlich werden konnte. Das hat er mir immer wieder gesagt. Er wollte mich schützen … aber es funktioniert nicht … Wenn ich wüsste, wo sie sind, dann müsste ich jetzt nicht solche Angst haben!»

«Was hat Susanne Ullmann Ihnen gesagt, Frau Hardenberg?»

«Ich … ich kann nicht!»

«Doch, Sie können, Frau Hardenberg! Ich werde auch bedroht, der Commissario wird bedroht … wir müssen zusammenhalten!»

Ungläubig starrte Silvia Hardenberg Laura an.

«Ich glaube Ihnen nicht. Das … das ist ein Trick, ein ganz gemeiner … primitiver Trick!»

«Ich wollte, es wäre einer. Leider ist es die Wahrheit. Sie können sich jetzt überlegen, ob Sie mit uns zusammenarbeiten wollen. Wir werden dafür sorgen, dass Ihre Suite von Carabinieri bewacht wird. Derzeit ist es hier für Sie sicherer als in München.»

Silvia Hardenberg starrte abwechselnd Laura und Guerrini an. Sie hielt eine Hand vor den Mund, als versuche sie einen Schrei zu unterdrücken. «Sie … sie glauben also, dass mein Mann von der Mafia ermordet wurde … das ist so unwirklich … so verrückt. Leo, der immer so korrekt war … ich begreife es nicht. Wie konnte er sich nur auf so etwas einlassen …» Keuchend schloss sie die Augen und lehnte sich zurück.

Sie warteten.

Laura stellte das Glas wieder hin und füllte es erneut. Nervös strich Guerrini mit dem Zeigefinger über seine rechte Augenbraue. Dabei betrachtete er Laura so unverhohlen nachdenklich, dass es ihr unangenehm wurde und sie nicht mehr zu ihm hinsah. Endlich, nach langen Minuten, fing Silvia Hardenberg an zu reden. Sie sprach schnell, als könne man das Gesagte verwischen und ungeschehen machen, wenn man sehr schnell redete. Sie erzählte, dass Susanne Ullmann in München angerufen hatte, erzählte von der völlig unerwarteten Todesnachricht. Die italienische Polizei benötige die Dossiers, die Dr. Hardenberg angelegt habe. Darin vermute man Hinweise auf den oder die Täter. Silvia solle sie unbedingt mitbringen. Verzweifelt hätte sie in den Safes danach gesucht, ohne sie zu finden. Schließlich sei sie ohne Dossiers nach Florenz geflogen, mit Anwalt. Seltsamerweise hätte die Polizei nicht nach den Dossiers gefragt. Nur Susanne bei einem kurzen Treffen. Sie sei blass geworden, als sie erfuhr, dass Silvia die Dossiers nicht mitgebracht hatte. Dann sei sie gegangen. Erst an diesem Nachmittag habe sie um ein dringendes Treffen gebeten. Sehr nervös sei sie gewesen, geradezu aufgelöst. Dann hätte sie von den Drohungen erzählt, von dem Ultimatum, das man ihr und Silvia gestellt hätte. Die Dossiers müssten binnen vierundzwanzig Stunden übergeben werden. Auch Susanne hätte keine Ahnung, wer hinter den Drohungen stecke. Aber sie fürchte sich entsetzlich vor der Mafia. Nicht die geringste Chance hätten sie, wenn sie nicht auf die Forderungen eingingen.

Laura übersetzte.

«Was hat man Ihnen angedroht?», fragte Guerrini.

«Dass man uns entführt, foltert, umbringt.» Plötzlich war Silvia Hardenberg ganz ruhig und konzentriert.

«Wissen Sie wirklich nicht, wo die Dossiers sind?»

«Nein. Möglicherweise hat Leo in seinem Testament bestimmt, welche vernichtet und welche der Polizei oder sonstwem übergeben werden sollen. Das würde zu ihm passen.»

Seltsamer Mensch, dieser Leo Hardenberg, dachte Laura. Vielleicht war sein Traumberuf Privatdetektiv, aber blöderweise hat er eine Bank geerbt.

«Haben Sie Ihren Mann geliebt?»

Die unerwartete Frage ließ Silvia Hardenberg aufschrecken. Aus leicht geweiteten Augen sah sie Laura erstaunt an. Sie atmete tief ein und schüttelte den Kopf.

«Nein, nicht mehr.»

«Weil er eine Geliebte hatte?»

«Nein ... nicht deshalb. Ich liebe ihn schon lange nicht mehr. Er ... Sie müssen wissen ... er lebte nur für seine Bank. Für Natali und mich interessierte er sich nur am Rande.»

«Und Susanne Ullmann? Interessierte er sich für die?»

Wieder schüttelte Silvia den Kopf.

«Ich bin ganz sicher, dass er etwas über sie herausfinden wollte.»

«Santa Caterina», murmelte Guerrini, als Laura ihm die letzten Worte der Signora Hardenberg übersetzte. «Geht es noch ein bisschen komplizierter?»

Sie bedankten sich und überließen Silvia Hardenberg ihrer Tochter. Dem Carabiniere, der inzwischen die Bewachung des vierten Stockwerks übernommen hatte, versprachen sie Verstärkung. Sie nahmen die Treppe nach unten und stellten fest, dass die vielen unauffälligen Männer in den Gängen ziemlich auffällig waren. Einer kam Laura irgendwie bekannt vor, ein Schmaler mit blondem Schnurrbart und rundem Kopf. Doch sie hatte ihn nur flüchtig und aus ziemlicher Entfernung wahrgenommen. Vermutlich war er einer der Polizisten, die sie bei früheren Ermittlungen in Italien getroffen hatte.

«Jedenfalls wissen wir jetzt, was die im Zimmer der

Hardenbergs gesucht haben: die Dossiers, die Silvia Hardenberg mitbringen sollte.»

«Warum haben sie dann nicht auch die Suite von Susanne gefilzt? Da hat Hardenberg immerhin gewohnt, und möglicherweise hat er ein paar der Dossiers bei sich gehabt», erwiderte Guerrini.

«Keine Ahnung. Glaubst du, dass doch die Mafia hinter diesem Kuddelmuddel stecken könnte?»

«Fragt sich nur, welche. Inzwischen klingt es wirklich so. Die hätten sogar ein Mordmotiv: Hardenbergs Dossier über sie, das er Massimo wahrscheinlich zeigen wollte.»

«Weshalb sollte er es ihm zeigen?»

«Um ihn zu warnen, um seine Ablehnung einer Fusion zwischen den Banken zu begründen? Wer weiß.» Guerrini zuckte die Achseln.

«Sie haben Hardenberg also umgebracht, gleichzeitig Massimo ausgeschaltet und auf Dauer so eingeschüchtert, dass er für immer mit ihnen zusammenarbeiten wird, falls er seinen Kopf aus der Schlinge ziehen kann.»

«Das wäre eine Möglichkeit.»

Auf den letzten Stufen vor der Eingangshalle blieb Guerrini plötzlich stehen und griff nach Lauras Arm.

«Soll ich dir sagen, worauf ich jetzt absolut keine Lust habe?»

«Auf ein Gespräch mit Susanne Ullmann», antwortete Laura.

«Woher weißt du das?»

«Weil ich auch keine Lust dazu und außerdem Hunger habe.»

«Ich kenne ein hervorragendes kleines Lokal ganz in

der Nähe. Dort könnten wir unsere Hypothesen weiter ausbauen.»

«Später.»

Guerrini seufzte und ließ ihren Arm los. Nebeneinander durchquerten sie die Lobby und stellten sich neben Maltempo. Susanne Ullmanns Gesicht war rot und verquollen, in den Händen hielt sie ein zerrupftes Papiertaschentuch. Der Capitano schien voll Mitgefühl und doch sehr zufrieden.

«Signorina Susanna hat mir alles erzählt. Wir werden sie unter speziellen Polizeischutz stellen. Sie wird bedroht und hat große Angst.»

«Mafia?»

«Da bin ich jetzt ziemlich sicher.»

«Habt ihr inzwischen diesen falschen Polizisten erwischt?», fragte Guerrini, doch er sah dabei nicht Maltempo, sondern Susanne Ullmann an. Sie bemerkte es und hielt beide Hände vors Gesicht.

«Nein, leider nicht. Aber wir haben inzwischen so viele Kollegen im Haus, dass es nicht mehr lange dauern kann.»

«Ich möchte auf mein Zimmer.» Susannes Stimme klang schwach.

«Ich werde Sie begleiten.» Maltempos Antwort kam so schnell, dass Guerrini die Augenbrauen hochzog. Der Capitano würde doch nicht …

«Sie sollten Ihr Zimmer heute Abend nicht verlassen. Der Capitano wird dafür sorgen, dass Sie etwas zu essen bekommen, nicht wahr?»

«Aber selbstverständlich», erwiderte Maltempo und stand auf.

«Wir warten also?», fragte Laura.

«Wir warten.» Die beiden Männer nickten.

«Worauf?» Die Stimme von Susanne Ullmann klang jetzt wieder kräftiger.

«Auf die nächste Drohung oder auf jemanden, der Ihnen oder den Damen Hardenberg etwas antun will.»

«Oh Gott», stöhnte Susanne, irritierend zweideutig, wie Laura fand, und griff sich mit gespreizten Fingern in ihre Frisur, als wollte sie sich die Haare raufen.

Nicht-Tun, dachte Guerrini, jetzt sind wir alle dort angekommen. Beinahe gelassen wartete er auf Lauras nächsten Schritt.

«Ich habe keine Lust zu warten, ich möchte etwas essen», sagte Laura, als der Capitano und Susanne gegangen waren.

«Was ist denn mit deinem deutschen Pflichtgefühl passiert?»

«Wenn du mit nach oben kommst, erzähle ich dir, was damit passiert ist.»

«Wo ist oben?»

«Ich habe ein Zimmer im zweiten Stock.»

«Bei euch ist sogar die Polizei spendabel, was?»

«Wer hier spendabel ist, das erkläre ich dir auch oben.»

«Klingt irgendwie gefährlich.» Guerrini empfand seinen Versuch zu scherzen als missglückt.

«Ist es auch», erwiderte Laura knapp, wandte sich um und ging zum Lift.

Zögernd folgte Guerrini ihr. Er registrierte, dass Danova sie beobachtete, dass neben dem Fahrstuhl ein Carabiniere in Zivil stand, den Guerrini kannte, und der jetzt vor Laura in die Kabine stieg. Guerrini beeilte sich. Mit ihm drängten zwei junge Mädchen in den Lift.

Laura lehnte ihm gegenüber an der Kabinenwand und sah ihn nicht an. Die beiden Mädchen tuschelten und kicherten. Sie trugen unglaublich knappe Miniröcke und waren offensichtlich Engländerinnen. Der Soldat in Zivil starrte auf ihre Beine. Als Guerrini sich räusperte, grinste er und zwinkerte ihm zu. Guerrini runzelte die Stirn, der andere zuckte die Schultern.

Im ersten Stock verließen die Mädchen den Lift, der Carabiniere wollte ihnen folgen, doch Guerrini hielt ihn zurück.

«Ich glaube nicht, dass Sie die Aufgabe haben, Miniröcke zu observieren», knurrte er.

«Aber ich bin im ersten Stock eingeteilt. Wer sind Sie überhaupt?»

«Commissario Guerrini. Ich nehme an, dass Sie die Verstärkung für den Kollegen im vierten Stock sind. Hab ich recht?»

Der Carabiniere verzog verlegen das Gesicht. «Ich wollte zu Fuß gehen, Commissario. Sitzen kann ich noch lang genug heut Nacht.»

«Zwei Ausreden reichen. Starten Sie Ihr Fitnessprogramm im zweiten Stock. Da steige ich aus.»

«Wie Sie meinen, Commissario.» Er zog den Kopf ein bisschen zwischen die Schultern.

Laura wirkte völlig unbeteiligt, verhielt sich, als hätte sie kein Wort verstanden. Leise Furcht kroch durch Guerrinis Eingeweide, zog von der Magengegend hinauf bis in seine Narbe. Plötzlich zweifelte er an der Wirksamkeit seines Nicht-Tuns.

Der Lift hielt wieder an, und Guerrini überlegte kurz, ob er nicht weiterfahren solle, einfach, um etwas Widersinniges zu machen. Doch dann folgte er Laura, vorbei an Susanne Ullmanns Suite, vor der keine Bewacher zu sehen waren. Aber Maltempo war ja bei ihr. Guerrini hoffte nur, dass er ausschließlich für ihre Sicherheit sorgte.

«Na bitte», sagte Laura, nachdem sie ihre Tür aufgeschlossen hatte, und breitete die Arme aus. Auch ihr wunderbares rotgoldenes Zimmer war durchsucht worden und sah aus, als hätte ein Tropensturm darin gewütet.

«Wer kennt dich hier?» Guerrini schaute sich interessiert um.

«Nur du.»

«Dann werden wir beobachtet.»

«Natürlich werden wir beobachtet!»

«Konnten sie etwas finden?»

«Nein. Alles, was verräterisch und wichtig ist, trage ich immer mit mir herum.»

«Sollen wir die Kollegen von der Spurensicherung rufen?»

«Nein.»

«Was ist los, Laura?»

Sie verriegelte die Zimmertür, wandte sich langsam um und lehnte sich dagegen.

«Ich muss mit dir reden.»

Sie will Schluss machen, dachte Guerrini und versuchte sie am Weitersprechen zu hindern.

«Anch'io. Ich auch! Laura, ich …»

«Warte, ich muss dir etwas sagen, und bitte hör mir zu …»

«Ich weiß, was du sagen willst, und ich will es nicht hören!» Sein Magen fühlte sich an, als hätte er Eisstücke verschluckt.

«Wieso weißt du, was ich sagen will?»

«Weil du dein Gesicht nicht unter Kontrolle hast und deshalb gar nichts sagen musst.»

«Und was liest der allwissende Commissario in meinem Gesicht, eh?»

«Ich spreche es nicht aus. Ich nicht! Das musst du schon selber machen!» Wütend hob Guerrini eines der rotseidenen Kissen auf, die am Boden lagen, und knallte es aufs Bett.

«Du hast absolut keine Ahnung, was mein Gesicht sagt. Ich bin einfach nur ernst, verstehst du. Wahrscheinlich willst *du* mir genau das sagen, was du jetzt in mein Gesicht hineindeutest. So etwas nennt man Projektion, Commissario Guerrini!»

«Laura, was soll das? Wir machen hier keine Therapiestunde.»

«Nein? Aber das wäre vielleicht nötig. Du willst mir ja nicht zuhören. Ich rede jetzt einfach weiter, dann musst du zuhören. Ich mache keine Pause mehr, dann kannst du mich nicht mehr unterbrechen. Es geht mir nicht gut, Angelo. Ich habe Angst, dass wir uns verlieren! Die Zeit in München war nicht leicht für dich. Ich weiß das, und seitdem hat sich etwas zwischen uns verändert. Ich kann nicht damit umgehen, dass wir kindische Spiele veranstalten. Erst hat es mich wütend gemacht, dass du nicht angerufen hast, dann habe ich Angst bekommen. Es hat mich gelähmt, und ich hatte plötzlich keinen Mut mehr, dich anzurufen. Einmal hab ich's versucht, aber du warst nicht da. Ja, ich war plötzlich feige, total feige und ängstlich. Und ich bin nicht nur hier, um die Hardenbergs zu retten, sondern um mich selbst zu retten. Ich bin hier ohne Wissen und Genehmigung meines Vorgesetzten, und wenn ich nach Hause komme, habe ich vielleicht keinen Job mehr. Aber ich musste kommen, weil ich …»

Guerrini starrte sie an, litt mit ihr, war hingerissen. Sie sah nicht mehr abweisend oder ernst aus – doch, ernst war sie noch immer, aber auf so offene und verletzliche Weise, dass er den Atem anhielt. Noch immer lehnte sie an der Wand, die Hände hinter dem Rücken, ihre Wangen waren ganz rosig geworden, glänzten vor Anstrengung.

«Ich musste kommen, weil ich dir sagen will, dass ich vielleicht ohne dich leben könnte, aber dass ich nicht ohne dich leben will und dass ich dich liebe, sogar wenn du manchmal ein verdammter arroganter Toskaner bist! Nicht nur manchmal, sondern ziemlich oft. Dass ich im Augenblick nicht die geringste Ahnung habe, was in dir vorgeht …»

Guerrini ging langsam auf sie zu. Es verlangte ihn so heftig nach ihr, dass er ein Stöhnen unterdrücken musste und sich mit einem Arm an der Wand abstützte, als er Laura erreicht hatte. Mit der freien Hand umfasste er ihr Kinn. Ihre Gesichter waren sich jetzt so nah, dass er ihren Atem spüren konnte. Sie wich seinem Blick nicht aus, und er hatte das seltsame Gefühl, als würden sie ineinander versinken. Seine Augen waren von solch dunkler Tiefe, dass auch Laura leise aufstöhnte. Gleichzeitig begannen sie einander zu küssen, erst mit schnellen, sanften Berührungen, dann immer heftiger.

Es kam Guerrini so vor, als entdeckten sie sich ganz neu in einem Spiel gegenseitiger Liebkosungen und leidenschaftlichen Besitzergreifens. Den Bruchteil einer Sekunde lang dankte er dem Meister des Nicht-Tuns, dann dachte er nichts mehr.

Als Laura und Guerrini nach langer Zeit zurückkehrten, lagen sie zwischen Decken, Kissen und Kleidungsstücken am Boden des rotgoldenen Zimmers, und es war beinahe dunkel. Ihre rechte Hand ruhte flach auf seiner Brust, sie spürte seinen Herzschlag, seinen Atem. Nach einer Weile drehte sie sich auf den Bauch, stützte sich auf einen Ellbogen und küsste die Narbe seiner Schusswunde. Mit halbgeschlossenen Augen sah er ihr zu, richtete sich dann ebenfalls auf.

«Ich wünsche mir, dass du hierbleibst.» Seine Stimme klang ruhig, beinahe sachlich. «Ich habe dich nicht angerufen, weil ich nicht mit dir ermitteln wollte. Ich will mit dir leben, Laura. Ist dir eigentlich klar, dass wir ständig älter werden? Dass irgendein Verrückter uns erschießen könnte? Dass wir krank werden, von einem Auto überfahren werden könnten?»

Laura nickte.

«Ich will das nicht, verstehst du? Ich möchte die Zeit anhalten, etwas völlig anderes anfangen und nicht einfach so weitermachen. Eine Weile ist es ja ganz spannend, Morde aufzuklären, aber doch nicht ein Leben lang. Hast du nie das Gefühl, gefangen zu sein?»

«Doch.»

«Ich habe es in letzter Zeit dauernd.»

«Ich ziemlich oft.»

«Und?»

«Was und?»

«Machst du irgendwas dagegen? Hast du Ideen, Pläne, Träume?» Mit den Fingerspitzen zeichnete er die Linien ihres Gesichts nach.

«Viele.»

«Wie sehen die aus?»

Laura ließ sich wieder zurücksinken und schloss die Augen. «Ich hätte gern eine lange Auszeit, ohne Verpflichtungen, ohne die Notwendigkeit, Geld zu verdienen. Zeit zum Nachdenken, oder besser: zu sein, zu existieren. Vielleicht in einem unbekannten Land, weit weg von meinem bisherigen Leben.»

«Ginge das auch mit mir?»

«Ja», erwiderte sie nachdenklich. «Ja, das wäre möglich.»

«Grazie.»

Laura lächelte und legte den Kopf auf seinen Bauch, als jemand kräftig an die Tür klopfte.

«Commissario Guerrini!?»

«Santa Caterina!», fluchte Angelo leise und laut antwortete er: «Sì, chi parla?»

«Capitano Maltempo schickt mich. Es gibt eine Festnahme. Sie und der deutsche Commissario sollen in die Lobby kommen.»

«Bene. Ich komme gleich.»

«Ich soll auf Sie warten.»

«Warten Sie nicht! Ich finde die Lobby schon allein.»

«Aber Sie haben keine Waffe, Commissario! Hier laufen kriminelle Elemente herum. Können Sie nicht mal die Tür aufmachen?»

«Nein, kann ich nicht.»

Laura prustete los, suchte ihre Kleider zwischen den herumliegenden Kissen, Schubladen, Kleiderbügeln und Decken. Dann flüchtete sie ins Badezimmer, ließ aber die Tür angelehnt. Vergnügt lauschte sie dem Gespräch, das immer weiterging, bis Guerrini irgendwann die Lust verlor und brüllte: «Ich erteile Ihnen hiermit den Befehl, in die Lobby zurückzugehen! Ha capito?!»

«Aber der Capitano …», kam noch ein letzter Widerspruch, den Guerrini mit der Androhung eines Disziplinarverfahrens niederwalzte. Danach war Ruhe.

«Was sagen wir dem Capitano?», fragte Laura, als Guerrini sich neben ihr unter die Dusche stellte.

«Ich frage ihn, was er so lange in der Suite von Susanne Ullmann gemacht hat. Wir dagegen haben gemeinsam dein Zimmer untersucht, das von Unbekannten regelrecht auf den Kopf gestellt wurde. Haben wir ja auch, vero?»

«Vero.»

Er zog sie an sich, und gemeinsam genossen sie den warmen Wasserstrahl, das duftende Duschgel und schließlich die weichen Badehandtücher.

«Bene», sagte Guerrini zuletzt, «die Untersuchung des Badezimmers ist ebenfalls abgeschlossen. Ich denke, jetzt können wir uns in die Lobby begeben.»

Ihre Kleidung war nicht mehr ganz so makellos wie zuvor, allenfalls passabel, immerhin hatte sie ihr Haar mit dem Föhn so weit getrocknet, dass die restliche Feuchtigkeit kaum noch zu sehen war.

«Maltempo wird uns kein Wort glauben, und ich werde nicht ernst bleiben können. Ich kann's ja nicht einmal jetzt.» Angesichts des etwas zerknautschten Commissario prustete Laura erneut los. Sie fühlte sich so erleichtert und euphorisch, dass sie befürchtete, in den nächsten Stunden keine besonders sinnvolle Ermittlungsarbeit leisten zu können.

«Das macht gar nichts. Maltempo ist ein sehr humorvoller und verständnisvoller Mensch», grinste Guerrini.

«Wie seh ich aus?»

«Warte …» Guerrini ging einmal um Laura herum, zupfte ihren schwarzen Blazer zurecht, sah nach, ob ihre silbernen Creolen richtig an den Ohrläppchen befestigt waren. «Nicht schlecht», sagte er endlich. «Sie sehen aus, Signora, als hätten Sie gerade eine heftige Liebesstunde hinter sich. Das steht ihnen wirklich gut! Und außerdem wollte ich Ihnen sagen, dass ich Sie liebe. Ich glaube, das hatte ich noch nicht getan, oder?» Vorsichtig hob er Lauras Haar an und küsste sie auf den Nacken. «Wie seh ich aus, du deutscher Commissario?»

«Ungefähr so zerbeult wie Columbo, und deine Augen glänzen so verdächtig, als hättest du Kokain geschnupft. Vielleicht sollten wir doch nicht nach unten gehen.»

«Wir können gar nicht gehen, denn es fehlt noch etwas Entscheidendes.»

«Und was?»

«Du hast deine Nase noch nicht hierhin gesteckt.» Mit dem Finger klopfte Guerrini auf seinen Halsansatz. Laura reckte sich ein bisschen und küsste die kleine Mulde zwischen seinen Schlüsselbeinen. «Du riechst nicht nach dir, sondern nach Duschgel», murrte sie und biss ihn ganz leicht.

«Au! Das war nicht vorgesehen. Ich glaube, ich kann auch nicht ernst bleiben. Wir gehen jetzt einfach und sehen, was dabei herauskommt, bene?»

«Bene!», antwortete Laura, grüßte militärisch nach Art der Carabinieri und fragte sich, wie Guerrini es schaffte, sich in kürzester Zeit vom arroganten distanzierten Toskaner zum zärtlichen Clown zu wandeln. Auch das war einer der Gründe, warum sie ihn liebte.

CAPITANO MALTEMPO musterte Laura und Guerrini mit gerunzelter Stirn und deutlich sichtbarem Zucken in den Augenwinkeln.

«Wo ist er?» Guerrini tat so, als bemerke er die Mimik seines Kollegen nicht.

«In einem Nebenraum.»

«Warum habt ihr ihn festgenommen?»

«Er tauchte im vierten Stock auf. Als der Carabiniere, der vor der Suite der Hardenbergs wacht, ihn nach seiner Zimmernummer und seinem Ausweis fragen wollte, schlug er zu und rannte weg. Der Kollege alarmierte uns, und wir erwischten den Mann, als er durch die Hotelküche zum Hinterausgang lief. Einer der Köche hat ihm ein Bein gestellt.»

«Wisst ihr schon, wer der Mann ist?»

«Ein kleiner Mafioso ist er. Uns wohlbekannt. Ich hab ihn kurz in die Mangel genommen, und er behauptet, dass er sich hier mit einem Unbekannten getroffen hätte, um etwas Geschäftliches zu besprechen.»

«Warum hat er dann zugeschlagen?»

«Er hat gedacht, dass der Carabiniere in Zivil gar kein echter Carabiniere war, sondern einer von der Gegenseite.»

«Von welcher Gegenseite?»

«Das wollte er nicht sagen.»

«Ich sehe schon, Umberto, der Fall wird immer klarer.» Guerrini verzog das Gesicht.

«Was habt ihr inzwischen gemacht?» Maltempo

bemühte sich um einen völlig harmlosen Gesichtsausdruck.

«Commissario Gottberg wollte etwas aus ihrem Zimmer holen und hat dabei festgestellt, dass es ebenfalls durchsucht worden ist. Wir haben überprüft, ob etwas gestohlen wurde.»

«Ja, natürlich», murmelte Maltempo. «Und, fehlt was?»

«Nein.»

«Habt ihr die Spurensicherung gerufen?»

«Commissario Gottberg hielt das nicht für notwendig. Übrigens – wurde bei Susanne Ullmann auch eingebrochen?»

«Nein, aber sie ist ebenfalls betroffen. An der Tür zu ihrer Suite habe ich Kratzer gefunden. Man hat versucht, das Schloss aufzubrechen. Vermutlich ist der Täter gestört worden.»

«Und daraufhin habt ihr zusammen nachgesehen, ob etwas fehlt, oder?» Guerrini vermied es, Laura anzuschauen, und sie drehte sich von den beiden Männern weg zur Rezeption, um ihr aufsteigendes Gelächter zu verbergen.

«So ist es», hörte sie den Capitano sagen.

«Fehlt was?»

«Nein.»

Laura hustete heftig, und weil sie ihr Lachen nicht länger zurückhalten konnte, entfernte sie sich ein paar Meter. Plötzlich fiel ihr dieser Mann auf, den sie kurz auf einem der Hotelflure gesehen hatte und der ihr irgendwie bekannt vorgekommen war. Er stand an der Rezeption, wandte ihr sein Profil zu. Er war schmal und doch drahtig. Man konnte ahnen, dass sich unter seinem dunkelblauen Nadelstreifenanzug ein durchtrainierter Körper verbarg. Doch sein Haar war diesmal dunkel, der schmale Schnurrbart ebenfalls. Wahrscheinlich hatte sie sich geirrt. Gerade schien er einen Scherz gemacht zu haben, denn Danova, der noch immer Dienst an der Rezeption versah, lachte kurz auf.

Langsam ging Laura auf den Mann zu. Als ihr auffiel, dass Danova sie plötzlich genau beobachtete, hob sie die Hand, als hätte sie einen dringenden Wunsch, lächelte ihm schon von weitem zu. Er sagte etwas zu dem Mann mit Schnurrbart und kam Laura entgegen. Der andere drehte sich weg.

«Signora, was kann ich für Sie tun?»

So freundlich war der schöne Lucrezio Danova noch nie gewesen.

«Stellen Sie sich vor, mein Zimmer ist auch durchsucht worden.»

«Das ist doch nicht möglich!» Danova riss entsetzt die Augen auf und strich nervös über sein glattes Haar, das er mit Hilfe von Gel gebändigt hatte.

«Doch, es ist möglich.» Laura schob ihn zur Seite und ging schnell zur Rezeption. Der drahtige Mann im dunklen Anzug wandte ihr den Rücken zu, griff nach einer der Zeitungen, die für Gäste bereitlagen, und bewegte sich auf den Ausgang zu. Ein buntes Heftchen glitt aus der Zeitung und fiel zu Boden. Ohne es zu bemerken, lief der Mann weiter.

«Warten Sie», rief Laura. «Sie haben etwas verloren!» Probeweise sprach sie deutsch, doch der Unbekannte reagierte nicht. Laura hob das Anzeigenheftchen auf, rannte los und erreichte ihn, als er an der Drehtür kurz warten musste.

«Permesso Signore …»

Er drehte sich so schnell zu ihr um, dass sie instinktiv zurückwich. Aus schmalen Augen unter buschigen dunklen Brauen starrte er sie an.

«Cosa vuole?»

Laura starrte zurück. Diesen Mann kannte sie nicht. Wie war es möglich, dass sie sich derart geirrt hatte? Sie war nahe daran, sich zu entschuldigen, als sie plötzlich begriff, wen sie vor sich hatte. Der runde Kopf … vorhin war der Schnurrbart noch blond gewesen.

«Guten Abend, Herr Kirr», sagte sie. «Was machen Sie denn in Florenz?»

Der Chef der Saveguard lachte auf. «Das, was auch Sie machen, Frau Kommissarin. Ich ermittle, observiere und versuche herauszufinden, wer meinen Klienten ermordet hat und ob seine Witwe hier sicher ist.»

Obwohl er so locker antwortete, hatte Laura den Eindruck, dass er erschrocken war.

«Und warum verkleiden Sie sich?»

«Weil ich in manchen Kreisen durchaus bekannt bin, das könnte für mich gefährlich werden.»

«Warum sind Sie vor mir weggelaufen?»

«Weil ich nicht gern mit Ihnen gesehen werde. Am Ende halten die mich auch noch für einen Bullen. Dann kann ich hier einpacken.»

«Wer sind die?»

«Ich weiß es noch nicht genau, aber ich bin dran! Wir sollten uns jetzt wieder verabschieden. Ich bin sicher, dass man uns beobachtet.»

«Wir sollten unsere Erkenntnisse austauschen», sagte Laura. «Dann kommen wir wahrscheinlich schneller voran.»

«Einverstanden. Sehen Sie, vielleicht fangen Sie doch noch bei mir an. Wir zahlen nicht schlecht, und die Arbeit ist sehr abwechslungsreich!»

Laura lächelte ihn an.

«Meine auch. Wo und wann treffen wir uns?»

«Ich hinterlasse eine Nachricht an der Rezeption. Jetzt muss ich weiter. Ich habe eine Verabredung mit einem Informanten.» Kirr lächelte ebenfalls, doch seine Augen blieben ausdruckslos.

Ich glaube dir kein Wort, dachte Laura, reichte ihm das bunte Anzeigenblatt, das aus seiner Zeitung gerutscht war, und verabschiedete sich mit großer Freundlichkeit von ihm. Welch schräge Komödie, Ex-Kriminalhauptkommissar Wolfgang Kirr mit schwarzen Haaren und aufgeklebtem Schnurrbart.

«Wer war das?», fragte Guerrini.

«Wolfgang Kirr, Chef und Gründer der Sicherheitsfirma Saveguard, ehemaliger Kriminalbeamter, derzeit Verwandlungskünstler. Er behauptet, für die Hardenberg Bank unterwegs zu sein, um für die Sicherheit von Hardenbergs Witwe zu sorgen. Nebenbei will er auch noch den Mord aufklären. Er hat sich bereit erklärt, mit uns Informationen auszutauschen.»

«Klingt das überzeugend?»

«Nein.»

«Was will er also hier?»

«Ich weiß es nicht. Vielleicht hat ihn Dr. Mertens,

der Vorstandsvorsitzende der Bank, beauftragt, sich umzuhören. Der ist nämlich für eine Fusion mit der Banca libera. Jedenfalls hatte ich diesen Eindruck.»

Guerrini stöhnte.

«Wenn ich all das halbwegs sinnvoll zusammenbringen soll, dann brauche ich Zeit. Ich muss nachdenken.»

«Ehe du nachdenkst, solltest du dir unseren kleinen Mafioso ansehen. Vielleicht erzählt er dir und der Signora Laura mehr als uns.»

Ziemlich unwillig folgten Laura und Guerrini dem Capitano in einen der Nebenräume. Der angebliche Mafioso Cesare Musco saß auf einem anmutigen Stuhl mit geschwungenen Beinen und rosa Brokatüberzug. Der kleine Salon in Weiß und Rosa passte so wenig zu Musco und seinen Bewachern, dass es ein bisschen lächerlich wirkte.

Laura erkannte den jungen Mann sofort wieder. Es war der, der bei ihrer Ankunft im ersten Stock des Hotels die Sportzeitung gelesen und den sie für einen Polizisten in Zivil gehalten hatte.

«Ich war ganz sicher, dass Sie ein Polizist sind, Signor Musco», sagte sie.

Irritiert hob er den Kopf. Seine Züge waren ein wenig grob, als hätte ihn jemand mit einem zu dicken Stift gezeichnet. Seine Augen zu klein.

«Aber eine Sicherheitsfirma ist auch beinahe Polizei, und die zahlen besser, nicht wahr?»

Musco starrte Laura an, beide Ellbogen auf die Oberschenkel gestützt, mit baumelnden Händen.

«Wem haben Sie denn gemeldet, dass ich im Hotel angekommen war?»

«Ich kenn Sie nicht.» Musco wandte sich an den Capitano. «Was will'n die Frau von mir, eh?»

«Die Frau ist Polizistin, Musco. Ein deutscher Commissario. Sie hat dich im ersten Stock sitzen sehen. Du hast *Tuttosport* gelesen und Espresso getrunken.»

«Is das vielleicht verboten?»

«Nein, es ist nur seltsam, wenn man den Leuten nachstarrt und sich hinter der Zeitung versteckt, wenn die sich umdrehen.»

«Aber verboten is' das nich.»

«Es ist nur verboten, einen Carabiniere ins Gesicht zu schlagen.»

«Ich hab Ihnen schon erklärt, warum ich das gemacht hab!»

«Ja, ich erinnere mich. Aber es überzeugt mich nicht, Musco.»

So kommen wir nicht weiter, dachte Guerrini und entschied sich zu bluffen.

«Wussten Sie, dass auf jedem Stockwerk Überwachungskameras installiert sind, Musco? Und wissen Sie, was man auf den Filmen sehen kann? Ich bin übrigens Commissario Guerrini.»

Musco wurde blass und senkte den Kopf über seine baumelnden Hände.

«Sie wissen es, vero? Was haben Sie denn im Zimmer von Signora Hardenberg gesucht?»

Musco zuckte die Achseln und scharrte mit den Füßen auf dem hellgrauen Teppich herum.

«Was haben Sie gesucht, Musco?»

«Gar nix. Meine Kasse wollt ich aufbessern.»

«Und, haben Sie Ihre Kasse aufgebessert?»

«Die hatten ja nix im Zimmer gelassen.»

«Wie enttäuschend. Dachten Sie, dass Signora Hardenberg ihren Schmuck unter der Matratze versteckt, oder im Kopfkissen? Dass sie ihre Kreditkarte im Kosmetikkoffer aufbewahrt?»

Musco sagte nichts, starrte nur auf seine Füße.

«Was haben Sie denn in meinem Zimmer gesucht?», fragte Laura.

«Ich war nich in Ihrem Zimmer!»

«Das war Kirr, nicht wahr? Ist alles von den Kameras aufgezeichnet worden.»

Musco schaute von Maltempo zu Guerrini und Laura. In seinen Augen flackerte Angst. Dann senkte er den Blick, zog ein Päckchen Zigaretten aus der Brusttasche, steckte es wieder weg.

«Welcher Kirr?», murmelte er.

«Der Kirr, mit dem Sie den Deutschen umgebracht haben, der vor den *Dieci Leoni* in einen schwarzen Geländewagen eingestiegen ist. Sie haben ihm die Tür aufgehalten.»

Musco sprang auf.

«Ich hab überhaupt nix! Ich kenn keinen Kirr und auch keinen Deutschen.» Schweiß stand auf seiner Stirn. «Ho fatto niente, capisce? Ich war nur in dem Zimmer und hab auf dem Gang gesessen. Sonst überhaupt nix!»

«Bene», nickte Guerrini. «Das wird sich alles aufklären, wenn wir Sie Kirr gegenüberstellen. Ich denke, wir können Signor Musco abführen lassen.»

«Ich denke auch», stimmte der Capitano zu. «Er kann dann in Ruhe über seine weiteren Aussagen nachdenken. Vielleicht fällt ihm ja noch etwas Wichtiges ein.»

Cesare Musco verlangte einen Anwalt, fluchte noch ein bisschen und gab dann auf. Als er in Handschellen abgeführt wurde, empfand Laura beinahe Mitleid mit ihm. Vielleicht waren sie mit ihren Bluffs zu weit gegangen.

«Bist du sicher, dass dieser Kirr wirklich eine Nachricht für dich hinterlässt und sich mit dir treffen will?», fragte Guerrini.

«Ziemlich sicher. Er muss ja glaubwürdig bleiben. Wenn er abhaut, dann wird er sehr verdächtig.»

«Eine kühne Behauptung haben Sie da aufgestellt, Signora Laura, ich darf Sie doch so nennen … der arme Musco ist fast zu Tode erschrocken. Ich halte es für ziemlich unwahrscheinlich, dass er einen Mord begangen hat. Er ist ein kleiner Ganove, wie ich schon sagte.»

«Sie können mich gern Signora Laura nennen, wenn ich Capitano Umberto zu Ihnen sagen darf und Sie nie mehr Commissari*o* zu mir sagen. Und was Musco angeht, fällt mir vor allem seine Angst auf. Er weiß etwas über diesen Mord und fürchtet sich möglicherweise mehr vor Kirr als vor uns.»

«Wie kommen Sie darauf, Com… Signora Laura?»

«Nur so ein Gefühl, Capitano Umberto. Was haben Sie eigentlich für einen Eindruck von Susanne Ullmann?»

«Eine intelligente junge Frau, hübsch. Man kann schon verstehen, dass Dottor Hardenberg …»

«Glauben Sie ihr?»

«Ja, ich denke, dass sie wirklich bedroht wurde und Angst hat.» Maltempo wirkte plötzlich unsicher.

«Wenn Susanne mit Ihnen ins Bett gegangen ist, werter Capitano, dann sollten Sie ihr kein Wort glauben.»

Maltempo lief rot an und schaute sich verlegen nach den beiden Carabinieri um, die an der Tür wachten. Doch Laura hatte so leise gesprochen, dass die beiden nichts verstehen konnten. Nur Guerrini hatte Schwierigkeiten, ernst zu bleiben.

«Was machen wir jetzt mit diesem Kirr?», fragte er, nachdem sie eine Weile geschwiegen hatten. «Ich weiß nicht mal, wie der aussieht.»

«Ich auch nicht», murmelte Maltempo.

«Das macht nichts, er verändert im Augenblick ständig sein Aussehen. Selbst ich hatte Schwierigkeiten, ihn zu erkennen. Wir lassen ihn einfach in Ruhe.»

«Dann glaubst du also nicht, dass er den Mord begangen hat? Wäre ja auch blödsinnig. Weshalb sollte er einen wichtigen Kunden umbringen?»

«Ja, wieso? Ich hab jetzt solchen Hunger, dass ich in einer Minute umfalle.»

«Also, gehen wir essen!» Guerrini fasste nach Lauras Ellbogen. «Darf ich Sie stützen, Commissari*o*?»

«Ihr seid ja gut drauf», brummte Maltempo. «Geht essen. Ich halte hier die Stellung.»

«Und passen Sie auf Susanne Ullmann auf, Capitano Umberto.» Laura zwinkerte ihm zu.

«Übertreib es nicht.» Guerrini schob sie aus dem Salon. «Man sollte nie die Würde eines Capitano der Carabinieri ankratzen.»

«Wenn ich recht habe, dann hat er sie selbst angekratzt.»

«Ssssschhhht!», machte Guerrini.

Sie aßen Tagliatelle mit Steinpilzen, hauchdünne Schnitzel in Weißweinsauce, gegrilltes Gemüse und Torta di Albicocca, tranken Weißwein und Caffè. Guerrini entwickelte eine komplizierte Hypothese, nach der man Frauen nicht trauen konnte, die mit hohen Ordnungshütern ins Bett gingen. Dann schaute er Laura tiefernst in die Augen und murmelte, dass dies wohl auch auf sie zutreffe.

Sie lachten so laut, dass alle anderen Gäste immer wieder zu ihnen herüberschauten, doch das störte sie nicht.

Irgendwann, ziemlich spät am Abend, sie waren fast allein in der kleinen Trattoria, wurde Laura ernster.

«Lass uns den Fall lösen», sagte sie.

«Was? Hier und jetzt?»

«Hier und jetzt.»

«Und wie willst du das machen?»

«Ich finde, wir haben genau den richtigen Schwips, um kreativ zu denken. Deshalb sollten wir jetzt noch einen Caffè und viel Wasser trinken.»

«Bene, und dann?»

«Dann fangen wir an.»

«Wo?»

«Irgendwo.»

«In Bagno Vignoni, Florenz oder München?»

«In München. Machen wir ein Spiel. Jeder darf sagen, was ihm einfällt. Okay?»

«Okay.»

«Ich bin froh, dass ich kein Banker bin.»

«Was hat das mit dem Fall zu tun?»

«Jeder darf sagen, was ihm einfällt!»

«Bene. Das Essen war verdammt gut!»

«Ja. Hardenberg hat seine Umgebung ausspioniert, und ich nehme an, das hat ihn das Leben gekostet.»

«D'accordo. Fragt sich nur, wer solche Angst vor seinem Dossier hatte, dass er ihn umbrachte.» Genüsslich schlürfte Guerrini seinen Espresso.

«Die Mafia ist angeblich an der Hardenberg Bank interessiert.»

«Die Mafia ... welche? Es gibt jede Menge Organisationen, Familien. Die 'Ndrangheta? Die Cosa Nostra? Die Camorra?»

«Okay, okay. Dein Banker Paolo Massimo. Er will den Mord der Mafia unterschieben, damit er aus dem Schneider ist. Aber nachdem Hardenberg überall in Massimos Wagen genetische Spuren hinterlassen hat, klingt es nicht sehr überzeugend.»

«Massimo ist ein Schwein.»

«Er versucht seine Haut zu retten. Benutzt dabei Methoden, die weltweit verbreitet sind. Schwachstellen des Gegners zu finden und ihn damit zu erpressen. Das kommt sogar in Wahlkämpfen vor.»

«Ich habe keine Schwachstellen! Er konstruiert sie und gibt vermutlich irgendwelchen Mafiosi Geld, damit sie gegen mich aussagen.» Guerrini knallte seine Tasse auf den Tisch.

«Auch das ist weltweit verbreitet.»

«Sei nicht so verdammt cool, Laura!»

«Ich sage einfach, was ich denke. Außerdem ist es eine Tatsache. Wenn Menschen die Möglichkeit sehen, Profit zu machen, oder in die Enge getrieben werden, dann handeln die meisten so.»

«Meine schwächste Schwachstelle ist mein Vater.»

«Ich mag ihn trotzdem. Aber zurück zu Hardenberg. Er mochte Kirr nicht und hat ihm nicht getraut. Deshalb hat er wahrscheinlich auch über die Firma Saveguard ein Dossier angelegt. Wenn ich aus dem schließe, was ich in meinen Akten gefunden habe, dann wird das ein ziemlich fettes Dossier gewesen sein.»

«Hat Kirr das gewusst?»

«Vermutlich. Hardenbergs Leidenschaft war allgemein bekannt. Wenn ich nur wüsste, wo dieses Dossier versteckt ist …»

«Du hast doch vorhin zu Umberto gesagt, dass er Susanne Ullmann nicht trauen darf, falls sie mit ihm ins Bett gegangen ist. Ich nehme mal an, sie hat es getan. Warum hat sie das gemacht? Sicher nicht, um einen Capitano in ihrer Sammlung zu haben. Sie wollte ihn ablenken und auf ihre Seite ziehen. Wovon wollte sie ihn ablenken?»

«Davon, dass sie gar nicht bedroht wird, sondern nur Druck auf die Hardenbergs ausüben will. Sie will das Dossier oder besser: die Dossiers. Ich habe sie am Nachmittag an der Rezeption gesehen. Da wirkte sie keineswegs ängstlich oder unter Druck. Im Gegenteil: Sie flirtete mit dem schönen Danova.»

«Aber den will sie schon in ihrer Sammlung, oder?», grinste Guerrini. «Was bedeuten würde, dass Leo Hardenberg ihr eigentlich nicht wichtig war. Diesen Eindruck hatte ich bereits bei ihrer Vernehmung. Die Kreditkarte, die er ihr gegeben hat, war ihr allerdings sehr wichtig.»

«Weiter, es läuft hervorragend! Pass auf: Silvia Hardenberg hat gesagt, sie würde sich nicht wundern, wenn ihr Mann die Beziehung zu Susanne Ullmann nur deshalb angefangen hätte, um etwas über sie herauszufinden.»

«Ja, wie sie im Bett ist.»

«Das war unsachlich.»

«Aber ich habe es gedacht, und wir sollen doch sagen …»

«Bene, das vielleicht auch. Aber da war sicher noch etwas anderes. Möglich, dass sie Bankgeheimnisse an jemanden weitergegeben hat.»

«Bene, mir kommt noch ein anderer Gedanke, ein verrückter: Vielleicht hat auch sie diese Affäre angefangen, um etwas herauszufinden. Zum Beispiel, über wen Hardenberg Dossiers angelegt hatte und wo er sie aufbewahrte. Vielleicht handelte sie im Auftrag von einem der Bankvorstände, der Dreck am Stecken hat.»

«Du bist beinahe genial, Angelo.»

«Natürlich. Aspetta, da ist noch was: Könnte es nicht sein, dass Susanne die heimliche Geliebte von diesem Kirr ist und er so skrupellos ist, sie als eine Art Mata Hari einzusetzen? Das gefällt mir eigentlich am besten.»

«Wow! Sie findet heraus, dass Hardenberg plant, Kirr und seine Firma zu ruinieren, weil er ihm auf seine kriminellen Methoden gekommen ist. Die früheren Ermittlungen gegen ihn hatte Kirr noch mit Hilfe einflussreicher Freunde in der Politik verhindern können. Kirr beschließt, Hardenberg auszuschalten und Massimo den Mord in die Schuhe zu schieben. Damit hätte er gleich dem Vorstandsvorsitzenden der Hardenberg Bank einen Gefallen getan, denn der würde sicher gern auch Vorsitzender oder Präsident der Banca libera werden.»

«Jetzt wird's aber wild», murmelte Guerrini staunend.

«Ja, aber ganz realistisch! Es geht noch weiter: Weil ich die Ermittlungen wiederaufgenommen habe, die auf höhere Weisung vor ein paar Jahren eingestellt wurden, hat Kirr den Drohanruf und die nächtliche Störung bei mir inszeniert. Auf diese Weise wollte er mich einschüchtern. Als das nicht funktionierte, reiste er mir nach, um wenigstens die Dossiers rechtzeitig zu finden. Aber Silvia Hardenberg hatte sie nicht dabei. Einer seiner Helfer flippt aus und schlägt einen Carabiniere, wird verhaftet, und ich habe ihn an der Rezeption erkannt. Was nun, Herr Kirr?»

«Das wird er sich sicher fragen, und ich denke, dass es ihm nicht besonders gutgeht. Kreativer Kopf, aber doch ein bisschen dilettantisch. Ich weiß jetzt auch, warum Musco solche Angst hat: Er war mit Kirr in dem schwarzen Geländewagen, in den Hardenberg nach seinem Essen mit Massimo eingestiegen ist. Vielleicht freiwillig, vielleicht nicht. Immerhin kannte er Kirr. Musco hat dann mit angesehen, wie Kirr Hardenberg misshandelte, um das Dossier zu bekommen. Als er es nicht rausrückte, zwang er ihn, eine Zyankali-Kapsel zu schlucken. Dann verpackten Kirr und Musco den toten Hardenberg in einen Müllsack und fuhren ihn zu Massimos Landhaus, das Kirr zuvor ausgespäht hatte. Als Kirr feststellte, dass Massimos Wagen unverschlossen vor dem Haus stand und der Banker nicht da war, präparierte er das Fahrzeug mit Hardenbergs DNS, und dann vergruben sie die Leiche an der Außenmauer des Grundstücks. Kirr zwang Musco zu dem anonymen Anruf bei der Polizei, und damit war die Sache für ihn gegessen. Musco bekam eine Menge Geld, und ihm wurde angedroht, dass man ihm den Mord anlasten würde, wenn er auch nur ein Sterbenswörtchen verraten würde. Mich wundert, das Kirr ihn nicht umgebracht hat. Aber vielleicht war das selbst für einen wie ihn zu riskant. Tolle Hypothese, was? Dabei habe ich diesen Kirr nur einmal von hinten gesehen, als er mit dir im Hotel sprach.»

«Was machen wir jetzt?»

Guerrini bestellte zwei Gläser Spumante.

«Die Carabinieri sollen Musco in die Zange nehmen. In solchen Dingen sind die ziemlich gut. Wetten, dass er unsere Theorie bestätigt? Und du lässt deine Kollegen die Firma Saveguard auseinandernehmen.»

«Wer überbringt Paolo Massimo die gute Nachricht?»

«Du bist boshaft, Laura. Ich überbringe ihm diese Nachricht jedenfalls nicht! Das lassen wir Staatsanwalt Cichetto machen. Massimo wird ihn vermutlich hochkant rauswerfen.»

«Was ist, wenn alles ganz anders ist?»

«Dann lassen wir uns sofort in den einstweiligen Ruhestand versetzen und reisen in dein unbekanntes Land. Aber jetzt stoßen wir auf unsere kriminalistische Genialität an!»

Der Spumante schwappte ein bisschen über, und er war zu süß, doch das störte weder Laura noch Angelo. Ihr Hochgefühl wurde nur durch den Kellner ein wenig gedämpft, der darauf bestand, das Lokal zu schließen.

Inzwischen war es halb zwei, doch sie waren zu begeistert, um die Müdigkeit zu spüren.

Im Hotel Palladio wachten noch immer die auffälligen Unauffälligen. Der Abend sei ruhig verlaufen, meldete der Tenente, der den Capitano inzwischen abgelöst hatte.

«Gibt es etwas Neues?», fragte er.

«Certo», erwiderte Guerrini. «Aber erst morgen früh.»

ALS LAURA am nächsten Vormittag erwachte, fühlte sie sich nicht mehr ganz so siegessicher wie in der Nacht zuvor. Sie hatte Mühe, Angelo zu wecken, der so tief schlief, als hätte er eine Betäubungsspritze bekommen. Ihr Kopf schmerzte, und ihr fiel ein, was sie gestern nicht gemacht hatte. Sie wusste zum Beispiel nicht, ob Sofia heil in London angekommen war. Inmitten der turbulenten Ereignisse hatte sie vergessen anzurufen. Nicht mal ihr Handy hatte sie eingeschaltet. Jetzt kramte sie es aus ihrem Rucksack und fühlte sich wie eine Rabenmutter. Fünf SMS warteten auf sie. Sofia schrieb, dass Patrick und seine Familie himmlisch seien und sie sich keine Sorgen zu machen brauche. Bei Ronald und Luca war alles in Ordnung, Claudia schrieb, dass es Peter Baumann ein bisschen bessergehe … und dann erklang das vertraute Brummen. Auch das war Claudia.

«Laura, bitte mach jetzt keine Dummheiten. Der Chef hat mir eben gesagt, du sollst ihn sofort anrufen.»

«Nein.»

«Doch!»

«Was will er denn?»

«Er hat einen dunkelroten Kopf.»

«Ist er wütend?»

«Eher aufgeregt.»

«Dann ruf ich ihn an. Grüß Peter.»

«Hast du was erreicht?»

«Glaub schon. Ciao und danke!»

Laura wählte Beckers Nummer, fühlte sich einer

Auseinandersetzung mit ihm aber nicht gewachsen. Immerhin konnte sie so tun, als hätte sie keinen Empfang, falls er zu sehr brüllte.

«Guten Morgen, Chef», sagte sie freundlich, als er sich meldete.

«Morgen. Sie haben recht gehabt, Laura.»

«Wie bitte?»

«Es fällt mir, verdammt noch mal, nicht leicht, das zu sagen, deswegen wiederhole ich es nur einmal: Sie haben recht gehabt!»

«Oh.»

«Ja, oh! Gestern Nachmittag hat mir ein Eilkurier einen Memorystick zugestellt und einen Brief dazu. Raten Sie mal, von wem?»

«Von Leo Hardenberg.»

«Wieso wissen Sie das schon wieder?»

«Weil dieser Stick das Motiv für seine Ermordung ist. Auf ihm ist ein Dossier über die Firma Saveguard gespeichert und sicher noch einiges mehr. Stimmt's?»

«Es stimmt. Ich hab die ganze Nacht am Bildschirm gesessen und gelesen. Dieser Hardenberg hätte zum Geheimdienst gehen sollen.»

«Was machen Sie jetzt, Chef?»

«Ich habe bei der Staatsanwaltschaft beantragt, dass sämtliche Firmenräume der Saveguard durchsucht werden. Wissen Sie, wo sich Wolfgang Kirr aufhält?»

«Gestern Abend war er noch in Florenz, aber ich denke, dass er inzwischen auf der Flucht ist. Ein internationaler Haftbefehl wäre hilfreich. Die italienischen Kollegen werden das auch veranlassen.»

«Woher wissen Sie das mit den Dossiers?»

«Ich habe mit Hardenbergs Frau gesprochen.»

«Sie sind in Florenz, nicht wahr?»

«Ja.»

«Ihnen ist klar, Laura, dass Sie gegen alle Dienstvorschriften verstoßen?»

«Ja.»

«Ach, vergessen Sie's. Wann kommen Sie zurück?»

«Wenn die Dinge hier geklärt sind.»

«Wie lange wird das dauern?»

«Einige Zeit.»

«Laura, ich warne Sie!»

«Buon giorno, Chef, und rufen Sie mich an, wenn Sie eine Auskunft brauchen.»

Laura ließ sich rücklings aufs Bett fallen und starrte zum ramponierten Baldachin hinauf. Das Zimmer sah noch immer aus wie nach einem Erdbeben.

«Irgendwer hat Hardenbergs Dossier an meinen Chef geschickt, Angelo. Er hatte wohl vorgesorgt. Unsere Theorie ist keine mehr.»

«Was sagst du da?» Er schüttelte den Kopf, um schneller wach zu werden.

«Alles, was wir uns gestern in der Trattoria zusammengebastelt haben, entspricht der Realität. Wenigstens weitgehend.»

«Erstaunlich», murmelte Guerrini.

«Jetzt lassen wir die anderen arbeiten, einverstanden?»

Er nickte.

«Wenn wir Maltempo und dem Staatsanwalt …»

«… und meinem Questore und Tommasini, meinem Vater und Eliseo Salvia …»

«… alles erzählt haben, Santa Caterina! Dann zeig mir bitte Bagno Vignoni.»

«Wieso denn ausgerechnet Bagno Vignoni? In der Nähe hat Massimo sein Landhaus. Für mich hat dieser Ort inzwischen schlechtes Karma.»

«Noch ein Grund hinzufahren. Befreien wir ihn vom schlechten Karma. Und Massimo wird ja wohl nicht bleiben, oder? Mein Vater hat gesagt, dass Bagno Vignoni einen ganz besonderen Zauber hätte und dass sogar die heilige Caterina dort gebadet …»

«Bene, wir fahren nach Bagno Vignoni, wenn wir mit allem fertig sind. Aber jetzt brauche ich eine Dusche und einen starken Espresso!»

Später stellten sie gemeinsam mit Capitano Maltempo fest, dass Susanne Ullmann verschwunden war.

«Sehen Sie», murmelte Laura, und Guerrini versetzte ihr einen Stoß mit dem Ellbogen. Maltempo tat so, als hätte er nichts gehört. Immerhin hatte Cesare Musco bereits in der Nacht ausgepackt, nachdem der Capitano und ein paar Kollegen ihn sehr intensiv befragt hatten. Silvia Hardenberg und ihre Tochter wollten nun doch noch in Florenz bleiben und auf die Freigabe der Leiche warten. Allerdings hatte ihr Anwalt ein anderes Hotel besorgt.

«Wir sind fertig», sagte Laura.

«Noch haben wir Siena vor uns», erwiderte Guerrini. «Es ist ein bisschen wie bei Dante. Man stolpert von einer Hölle in die andere, bis man endlich ins Paradies schauen darf. Das aber nur kurz!»

Paolo Massimo würdigte Staatsanwalt Cichetto keines Blickes, als dieser ihm die näheren Umstände seiner unerwarteten Freilassung erläuterte. Mitten in Cichettos Rede begann er zu packen und zwang dadurch den Staatsanwalt, hinter ihm herzulaufen. Antonella holte ihren Chef ab. Er stieg in ihren dunkelblauen Alfa, ohne zurückzublicken. Innerlich hatte er bereits beschlossen, dieses Landhaus zu verkaufen. Egal, was seine Frau dazu sagte.

Seine neugewonnene Energie verlor jedoch schnell an Schwung, als Antonella ihm, so schonend wie möglich, beibrachte, dass die Bankaktien, die auf Massimos Veranlassung hin zum Verkauf angeboten worden waren, inzwischen alle im Besitz der Hardenberg Bank waren. Es handle sich schlicht um eine feindliche Übernahme, obwohl der Vorstandsvorsitzende der Hardenberg Bank das dementiere.

Massimo wusste, dass der Krieg erst jetzt wirklich beginnen würde. Der Krieg um seine Bank und seine Macht. Jetzt kam es darauf an, so schnell wie möglich diesen Dr. Mertens zu durchleuchten. Mit Sicherheit würden seine Spezialisten etwas finden, wo man ansetzen konnte. Man konnte bei jedem irgendwo ansetzen.

Den Fall des Commissario würde er im Augenblick ruhen lassen. Man konnte ja jederzeit auf ihn zurückgreifen.

EPILOG

Eine Woche später wurden Wolfgang Kirr und Susanne Ullmann in Frankreich gefasst. Laura und Guerrini erfuhren davon, als sie gerade ihre Füße in das warme Schwefelwasser tauchten, das in schmalen Bächen vom Becken der heiligen Caterina ins Tal lief. Gemeinsam mit ein paar Einheimischen genossen sie den milden Frühlingsabend. Alle saßen mit nackten Füßen um das rasch fließende Wasser herum. Es roch ein bisschen nach Schwefel, und Guerrini erzählte Laura, dass Dante, wie die meisten seiner Zeitgenossen, den Eingang zur Hölle in den zischenden Schwefelquellen und rauchenden Erdspalten der Colline Metallifere vermutete. Guerrini war sich darüber im Klaren, dass seine zahlreichen Traumata sich nur vorübergehend ruhig verhalten würden, und war bereit, sich ihnen zu stellen. Man gönnte ihm nur eine Atempause.

Als sie zu ihrer Pension im ersten Stock eines mittelalterlichen Hauses zurückkehrten, leuchtete auf jeder der ausgetretenen Steinstufen eine kleine Kerze, und im Aufenthaltsraum fanden sie Kuchen und Wein.

«Es fühlt sich an wie der Weg von der Hölle ins Paradies», sagte Laura.

Später las Guerrini aus der *Göttlichen Komödie* vor:

Erfreue dich Florenz, ob deiner Größe,
Dass über Land und Meer du schlägst die Flügel,
Und in der Höll auch sich dein Ruf verbreitet!

Denn bei den Dieben sah ich fünf dergleichen
Aus deinen Bürgern, drob mich Scham ergreifet,
Und du auch steigst drum nicht zu großer Ehre.

«Ich kenne weit mehr als fünf», unterbrach Guerrini seinen Vortrag.

«Ach», seufzte Laura, «irgendwie haben sich die Zeiten nie grundlegend geändert. Ich finde das langweilig. Meinst du nicht, dass die Menschen sich endlich etwas anderes ausdenken sollten?»

FINE

DANKSAGUNG

Beim Schreiben dieses Romans wurde ich von vielen Menschen auf wunderbare Weise unterstützt. Ganz besonders danke ich meinem Mann Paul Mayall, meinen Söhnen Daniel und Johannes, Ruth und Rudolf Herfurtner, Helga Wutz, Bruna Thiergardt, Barbara Fritz, Hannelore und Walter Kraus, Silke Jellinghaus, meinem Verleger Alexander Fest, seinem Kollegen Peter Kraus vom Cleff und ganz besonders meiner geduldigen Lektorin Nicole Seifert.

QUELLEN

Dante Alighieri, *Die Göttliche Komödie*, übersetzt von Philaletes, Droemersche Verlagsanstalt, München

Hans Magnus Enzensberger, «Endgültiges zur Frage der Gewißheit», aus: *Die Geschichte der Wolken, 99 Meditationen*, Suhrkamp Verlag, Frankfurt am Main, 2003

Nicolas Remin

Commissario Alvise Tron ermittelt

Schnee in Venedig
Roman. rororo 25299

Venezianische Verlobung
Roman. rororo 25300

Gondeln aus Glas
Roman. rororo 25301

Die Masken von San Marco
Roman. rororo 24202

Requiem am Rialto
Roman. rororo 24688

Die letzte Lagune
Roman. rororo 24689

Alle Titel auch als E-Book

rororo 24689

MIX
Papier aus verantwortungsvollen Quellen
FSC® C083411

Das für dieses Buch verwendete FSC®-zertifizierte Papier
Lux Cream liefert Stora Enso, Finnland.